2022年"新时代中国法治文学精选"丛书

中国社会主义文艺学会法治文艺专业委员会 编

诡异现场

群众出版社

图书在版编目（CIP）数据

诡异现场／中国社会主义文艺学会法治文艺专业委员会编．—北京：群众出版社，2023.5
（2022年"新时代中国法治文学精选"丛书）
ISBN 978-7-5014-5889-9

Ⅰ.①诡… Ⅱ.①中… Ⅲ.①中篇小说—小说集—中国—当代②短篇小说—小说集—中国—当代 Ⅳ.①I247.7
中国国家版本馆CIP数据核字（2023）第055594号

诡异现场

中国社会主义文艺学会法治文艺专业委员会 编

出版发行：群众出版社
地　　址：北京市丰台区方庄芳星园三区15号楼
邮政编码：100078
经　　销：新华书店
印　　刷：天津盛辉印刷有限公司
版　　次：2023年5月第1版
印　　次：2024年3月第2次
印　　张：13.875
开　　本：880毫米×1230毫米　1/32
字　　数：326千字
书　　号：ISBN 978-7-5014-5889-9
定　　价：49.00元
网　　址：www.qzcbs.com
电子邮箱：qzcbs@sohu.com

营销中心电话：010-83903254
读者服务部电话（门市）：010-83903257
警官读者俱乐部电话（网购、邮购）：010-83901775
文艺分社电话：010-83901330　　010-83903973

本社图书出现印装质量问题，由本社负责退换
版权所有　侵权必究

2022 年 "新时代中国法治文学精选"
丛书编委会

总顾问： 贺敬之

顾　问： 李正忠　祝东力　鲁太光　易孟林

主　任： 王运声

副主任： 王仲刚　叶为宝　易　伟　郑焰巍

编　委： （按姓氏笔画排序）

　　　　　于德魁　王紫华　石韶辉　付晓生　冯京瑶
　　　　　朱金平　刘邦潮　刘晨阳　关　欣　杜东桂
　　　　　李　动　李海玲　李富全　余进军　沈江平
　　　　　宋志强　张　晔　张　倩　张兴翠　陈顺初
　　　　　郑户南　赵建浩　姜　凤　姜海波　徐纪良
　　　　　黄艳君　窦卫华

编辑部： 谢育云　刘　娜　易　芳

前言

为贯彻习近平新时代中国特色社会主义思想，弘扬社会主义核心价值观，讲好中国法治故事，以法治文学的力量，服务于社会主义现代化国家建设，经中国社会主义文艺学会批准，中国社会主义文艺学会法治文艺专业委员会决定自2021年起开展"新时代中国法治文学精选"丛书征稿编选工作。中宣部原副部长、原文化部部长贺敬之同志担任编委会总顾问。2021年入选的优秀作品，已收入群众出版社2021年"新时代中国法治文学精选"丛书出版发行。其中，收入长篇小说2部（《山重水复》《弹壳》）、中短篇小说集1部（《疑似命案》）、报告文学集1部（《微尘鉴罪》）。这是一年一度的法治文学精选的征稿编选工作，对于推动中国法治小说、报告文学原创作品的发展，促进法治文学人才脱颖而出，有着十分重要的积极作用。

2022年"新时代中国法治文学精选"丛书的征稿编选工作现已圆满结束。此次征稿,自2022年1月27日至7月31日,共收到作品73部(篇)。其中,长篇小说13部,中篇小说25篇,短篇小说17篇,报告文学18部(篇)。经中国社会主义文艺学会法治文艺专业委员会专家认真审读,最终确定25部(篇)作品入选2022年"新时代中国法治文学精选"丛书。凡入选作品的作者,均由中国社会主义文艺学会法治文艺专业委员会颁发"特约作家"证书,并在中国社会主义文艺学会网站公布。

2022年"新时代中国法治文学精选"丛书由群众出版社出版发行,共8部,收录了长篇小说6部,中短篇小说集1部,报告文学集1部;同时附录所有入选作品名单。

中国社会主义文艺学会法治文艺专业委员会
2023年3月30日

目录

中篇小说

诡异现场 …………………………………… 洪顺利 / 3

小镇警察 …………………………………… 颜永江 / 55

软　肋 ……………………………………… 刘　兢 / 99

唤醒者 ……………………………………… 穆继文 / 182

搭　档 ……………………………………… 贺建华 / 253

短篇小说

又见梨花开 ………………………………… 薛景川 / 289

阳光法槌 …………………………………… 黄卓童 / 326

运　气 ……………………………………… 魏世仪 / 339

青梅青青	奚同发 / 347
报案人	胡　广 / 377
偷梁换柱	郭秀景 / 403
水　平	丁钟文 / 427
附录　2022年"新时代中国法治文学精选" 　　　丛书入选作品名单	/ 435

中篇小说

诡异现场

洪顺利

一　该死的现场

现场勘查是从上午 10 点开始的。

死者是一男一女。

现场位于一个叫博雅的私人博物馆内。

从走进现场的那一刻起，丁一川就有一种预感：今天接手的这起谋杀案，绝对又是一起顶级的棘手疑难案件！

丁一川今年 48 岁，他是古城刑警界最有名的腕级大侦探！他的职务是古城市公安局刑侦总队重案队的大队长，手下有 200 多号身经百战、干练的刑警。

今天是他的生日。

他属龙，48 岁，恰逢他的本命年。接到这个案子时，他心中暗自诅咒了一句：该死的现场！偏偏在老子生日这天发生命案！

自打他干上刑警那天，也不知从哪年开始算起，凡是他生日的当天都没有出过现场。他庆幸自己运气好，企盼着能年年如此。

老话说：生日当天见到血色是犯冲的。丁一川虽不迷信，但在他看来，命案现场总有血腥，故而心中不免有所忌讳。

然而今年的运气不佳，恰逢自己的本命年，偏偏要出命案现场！

此时，两名男技术员和一名女技术员正用录像机、照相机对现场进行取证。

跟在丁一川身后的是女法医王瑾和她新带的女弟子苗颖。苗颖是刚从古城医学院毕业的研究生，被分配到技术队，专职从事法医工作。

谁也没想到，当苗颖第一眼看见躺在血泊中那一男一女两具尸体后，她控制不住自己的胃，条件反射般一股酸水涌上喉头，她赶紧用手捂着自己的嘴，返身跑了出去，"哇"的一声将胃里的东西吐了出来。

王瑾对丁一川说："她这是晕血症。"

丁一川有些奇怪："这样的也能干法医？"

王瑾说："她的专业是病理化验、检验。晕血的人是天生的，但也不是不可以矫正。如果经常让她出现场，时间长了，也就习惯了……"

站在丁一川身后的是重案一队队长汪洋及一队的刑警唐继烈、郑家桥、李鸥、于美珠。汪洋、唐继烈、郑家桥三人与丁一川的年龄相仿，他们都是20多年前一起参加公安工作、一直从事刑事侦查工作的老刑警了。

李鸥和于美珠是刑警队的两名警花，她们年轻、漂亮、有知识、有活力，年龄都在二十三四岁。两人同是古城刑侦学院毕业的高才生。

现场给人一种异常混乱的感觉，这不符合一般命案现场的逻辑。

从外观看，这个博雅博物馆，是一幢上世纪二三十年代的仿英式小洋楼，分为上下两层，大概有二三十间房子。现场的位置就在楼内一层的大厅里。

一个看上去年龄在五十六七岁的男人仰面躺在血泊中，他上穿一件白色丝绸对襟大褂，血水将他的上衣全浸红了。

然而，令人不可思议的是，一把约40厘米长的砍刀竟然垂直地插在他的腹部！

在距这个死者十米开外的地方，侧卧躺着一个年轻的女子，让人想不到的是，她身上很干净，全无血迹……

更让人匪夷所思的是，在靠近女尸的地面上，散落着两本书！

这种状况的现场，丁一川及手下的刑警还是第一次遇到。

待技术员对现场全景的录像及拍照工作完成之后，丁一川问负责痕迹检验的技术员："发现足迹了吗？"技术员点点头说："发现了两个人的足迹，看情形是凶手留下的，已经提取下来了……"

丁一川从女法医王瑾那里要了一副白手套。他将白手套戴在手上，绕过躺在血泊中的那具男尸，径直来到女尸身边不远处。

他弯下腰，依次将那两本散落在地上的书捡起来。书的封面很干净，并没有留下血渍之类的痕迹。一本书名叫《坐拥书城》，另一本书名叫《达·芬奇密码》。从书散落的位置看，这两本书应该是从这个年轻女子手里脱落的。

她为什么会出现在现场？她手里拿的这两本书又有何用意……

女法医王瑾俯下身躯，首先对这具女尸进行了尸检。

这名年轻的女子年龄在二十五六岁的样子，容貌姣好，皮肤白皙。她衣着完好，上穿一件白色丝绸女式衬衫，下穿一条黑色裤子，脚上穿一双黑色半高跟女式皮鞋。她的身上很干净，没有血迹。

丁一川一眼就看到这个年轻女子的脖颈处有一道非常明显的掐痕！凭以往出现场的经验判断，这个年轻女子是被凶手掐死的！

王瑾用卷尺仔细量了一下掐痕的长度，然后她仰着头对丁一川说："凶手的手够大的，由此推断，此人身高应在一米八五左右，肯定是个大个子……"

丁一川问道："死亡时间可以推断出来吗？"

王瑾非常自信地点点头。

她解开女子的上衣，认真地察看着死者皮肤的状况。过了一会儿，她站起身，对丁一川说："从尸体出现比较严重的尸斑、尸僵来看，其死亡时间至少在12小时以上了……"

丁一川问道："也就是说发案时间应该在昨天晚上的9点多钟？"

王瑾答道："应该是在昨晚的9点至10点……"

丁一川让李鸥、于美珠二人再检查一下尸体的衣物，看看是否能找到一些对破案有用的东西。

之后，他与王瑾走到了那具躺在血泊中的男尸身边。

王瑾让一个男技术员，用干布将尸体周边的血渍擦干净，然后她开始对尸体进行初检。

死者的脸全让血污给掩盖了，上身全是血。他的嘴让人粘上了黄色胶带，双手也被人用胶带反绑在一起。王瑾先拿起酒精棉将死者的面部擦洗干净，发现死者脸部没有刀伤。

王瑾顺着死者的发际，清洗死者的头部。当清洗至后脑部时，她发现了三处刀口！

死者的腹部插着一把砍刀，算一处伤口。

紧接着，她又在死者的右胳膊处发现了两处刀口！

王瑾对丁一川说："很明显，死者的致命伤应该是头部的这三处刀口……"

丁一川点点头表示认同："我也是这么认定的。他胳膊上的两处刀口应为抵抗伤……"

丁一川环视了一下现场，有几个问题在他的脑子里打转。凶手为何要将砍刀插到男子的腹部？这个年轻女子与死去的男子是什么关系？是他的老婆吗？她为什么会出现在命案现场？

丁一川琢磨着，该怎么解开这些谜呢？纵然疑点诸多，但有一点他心里很肯定：这个身着白色上衣的漂亮女子一定是在案发时突然出现在了现场，致使刚刚用砍刀砍死了这个男人的凶手惊慌失措。凶手别无选择，为了杀人灭口，故将这名女子掐死了！

二　年轻女子身份之谜

现场弥漫的血腥味儿让人感到窒息。

丁一川觉得心里有些憋闷，就一个人先径自离开现场，走到小洋楼大门外的台阶上深深地呼吸了一下新鲜空气。

此时，他正盘算着一个问题：现场两名死者的状况为何大相径庭？应该说二人第一时间并不在同一现场，凶手一定是先用砍刀杀死了躺在地板上的男人后，那个年轻、漂亮的女子恰好出现，惊慌的凶手赤手扑过去，将毫无精神准备的她活活掐死！

可是从女子所处的位置看,这个被凶手掐死的年轻女子不是从楼门外进来的,而是从现场里侧的一个房间闯入的。

这又说明了什么?

该男子与此女子究竟是什么关系?

丁一川在思考,他有些急于想弄清楚现场两名死者之间的真实关系。

这时,李鸥、于美珠二人急匆匆地从现场走了出来。

李鸥向丁一川汇报道:"丁队,我刚才仔细检查了女尸身上的遗物,由于她穿着简单,并没有发现什么有价值的物品。"

丁一川对于美珠交代了一句:"美珠,你去查询一下先前到达现场的人,问问谁是报案人。"

于美珠转身走了。

这时,女法医王瑾也从现场走了出来。她摘下口罩,向丁一川要了一支烟,随后她悄声对丁一川说:"丁队,我怎么觉得今天这个现场有些怪怪的,总觉得有点儿反常……"

丁一川瞪大双眼,他太了解自己的搭档了,王瑾既然说出此话,就一定是发现了什么不对的地方,他对她很信任。他说:"说说你的感觉。"

王瑾思忖着说:"在我进入现场,第一眼看见那把竖着插在那具男尸腹部的砍刀时,我就有一种强烈的感觉——凶手似乎是在疯狂地复仇!"

丁一川问:"你认为这起案件的性质是仇杀?"

王瑾说:"对案件性质的定性,还是由你们重案队来定夺吧,反正我觉得今天这个现场太反常了。凶手将作案的凶器遗留在现场,可以有两种解释:一种可能是凶手似乎不具备反侦查意识,惊慌中将凶器丢弃在了现场；另一种可能是此人为老手，将凶器丢弃在现场预示着复仇的决心。"

这时，于美珠带着古城市公安局河西分局刑侦支队的支队长刘思元来到丁一川身边。

刘思元向丁一川汇报道："丁队，报案人是现场那个男子的老婆，她叫景丽。"

丁一川问："景丽现在在哪儿？"

刘思元说："在楼西面路边停放的一辆警车上……"

就在这时，汪洋、唐继烈、郑家桥三人从现场出来了。

汪洋向丁一川汇报道："丁队，刚才我们三人各带一组队员，对这幢楼里的各处进行了搜寻，发现位于二楼的三个展览玉器、佛像和瓷器的展室室门大开，窗户和防盗门完好无损，只是不知这三个展室内都丢失了什么藏品……"

丁一川不由得皱起了眉头。他对汪洋说："你们马上带人对案发现场四周沿街进行走访，特别要在昨晚9点至10点这个时间段寻找目击证人，看看是否有人在案发时进出过博雅博物馆……"

汪洋等人领命而去。

如果这幢私人博物馆里真的发生了价值连城的藏品遭人抢劫的事件，那么，这起一男一女被杀的命案性质，十有八九就是图财害命。

想到此处，丁一川对刘思元说："你马上把报案人景丽带到这边来……"

刘思元掏出手机，给手下的刑警打了一个电话。

工夫不大，只见一男一女两个着便装的刑警，领着一个满脸泪痕的中老年妇女向这边走来。

不用猜，这个中老年妇女一定是报案人景丽。

丁一川上下打量了一下景丽。景丽看上去年龄应该在五十四五岁的样子。她一脸泪痕，很悲伤，两眼中依然存留着一丝惊恐之感。

丁一川从景丽的悲伤中不难得出结论：她因为丈夫惨遭不幸而陷入了巨大的悲痛之中。

对于这个判断，他相信自己没有走眼。

这多少也意味着最起码眼前的这个报案人应该与本案的发生没有关联……

丁一川首先向景丽询问了她丈夫的一些基本情况。

景丽介绍说："我丈夫叫欧阳泰山，今年58岁了。他目前是安居房地产公司的董事长、河西区人大代表、博雅博物馆馆长、古城收藏家协会副会长、古城推理小说俱乐部主席……"

丁一川将景丽介绍的有关欧阳泰山的头衔迅速记在了笔记本上。

听着死者的这些头衔，丁一川心里多少有些纳闷儿。古城推理小说俱乐部主席？这算啥"头衔"呢？

景丽见丁一川不说话，猜想一定是什么地方让这位刑警产生了误会。她解释道："我丈夫的爱好并不专一，比较广泛，一般人对他的兴趣、爱好不太了解。他除了酷爱收藏古玩字画、瓷器、奇石、玉石之类的收藏品，还热衷于文学创作，当作家是他年轻时的梦想，最近几年他又全身心地投入到推理小说的创作中。他是古城市作家协会的会员。近几年他经营房地产生意，赚了一些钱，就把赚来的钱除了投到文物收购上，还向慈善机构捐善款。因为热衷推理小说的创作，在一帮文学朋友的怂恿、撺掇下，在一年前成立了一家古城推理小说俱乐部，他被推为主席。"

丁一川问："这个俱乐部的活动地点在哪儿？具体的活动时间你知道吗？"

景丽说："活动地点就在博雅博物馆内，是每个月的13日，活动半天，一般都是在下午2点至5点活动。"

丁一川问："你知道他们的活动形式吗？"

景丽说："不太清楚，听说有点儿像艺术沙龙。"

丁一川问："你知道经常到这里来参加活动的人都有谁吗？"

景丽回忆着说："参加活动的铁杆人物有五个人，听我丈夫讲，他们都是写推理小说的作家。这五人分别是钱奋斗、关鹏飞、汪玉玲、陶然亮、夏羽，其中汪玉玲和夏羽是女作家。"

丁一川问："你怎么对这些人这么熟悉呢？"

景丽说："我是推理小说迷，参加过他们的几次活动。"

丁一川说："说说今天报案前后的一些经过吧。"

景丽的脸上掠过一丝惊魂未定的神色。她叹了口气，缓缓地叙述起来："今天是我父亲的八十大寿，早在一个多月前，泰山就把为我父亲祝寿的酒店选好了，就在距博雅博物馆不远的兆和大酒店。昨天晚上7点多钟，我和泰山通了电话，我问他回不回家住，他说晚上在博雅约了几个朋友谈点儿事，晚上就住在馆里了……

"今天早上8点左右，我给泰山又打了个电话，可是他手机关机了。我知道他还有另外一部手机，可是我连续打了五六遍，手机倒是通了，但就是无人接听。要说我这人脑子反应太慢，当时只是觉得有些蹊跷，也没多想什么。到了9点，我又给他打电话,依然无人接听,我觉得有点儿不对劲,就马上开车从我们居住的'松林小镇'别墅区出发,急火火地赶到了博雅博物馆……"

丁一川问:"你具体描述一下走进现场的经过。"

景丽仰天哀叹道:"天呀,那真是惨不忍睹啊!"一声长叹过后,景丽泪眼婆娑,她强忍着悲痛说道,"大概是9点半左右,我来到博物馆的院门外,院门并没有上锁,我推开门走进去,三步并作两步上了台阶,走进楼门时忽然发现那两扇高大的木门是虚掩着的。当我用力推开大门时,眼前的情景让我心惊肉跳:泰山浑身上下全是血,躺在大厅的地板上,他、他的肚子上似乎还插着一把刀……当时我惊恐万分,两腿一软,就瘫坐在了地上。我努力向前爬了几步,无意中又看见距泰山十几米远的地方,还躺着一个穿白色上衣的女子……当时,我被这充满血腥的现场吓得差点儿晕过去……我瘫在地上怎么也站不起来……"

丁一川问:"那个躺在地上的年轻女子你认识吗?"

景丽语气坚定地说:"不认识!"

丁一川听后,心里更加纳闷儿了,难道说这个女子是天使,长了一对翅膀飞进了现场,让死神抱起她一起上了天堂?

三 镇馆之宝不翼而飞

古城殡仪馆派来了六名搬尸工,他们走进现场,动作很麻利地将欧阳泰山的尸体和那名身份尚无法证明的女尸,用裹尸的大塑料口袋装好,拉上拉链,然后装上了车。按警方的要求,先将尸体拉到古城市法医鉴定中心，待日后进行尸检。

紧接着，几名保洁工人走进现场，对现场进行全面清洁。浓烈的来苏水味混合着"84"消毒液的气味，弥漫在小洋楼一层的大厅内。

今天，丁一川的心里感觉特别别扭！

为什么这么说？

在丁一川看来，现场勘查完毕之后，居然没有查清女尸的真实身份，这让他有些失望！这可是他从事刑侦工作多年以来头一次遇到的状况。

然而接下来发生的事，又让他这个资深的大侦探陷入了迷茫和不解之中。

待现场被清理完毕之后，景丽领着丁一川及他手下的众刑警走进了小洋楼内。

景丽介绍说，其实这幢小洋楼的建筑格局是呈一个倒"U"的形状，楼体的建筑面积为1000多平方米，一层、二层各有14间房间。一层大厅大约有80平方米，陈列着一些文物藏品，每件藏品都用精致的展柜陈列着。

景丽向丁一川介绍说："丁大队长，在一楼的十几个房间内，有八间收藏的是明清家具，二层全部为古玩字画、古钱币、奇石、玉石、牙雕等小件名贵藏品。"

丁一川站在一楼的大厅内，环视了一下厅内陈列的展品，确实档次很高，价值不菲。

无意中，他发现了一个奇怪的现象。

若按一般西洋式建筑设计的风格，这么大的居室，理应左右两边都要有通往二楼的楼梯，但这里只是靠左边留有一处这样的楼梯。

丁一川就此提出了疑问。

景丽解释说，原先的楼梯是左右各有一处，但在对一层大厅进行布展时，泰山将右手边的楼梯堵死了。现在若想上到二层，只能从左手边的楼梯上去了。

丁一川这时注意到：那具女尸的位置恰好正对着左手边的楼梯口。

她是从二楼下来的吗？

如果二楼都是文物藏品的展室，那她应该是从一楼的某个房间出来的。

在一层的书房里，丁一川悄声问汪洋："这间书房有什么异常情况吗？"

汪洋回答说："没有。这里的陈设摆放得很整齐，没有明显被人翻动过的痕迹。"

丁一川又问李鸥："你们没有在女尸的身上找到手机吗？"

李鸥非常肯定地答道："没有。"

这就奇怪了！

丁一川思考着，凭经验，他初步认定：那个被凶手掐死的女子，应当是个访客，她一定是从书房里出来闯入现场的……既然她身上没有手机，那一定还有一个手包类的东西放在这幢楼里，如果没有，那就是凶手在行凶后将手包拿走了……

书房里陈列着十几个书柜，里面摆放的全都是推理小说及与推理小说有关的资料。

景丽介绍说："这间书房就是每月推理小说作家们活动的地方。"

在景丽的引领下，丁一川等人上了二楼。

走在前面的景丽刚刚踏上二楼，看着眼前房门大开的藏室，大惊失色道："哎呀——我的妈呀！最贵重、最让泰山看重的藏品可都在这三间陈列室里呀……"

丁一川站在过道里，观察了一下这三间陈列室的房门，发现它们有一个共同之处。

每个陈列室都安装了两扇防盗门！

编码分别为第一展室、第二展室、第三展室。

景丽清点三个展室的展品之后，她的眼泪再次流下来了。她哽咽着对丁一川说："第一展室陈列的是玉石展品，被人盗走了属于中国红山文化的'齿状'玉梳，我们管它叫'猫眼玉梳'，这件藏品国内仅此一件……第二展室丢失了一尊金佛像，是唐代武则天供奉在法门寺的圣物……第三展室被人盗走了四幅画，一幅是张大千先生的画作，还有三幅是齐白石先生的画作……天哪，谁能想到这些东西真的招来了杀身之祸啊……被盗的这些文物、名画，可都是我们博雅博物馆的镇馆之宝呀……"

四　推演凶手作案过程

丁一川马上让汪洋、唐继烈、郑家桥三人在景丽的引领下，对尚未被人打开的另外 11 间展室逐一进行查看。

在第一展室，沿着墙四周都是半人高的展柜，里面陈列的都是中国历史上不同时期的玉器制品，件件价值不菲。在展室中央，竖立着一个方形展架，那上面的展品不见了踪影！

据景丽指认：属于红山文化的"猫眼玉梳"就陈列在此！

在第二展室,那尊金佛像摆放的位置与"猫眼玉梳"大致相仿,展架上已是空空如也,展品也不翼而飞了!

在第三展室,地面上散落着一大片碎玻璃碴儿。展室的南墙上一片空白。

丁一川还发现了一个奇特的现象。按理说,这堵墙正好朝南,原先此墙上理应留有一大扇窗户。兴许是欧阳泰山为了防盗,有意将窗户打掉,用砖将此墙堵死了。

据景丽介绍,这面墙上并排悬挂着四幅名画。一幅张大千的《江山万里图》,三幅齐白石的画,一幅画的是群虾戏水,另外两幅画的是蔬菜、几只小鸡觅食,生活趣味很是浓厚。

景丽说:"原先这四幅名画就并排挂在南墙上,画是装裱在玻璃镜框内的。这四幅画都是竖轴,每幅画长约180厘米,宽约90厘米。"

无疑,这四幅名画一定是让潜入第三展室的凶手,将玻璃镜框打碎后盗走的。

据汪洋介绍:他们在第三展室的防盗门上,发现了一大串钥匙。

其实这是一个直径12厘米的大圆盘,上面打有14个小孔,每个小孔上都套有铁环,上面分别挂着每个展室房门的钥匙。

这说明了什么呢?

这充分说明凶手一定是个对博雅博物馆藏品情况相当清楚的人!

这时,李鸥提出了一个问题。她说:"丁队,凶手是如何搞到展室房门钥匙的呢?从现场的情况看,他是先杀死了欧阳泰山,后盗走的藏品。从这点上分析,凶手有可能是欧阳泰山身边的人,他非常清楚存放钥匙的地点，所以才会如此轻易得手……"

于美珠也发表了自己的见解。她说："我认为凶手的作案动机一定是图财害命……"

丁一川耸了耸肩，笑着对于美珠说："小于，你这么说未免太武断了吧……"

于美珠有些不解，反问道："难道凶手不是图财害命吗？杀死一男一女，盗走举世罕见的稀世珍宝、名画，他的作案目的还不明显吗？"

丁一川说："没错，这个结论就目前的情形看，尚可成立。可是，有一个细节你们可曾想过？"

李鸥忙问："什么细节？"

丁一川说："就是竖插进死者欧阳泰山腹部的那把大砍刀。"

于美珠还是有点儿不解："这又能说明什么问题？"

丁一川说出了自己的独特看法："这就充分印证、说明了凶手对欧阳泰山有非常大的仇恨！有没有这种可能：凶手怀着报复杀人的强烈作案动机，在昨晚9点前后潜入楼内，目的就是要置欧阳泰山于死地！也许凶手在行凶前，并未考虑要盗窃、掠走馆内的镇馆之宝。或许是出于求生的本能，这个欧阳泰山不惜以交出镇馆之宝为代价，期望能让凶手刀下留情，放他一条生路……对于凶手而言，也许他根本不知道楼内藏有天价珍宝，但当他知道此事后，大有大喜过望之感。在他拿到那串掌管着藏品命运的钥匙后，反而会一不做二不休，先砍死了欧阳泰山……"

李鸥听后反问了一句："照这样推断，也就是说，在凶手事先的谋杀计划里，并没有考虑盗走镇馆之宝，因为凶手根本就不知道此事？"

于美珠也追问了一句:"丁队,那个穿白上衣的女子,又是怎么回事呀?"

丁一川没有马上回答她的提问,只是在原地转了两圈,若有所思地归拢着心中的思绪。

忽然,他停住脚步,对于美珠说道:"咱们不妨这样推断、演绎一下昨晚案发初始阶段的一些情景。首先,凶手能进入小洋楼,就说明他不是与欧阳泰山认识,就是有人事先给他做过介绍。如果没有这两种情况出现,凶手是不会轻易进入楼内的……

"我现在可以大胆地推断一下,凶手在'诳'开博物馆的大门后,就用砍刀将欧阳泰山逼到了一层大厅内。在凶手将要行凶之际,欧阳泰山为了讨一条生路,说出了二楼陈列室内有镇馆之宝。凶手闻听此言,就押着他从某个房间内取出了陈列室的钥匙。然后他们上了二楼,依次打开了第一、第二、第三陈列室的各道防盗门。在凶手确认了他所说的'猫眼玉梳'、金佛像及名画之后,就将他的嘴及双手用黄色胶带缠住,让其坐在二楼的过道上。就在凶手在第一、第二、第三陈列室盗取宝物的过程中,欧阳泰山拼命挣扎着向一楼跑去……凶手见状,疯狂地追了下来,将他砍死在一楼的大厅内……"

于美珠见丁一川停了下来,继而问道:"可是、可是那个穿白上衣的年轻女子为何也死在了一楼大厅内?"

丁一川推断说:"也许这个穿白上衣的女子当时就在书房内,她是昨晚到博物馆来的访客。当欧阳泰山听到院门处有人按响门铃后,他就独自一人去开门,而这个年轻女子并未露面,只是一个人在书房里……"

李鸥问道:"难道欧阳泰山不是领凶手进入书房取的陈列室的

钥匙？"

丁一川说："现在我认定，陈列室的钥匙肯定不是放在书房里。照此推理，凶手当时并不知道在一楼书房内还有一个年轻女子存在……我们设想一下，当凶手用砍刀砍杀欧阳泰山时，书房内的女子一定会听到声响，继而跑出来察看，因跑得急，所以她手上的书也被一同带出了书房……这时，凶手看见了突然出现的女子，他当然不会留下活口，结果你们也看到了……"

丁一川的大胆推理，让李鸥和于美珠二人非常认可。

能在这么短的时间内，对凶手作案的全过程进行"回放"的侦探高手并不多。丁一川能做到这一点，这是他有别于一般刑警的过人之处。

李鸥向丁一川提出了一个问题："丁队，我心里好生奇怪，这么大的一个私人博物馆，再怎么着也得养几个看家护院的吧，怎么案发时就只剩下欧阳泰山一个光杆司令呢？"

李鸥提出的问题正是丁一川马上要着手了解清楚的问题之一……

五　"大内高手"

汪洋、唐继烈、郑家桥三人，在景丽的引领下，逐一对另外11间陈列室进行了检查。检查的结果为，这11间陈列室内的藏品均没有被人翻动过的迹象。

丁一川带着众人回到一楼的书房里。他向景丽问起了博雅博物馆工作人员的情况。

景丽长叹了一口气，说道："事情走到今天这步田地，都怪泰山他心地太善良了。在博物馆里一共有四名工作人员。王德才，男，今年60岁吧，是个老光棍，负责看大门。赵向云，女，48岁，是个寡妇，她专门负责给馆里的工作人员做饭。王聚财，男，28岁，馆里的专职保安人员。赵芝兰，女，30岁，负责馆里的保洁工作……"

丁一川向景丽问道："这四人平时都住在博物馆里吗？"

景丽说："那是当然的啦。我们花钱请他们来，其实就是让他们精心看护馆里'宝贝'的。"

丁一川问："这些人都是从哪儿雇来的？什么时候来的？"

景丽听罢不由得又叹了口气。她说："一年前，小洋楼整体装修好了之后，泰山就将其定名为'博雅博物馆'，并决定将他多年收藏的藏品搬入博物馆内，在此前他颇费心思地考虑过选派什么样的人手替他照看他的这些宝贝……选来选去，最终，他选定了我们老家的这四个人，为此，我和他还专门去了一趟老家。他认定山里人朴实、心眼少，只要管他们吃住每月有工资拿，这些人保准不会出什么差错，也不会生出什么是非……"

丁一川问："你们老家在哪儿？"

景丽说："河南的太行山大山里，我们村叫王家庄，全村有600多户人家……"

丁一川问："照你的这个说法，这四个人已经在博雅博物馆里干了有小一年的活儿了？"

景丽说："差不多吧。"

丁一川问："这四个人都见过馆里陈列室的展品吗？"

景丽说："见过。因为当初泰山要把收藏的藏品逐一运往各陈列室摆放，他们四人都上手帮忙干过活儿……"

丁一川向景丽提出了一个非常重要的问题:"为什么从昨晚案发时分到现在这四个人都不在馆里?"

对于办案刑警来说,这个问题非常重要,这绝对是一个非常蹊跷、值得深入调查的问题。

景丽说:"看来这事还真怨我了!事情是这样的:看门人王德才是个 60 岁的小老头儿,打了一辈子光棍。自他到馆里干活儿之后,也不知是动了什么心思,他看上了一块儿在馆里做事的寡妇赵向云,但赵向云开始看不上他,因为王老头儿人长得比较丑,个子又矮,又没有什么钱。谁知这小一年的光景,也许是两人天天在一起相处,日久生情吧,两人还真成了。他俩商议今年麦收的时候,就回老家把婚事给办了。这不,上个星期,保洁员赵芝兰、保安员王聚财就撺掇我说,景姨,他们一向都这么称呼我,眼看着人家王老头儿和赵向云就要回老家成亲去了,咱们也不能都去参加,您看馆里是否可以先替他俩操办一次,以此来表示我们的祝福……我一听,这是成人之美的好事呀,就爽快地答应了。王聚财最先向我提议,给王老头儿两口子办喜事可不能凑合,最好找一个像样儿的地方。我说这事好办,在古城市迆北的北部山区,泰山新落成了一个叫'薰衣草农庄'的旅游度假村,在那儿办酒席再合适不过了。他们一听都挺高兴,事情就这样定下来了。昨天下午 4 点,我找来一辆大面包车,拉上王老头儿和赵向云请来的在古城市打工的十几个老乡,王聚财开着馆里的车,拉着赵芝兰就奔'薰衣草农庄'去了。昨天晚上我也赶到了那里,和一对新人喝了喜酒,大约晚上 9 点多,我离开农庄回到家里……"

丁一川问道:"那王聚财等人为何没有连夜返回博物馆呢?"

景丽答道:"这事都怨我。当时我见这些人正喝在兴头上,一个劲儿地起哄灌这对新人,我也不想扫大家的兴致,您也许不知道,按我们老家当地的习惯,喜酒一定要喝得尽兴。我想今晚大家高兴,就让他们痛痛快快地喝吧。临走时,王聚财还特意向我请示:'今晚我们还回去吗?'我说别回去了,喝多了就住在农庄吧,反正这儿有的是客房……"

丁一川听后追问了一句:"但是为什么直到今天上午,也没见到王聚财等人回来呢?"

景丽说:"嗐,甭提了!今儿早上我才听说昨晚这帮人都喝高了,现在还睡着呢……"

丁一川听后又问了一句:"现在还睡着?这帮人喝到几点呀?"

景丽说:"听农庄的服务员说,他们从昨晚6点多开始喝酒,一直喝到半夜12点多……"

丁一川有些抱怨道:"这帮人没喝过酒啊?喝这么长时间?"

景丽说:"乡下人,都这样。这帮老乡一年难得聚一回,彼此拉拉心里话什么的,多喝了点儿酒,也算是人之常情吧……"

丁一川又提出了另一个有关刑侦技术方面的问题:"昨晚博雅博物馆内发生这么大的事,特别是你丈夫欧阳泰山遇害,你能提出涉案的嫌疑对象吗?"

景丽不愧是推理小说的爱好者,对丁一川提出的这个问题并不陌生,对此她似乎在案发后已经深思熟虑过了,她不假思索地提出了两个重要的嫌疑人。

她提出的第一个嫌疑人就是王聚财。

当丁一川向她询问怀疑王聚财的根据时,景丽说出了她的理由:"因为王聚财与保洁员赵芝兰乱搞,这事让看门的王德才看见了,就把这件事告诉了我丈夫,泰山听后很生气,决定解聘王聚财。对此，王聚财颇为不满，他不承认有这事，说是王老头儿瞎咧咧。泰山见他嘴硬，知错不改，很生气，一怒之下给了这小子一个耳光，大骂了他一顿，并说让他干到本月底就走人……昨天晚上，在'薰衣草农庄'喝酒时，王聚财借着酒劲还向我发了一通牢骚，说他忠心耿耿地看护着博物馆，一年来尽职尽责，馆里什么事也没出过，凭什么让他走人呀……借着酒劲，他还骂了新郎官王德才一通……"

丁一川问："你认为王聚财会因此事记恨欧阳泰山，对他下黑手，还盗走馆里的文物？"

景丽则说："这年头儿人心隔肚皮呀，俗话说，知人知面不知心嘛！况且，我们馆里的藏品随便拿出几件，就能卖个大价钱……"

丁一川又问："当初你们聘他的时候，就因为他是老乡吗？做保安要有技能吧？"

景丽说："这是当然。王聚财是我们的老乡不假，他还会功夫。你们不了解他的情况，他的祖上在清朝时，是京城故宫里守护皇宫的侍卫，到了王聚财这辈已经是第六代了。他自幼习武，功夫了得，人送绰号'大内高手'。"

丁一川问："他的武功真有那么厉害？"

景丽说："名不虚传！"

丁一川沉吟了片刻，没有吱声。转而，他又问景丽第二个嫌疑人的情况，不想景丽表述起来则显得有些含混。

她说："我提出的第二个嫌疑对象叫李琪，今年40岁吧，他是安居房地产公司销售部的经理。这个月初，他因严重违反公司售楼规定，被泰山解聘了。为此，他还动手打人，扬言这事不算完，早晚要找人把我丈夫给'办'了……"

丁一川问:"这件事的起因和经过你清楚吗?"

景丽说:"我只是听我丈夫叨唠了几句,具体情况公司的人应该知道……"

不管怎么说,景丽提出了两个怀疑对象。他们是否就是杀死欧阳泰山和那个年轻女子的凶手,还有待日后的调查。但有一点要注意,案发前,他们都与欧阳泰山有过矛盾冲突。

丁一川在想:仅凭这一点,就可以马上组织手下的刑警,对这二人开展调查工作……

六　鉴定被盗文物

丁一川一直在盘算着两个问题。

第一个问题:博雅博物馆被盗文物是否为真品?价值几何?

第二个问题:这些被盗的文物究竟有多少人见过?

关于第二个问题,景丽给出了一个比较肯定而又准确的答案:"据我所知,一号陈列室里的'猫眼玉梳'、二号陈列室里的金佛像及三号陈列室里的名画,大致只有两拨人看过。"

丁一川说:"那你具体说说这两拨人的情况。"

景丽说:"第一拨看过这些宝贝的,当属我们馆里的四个工作人员。"

丁一川问:"第二拨见过这些藏品的又是些什么人呢?"

景丽说:"就是推理小说俱乐部的那几个作家。"

李鸥将这两拨人的名字依次做了记录。

最终,一共锁定了九个人。

这九人依次为博雅博物馆看门人王德才、做饭人赵向云、保洁员赵芝兰及保安员王聚财,看过被盗文物的五位推理小说作家钱奋斗、关鹏飞、汪玉玲、夏羽、陶然亮。

就在这时,汪洋从外面走进了书房,他对丁一川悄声耳语道:"丁队,博物馆的四个工作人员回来了。"

丁一川当即指示道:"马上安排咱们的人,分别对这四人进行调查。"紧接着,他对景丽说,"你知道那五位作家的电话吗?"

景丽点点头:"知道。他们的手机号码都存在我的手机里。"

丁一川说:"很好。你现在依次给他们打电话,实话实说,告诉他们馆里出事了,我们警方要向他们核实一些情况,让他们尽快赶过来。"

景丽离开了书房,到门外打电话去了。

待景丽走了之后,于美珠有些担心地问:"丁队,如果这五位作家中,真有一人涉案,这么贸然地通知他们赶到博物馆,会不会打草惊蛇呢?"

丁一川听后笑了:"反正现在我们手头儿也没有什么像样儿的线索,不如先抡几棍子,把蛇弄惊了,没准儿还能从中找出凶手的破绽呢。"

于美珠听了竖起大拇指:"高,真高!丁队,您这招也太出乎一般人的思维了,做法大胆,凶手也很难预料!如果这五位作家中,有谁拖延、无原因不敢前来,就真的说明问题了。"

李鸥问丁一川:"丁队,关于被盗文物鉴定这事怎么办?这样做恐怕不现实吧?"

丁一川颇为得意地说:"我已经在半小时前给两位专家发了短信,我估摸这二位高人该到了吧。"

李鸥有些惊讶,又心生佩服。

之后，丁一川多少有些卖弄地对李鸥、于美珠说道："我这手机里大概存了不同职业、不同行当的专家号码80多个，什么时候赶上事了，遇到了咱们不懂的问题，就请专家来，难题就会迎刃而解啦。"

正说话这工夫，郑家桥将两位学者模样的人领进了书房。

丁一川一见来人马上站起身迎上去，与来人热情地握手寒暄。

他向李鸥、于美珠介绍说："认识一下，这二位都是古城博物馆的专家。这位是鲁笛，古城博物馆馆长，考古及文物鉴定方面的专家。身边的这位叫罗显才，是文物拍卖、收藏的专家。"

二位专家都表示出谦逊的神态。

罗显才快人快语道："丁大队长，今天请我们来是让我们帮什么忙呀？"

丁一川将博雅博物馆案发情况向两位专家简要地介绍了一下。

这时，景丽走进书房。她对丁一川说："丁大队长，五位作家我已经都通知到了，他们一会儿就赶过来。"

丁一川又向景丽介绍了一下鲁笛和罗显才，然后他对景丽说："关于本案被盗的文物，我今天特意请了二位专家前来鉴定，你的电脑里有被盗物品的影像资料吗？"

景丽说："有。"她走到书房写字台前，打开桌上的电脑，很快，电脑屏幕上依次显示出那四幅被盗名画的照片。

罗显才坐在电脑前，全神贯注地看了起来。良久，他抬起头对丁一川说："丁大队长，这样看电脑里四幅名画的照片，很难断定画作的真伪。假如这四幅名画都是原作、真品，那可就价值连城了，就目前市场上的价格，每一幅画都应在一亿元上下！"

罗显才此语一出，不仅在座的众刑警吃惊不小，就连景丽都瞪圆了两眼。她声音微颤地问道:"真值这么多钱?"

罗显才介绍道:"从上世纪 80 年代开始,中国名人字画在拍卖市场上的价格就像打了滚似的一路飙升,拿齐白石的画来说吧,在上世纪 80 年代,每幅画也就值几十万元,后来可就跟坐直升机似的,一个劲儿地往上飙升!目前的市场价已然升至上亿元了!"

鲁笛先看了看二号陈列室被盗的金佛像照片。之后,他发表了自己的见解。他神情有些凝重地说:"我初步认定这尊金佛像极有可能是唐代武则天特意为法门寺铸造的一尊金佛像。如果真是这样的话,这尊金佛像的价值还真不是能用文物市场的价格来衡量的。这应该被定为国家的特级文物了……"

李鸥问:"这个金佛像算是特级文物?"

鲁笛说:"特级谈不上,至少应列为一级文物吧……"

说到这里,他又全神贯注地端详起电脑屏幕上的那个"猫眼玉梳"来。

他的表情有些惊讶,对丁一川、罗显才等人说:"我是平生第一次看到这样器型的玉制品!这件'猫眼玉梳'应属于中国考古界所说的红山文化范畴。此玉梳距今的年代应在 3500 年前。如果它不是赝品,就应该与红山文化最著名的玉猪龙、玉龙齐名!你们知道吗?玉猪龙、玉龙这两件红山文化代表性的玉器,可是国宝级的藏品,现藏于中国国家博物馆内。可见这类玉器是何等弥足珍贵啊!"

丁一川坐在一旁的椅子上,听完鲁笛对"猫眼玉梳"的见解后,没有搭话,而是随手翻阅着在现场女尸附近发现的《坐拥书城》那本书。

无意中,他发现在书中夹着一个书签。他顺手打开插有书签的那一页，眼前的一幕，顿时惊得他坐直了身子。他站起身，将书递到了鲁笛的手上。

鲁笛看后也是大惊失色！

七　查明女尸身份

让丁一川和鲁笛如此大惊失色的是什么呢？

原来，在《坐拥书城》这本书第 66 页的右上角，竟然印有一个与博雅博物馆失盗的"猫眼玉梳"尺寸、形态大致相仿的"猫眼玉梳"照片！

书页上有一段文字对其有明确的描述：这件"猫眼玉梳"于 20 世纪 60 年代末，在中国境内出土，近期被确认为新石器时期的中国红山文化的艺术品。书中还特别提到：这个"猫眼玉梳"现收藏于奥地利一个叫弗里尔画廊的私人博物馆内。

鲁笛的心很细。他把书上的"猫眼玉梳"与博雅博物馆失盗的"猫眼玉梳"仔细地比对了几遍之后，还是从中发现了二者之间有一些细小的不同。

他把众人叫到电脑前，手指着屏幕上的一处对丁一川等刑警说："你们看，博雅博物馆失盗的这个'猫眼玉梳'的眼睛，十分酷似猫头鹰的眼睛，非常圆！而现藏于奥地利弗里尔画廊的这件'猫眼玉梳'的双眼，近似家猫的双眼！仅这一点就说明早在 3500 年前，制作此类玉器的匠人是有意而为之的！据此，我可以断定，博雅博物馆失盗的'猫眼玉梳'是绝对的真品！另外，博雅博物馆馆藏的这件'猫眼玉梳'与奥地利的那件相比，无论做工、艺术价值还是收藏价值，都远在奥地利收藏的那个玉器之上！"

丁一川又细心地翻阅了一下《坐拥书城》这本书，但并未从中发现什么有价值的东西。他拿起书签准备放回书里，这才注意到书签的正面印有一簇暮秋时节怒放的菊花，很好看。他随手将书签翻过来，猛然发现那上面有人用铅笔写了这么几行字：

明天下午3点，到金爵大酒店1088房间找史密斯·豪夫夫妇。一手交货一手拿钱……

这是什么意思？

谁要去金爵大酒店？

是欧阳泰山吗？还是死在现场的那个年轻女子？

从字迹来看，笔画还真像女人的手迹！

这是什么时候写的？文字中没有记载。

交货？交什么货？是"猫眼玉梳"吗？

为什么书签恰好夹在第66页上？与此页印有的"猫眼玉梳"是巧合吗？

一连串的问号闪现在丁一川的脑子里，他百思而不解。

在丁一川起身送鲁笛、罗显才往书房外走时，罗显才对丁一川说："丁大队长，今天没有看到实物有点儿遗憾，等你们抓到真凶、缴回赃物，我们二人再来一趟，真正做一回鉴定，保准具有权威性。"

丁一川说："您所言极是，但今天二位到来，为被盗物品进行了鉴定，这对我们下一步的工作是有极大启发和帮助的。"

罗显才听后恍然大悟道："有道理，有道理，丁大队长不愧是大侦探……"

就在鲁笛、罗显才走后不久,守在博雅博物馆大门外的一名刑警给丁一川打来电话。他在电话里告知:"丁队,有一个自称是古城市推理小说作家的人来了,说他叫陶然亮,让他进去吗?"

陶然亮?

这个人来得可真够快的!从景丽通知的时间看也就20多分钟吧。

丁一川对门口的刑警说:"带他进来吧。"丁一川挂断电话,转身对李鸥和于美珠说,"你们俩去一趟金爵大酒店,查一下1088客房是否有史密斯·豪夫夫妇入住。"

李鸥和于美珠二人转身走了。金爵大酒店距案发现场很近,拐过三条街就到了。

这时,汪洋、唐继烈、郑家桥三人先后走进了书房。丁一川和景丽正聊着什么,见汪洋他们进来,就对景丽说:"你先找个地方休息一下,如果有什么事需要向你核实,再找你。"景丽离开了书房。

汪洋急切地向丁一川汇报道:"丁队,刚才我们分别对王德才、赵向云、赵芝兰、王聚财四人进行了询问,发现了一条可疑的线索……"

丁一川说:"噢,具体说一下。"

汪洋说:"据王德才证实,昨天晚上在薰衣草农庄喝喜酒时,王聚财总显得心神不定,晚上9点半左右,他说自己肚子不舒服,就先回客房睡觉去了……可是不久,王德才上完卫生间出来,在农庄大门外醒了会儿酒,他看见王聚财一个人开着车出了农庄,向城里方向驶去……大概过了一个半钟头,这个王聚财又回到了酒桌上,继续和老乡喝酒……"

一个半小时？

薰衣草农庄距博雅博物馆只有半个小时的路程，前后一个小时正好打一个来回。那剩下的半个小时，这小子该不会是在馆内杀人行凶、盗掠价值连城的艺术品吧？

丁一川认为这种判断、推理还真是合情合理。

不可否认的是，这小子与欧阳泰山确实有过矛盾冲突。

想到此处，他指示汪洋和唐继烈："你们马上对王聚财展开突审，一定要查清这小子离开薰衣草农庄后的去向。"

汪洋、唐继烈刚刚离开书房，一个刑警领着一位40多岁的中年男子走了进来。不用问，此人就是推理小说作家陶然亮。

落座后，陶然亮并未急着说话。他从兜里掏出一盒中华烟，递给丁一川一支。丁一川摆摆手，没有接。

陶然亮长着一张圆脸，头挺大，一双大圆眼睛骨碌碌地乱转，他用一种异样的眼神审视着丁一川。

丁一川心里觉得特别别扭。他有一种预感：这个人心里似乎装着什么心事。

果不其然，陶然亮开口了。

然而，他的第一句话就让丁一川和在座的郑家桥吃惊不小。

他语态缓慢地说："我知道博雅博物馆内女尸的真实身份……她的名字叫幕蓉梅……"

八　匪夷所思

陶然亮看出他面前的这两个刑警并不相信他的话。他从兜里拿出一本护照，递到丁一川的手上。

丁一川打开护照看了一下，果然，护照上的照片就是死在现场的那个年轻、美貌出众的女子！

这是一本香港公民的护照。护照上印有：幕蓉梅，女，26岁，中国香港特别行政区公民。

丁一川看着陶然亮，不解地问："你手里怎么会有幕蓉梅的护照？你与她是什么关系？"

陶然亮实话实说："她是我妻子。"

此言一出，让丁一川、郑家桥又是一惊。

丁一川又看了看手中的护照，将信将疑地问："她真是你妻子？"

陶然亮肯定地说："是，我们结婚已经一年了。"

丁一川说："那你介绍一下你的情况吧。"

陶然亮说："我今年48岁，是古城大学中文系的副教授，主要讲中国文学及创作课程，业余时间从事推理小说的创作。截至目前，我已经出版了十部长篇推理小说，也算是小有成就吧……"

丁一川问："冒昧地问一句，你是再婚？"

陶然亮说："是。我前妻三年前因病去世了……"

丁一川问："哦，对不起。"

陶然亮说："没关系。"

丁一川问："你介绍一下幕蓉梅的基本情况吧。"

陶然亮说："幕蓉梅是四年前来古城市投资创业的。她的父亲是位收藏家，很有钱。幕蓉梅最先在博雅博物馆附近的兆和大酒店经营酒店生意。原先这家酒店叫大众酒店，长期亏损，自幕蓉梅对该酒店进行投资并参与管理后，酒店生意慢慢地有了起色。房地产公司老总欧阳泰山没少帮忙，像一些商务活动、宴会什么的，欧阳老总就长期在兆和大酒店举办……"

丁一川问："这么说，幕蓉梅与欧阳泰山的关系不错？"

陶然亮说："可以这么说吧，至少是商业上的合伙人。"

丁一川向陶然亮提出了一个问题："你怎么这么肯定幕蓉梅昨天晚上是在博雅博物馆？你是如何知道的？你既然知道妻子出了大事，为什么不报案呢？"

丁一川这一连串连珠炮似的质询，问得陶然亮一时难以开口。

陶然亮明显地感觉到，他今天在这个时候出现在办案刑警面前，还说出了这样一番话，多少有点儿失策。他悔恨不已！

既然事已至此，他只好实话实说了。他说："事情的起因是这样的：半年前，幕蓉梅和我商议到奥地利定居、创业。我说这需要一大笔钱呀。她说这没问题，她老爸会资助我们的，买一套别墅不是什么问题。我说咱们到了奥地利，人生地不熟的，靠什么活着呀？她说咱们可以开一家中餐馆。我说那也需要不少钱呢。她说这半年光景咱挣点儿，再找熟人借点儿，不就成了。再说，我爸在奥地利还认识几个收藏界的朋友，咱们再带出去几件上眼的文物，一出手可就变成欧元了……我说你净想美事……她说你不用管，同意走就行……

"也别说，幕蓉梅还真能干，由她老爸出面联络了一个叫史密斯·豪夫的奥地利收藏家，这个收藏家准备到中国来一趟收点儿东西。幕蓉梅看上了欧阳泰山在博雅博物馆的藏品——'猫眼玉梳'……"

丁一川听到此处，截住了他的话头儿。他问陶然亮："幕蓉梅是如何知道欧阳泰山手里有'猫眼玉梳'的呢？"

陶然亮说："听幕蓉梅说，是欧阳泰山带她参观博雅博物馆的藏品时看到的。"

丁一川问:"原来如此。可是人家欧阳泰山同意出手他的镇宅之宝吗?"

陶然亮说:"是呀,我劝过幕蓉梅,可她就是不听啊!我对她说人家欧阳泰山是做房地产的大老板,很有钱,那些藏品都是他的心爱之物,他是不会出手的……可是,就在昨天晚上6点多钟,幕蓉梅在家里接到一个电话,她欣喜若狂地告诉我,史密斯·豪夫夫妇今天下午已经到了古城市,入住在金爵大酒店。晚上8点多吧,她到博雅博物馆去找欧阳泰山,说收购'猫眼玉梳'的事。我听后满腹狐疑。我问她,人家欧阳老总愿意卖吗?她得意地对我说,这事你就别管了,反正咱们到奥地利买别墅、开饭馆的钱有了……临出门时,她给我留下一句话,说晚上办完事她就直接回兆和大酒店了,有什么事明天再联系……"

原来如此!

丁一川问陶然亮:"你是怎么知道妻子出事的?"

陶然亮问:"由于昨晚我写小说睡得比较晚,今天上午10点多钟才起床。起来后我就给幕蓉梅打电话,奇怪,她的手机竟然关机了。我又往兆和大酒店打电话,他们说从昨天晚上到现在根本就没有见到她。我有点儿着急,就赶紧给欧阳泰山打电话,谁承想他的手机也是关机!这是从没有过的事,我心里发毛,猜想不会是出什么事了吧。就在我焦急万分的时候,欧阳泰山的妻子景丽打来电话,告知我,昨晚欧阳泰山被人杀死在了博雅博物馆内,同时被杀的还有一个年轻、漂亮的女子,但是这个女子她不认识。还说警方已经来人了,让我们几个推理小说作家马上赶到馆里,有些情况要向我们核实……听景丽这么一说,我的脑袋顿时'轰'地一下就大了，马上带上幕蓉梅的护照赶了过来……"

丁一川问陶然亮："你对这个案子有何见解？"

陶然亮思考了一会儿，说出了自己的看法："我认为有一个人是制造这起血案的真凶！"

丁一川问："噢——你怎么这么肯定呢？"

陶然亮似乎是鼓足了勇气，他嗓门儿高八度地大声说："俗话说，家丑不可外扬。事已至此，我也顾不了太多脸面了！我认为是景丽雇凶杀死了欧阳泰山和幕蓉梅二人！她有意让凶手盗走馆内的'镇馆之宝'，存心制造了图财害命的假象，以此来迷惑你们警方的侦查视线……"

丁一川问："可是，景丽的作案动机又是什么呢？"

陶然亮长叹一声道："我几天前才弄明白，原来我老婆就是欧阳泰山的小情人！当然，景丽肯定也知道这件事。一个老女人如果疯了，是什么事都干得出来的……"

最后，丁一川询问陶然亮昨晚案发时间段在哪里，他说是一个人在家写小说，哪儿也没去。

这是一个意外情况。

博雅博物馆建成已有一年时间了，为什么单单在四名馆内工作人员全都不在的时候发生了血案？

一年中，只有这么一次馆内无人！

难道这真是景丽一手策划的？

九　"我是进了现场，可人真不是我杀的"

丁一川先让陶然亮回去了。

郑家桥对此有所不解。他问丁一川："丁队，你就这么轻易地放他走了？我看这主儿身上的疑点可不少！"

丁一川明白郑家桥提出的疑问，但并未马上向其解释什么。

郑家桥又说："我不只是单纯地觉得这个陶然亮身上存有疑点，之所以对他产生怀疑，是因为他的表现有悖常理。他进门后，不等我们说明情况，就一口咬定现场的女尸是其妻子幕蓉梅，如果他不知情，怎么会如此肯定？他是神仙？能掐会算？不能吧？！这不就充分说明他有重大涉嫌制造博雅博物馆血案的可能吗？！"

丁一川说："可是我们手里没有指证陶然亮涉嫌谋杀的证据！你能确认昨晚是陶然亮一人，只身手提砍刀闯入博雅博物馆，杀死欧阳泰山后再掐死自己的妻子吗？要知道，他是一个大学里的副教授，是一个文弱书生，即使他真的要谋杀欧阳泰山和幕蓉梅，也不会亲自动手。何况现在我们连他的谋杀动机都不清楚，轻易将其拘传，反而会造成我们侦查工作的被动……你说——是不是这个理儿啊……"

郑家桥听后点点头："对。别说，还真是这么回事。我差点儿把事情弄'夹生'了，骑在老虎背上，可就真的不太好办了。"

这时，李鸥给丁一川打来了电话："丁队，我和美珠在金爵大酒店前台查到了昨天入住1088客房的客人名字，还真是奥地利人史密斯·豪夫夫妇。据我们向客房服务员了解，这对夫妇今天上午并未外出，现在还在客房休息。"

丁一川对李鸥说："好，你们就在原地待命，盯紧史密斯夫妇。从目前情况看，他们这趟来中国，极有可能是想通过幕蓉梅来购买我们的文物，那是我们的国宝，决不能让它外流。对了，这个幕蓉梅就是死在博物馆现场的那个年轻女子。"

"啊？这么快就找到线索啦？太好了！"接着李鸥又问丁一川，"丁队，我们是否可以接触一下史密斯夫妇？"

丁一川沉吟了片刻说道："也好，向他们核实一下情况，看看有什么反应。一有结果，马上汇报。"

丁一川刚挂上电话，汪洋又打来电话。汪洋在电话里悄声向丁一川汇报说："丁队，王聚财这小子嘴挺硬，一口咬定他昨晚不曾离开过薰衣草农庄。"

丁一川没有说话，对此他早有心理准备。在过去所办的案件中，他不止一次遇到这种情况，涉案嫌疑人开始总会抱有侥幸心理，抱着死扛硬撑的坚定信念，与办案刑警周旋，试图摸清办案人员的底牌，只要警方没有抓到他作案的把柄，就横下一条心，企图顽抗到底、蒙混过关。

像王聚财这样的对手，丁一川见多了。他在电话里对汪洋说："把他押到书房来，我亲自会会这小子。"

时间不长，汪洋、唐继烈二人押着王聚财走进了书房。在书房写字台的对面，摆放着一把椅子。

丁一川示意王聚财坐在椅子上。他上下打量了一下眼前的王聚财。此人年纪不大，二十七八岁的样子，身材魁梧，紧身套衫下更凸显出他那一身的腱子肉。他长得浓眉大眼，很精神，只是眼神中不时地浮闪出一种狡诈的目光。

问话伊始，丁一川并未直接向他询问关于昨晚案发时分的去向，而是问了一个令王聚财意想不到的问题。

丁一川不紧不慢地问道："王聚财，昨天晚上博雅博物馆内有两人被谋杀，你怎么看这件事？"

王聚财微微一愣，然后支吾着说："我、我怎么知道……反正、反正跟我没关系……"

嘿！这小子反应倒快，撇得还真干净。

丁一川心里很淡定。仅仅一个回合，丁一川就看清了他的软肋。他冷笑了一下，不动声色地问道："赵芝兰的肚子是你搞大的吧？还做了人工流产？"

王聚财闻听此话心中一惊，他仰着头，张着嘴，看了丁一川一眼，又慌忙躲闪开，脸上流露出惊慌的神情。他没敢马上回答丁一川的询问。

过了好一阵，他嘟囔道："你们、你们怎么什么都知道?！可就算这样，这事与昨晚馆里出事又有什么关系呀？"

丁一川说："当然，若在一般人的眼里，你与赵芝兰乱搞，可能就是一个独立的事件，但我们是刑警，警方搞案子要把事情综合起来分析。信不信由你，凡是你告诉给赵芝兰的事，你不说，她也不会替你死扛硬顶的！不信——我们就把她传讯到公安局去，看她会不会把你撂出来。"

丁一川说的话还真不是吓唬王聚财。

在两人以上的犯罪同伙中，总有一人是处于次要位置的。凡是居于次要位置的犯罪者，一般情形下，为了开脱自己的罪责，大都会很快供出自己所犯的罪行，尽可能地将主要罪责全部推到同伙身上，其目的就是保全自己、减轻罪责。

丁一川见王聚财保持沉默，知道他心里在纠结，便站起身，走到他身边，指着他说："你小子自认为聪明，但还是让我们抓住了你的尾巴。据我们调查，你恨欧阳泰山，因为他知道了你与赵芝兰的龌龊事，要解雇你！因此，你起了谋杀的念头。昨晚，馆里的人都去了薰衣草农庄，你认为这是老天赐给你的一个良机。

你独自一人开车外出长达一个半小时,我们警方认定你是连夜奔向博雅博物馆,制造了杀死一男一女二人的血案!"

丁一川的推理合情合理,没料到王聚财"噌"地一下从椅子上站起身,大声对丁一川说道:"人不是我杀的……没错儿,我是恨欧阳泰山,我只是想要报复他,但并不想害死他!我承认我离开过农庄,进过现场……可是、可是我真的没杀人……"

丁一川用手使劲按住王聚财的肩头,镇定地说:"坐下慢慢交代,是你干的事你跑不了,不是你干的事我们也不会赖在你头上。"

王聚财叹了口气,开始交代:"你们分析的没错儿,我是与赵芝兰有过男女关系。我其实只是想和她玩玩,没想到她认真了。因为她与她丈夫感情一向不好,两个月前,她意外怀孕后,提出要跟我长久在一起,做永久夫妻。其实我根本看不上她,就一个劲儿地催她赶快到医院做人流。她很拧,就是不去,横下心要生下这孩子,她要给我来个生米煮成熟饭,逼我就范!说实话,我当时一冲动,真有掐死她的心!

"就在半个月前,这件事让欧阳泰山知道了,他非常生气,当着王老头儿和赵向云的面,给了我一个大耳光!还说要解雇我,让我滚回老家去!他还限期让我带赵芝兰到医院做了人流手术。这之后,欧阳泰山明确告诉我,干到月底就走人,半分钱不会差我的……我知道自己错了,我不想走,我求他……但于事无补……"

丁一川听到此处,问他:"你每月工资是多少钱?"

王聚财说:"一万。"

丁一川问:"后来呢?"

王聚财说:"昨天上午,景姨给我送来工资,还转达了欧阳泰山的话,说让我今天上午就收拾东西离开博雅。我说不是让我干到月底吗，现在才月中啊。景姨说钱是按整月给我的，不用到月底了。我一看这老家伙跟我玩真的了，当时气不打一处来，他不仁就别怪我不义！我知道欧阳泰山认识一个小娘儿们，她有时也到馆里来，但她是什么身份、叫什么名字我并不清楚。于是，我就在气头上把欧阳泰山和那个小娘儿们的事，告诉了景姨。景姨听后脸气得煞白。

"当天晚上，在薰衣草农庄喝喜酒时，我特意问了景姨一句：'我们这些人都到这么远的地方来喝喜酒，馆里可就唱空城计了！'景姨顺嘴说道：'不碍事的，今天晚上欧阳泰山正好在馆里约了人，不会有事的。'我一听，感到这是个机会。我有一身的功夫，想趁机教训教训这老东西……"

丁一川问："你想在昨天晚上下手，将他杀死？"

王聚财连忙辩解道："没有、没有。我的想法是：既然你欧阳泰山让我卷铺盖卷走人，我也不能空手走哇，老子今晚就鼓捣走点儿你心爱的宝贝！"

丁一川问："具体怎么实施的？"

王聚财说："很简单。因为我会功夫，在潜入馆内时，换上了一身黑色的夜行衣，再蒙上面，只需一掌就能将那老东西打蒙，然后从他身上搜出三号陈列室的钥匙，摘下里面的四幅名画，这是很轻松的事……"

丁一川说："听着挺像回事。说说你作案的全过程。"

王聚财说："昨天晚上9点左右，在薰衣草农庄喝喜酒时，我谎称自己不舒服，先回住处歇会儿，借故离开了酒席。然后我开上车直奔博物馆。我换上夜行衣，把黑丝袜套在头上，本想跳墙进入馆内，没想到，大门是虚掩着的。我好生奇怪，三步并作两步就上了台阶,一看小洋楼的那扇大木门也是虚掩着的,里面亮着灯。我心里咯噔一下,有种不祥的感觉。我轻轻地推开木门走进大厅,一股血腥味儿扑鼻而来。我顺势一看,惊得我头发都要竖起来了!只见欧阳泰山躺在血泊中,他的腹部还插着一把砍刀。在他的不远处,还躺着一个穿白色上衣的女人,也是一动不动地躺在地上……"

丁一川听到这里不由得双眉紧锁。他用严厉的口吻问道:"你小子如此轻描淡写,愣说你进入现场时,欧阳泰山和那个年轻女子已然被人谋杀了!你这鬼话谁相信呀?"

王聚财听了丁一川的话,突然双膝跪地,指天发誓道:"警察爷爷,人真不是我杀的呀……"

丁一川说:"站起来说话!"

王聚财起身坐回椅子上,嘴里一个劲儿地叨叨着:"我是进了现场,可人真不是我杀的……"

十 疑点重重

王聚财的供述实在匪夷所思!

他不否认进过现场,却一口咬定人不是他杀的!口口声声说在他进入现场时,他看到了一男一女两具尸体!

在场的众刑警对王聚财的这个供述都持否定态度。

丁一川见王聚财坚持自己的说法,在一时难辨真伪的情况下,也只能听他继续往下"讲故事"了。

王聚财接着交代说:"当我进了现场,发现躺在地上的两具尸体后,我本能的反应就是转身立即逃离现场……可是在一瞬间,我又意识到反正我的脚已经踏入了现场,是跳进黄河也洗不清了,与其跑掉不如就手将三号陈列室的名画摘走。我缓了缓神,快步上了二楼,我忽然发现二楼的第一陈列室和第二陈列室的防盗门全大敞着,里面还亮着灯。我见状心里兴奋起来,如果此时凶手正在楼上盗窃藏品,这可是我千载难逢的好机会。就凭我的一身功夫,生擒凶手自然不在话下。我小心翼翼地搜寻了一遍,没有发现凶手的踪影,这多少有些令我扫兴……

"我在第二陈列室的防盗门上,发现了那盘钥匙串。容不得多想,我迅速用钥匙打开了第三陈列室的双重防盗门,打开室内的灯,砸碎画框,迅速摘下四幅名画,卷了起来,然后关上灯,用一块布将门把手擦拭了一下,溜出了现场……"

丁一川问他:"你从现场逃出来之后,就返回了薰衣草农庄?"

王聚财说:"对呀,我大概是在晚上 10 点半赶回去的。"

丁一川问道:"你把那四幅名画藏在哪里了?"

"藏在我开的那辆夏利车的后备厢里。"说着话,王聚财从兜里掏出一串钥匙说,"车就停在博物馆的大铁门北侧 30 米的地方。"

丁一川马上指示唐继烈、郑家桥二人去查验一下这辆车上是否藏有那四幅名画。

有一个问题,丁一川必须要弄清楚:王聚财为什么专门对这四幅名画下手,而不盗取其他的藏品呢?

当丁一川向王聚财问及此事时,王聚财的回答似乎也很合乎逻辑:"馆里其他藏品的市场价格我说不太好,心里没谱。但是对张大千、齐白石画作的市场价格我是知道的,我比较关注这二位大师画作的市场拍卖价格,因为在今年香港及大陆的几次春拍会上,张大千、齐白石二位大师的画作,每幅画都拍到了上亿元的价格，所以我就选择了对这四幅画下手……"

就在这时，丁一川的手机响了。电话是女法医王瑾打来的。她在电话里向丁一川汇报道："尸检已经做完了，结果一会儿就出来。现场提取到两个人的足迹，一大一小。已经将现场提取的足迹上传到你的电脑里，你看一下。"

丁一川迅速打开电脑，屏幕上依次显现出两个人的足迹。尺码小的那枚足迹距离男尸很近。尺码大的那枚距离男尸则较远，尺寸标为43厘米，证明此人身高在1.85米左右。这个足印非常接近王聚财的实际情况。

丁一川让王聚财将他脚上穿的那双阿迪达斯运动鞋脱下来，经过比对，鞋底花纹竟然完全一致！

丁一川看后心里不免也踌躇起来。这是因为王聚财在现场留下来的足迹确实距男尸的距离较远，这可以证明他进过现场，但并不能证明他就是凶手！

难道他还有同伙？

这时，唐继烈、郑家桥二人走进了书房。二人将画摆放在写字台上，然后依次将画卷展开，没错儿，的确是张大千和齐白石的画作。

难道这个王聚财没说谎？他真的是误打误撞地进了现场，没杀人，只是盗取了四幅名画？

照此推理，凶手另有其人！他先王聚财一步闯入了博雅博物馆，在先后杀死欧阳泰山和幕蓉梅之后，盗走了"猫眼玉梳"和金佛像。

陶然亮身上虽然有疑点，可是就凭他一个文弱书生，手持砍刀连杀二人？这似乎不太符合情理。

凶手的作案目标相当准确，心狠手黑，看来是有人在雇凶杀人！

那么，谁会是本案幕后的真正主谋呢？

丁一川一时也陷入了迷茫之中，因为他目前尚未寻到这个谋杀者露出来的任何破绽……

十一　欲盖弥彰

在对王聚财的讯问将要结束时，他向丁一川提出了一个嫌疑人。

他说："请您相信我，我确实没有杀人，只是偷走了四幅名画。我真希望你们马上抓住凶手，好洗清我身上的不白之冤！"

丁一川问："你想说什么？"

王聚财说："我知道一个人，也许应当引起你们警方的注意。我认为，能在博雅下手干这么大事的，首先要对第一、第二陈列室的藏品相当了解。其次，盗来的藏品还能够尽快脱手，并且能卖个好价钱！"

丁一川问："这个人是谁？你的依据又是什么？"

王聚财说："欧阳泰山的老婆——景丽。她身上的疑点不少！为什么这么说？我至少有三点依据。第一，欧阳泰山在一个月前曾向景丽提出离婚，景丽死活不同意，案发前夫妻二人一直为此事僵持着。第二，景丽知道了欧阳泰山在外面乱搞女人，心生愤怒，杀机遂生！第三，她为了达到报复欧阳泰山的目的，就雇凶杀人！为掩人耳目，还精心策划了王德才、赵向云的喜宴，将馆内的四个人调往薰衣草农庄，这为凶手创造了绝佳的下手时机……"

丁一川听后，提出了自己的疑问："景丽这么做的真实目的又是什么？"

　　王聚财说："这不是明摆着的事吗？雇凶杀死欧阳泰山和他的小情人，除掉了心头大患！欧阳泰山一死，她的婚姻就保住了！就可以继承欧阳泰山死后留下的巨额遗产和价值连城的文物，这不是两全其美的事吗？"

　　丁一川心说，看不出来呀，这小子说的还真不是一点儿道理都没有。

　　在王聚财被押走之后，景丽打电话通知的那几位作家早已陆续赶到了博雅博物馆。丁一川让手下的刑警把这几位作家请到了书房。

　　陶然亮已经问完了，在没有任何涉案线索、证据的前提下，丁一川已经让他先回去了。

　　钱奋斗、关鹏飞、汪玉玲、夏羽四位推理小说作家坐在书房里，在听丁一川简要地介绍欧阳泰山昨晚被人杀死在馆内的案情之后，这四个人竟然全都提到了景丽！

　　这是丁一川没有预料到的。

　　他没有想到这几位推理小说作家，或许是因为长年对犯罪、凶杀、创作方面的研究，在今天分析涉案嫌疑人这个问题上，个个说得头头是道，很着边际，非常符合客观实际。

　　丁一川由衷地对他们高看了一眼。

　　钱奋斗说："丁大队长，我可以不客气地说，你现在怀疑我们在座的四位，哦，包括陶然亮共五个人，都有涉案的可能吧？可以理解。这起案件中，不仅死了两个人，还丢失了价值连城的镇馆之宝——'猫眼玉梳'和金佛像。而我们五人也确实见过这两件宝物。但是，你们警方也不能因此就认为我们几人有嫌疑吧？！

单从外形上看，我们这几个弱不禁风的模样，干得了这种事吗?!至于为警方提供线索，那是我们作为公民的义务。凭我多年对犯罪人、谋杀人、凶手及雇凶杀人者的研究，我的观点是本案一定是内鬼所为！俗话说得好，没有内鬼引不来外贼！"

钱奋斗的开场白就是抛砖引玉，一下子引起了在场其他三位作家的共鸣。

关鹏飞说："老钱说得太对了。我认为欧阳泰山的妻子景丽身上的疑点就不少……"

汪玉玲说："我们都知道景丽不同意与欧阳泰山离婚这事，或许她是为了保全婚姻才出此下策……"

夏羽说："一个女人如果疯狂起来的话，魔鬼都拦不住她的疯狂行为……"

钱奋斗说："如果一个人伪造了一种假象，他或她的目的是非常实际的，就是想挣脱警方的缉拿，最终达到不受法律追究刑责的目的，以此逍遥法外……现实中不乏这样的案子。你们警方多年未破的命案积案，就是证明吧……"

钱奋斗的话很噎人，也是事实。

其实丁一川心里还是非常佩服这几位作家的，他们看问题的角度和思维，都具有独特的视角和高度。在他看来，这些人真的有别于一般群体。最后，钱奋斗的话，还真是引起了丁一川的警觉："景丽有谋杀亲夫的动机！至于她会不会真的走上雇凶杀夫这条路，能否弄清这件事，那要看您的能耐了。难道陶然亮的身上就没有疑点？幕蓉梅可是他的老婆，为什么也会死在博物馆的凶杀现场呢？"

送走了钱奋斗等四位作家后,丁一川让人把景丽叫到了书房。

景丽或多或少感觉到,随着警方调查的深入,警方对她的怀疑在陡然上升,她似乎对此早有心理预期和充分的思想准备。

谈话伊始,景丽给丁一川来了个先发制人:"丁大队长,你们是不是怀疑我与本案有关联?"

丁一川对此未置可否。

景丽继续说道:"事已至此,我可以实话实说,我虽然有过很多古怪的想法,但是我什么都没做!"

丁一川可是头一遭遇到像景丽这样的涉案嫌疑人,上来就先发制人,表明自己的心迹,向警方郑重声明,口口声声辩称自己与本案毫无牵连。

丁一川微微一笑,不紧不慢地说:"有无牵连不是你一个人说了算。"

景丽一怔,两眼紧盯着丁一川。

丁一川直视着她说道:"你恨你的丈夫欧阳泰山,因为他曾向你提出离婚,这个事实你不否认吧?"

景丽答道:"确有其事。我是恨他……"

丁一川说:"你更恨幕蓉梅!你认为是这个小狐狸精勾引了你的丈夫,夺走了原本属于你的幸福。我说的没错儿吧?"

景丽说:"没错儿!我对她恨之入骨……"

丁一川说:"于是,你假借王德才的婚事,将馆内的四名员工全部调往薰衣草农庄。你雇凶杀人制造了本案,还伪造现场,造成凶手图财害命的假象,以此来迷惑我们的侦查走向……"

景丽听后大声反驳道:"你这是肆意捏造!我是恨欧阳泰山和那个小狐狸精,可我还不至于走到雇凶杀人的地步!我不否认,我曾产生过谋杀的念头，但那是转念而过的心理活动。事实上，我只是心生恨意而已！除此之外，我什么非法之事都没做……信不信由你……"

丁一川对她的话当然不可能全信。

此时他心里非常明白对景丽的怀疑尚不能轻易排除，截至目前，还没有充分的事实证明她与本案一点儿关联都没有。

她身上的疑点确实不少……

十二　真相大白

人送绰号"大内高手"的王聚财承认进入过案发现场，他只盗走了四幅名画，却矢口否认自己杀了人。

对这种结果，丁一川将信将疑，尚不能轻易排除对他的怀疑。

景丽身上的疑点不少，她承认有过谋杀的意念，但又极力辩解自己什么都没干，本案的发生与她毫不相干。

丁一川的内心有些纠结，案子难以定论。这时，一个电话打进来，解开了他的难题。换句话说，接到这个电话让他大喜过望。

给他打来电话的是一个叫王强的小伙子，今年30多岁。他原是丁一川手下的一名刑警，半年前，因家庭原因调到离家较近的交管局下属的交通支队，当了一名交警。

王强突然给丁一川打来电话，是要告诉他一件事。

他在电话里说："丁队，我刚刚出了一个现场，是一起交通肇事的事故。从现场看，事故的发生非常蹊跷，一个开车的人在倒车时,将他的一个朋友给撞死了。我觉得这事不太正常。丁队,我在您手下干过小十年的刑警,这点儿经验和意识我还是有的,依我看,这不是普通的交通事故,而是一起谋杀。我看过现场,没有刹车痕迹,从死者被撞出的距离看,此人是故意要撞死他的朋友!还有一点,死者的身份还没有弄清楚,开车人口口声声说是他朋友,却又说不知道死者叫什么名字。您说是不是很奇怪?哦,我现在正在古城市人民医院,您派人来一趟吧……"

丁一川问王强:"这个肇事者叫什么?"

王强说:"他叫陶然亮,四十七八岁吧,开一辆马自达黑色轿车。事故发生地点就在河西区一个居民小区内。据陶然亮自称当时的情形是,他倒车,让这个朋友在车后给他看着点儿,因为后面是一堵墙……他说的这个情况属实。"

丁一川听罢,马上对王强说:"你给我看好这个陶然亮,我立即派人过去。"

挂了电话,丁一川的脸上露出了笑容。

他拨通了李鸥的电话。他问道:"你那边询问史密斯夫妇的情况怎么样?问清他们是不是今天下午 3 点约定与幕蓉梅见面,商谈购买一件属于中国红山文化范畴的'猫眼玉梳'一事,价格是如何商定的。"丁一川还告知她,办完事之后,马上回重案队汇报。

紧接着,他对汪洋、唐继烈说:"你们俩多带几个人,马上到古城市人民医院,迅速将陶然亮传回重案队……基础的活儿都要马上展开,对王强的访问、肇事现场的勘验、死者身份的调查要一并展开……"

汪洋、唐继烈二人领命而去。

丁一川带着郑家桥走出了博雅博物馆的大门。他深深地吸了一口清新的空气，对郑家桥说："被陶然亮撞死的那个人一定就是凶手。"

郑家桥若有所思地说："如此看来，陶然亮一定就是本案幕后雇凶杀人的真正雇主了?!"

丁一川语态坚定地说："除了他，还能是谁呢！"

讯问室里，陶然亮一脸镇静。

丁一川来了个开场白："咱们又见面了，没想到会是在我们这里吧？"

"想到了，只是没想到会这么快。"

"是你心里的鬼催的！"

"我不明白，我仅仅是交通肇事，为什么会到你们这里来？交通事故应该由交通队来处理，人死了，大不了赔钱就是了……"

"陶然亮，你不要再演戏了。我郑重地告诉你，你这不是简单的交通肇事，你是在杀人灭口！"

"我为什么要杀人灭口啊？"

"我们警方认定：是你采取雇凶杀人的手段，致使欧阳泰山、幕蓉梅二人在博雅博物馆内被人谋杀；你还指使凶手盗取了该馆的镇馆之宝'猫眼玉梳'和一尊金佛像……"

"你这是血口喷人！我为什么要干这伤天害理之事？你们有何证据？"

"证据我们已经找到了！"

丁一川说到此处，让郑家桥将用报纸包裹着的"猫眼玉梳"和一尊金佛像摆在了讯问台上。之后，他让李鸥放了一段录音。

录音机里传来奥地利收藏家史密斯·豪夫与李鸥的对话。

李鸥的声音:"这么说,是那个幕蓉梅的丈夫陶然亮给你打的电话,约好今天交货?"

史密斯·豪夫的声音:"是。"

陶然亮依然很不服气,拒不认罪。

丁一川问:"你是如何认识凶手的?他叫什么名字?"

陶然亮得意地一笑:"这是我的杰作。他只管为我做事,姓甚名谁与我无关!同样,他也不知道我的身份……"

说到此处,他表现出一种猎奇的心理,试探着问丁一川:"我的整个计划都是经过精心设计的,自认为每一步都做得天衣无缝!您是根据什么找到了我的头上呢?还一一破解了我的精细环节,我真的想洗耳恭听,就算是咱们高手之间的一种切磋吧。"

丁一川不由得冷笑了一声:"你有这个资格吗?现在,我们之间是审讯与被审讯的关系!也好,既然你这么想知道,我就用纯粹意义上的推理,推导一下你精心设计的谋杀全过程。这里面有四个关键节点。第一点,关于你作案动机的产生。很简单,在你知道了幕蓉梅与欧阳泰山的奸情之后,你就产生了谋杀的欲念,对吗?"

陶然亮说:"没错儿!"

丁一川说:"第二点,你在某种特殊的条件下,找了一个你不认识但对方为了钱又情愿替你办事的凶手,对吗?"

陶然亮说:"对。这是我最得意的一件事。"

丁一川说:"第三点,你为了制造图财害命的假象,让凶手将两件镇馆之宝盗走了……有这个用意吧?"

陶然亮说:"有。这也是我设计的一个环节……"

丁一川说:"第四点,你故意制造了一起交通事故,存心撞死了凶手,你自认为你的谋杀计划非常圆满,对不对?"

陶然亮说:"对!"

丁一川问:"你在哪儿雇的这个人?"

陶然亮说:"劳务市场啊……我找到他,说替我办一件事,给你 20 万块钱,你敢不敢干?他说给钱就干。我答应先给他 10 万元,说好事成之后再付 10 万元。"

丁一川说:"真是要钱不要命!"

陶然亮说:"可我有一点还是不明白,我的败笔出现在了哪里?"

丁一川突然哈哈大笑起来,笑得陶然亮手足无措,头皮发麻。

他收住笑,对两眼发直的陶然亮说:"一是你踩油门太猛了,伪造的肇事现场过于'凶狠';二是你太贪,想把'猫眼玉梳'卖个好价钱,竟然搭上了'国际线'。100 万欧元?那是文物,是国宝,你不明白吗?"

陶然亮颇为不服地说道:"那你们也不能定我的罪,因为你们根本就查不清凶手的真实身份!"

丁一川冷笑道:"那可不一定!"

十三　尾声

寻找凶手真实身份这事还真让陶然亮说着了。

就是两个字:真难!

难归难,丁一川的手下在古城市的六大劳务市场整整查了一个多月,最终查明了凶手的真实身份。此人名叫张宝强,30 岁,是黑龙江人,有犯罪前科。另外,经过比对,现场留下的足迹及砍刀上提取的掌纹均系张宝强无疑。

这天,丁一川特意约了罗显才、鲁笛,以及推理小说作家钱奋斗在一起吃了一顿饭。陪同丁一川等人吃饭的还有他的团队骨干汪洋、唐继烈、郑家桥、李鸥、于美珠。

酒过三巡后,罗显才发了一通感慨:"博雅博物馆被盗物品,除了'猫眼玉梳'是真品,其余的都是赝品!这种现象说明,民间收藏人士不懂得鉴定常识,有钱瞎花,收了一堆破烂儿还挺高兴,张扬使他们招来了杀身之祸啊!"

钱奋斗十分好奇地向丁一川打探道:"丁大队长,你们是如何找到'猫眼玉梳'和那尊所谓的金佛像的?"

丁一川笑了:"很简单,从陶然亮开的那辆马自达轿车的后备厢里搜出来的。"

钱奋斗听后,由衷地说:"人哪,什么时候都要活个明白,无论赶上什么事,一是不能晕,二是不能胡来。哎,各位大侦探们,我最近有感而发拟了几句格言诗,不知各位愿意听否?"

李鸥、于美珠忙说:"钱老师是大手笔,您就甭客气啦。"

钱奋斗轻声背诵了出来:

生活就像熬一锅稀粥

熬得不好也不会熬得太烂

有的人活着

他(她)不知道为什么活着

有的人"走"了

他(她)到死都没弄明白为什么"走"的……

众人听罢都为钱奋斗写的这几句诗叫好。

最后,郑家桥冒出来一句:"深刻!深刻!陶然亮就是典型的不会活着的主儿……"

(洪顺利,北京市公安局退休干部,曾任《金盾》杂志副社长。中国作家协会会员,中国诗歌协会会员。自上世纪80年代开始文学创作,先后出版诗集、散文集、推理小说,共计10余部。2012年长篇小说《第二现场》荣获第三届中国法制文学原创作品大赛二等奖;2016年小说《硬伤》荣获第六届全国侦探推理小说大赛优秀奖)

小镇警察

颜永江

一

老胡所在的李家堡镇庙小妖风大。

李家堡又传出老胡与冬梅的事了！好像老胡命犯桃花，到哪都少不了点儿风花雪月，这使老胡感到头痛。

老胡来李家堡派出所几年，小镇就没消停过。更让老胡生气的是，镇上黑屠夫时常作妖，老是制造麻烦，让他顾得了这头儿顾不上另一头儿。他俩就像命里相克一样，虽没有殊死搏斗，但双方都是如鲠在喉。

老胡认定前几天镇子里传出的"妖风"定是黑屠夫又在作妖了。

黑屠夫就老胡与冬梅的事已经传出了好几个版本。开始的版本，说黑屠夫正好碰上老胡与冬梅在做那事。接下来的版本便传得具体化了，说是黑屠夫那天刚好去给冬梅家送猪肉，叫了半天冬梅家的门，门就是不开。黑屠夫便蹲在她家门前，很久后，老胡从冬梅屋子里跑了出来，慌忙中还系着裤腰带呢。前几天传出的版本就更精彩了，说黑屠夫给冬梅家送猪肉时推门进屋，老胡光着上身正在系裤带，而冬梅头发蓬松，袒露着一对白花花的奶子，脸红润得跟水蜜桃似的，一看就知道刚办完事……

镇子里议论后的结论自然是，黑屠夫没碰上能说得这样活灵活现？这干柴哪能遇烈火，久旱遇了甘露，哪有不出格的？除非老胡是见花谢，指不定老胡在冬梅的肚子里下好了种呢！大家伙等着看小胡吧……

老胡听到这些传言后，两须浓眉中的几根长寿眉一翘一翘，脸也煞白，咬牙紧握双拳，碗口粗的手臂上暴出无数条像蚯蚓粗壮的青筋，恨不得立马抓住黑屠夫揍他一顿，扒了他那副黝黑的人皮，挂到派出所门口晒上他一周才解恨。

当然，这只是老胡的想象。他很无奈，既不能立马抓了那作妖的人揍一顿，扒下那妖人的黑皮晒在派出所门口，也不能去制止这些谣言，更不能封堵别人的嘴，或见人就去解释。他怕越描越黑，把本来无中生有的事闹成跟真的一样。现在他最担心冬梅，怕冬梅经不起这些流言蜚语的折腾，又闹出一条人命。

这个可恶的黑屠夫又在作哪门子妖！老胡咬牙，从牙缝里蹦出一句话："看你作妖到几时！"

此时老胡最期盼的是，局里给所里分配的新民警快点儿到来，让新来的民警找一个合适的理由先拘了他。老胡气冲冲地进了值班室，抓起办公桌上的电话……

李家堡街上的黑屠夫皮肤黝黑身体敦实，圆脸虎背，蓄着一撮山羊胡子，手腕上的肌肉像栽种的葛根那样健壮，气愤时瞪着双牛眼喷出两道怒火。正因他皮肤黝黑，杀猪摆屠摊生意买卖野蛮，李家堡镇上的人给他起了外号"黑屠夫"。叫这外号有两层意思,一是他的皮肤黝黑;二是他生意做得太黑,卖肉时只剁一刀,切下的猪肉不管重量多少买方都得拿了,明显是壮着自己横蛮强卖。尽管他黑,但是镇里的人还是要买他的猪肉,除非他的猪肉全卖完。如果不是这样,别的屠夫是不敢开刀切肉的。镇里人称呼他的外号久了,也就渐渐忘记了他的真名叫啥。

黑屠夫散布"派出所老胡与冬梅有一腿"这条消息后,就等着看一场好戏。这件事已经由不得他老胡做主了,就这条消息的后果定让老胡灰溜溜地滚出李家堡。谁让他老胡与自己像一对孪生的冤家,从第一次见面掐起,一直这样相生相克着。

黑屠夫散布这消息也并非真要把老胡整垮,只想让这事传开,使老胡在李家堡无法立足。哪承想,这事闹起来就不受他的控制了,一传十,十传百,最后事情完全走了样,他倒成了那件事的目击证人了。他开始后悔,甚至担惊受怕。他领教过老胡的性子,这要传到老胡的耳朵里,恐怕就不是现在这个样子了。

黑屠夫在街上听到村民议论老胡与冬梅有事时,他就一直默默祈祷这谣言快传进老胡的耳朵。他坚信,这屁大点地方的李家堡镇,一根烟工夫就可绕镇子走完一圈,老胡想不听到都难!

黑屠夫对老胡也服过软,同样也发过横,并且想过很多点子,老胡就是软硬不吃,仍揪着他不放。他已经黔驴技穷,这是撵走他的最后一招了。在出这招时,自己做了最坏的打算,假如这次撵不走老胡,他就只能听天由命,认栽在老胡手里。

事情过了好些天,派出所里的老胡并没有做出反应,就连镇里的干部也未找过他。这使黑屠夫的心情稍有了些轻松,也坦然了许多,照例一早担着猪肉出早摊。他在切肉时高高抡起砍刀,狠狠落在肉上,把屠桌剁得"咣咣"响。下刀时咬着牙齿,砍刀落向屠桌上的猪肉时，嘴里还使劲"哼"一声，就像这一刀剁在老胡的腰肌上一样，特别解恨。

尽管老胡与他相安无事，但他还是烦恼不断，这几天总有好事人追问那个消息的真假。他越想躲，越躲不开，别人越追着问。他不语，也不反感，只是赔着一副笑脸，样子比平时客气了许多，给别人的感觉像真有那么回事。

因为黑屠夫的这种表现，议论的人对老胡与冬梅的事就由不得不信了，坚信黑屠夫确实碰见了老胡与冬梅的那桩事。

镇上又开始了新一轮的议论……

二

蔡成被分配到李家堡派出所上班时，起初心里不乐意。

他是新警，工作岗位由不得他挑剔。早年局里就有规定，对新录用的民警，除特殊岗位的外，都得先下基层锻炼几年，这是入警后必走的程序。

蔡成并非嫌李家堡镇离县城远和条件差，只是他不想做老胡的部下。在局里分配新警岗位前，蔡成就听说自己要去李家堡，于是找了些关系，但局长坚持将他分到那儿去。分配他去李家堡派出所的理由很简单，是老胡亲点了他。局长还说，跟着老胡能学会很多硬本事。局长说完这话时还加了一个微笑和点赞的动作，这让蔡成理解不透局长是在夸奖老胡，还是在戏说老胡。

蔡成打听到的老胡是另一个样子，恰恰与局长所说的完全相反。老胡这个人的传闻太多，并且名声不是那么响亮，就在前不久李家堡还在传老胡有生活作风问题，与这样的人一起共事能学到本事？鬼才信，局长就不怕他带坏了徒弟？多亏局长还说是老胡看上了他，这是老胡对他的器重。

蔡成在接到正式去李家堡派出所上班通知的前两天，他突然想通了。

他隐约感到局长的话里有话，分明是在对他做着某种暗示。究竟是老胡看上了他，还是局长看他是一个可塑之才呢？老胡器重他没半毛钱的用处。现在看，老胡的那些传闻如果成立，撸下他的所长职务是顺理成章的事，警局里哪能容下这类不干不净之人？一定是局长有了某种安排，才对他做这样的暗示。他敢肯定，是局长器重他。他不相信局长没有听到过李家堡长久以来有关老胡的那些传闻，这摆明了是等他一去上班，局长一定会拿下老胡的所长职务，那么自己就成了全局最年轻的所长了。

蔡成想到这里，感到自己很幸运，但又发觉自己的情商很低，局长的这种暗示他想了几天，幸得自己的思维还算敏捷，否则就酿成了大错，耽误了自己的前程。

他去了政工室，欣然拿走了上班通知。然后，第一件事就是迫不及待地给老胡打去了电话。他告诉老胡，自己明天到李家堡派出所报到，那语气隐含着上级对下级的意思。

李家堡离县城很远。派出所没有独立的办公用房，办公室和宿舍都设在政府的办公楼里。县局只在这个派出所安排两名警力，一个是所长老胡，另一个是前年从刑侦大队下所锻炼的小高。蔡成分配到李家堡派出所前，小高实际上没在派出所待几天，就又被刑侦大队要了回去。老胡对这事有气，找局长要了好几次。局长说刑侦是临时性抽人，要老胡顾全大局，考虑刑侦大队的难处，要不了多久，刑侦大队会把人送回所里的。一晃就是一年多，他还是盼不来小高。老胡因这事闹心闹了很久，索性向局长提出换人，蔡成是这样被老胡"相中"的。

蔡成到所这天，老胡真像是他的下级那样在所里专门候着，这使蔡成更加坚信了他的判断。他是来这儿当所长的！不然一个老警，又是所长，哪能这样恭候一个学徒？

蔡成见到老胡第一眼，感觉老胡与他想象的不一样。他体格健壮，身上里里外外都透着一股诚实可信、忠厚踏实的模样，从骨子里透射出使人一看就产生莫名其妙的敬畏。他的脸部表情是十分严肃的。当蔡成伸手与他握手时，他也没露出丁点儿笑容，板着一副威严的脸，刻板地例行公事地说了一句："来了？欢迎！"然后没有一句多余的话，转身朝车边的行李处走去。

蔡成打量了一眼老胡。他的脸上布满了密密麻麻的皱纹，像是经历了人世间的所有沧桑一样，把一生的阅历全写在了脸上。两须浓眉简直就是卤过墨汁似的贼黑发亮。更为特别的是，老胡的两须眉毛中间分别长着几根长长的长寿眉，这给他冷峻的外表增添了几分威严。蔡成想，这样的人是否会笑？反正从短暂的接触中，他没有看到对方丝毫柔情的一面，整个就是一个活关公。他能有生活作风问题？蔡成心里打了一个问号。

老胡从车上取下一堆行李，肩扛一袋手提一袋。蔡成想去接住老胡手上的行李，老胡瞪了一眼蔡成，挣脱他抓住行李的手，一声不吭朝宿舍方向走去。

宿舍里，老胡忙着为蔡成铺床。蔡成有些过意不去，说不用老胡铺，他自己能行。老胡急了，瞪了一眼蔡成，摊开被子，将床单一甩，床单"哗"地在空中展开，又慢慢平整地落下，缓缓地铺在了床上。接着那双粗壮的手，娴熟得不能再娴熟地往床单上"砰砰"掸了几下。他跳下床,手忙脚乱地折起被捆扎得凌乱的被盖,"呼呼"几下被子被叠成一个方块,端端正正放在床单上。老胡看了看发呆的蔡成,指着房子一角的简易桌子,像老子对待儿子一样,告诉蔡成哪儿是摆放茶杯的,哪儿是专门用于挂放警服的。

蔡成看着老胡,感到老胡有点儿可笑。没想到外表冷酷的老胡,还有如此婆婆妈妈的柔情。老胡忙完这一切,冲蔡成"嘿嘿"一笑:"下面该去熟悉下环境了!"

这是蔡成第一次看到他的笑脸。

中午时,老胡在食堂里专门为蔡成点了几个菜,还要了两瓶啤酒,算是为蔡成接风。蔡成不喝,老胡急了,说蔡成看不起这个小镇,也看不起他这个所长。蔡成惊讶地看着老胡,他不相信能从老胡嘴里蹦出这句话来。老胡不顾蔡成疑惑的眼神,顾自开了一瓶,"咕嘟咕嘟"往嘴里倒,不一会儿,瓶内只剩下少许白色泡沫。老胡揩了一下嘴角上的泡沫,冲蔡成一笑,接着开了另一瓶,将酒瓶递到了蔡成面前,语气有些不近情理:"喝了它!"

蔡成不解地瞪着老胡,语气显然是上级对下级:"老胡,中午是不能喝酒的,你敢……"

老胡不理,头也不抬顾自往自个儿碗里夹菜,声音轻而严肃:"只要不醉,小镇上只要不被黑屠夫晓得,就没人说你,不影响你升职!"

蔡成脸露愧色,压根儿没想到老胡竟是这样耿直的人。他抓住往外冒着白色泡沫的啤酒瓶,学着老胡刚才的样子,一口气喝完了一瓶啤酒。老胡瞥了眼对面的他,几根长寿眉翘了翘,嘴角稍稍向上扬了扬,接着不轻不重地说了句:"别看这镇子小,可妖风大得很。来了就得自个儿体会，别把自己弄得跟我似的……"

蔡成停住夹菜的手，瞪着那张皱纹脸，似笑非笑地说不出话。

从食堂里出来，蔡成有了一丝酒意。老胡没让蔡成回宿舍，而是让蔡成在派出所门前过道的长木凳子上休息。老胡说这儿通风，比没有空调的宿舍凉快。更重要的是，这儿离派出所值班室近，能听到值班室内的电话铃声，也算是值班。老胡交代完这一切后，背着双手，晃悠着走出了政府大院。

蔡成望着老胡的背影，心里涌出了一丝莫名的悲怜。

蔡成听说老胡在李家堡派出所有一些年头儿了，局里前几年想将老胡调回局机关，他说，他对这个小镇上的人和事有了感情，在小镇里他也算一个人物，所以他不愿离开这里。蔡成还听说老胡看上了镇上的小寡妇冬梅。有一次酒后糊里糊涂去了冬梅家，借酒兴占了冬梅的便宜，被人举报，老胡觉得没脸面回机关，就留下来将错就错赖上了冬梅。

蔡成来李家堡时，机关的人当玩笑说过老胡被举报这事。举报他的人是镇上的黑屠夫李全胜。人家是用实名举报的，举报信中还有一段手机视频作为证据，视频是老胡从外面进入冬梅家的录像。信和视频是通过互联网发到局长信箱里的，内容说老胡身为警察，强占民女，引起民愤，李家堡的老老少少希望公安机关严惩这种败类。举报者言之凿凿，又有视频为证，局纪委不敢懈怠，立刻对举报老胡的事立案查处，这一查倒把黑屠夫自己查了进去。

局纪委的同志按举报人举报的内容找了冬梅，也找了李全胜，最后才找老胡谈话。冬梅说与老胡好不假，但不是举报人说的那种。她与老胡之间从没发生过肢体上的接触，更说不上举报人信上说的那样老胡强占民女。她想让老胡来强占，可惜老胡没这个胆。别看他外表很男人，但他的胆贼小，这辈子也别指望他来强占。冬梅说到这里很气愤，骂是哪个烂了舌头的人爱嚼舌头根子，他老胡没娶老婆，自己死了男人，俩人好上又碍着谁了？要是这样说，她还真想赖上老胡呢！冬梅这话很直白，看上去她真是喜欢上了老胡。

纪委的同志问老胡，黑屠夫为什么要举报他？老胡一听黑屠夫这个名字就来气，脸红得发紫，浓浓的两须眉毛中几根长寿眉一翘一翘，愤愤地说："他是在陷害，他的话你们也信？"

老胡说黑屠夫陷害他是有来历的。

五年前，黑屠夫在县城里嫖娼被抓，老婆与他离婚之后，他就在小镇上更横了，不管有理无理都不饶人。小镇上的人越来越看不惯黑屠夫的为人，但大家惹不起就躲。有天集日，黑屠夫照常出摊，中午时分相邻的肉摊早卖完了摊上的猪肉，而黑屠夫摊桌上的猪肉却纹丝不动。黑屠夫迁怒于相邻肉摊屠夫抢了生意，一怒之下掀翻了相邻肉摊的屠桌，打了那屠夫。对方也是血气方刚的汉子，哪能受这般窝囊气，操起杀猪刀与黑屠夫对干。

老胡在所里接到报案，说市场上两个屠夫拿着杀猪刀对干。老胡想，这肯定是要出人命的，便火急火燎赶到了市场。此时，黑屠夫与对方正打得不可开交，黑屠夫的手上被对方划了一道口子，血染红了他的衣裳。黑屠夫哪受得了这般委屈，挥舞着手中的杀猪刀，玩命向对方冲去。老胡眼看就要出人命了，掏出手枪朝天鸣了几枪，枪声镇住了所有人。黑屠夫愣了一会儿，接着又一次舞刀朝对方刺去。老胡动作利索一步上前，伸手抓住黑屠夫舞刀的手，一个漂亮的扭腕，黑屠夫"哎哟"一声，身子倒地，手里的杀猪刀掉在了地上。虽然没有出人命,但老胡沾上了一个难缠的角色。

黑屠夫因手被对方划伤住进了医院。经法医鉴定,黑屠夫的手为皮外伤,没伤及筋骨,系轻微伤。这下黑屠夫真赖上了,不管老胡怎么调解都无济于事,而且黑屠夫就是不服,非要将对方抓进监狱才肯罢休。老胡说,家有家规,国有国法,对方给他造成的伤害不足以去坐牢。再说了,这事的起因是他黑屠夫无理在先,劝他得理也要饶人。黑屠夫气极了,一纸告状信捅到了公安局督察,说老胡徇私枉法,偏袒对方,借机报复自己,原因是老胡与黑屠夫同时爱上了镇上的寡妇冬梅,老胡见不得他与冬梅好,借这次机会来报复黑屠夫。

这事听起来好似很合情合理。民警涉及男女感情的事是一个敏感问题,老胡竟与一个屠夫同争一个寡妇,还借机报复与之争风吃醋的男人?督察决定受理黑屠夫的举报,到李家堡调查情况,结果与黑屠夫举报的内容大相径庭。据冬梅说,黑屠夫向来对她不怀好意,当着众人的面也敢公然调戏她,冬梅还将这事告诉过自己的男人,男人与黑屠夫论过理,并且打了一架,这事全镇子的人都晓得。不久后的一天,冬梅的男人收工很晚,天黑的时候才从田间里回家。男人在回来的路上被车撞死,司机却逃得无踪无影。自那以后,黑屠夫更加疯癫地追求冬梅,冬梅每见黑屠夫就远远地躲藏起来。有几个晚上,黑屠夫竟然在她的窗前敲打窗户,害得冬梅不敢入睡。

督察听了冬梅的反映后,要老胡根据冬梅的证词,拘留黑屠夫。从此,黑屠夫就像狗皮膏药一样贴着老胡。

黑屠夫拘留期过后,为报复老胡,便跟踪老胡。他知道老胡爱酒,总想在老胡的酒上面做点儿文章。机会终于来了,年终政府搞聚餐,老胡经不住领导劝,多饮了两杯。饭毕,他想去看一下冬梅,于是带着酒意去了她家。哪知正碰上了找碴儿的黑屠夫,便有了这段老胡醉酒"强占民女"的视频,这次老胡有些怒了,黑屠夫因陷害老胡再次被拘留了五天……

三

蔡成坐在凳上想着老胡,睡意慢慢向他袭来,他合上眼睛,迷迷糊糊地进入了梦境。

梦里蔡成听到值班室里的电话铃声在急促地响着,身材高大的老胡匆忙走进了值班室。老胡接过电话后,飞奔去了办公大楼的楼顶。楼顶上,老胡与对面的黑屠夫对峙着。黑屠夫在楼顶频频向老胡招手,还戏谑地对老胡说,他就是撞死冬梅男人的疑犯。老胡纵身一跃,跳到了对面楼顶,那男子飞身跳下楼跑向了河边的沙洲。

沙洲上,一望无际的绿色苕茅被风吹成了一波又一波的绿浪。男子在绿茵茵的苕茅丛中奔跑着,时隐时现,老胡奋力追赶,然而总是与男子相隔几步。蔡成想帮老胡一把,可手像被捆住一样。男子慢慢离老胡越来越远,这时,空中响起男子狰狞的笑声,这笑声又像电话铃声。老胡从地上举起一块大石头,循着男子的声音砸去,巨石落下,稳稳地压在老胡胸口。蔡成赶过去帮忙,用力掀开压在老胡胸口上的巨石,可他的手钻心般疼痛……

蔡成醒来,老胡站在他跟前,脸上表情十分严肃,古里古怪地问了句:"睡着了?"

蔡成揉了揉睡得猩红的眼："嗯！"

老胡失望地走向值班室，边走边问："值班室电话响过没？"

老胡这话让蔡成听起来很不舒服，明显是老胡对自己不满。他觉得老胡很可笑，平日里根本没案子可办的小镇，在这么炎热的夏天中午还指望着有人打报警电话？蔡成没有回答老胡的问话，跟在老胡身后去了值班室。老胡瞪了一眼蔡成，抓起桌上的电话，翻看着电话中是否有未接来电。蔡成解释："就只一会儿，我没听到电话铃声！"

老胡又瞪了眼蔡成，怀疑地问："真没听到响过？"

蔡成肯定地点头，老胡的脸黑了，指着电话里的几个未接来电，简直在吼："这是什么？你呀你……"

蔡成正要申辩，老胡的手机响了。老胡接了电话，一个劲儿地向对方道歉："局长，实在对不起，刚才去宿舍眯了会儿！什么？嗯！放心！只要从这儿过，就休想逃出我老胡的手心！"

老胡挂断电话，又瞪了眼蔡成，然后麻利地打开保险柜，从柜里取出手枪，将枪递到蔡成手上。蔡成不解地看着老胡，心想，这回可真碰上大案子了。

老胡转身走出了值班室，向愣在原地不动的蔡成说："没时间跟你说，快叫上镇上的干部去渡口设卡……"

老胡在镇政府大院的坪子里指名道姓地喊着政府的干部，洪亮的声音在大院里响得悦耳。

蔡成中午的时候确实犯了一个不该犯的错误，他竟然在值班的时候睡着了。值班室的电话也确实响过好一阵，他在梦里迷迷糊糊地听到了电话铃响。老胡刚接的电话是局长打来的，可老胡没有出卖他的意思，把没接到电话的责任自己揽了下来。蔡成想，老胡虽没有将自己值班睡着的事告诉局长，可这事肯定没完，凭老胡的倔劲，回来决不会轻饶自己。

政府宿舍楼里几名干部一边穿着衣服，一边问老胡。老胡不答，只是催干部快点儿。蔡成这时也围在老胡的身边，想听老胡说明究竟是什么任务。老胡先分配了人，把镇里一个副镇长留给了自己。这副镇长的腿有些行动不便，镇武装部干事老刘与蔡成搭配一组，每组就只有俩人，三个组要在三个渡口设卡。老胡安排完后简单地介绍了这次任务。他说，刚接了局长的电话，县城里发生了一起入室抢劫案，三名劫匪持刀将县城内某小区的一名妇女打晕后，用绳子将其捆绑在床上，嘴里还堵上了布，然后洗劫了该户人家的所有钱物。劫匪共三人，个子高、敦实，年纪在二十六七岁左右，其中有名劫匪特征明显，头上贴着一块纱布，可能受过伤。这伙劫匪作案后，避开了城区的所有监控，沿山路朝河对岸方向逃窜，很有可能在李家堡附近过河，然后上公路逃向外地。县局要求李家堡派出所组织人力，在李家堡沿河岸的三个渡口设卡，拦截这伙劫匪。

老胡的话很简洁，也很明了，三下五除二把每组分守的渡口、责任、注意事项全交代得清清楚楚……

夏天的晌午闷热难受，蔡成同镇武装部干事老刘被分在了不是主要渡口的地方进行蹲守。太阳正在头顶，从河面上散发出来的水汽使人心烦难耐。蔡成选择河边的一艘渔船作掩体，俩人钻进了船舱，将注意力全放在了河对岸的渡口。

老刘，四十来岁，他说话不但语速很快，还特别啰唆。他从钻进船舱的那刻起，就一直不停地抱怨老胡，责怪老胡镇里这么多年轻的干部，为什么非点名道姓要他。蔡成只是一笑，对老刘的抱怨很是理解，大热天的，中午谁不想赖在床上午休，换了自己也是如此。蔡成第一次真刀实枪，并且是与陌生人一起执行这样一个极具危险性的任务，心里难免有些紧张，眼睛始终盯着河对岸的码头。老刘看出了蔡成的紧张，有意无意没话找话地与蔡成海侃。蔡成无心与老刘闲聊，而是将注意力集中在河的对岸，偶尔搭上一句，最多就是"嗯嗯"应付老刘。老刘见蔡成仍爱答不理，就想着法子找话与蔡成聊天。

老刘说，像这样的任务他都参加好几次了，没有一次案犯是从李家堡这个地方经过的。他还列举了前年县城里发生的那桩持枪伤人案子，县公安局很肯定地说案犯是往李家堡方向来了，要李家堡派出所千方百计地把案犯堵在李家堡。老胡急急忙忙地把镇里所有在家的干部全部动员了起来，并且告诉干部那案犯有枪，在注意自身安全同时一定要抓住案犯。干部们有的拿刀，有的拿长长的木棒，热情都很高，没有谁惧怕。因为老胡对大家说了，这个案犯要是在李家堡被抓了，这说明李家堡的综合治理工作非常好，基层治保组织非常牢靠，年底县里评综治先进集体，李家堡镇就没一点儿问题，县里还会对抓获案犯的有功之臣记功奖励，荣誉和实惠都有了。干部们听他这样一"煽动"，个个劲头十足。

大家也是在这三个渡口，从中午守到当天半夜12点才接到通知，案犯在另一个地方被抓了。干部们除了有些惋惜，对老胡有一肚子怨气，都说老胡不近一点儿人情。干部们从中午离开政府大院，到半夜12点才回来，老胡也没给大伙儿一口水喝。老胡不给大伙儿提供伙食的理由还很充分，说社会治安工作人人有责，抓案犯是大伙儿的分内事。后来也有几次这样类似的行动，但都与前次一样无功而返。再后来，每当老胡在大院坪子里吃喝时，干部都开玩笑说，老胡又在告诉大家狼来了，有的躲在屋里干脆不出门，参加的人就越来越少了，老胡自己的干劲也像泄了气的皮球。再往后，老胡就只能点名道姓叫人了，今天就是一个例子。

蔡成看了一眼老刘，知道老刘说的是实话，只是一笑，算认可老刘所说的这一切是真的。老刘也一笑，跟着蔡成的目光向河对岸看了一眼，然后眼神又回到了蔡成的身上。蔡成不知是紧张还是船舱里太闷，汗水浸透了他的上衣，头上还在不停地冒着豆大的汗珠。老刘将水递给蔡成，说这样下去会虚脱的，要多喝点儿水。蔡成接过了水瓶子，一口气干完了一瓶。老刘惊讶地看着蔡成，说他一看蔡成就是一个没经验的人，哪有这样喝水的，这不知要守到什么时候，一旦渴了上哪儿去找水，河水是不能直接喝的，大热天容易拉肚子。蔡成一笑，又看向了对面的河岸。

老刘继续八卦老胡。说蔡成是初来乍到，对老胡不甚了解。老胡在李家堡是一个人物，他很有故事。老胡在李家堡闲得无事，整天在小镇子上瞎晃悠。这小镇上本来人口不多，都是十分熟悉的人，谁也不会因鸡毛蒜皮的事上心认真，能让的都让了，唯独"妖人"黑屠夫是个例外。黑屠夫因老胡拘了他两次，对老胡耿耿于怀。他老在镇里作妖，时常去县信访办上访，告老胡打击报复。老刘说，这事老胡也有让黑屠夫误会的地方，他黑屠夫爱追冬梅就让他去追，他插在中间算哪一回事？其实老胡对冬梅也没那意思，冬梅与老胡的年纪差距也太大了，就是冬梅爱上了老胡，老胡也应该拒绝才是。好在上次黑屠夫检举老胡时冬梅担了担子，否则也够老胡喝一壶了。蔡成斜视了老刘一眼，他对老刘说这话有点儿反感，他不轻不重地反驳了老刘一句："老胡年纪大了点儿有问题吗？老年人就没有爱情了？我看只要人家冬梅喜欢老胡，老胡就能爱!"

老刘讨了个没趣,但他仍不甘心:"可他是警察,并且是上了年纪的警察,总不能因这风流事闹得小镇不得安宁吧,那多不好!"

蔡成听这话更来气了,他不知自己是怎么了,突然想维护老胡的尊严:"老胡怎么就风流了?人家谈恋爱就叫风流了?那冬梅没男人,老胡没老婆,是哪条政策规定不兴老警察与寡妇冬梅相好?真是的!"

老刘没想到这个第一天到李家堡的小伙子,竟然因老胡的事与他讧上,心里不是滋味。老刘不再说老胡了,船舱里的气氛一下子变得冷清起来。船舱里的空间太小,蔡成的身子紧挨着老刘,水面上的气温一浪高过一浪,船舱里就像蒸笼,闷得老刘和蔡成汗流如注。老刘仍在沉默,船舱里死一般沉寂。蔡成把头伸到了船舱外,想到外面透透气。一股热浪灼在他的脸上,脸针扎般疼痛,刚伸出船舱的头猛地又缩了回来。就在蔡成从舱外缩头的时候,蔡成的手机响了,是老胡打来的。蔡成接了电话,老胡交代蔡成说,这个渡口虽不是重点,但也要作为重点渡口防患未然。一再嘱咐蔡成遭遇歹徒时,一定要先注意自身安全,第二才是抓捕。说完后,老胡要蔡成把电话给老刘,让老刘听电话。老刘不情愿地接过电话,冲电话那头的老胡说的第一句话就是,是不是对你新来的弟子不放心啊,有我在呢!蔡成听到老刘对老胡说这话,心里涌上了一丝暖意。

老刘挂了蔡成的电话,骂了老胡一句:"啰唆!老胡真是的,这个渡口让我看才是真正最重要的。他也不想想,真要是歹徒朝这个方向来,歹徒人生地不熟,这里就是他们要过河的地方。"

蔡成看着老刘，老刘再次强调了一句："别认为我说的是瞎话！"

老刘看着河对岸自言自语："从时间上看，真要是来了，也该到这个地界了。"

蔡成心里一阵紧张，脑子里不停地想象着遭遇歹徒时的各种情形。他设计的第一种情形是，自己冲在最前，老刘在他的身后，手枪上膛，上前朝歹徒大喊一声，紧接着鸣枪示警镇住歹徒，在歹徒还没回过神的瞬间，老刘上前给歹徒戴上手铐，然后向老胡报告喜讯。第二种情形是，他冲上前用枪顶着几名歹徒，让老刘上前给三名歹徒上铐，可老刘躲在他的身后，任由他怎么安排就是不敢上前。他只得命令歹徒蹲在原地不动，向老胡求救，等待老胡增援。可歹徒看到老刘惧怕的样子，胆子渐渐大了起来，身子在一步步移动。蔡成鸣枪，歹徒凭人多势众，上前夺枪。蔡成三声枪响，击伤了歹徒……

太阳慢慢向西边移去，水面上开始吹起了丝丝凉风。一席凉风袭来，大量排汗后的老刘终于抵挡不住倦意，靠在船舱板上"呼呼"睡去。呼噜声在窄小的空间内有些震耳，小船随着有节奏的鼾声一颤一颤的，使船底的水面泛起一层层波纹。

蔡成忍受不住，又不忍叫醒老刘，只得把头伸向了船舱外，条件反射似的向河对岸看去。渡船在慢悠悠地靠向对岸码头。岸上，三个高个子男人在向渡船招手，一个高个子头上一块耀眼的白布使蔡成的心猛地紧收。

蔡成忙缩回头，抓住老刘的手臂一个劲儿地猛摇，声音非常急促："来了！来了！"

老刘猛然被叫醒，惊慌失措地要上岸。蔡成抓住老刘，说等歹徒上了岸才能冲出小船,防止歹徒利用渡公做人质。老刘此时向蔡成投去佩服的目光。

渡船载着三名歹徒,从河对岸向这边划来,老刘的身子在微微颤抖,蔡成掏出了手枪,"哗"的一声将枪上了膛。蔡成的这个动作干脆利落,但这个动作也给窄小的船舱里带来了一丝不安和极度的紧张。老刘曾经经历几次同一类型堵截案犯行动,但最终因案犯没有在这里出现而收场。这次不同,渡船上,三个货真价实的家伙正向自己这边而来,这是三个持械歹徒,面前的小伙儿能否抵挡得住?老刘用怀疑的眼神再次看了看蔡成,声音嘶哑地说,他给老胡打个电话,告诉他歹徒已上了渡船。蔡成仍注视着河中的渡船,没有回头看老刘,只是点头。老刘拿手机的手在哆嗦,在接通老胡电话的刹那间有点儿语无伦次,声音里掺杂着高度的恐惧。蔡成抢过老刘的电话,他向老胡说,已确定渡船上的三名男子与上面通报的体貌特征相符,可以肯定就是这次要抓的人。蔡成从电话里能听出老胡有些激动,老胡说这次决不能让歹徒从这里逃脱,并嘱咐蔡成,要等歹徒上了岸才能实施抓捕行动,防止歹徒挟持渡公做人质,他立即带人赶来增援。最后老胡再次提醒,要千万注意自己的安全,不得鲁莽行事。老刘接过电话收好,哆嗦着说,老胡他们离这里起码也有三公里路程,又没有车,从他们的渡口到这里至少也要 15 分钟,而歹徒从河中心到上岸最多需要 5 分钟,歹徒上岸到老胡来增援中间有 10 分钟的时间差,这一段是他同蔡成与歹徒对峙的时间,有没有想过怎样度过这段时间?蔡成没有作答,只是看了眼离自己越来越近的渡船。老刘急了,催促蔡成快拿出一个方案。蔡成感觉面前的老刘有点儿可笑,并且还很使人心烦,心里暗自骂了一句:你以为歹徒都听你指挥?

老刘见蔡成不答,心更乱了,不安地看着慢慢靠近的渡船,身子也抖得越来越厉害。蔡成有些愤恨地看了一眼老刘,不轻不重地骂了一句:"别抖!就这胆还想立功?"

老刘不服,冲着蔡成说道:"你不也在抖吗?哎,到时歹徒真要反抗你枪法要狠点儿,我可不想将自己交待在这里。"

蔡成看了看自己持枪的手,老刘说的没错儿,自己的手在微微抖动,枪管明显在轻微地晃荡。他心里在骂,本来自己还很镇静,反倒是老刘不停唠叨给自己造成了心理压力,这手就不听自己使唤了。蔡成脑子里再次闪过先前设计的几种抓捕情形,但混乱的思维没有确切告诉自己选择哪一种方式较为恰当。

渡船慢悠悠地靠岸,三名高个男子跳上了岸,渡船撑开了码头,调头向河中心划去,老刘的身子抖动得将小船晃动起来。蔡成猛地冲出小船,一个箭步上岸,空旷的河岸响起震耳的喊声:"不许动!"

刺耳的三声枪响,在空旷的云端里久久回荡。三名歹徒愣在那里纹丝不动,呆呆地看着面前的英俊小伙儿。老刘躲在蔡成身后,哆嗦着身子一个劲儿吼着歹徒:"脱掉鞋子,双手抱头……"

小镇上的事不过几分钟就从街头传到街尾。小镇派出所终于第一次破了一个大案,长期处于宁静的小镇一下子掀起了波澜。小镇上的人争先恐后地涌向派出所,想看一眼派出所抓住的是什么样的妖魔鬼怪。围观的人们将门前过道围得水泄不通。老刘站在围观的人群中,眉飞色舞不厌其烦地向围观者一遍遍复述抓捕时惊心动魄的一幕。他的描述,除了把蔡成形容得无比英勇以外,随着蔡成形象在抓捕中的升华,他自己的形象也变得高大伟岸。

冬梅扒开围观的人群，一个劲儿往派出所挤。老刘占着道，冬梅笑笑说了句："老刘，你都这么英勇了，人家老胡他们还沾了你的光吧！"

老刘侧身让过冬梅，冬梅从老刘身旁挤过，老刘笑笑说了句："这次啊，还真不是你家老胡的功劳呢。"老刘把"你家老胡"这几个字说得很重，围观者中有人在笑。老胡站在派出所值班室的门口，全身衣服湿了个透。冬梅看见老胡的第一眼就问老胡没事儿吧。老胡一笑，摇头说没事儿。冬梅靠近老胡责怪道，全身都湿透了还说没事儿，快去脱了换件衣服，当心着凉。老胡有些感激冬梅的热情，他说刚来的小蔡可能中暑了，要冬梅弄点儿姜糖水给小蔡解解暑。冬梅瞪了一眼老胡，嘴里唠叨"净想着别人"，转身向外挤去。冬梅向拥堵在过道上的围观者喊让路，说老胡要她给新来的小蔡弄姜糖水解暑。过道让出了一条道，两边的围观者看着从面前经过而毫不羞涩的女人。

黑屠夫不知何时站在了人群中，他看着冬梅从容的样子，心里不是滋味。他冲着老刘戏谑调侃冬梅，说老刘怎么这么肯定说老胡就是冬梅家的老胡。他问老刘，他见过老胡同冬梅的结婚证，还是他见过他俩住在一个屋里，睡在一张床上？这话引起了围观者的大笑。冬梅不接话，也不与黑屠夫争辩，扒开人群走出了大院。

蔡成坐在值班室内，虚脱了一般四肢无力，门外的嘲笑声使他又一次感到愤怒。他恨多嘴的老刘，更恨叫黑屠夫的那个阴阳怪气的男人，特别是老胡一声不吭的软弱窝囊，让他感到蒙羞和耻辱。蔡成勉强撑起身子，挤在了人群中，无力的手指着老刘，愤怒而憎恨地警告老刘，下次再听到对老胡的调侃，跟他绝对没完。黑屠夫不知蔡成是刚来的民警，看到蔡成为老胡叫屈，"哟哟哟"几声后靠近蔡成,用满怀敌意的眼神把蔡成全身上上下下打量一遍,轻蔑地骂蔡成是哪家的野孩子,敢站出来为老胡说话。蔡成瞪直了眼,举起了握紧的拳头,很想上前揍他一顿。老刘忙夹在中间推着黑屠夫,老胡挤进人群中拉了把蔡成,吼道:"别跟疯狗一般见识!"

黑屠夫见老胡接了腔,寻衅的机会终于来了,他双脚跳得老高,泼妇般骂老胡老不正经。他说,这辈子不把老胡告倒,他黑屠夫誓不为人。人群中有人朝黑屠夫嘲笑,问黑屠夫,你不是告了几次老胡吗,怎么反把自己告进拘留所去了?众人大笑。蔡成朝黑屠夫吐了一口唾沫,骂了句:"等着瞧!"

两辆警车闪着警灯鸣着警笛驶入大院,围观的人群为警车让开了一条道。刑警们下车与老胡办了交接手续后,将三名歹徒押上了车。车驶离了政府大院,老胡望着远去的警车,眼里流露出一丝骄傲和自豪。老刘看着老胡有些失望,警车走了,老胡没有在押走歹徒的刑警面前为他说话。他预先设想的老胡在上级面前夸奖他、描述他临危不惧的话语,他一句也没听到。就这样走了?老胡在完成如此重大的任务之后,竟然不声不响如此淡定,就连来所第一天的小蔡也没表现出特别的兴奋,他们是那样平静,是那样习以为常。老刘只是从老胡的眼神中看到了一丝骄傲和成功后的自豪。

四

冬梅这几天很开心。她的开心是从那天老胡安排她给蔡成烧姜糖开水时开始的,从那天起心里就像被灌了蜜那样甜得很,脸上时常挂着笑,见人打招呼的声音也变得更加柔软细腻。

那天下午,老刘在派出所过道上说老胡是她的人,虽然这话她听了很多次,但这次她听起来格外过瘾。因为这是从老刘嘴里说出来的,老刘与老胡又是非常要好的朋友,并且老刘代表的是公家人,如果老胡没对老刘说过他喜欢自己,老刘是不敢乱说的。几年了,冬梅就是喜欢老胡,可老胡对她总是若即若离。每当冬梅想表达对老胡的爱,告诉他,她想同他一起走过下半辈子时,老胡就立马把话岔开,答非所问地说东说西。时间一晃就是三年,这三年里,冬梅因为身边没有男人,她经历了一些不一般的不幸。正因为这样,老胡便成了她精神上的靠山。可冬梅捉摸不透,老胡明明喜欢自己,为什么老是藏着掖着,人过了这把年纪,他有这么内敛和羞于启齿吗?冬梅想,过几天她就老刘说出的那句"老胡是她家人"这话,向老胡公开挑明,她喜欢他,要与他一起过日子。

蔡成那天喝了冬梅的姜糖开水后,大汗淋漓了一阵,很快恢复了体力。他对老胡说,冬梅确实长得漂亮,人又贤惠,怪不得黑屠夫老是缠着她不放。他开玩笑似的说老胡,要老胡抓点儿紧,别让黑屠夫捷足先登,到时后悔就来不及了。老胡一听这话,瞪了蔡成一眼,说蔡成一个毛孩子,哪里晓得冬梅和他的内心。蔡成说老胡也太胆小了,他一个黑屠夫有什么可怕,你又没有生活作风上的问题,人家冬梅也没说你占她的便宜,黑屠夫要上访就让他去呗,难道上级还管你老胡谈恋爱?再说了,老年人也有爱情,黄昏恋怎么就不行了?

老胡变了脸骂蔡成,说这话也不感到害臊。什么老年人爱情?什么黄昏恋?那都是书上写的,电影电视剧里演的。他说他与冬梅压根儿就不是这么回事。他警告蔡成，以后少在他面前提这事……

天快断黑时分，老刘扛着一把竹椅来到了派出所门前的过道上，蔡成刚从值班室出来。老刘见了蔡成就放下竹椅，身子向竹椅上一靠，懒得理蔡成，闭上眼装没看见。

蔡成知道老刘还在因那天下午自己当着众人的面数落他而生气。过后想想，那次也是自己太过气盛，虽然黑屠夫接过老刘的话侮辱了老胡，但责任不在老刘，他这样数落老刘也有点儿过了，他想找个机会向老刘解释。老刘这几天见了蔡成有意躲避，并不想理他。

蔡成看着老刘故意闭眼，就在木凳子上坐下，手在老刘的身子上碰了碰，声音很轻地说道："我知道你没睡，还在为那天的事生气？"

老刘仍闭着眼，很不耐烦地说了句："没有！"

蔡成看着老刘爱答不理的样子，一下子不知怎么继续与他交流，唐突地说了一句："这些天我听到了很多关于冬梅与老胡的故事！"

老刘"哼"了一声，接着语气生硬地蹦出一句："那都是黑屠夫作妖！"

蔡成沉默不语，老刘睁眼看了一眼蔡成，然后又闭上眼："少听外面瞎胡编，别人不知道，我老刘还不知道他老胡是哪样人？真能扯！"

蔡成见老刘说到老胡就来劲，就与老刘聊上了。老刘说，他与老胡在李家堡是最要好的朋友。老刘也承认，老胡有时嫌自己多嘴，但这并不影响他们之间的关系，就是因某一件事暂时不能达成一致，吵归吵，争执归争执，红脸归红脸，过后还是一样。老刘就是因老胡事后从不计较，才与他走得这么近。时间长了，自己也慢慢清楚老胡是一个正直的好人。他说蔡成听到外面对老胡的传言，那都是黑屠夫故意弄的，这事一年一个花样，弄得老胡在李家堡很尴尬。其实小镇上的人对这些传言不信，因为他们看到的老胡不是传言中的那样坏。时间久了，小镇上的人只当是一个笑料在茶余饭后时闲聊。老刘反问蔡成，小镇上的人几时听到了人家冬梅在房子里呻吟了？老胡几时在她那里喘粗气了？黑屠夫见老胡往冬梅家去就拍了视频，那时他怎么不拍段视频做证据去告老胡？

老刘说到这里，叹了口气，倒是埋怨起老胡来了。他说，这小镇上的人都知道冬梅喜欢老胡，也晓得老胡喜欢冬梅。几年了，老胡就是没认真对待这事，总是与冬梅不冷不热的，闹得小镇满是风雨，让黑屠夫有了说事的把柄。老刘找过老胡，认真地提过他俩的事，可老胡就是含糊其词哼哼哈哈没表个态，还说他这辈子没福分消受像冬梅这样的女人。

老刘说到这里，瞟了一眼蔡成，说老胡说这话时他感到奇怪。他爱着冬梅，冬梅也爱着老胡，这一拍即合的事，他怎么就没福消受？老胡还郑重其事地说，等到他退休时，他再告诉老刘有关他自己的事。

老刘"嘿嘿"一笑，这笑有点儿勉强，然后用扇子使劲扇了几下，说老胡这人有点儿让人琢磨不透，心里很能藏事。老刘早就听人说过，老胡是上世纪 80 年代初从老山前线下来的人，因为立过战功，又因在战斗中负过伤，那年退伍就被分到了公安机关。至于他伤在哪里，老刘一概不知，老胡也只字未提。老胡在机关里待了几年，组织上也为老胡张罗过婚事，可总是以女方瞧不起老胡而告终。

据说老胡退伍回来那年，经人介绍，老胡认识了县里的女团委书记小周，小周见老胡外表英俊，又是上过前线的军人，便与老胡处了朋友。事情还没过几个月，小周与老胡便吹了。谣传说是因为小周被提拔到了县里的领导岗位，便与老胡分了手。老胡从那年起就申请下到基层派出所，这一晃就是20多年。五年前他来到李家堡后，别人给老胡介绍了好几个对象，老胡都没相中。从此，再也没人向老胡提过婚事。

老刘说，老胡自己觉得活得很实在，经常说，人活到这个份儿上，感情的事就没了年轻时的那种激情。可别人不这么认为，大家都说，老胡是因第一次被县里的女领导小周抛弃了，心里产生了阴影，才造成了他现在孤身一人的结果。孰是孰非只有老胡自己知道。在老刘看来，老胡是放不下小周，毕竟小周是他的初恋，老胡又是一个重感情的人，他怎能忘了那段感情？

小周与老胡分手后，与县里的一名年轻领导结了婚。十多年后，小周被查出患有癌症住院，老胡还偷偷地去医院看望过小周。后来小周去世的那天，有人看到老胡心情特别不好，把自己关在办公室里哭了一整天。老刘说到这里，长长叹了一口气，对老胡的一生感到惋惜。

蔡成听了老刘讲的故事，突然对老胡产生了怜悯之情。他说，冬梅与老胡虽然有些年龄差距，但明白人都能看出，老胡对冬梅是有感情的。

老刘瞪了一眼蔡成，看着天花板拖着长腔："可老胡就是不接招呀……"

蔡成来李家堡接近一个月了，李家堡还真像大家说的那样平安无事。小镇上除了集日那天忙点儿外，余下的日子老胡带着蔡成下到各村，找村书记、村主任嘱咐这嘱咐那，总是那么千篇一律地交代他们防盗防火防事故。蔡成虽感到这日子过得没有他之前所想的那样轰轰烈烈，但与老胡一起倒也觉得实在。在李家堡，老胡可算得上是受大众喜欢的人物，外表虽冷酷些，可镇里的人都说老胡是一个外刚内柔的正直人。老胡下到村里逢人便说蔡成是他的徒弟，是老胡的徒弟自然受人待见，所以蔡成感觉没有白来李家堡。

又逢小镇集日。老胡起了个大早，在坪子里大声喊着蔡成的名字。蔡成听得清，懒洋洋答了一句。等蔡成下楼来，坪子里老刘正与老胡说着什么。蔡成不知老胡今天发了什么疯，这么早把他从床上叫起来。

老胡见了蔡成，冲蔡成说了一句："去现场！"

蔡成忙跟上几步，跟在老胡和老刘的屁股后面走出了政府大院。现场离政府大院很近，出了大院的门，走30米就到了集市的中心。平时小镇的集日早上人不多，上午11点才是赶集人流的高峰。现场位于集市中心的李万福布料商店内。商店门前围满了人，人群中有人在高声大骂，有人在恶语诅咒。围观的人群见了老胡，大骂声和诅咒声突然停了下来，自然为老胡让出了一条道。老胡很严肃地将塑料袋子套在鞋外，蔡成和老刘也学着老胡的样子。一切停当，老胡看了一眼四周，要蔡成拍了外面的照片，然后才进了现场的里屋。屋内一片狼藉，花花绿绿的布料散落一地。

李万福说店里价值八万余元的布匹不翼而飞，这是他一家多年的积蓄。老胡没吭声，只是要蔡成把现场拍好照，然后退出了现场。

　　老胡在现场外问完李万福的情况后，给局里刑侦大队的小高打了一个电话，半开玩笑半认真地说，小高是有福之人，这人一走，小镇上就有了大案，最后才说了重点，他要刑侦及时来人！

　　小高同刑侦的技术人员中午才赶到李家堡，小镇上李万福布店里布匹被盗的事早已传开了。黑屠夫在人群里煽动说，派出所没能耐破这桩布匹案！蔡成想过去揍黑屠夫一顿，好解解多日来压在心中的不快。老刘制止了蔡成，老胡也说让他去说吧，这案子现在确实没破，等破了案黑屠夫的话就不攻自破了。

　　小高同技术员们说，从现场分析应该是一起流窜作案，这案子还得交给他们李家堡派出所来办，局里的刑侦实在抽不出人来。他们要老胡同蔡成先把与李家堡邻近的各路口查一下监控，或许能找到一点儿线索。老胡一笑，问小高："你刚离开李家堡不到一年，这附近几里装了监控？"

　　小高一听老胡这话虽有些刻薄，但也切中了要害，是自己忘了李家堡周边没装过摄像头。小高冲老胡一笑，看了一下蔡成说："这事派出所先办着，等有了线索刑侦再派人来一同侦办……"

五

　　李家堡有了李万福家的案子，就不再平静了。

　　布匹被盗案给老胡和蔡成俩人身上增加了压力，这起案子的发生，使小镇上的人渐渐改变了对老胡的看法。

　　黑屠夫四处放话，说老胡没有侦破这桩案子的本事。原本对老胡充满信心的镇上人，因这案子迟迟未破，都说黑屠夫的嘴很毒，能预知后事。

老胡和蔡成早就听到了小镇上的风言风语。老胡说，这案子本来就没有破，镇上人说些风言风语的话也很正常。不管黑屠夫也好，白屠夫也罢，就让他们去说呗，懒得去听他们说三道四。只要自己一心破案，老胡相信，这案子终归会破的。

老胡很奇怪，价值八万多的布匹用小三轮能装一车，而盗贼不留任何痕迹就从小镇上没了行踪。老胡闷了几天，还是找不到一个合理的解释。附近以及周边老胡同蔡成都去查了，却毫无线索。老胡还按案发的大体时间，分别按不同方向和路程做了推算，并按推算的结果，分别进行了走访，但结果并不理想，作案人就像从地球上蒸发了一样。

老胡问蔡成，这案子要是他作案，会怎么运走赃物？蔡成不悦，老胡是被这案子搞糊涂了，打了这么一个十分不恰当的比喻。蔡成想了一会儿，还是说了自己的看法。人与人不同，思维当然不会一致，真要是他，就不会去作这个案子。老胡说，这案子够大，也有好几万元的价值，如果能弄到手，是一个农民工好几年的收入。蔡成这时一笑，笑老胡在这个小镇里待久了，就这么个布匹案子还让他分析来分析去。刑侦大队的小高不是说了吗，这就是流窜作案，案子当然难破了，机会好，案犯销赃时说不定会有线索。否则，黑屠夫的话很可能就要成真！

老胡"哼"了一声，表示对蔡成的话不满。蔡成看出了老胡的心事，待在小镇几年了却碰上一个难破的案子，还让他破不了，心里难受，不是滋味。蔡成很理解老胡，但他的那个比喻却伤了自己。自己怎么会去做这鸡鸣狗盗的事，恰似老胡向和尚借梳子一样，蔡成没这个经历，就更谈不上是他作案会如何运走赃物。

蔡成见老胡不吭声，就随便说了声，要是他，除非自己是本镇人，盗了这些布匹藏在家里，哪儿也不去，等过了风声再运出去！

老胡听到这里，几根长寿眉在浓密的双眉间跳动了几下，一拍大腿，看着蔡成，说蔡成真是近山知鸟音，近水知鱼性，赞赏蔡成与自己想到了一块儿。

蔡成不解，说自己就是随便这么一说，别把他的话当真。老胡一笑，说蔡成是怕推翻刑侦划定的流窜作案这个侦查范围，其实刑侦提供的侦查范围也只是一个初步设想。他们工作了半个月后，老胡认为这个范围有点儿偏离了案件的实际。人过留名，雁过留声，一车的赃物运走哪有没留半丁点儿痕迹的道理？老胡打了个如果是蔡成作案会怎么处理赃物的比喻，因为蔡成同他一起调查了半个月，想听听蔡成是否也有推翻刑侦划定侦查范围的意思，想不到蔡成竟然与自己不谋而合，把作案的人也放在了本地人这个思路上。既然俩人想到了一起，老胡要蔡成仍同老刘一组，围绕李万福商店被盗的那个晚上，秘密调查小镇上年轻人的活动情况。

寡妇冬梅这些天也没睡好，黑屠夫四处说老胡没有破李万福商店被盗案的本事，这事搁在她心里难受。老胡是谁？是她深爱着的男人，黑屠夫凭什么说她家的男人没有破案的本事？这话难听不说，分明是在挑衅老胡，让老胡在这个小镇上没了颜面。她要去找老胡，问他是不是真的破不了这案。

老胡见冬梅总是一脸的笑，问冬梅黑屠夫就这么有把握说派出所破不了这案，就是破不了对黑屠夫、对她又有什么影响？冬梅气了，板着脸说她听不得别人说老胡的坏话，不是老胡在，她才懒得去理这些事呢，黑屠夫是在等着看老胡的笑话呢！

老胡再次一笑，自言自语说黑屠夫对这事真很上心。然后他问冬梅，她是不是不想看自己在小镇上闹笑话？冬梅说老胡是在说屁话，她怎么可能看着老胡出洋相，说老胡是揣着明白装糊涂。老胡的长寿眉动了动，说这事就好办了。冬梅不解，一脸疑云。老胡要冬梅把脸靠近，冬梅脸胜桃花，暗喜老胡终于主动与自己亲近了，她眯上眼羞答答地把脸靠向了老胡。老胡的嘴贴在冬梅耳边，老胡说话时吹出的气是暖的，弄得冬梅耳朵痒痒的，心像小兔一样跳个不停。老胡最后一句话说得很重，冬梅感到老胡的嘴已经离她的耳朵很远了。

冬梅睁眼，看了一眼老胡，问："完了？"

老胡嘿嘿一笑："完了！"

冬梅瞪了一眼老胡，很是失望地离开了派出所。

蔡成同老刘在一起调查时，他向老刘说了他第一天到所时做的那个奇怪的梦。老刘叹了一口气，说老胡这辈子同黑屠夫可算较上劲了。老刘告诉蔡成，老胡心里藏着很多事，黑屠夫与老胡不仅仅是冬梅的那点事儿，冬梅老公的死，老胡实际上早就想到了一个人，是不是黑屠夫老胡没说。老刘猜，在老胡的怀疑人员名单里肯定是少不了黑屠夫这个人的。老胡不愿离开李家堡，或多或少与冬梅男人的死有关，他放不下这个案子。这次又出了个李万福商店被盗的案子，老胡要不把这案子破了，恐怕在李家堡待不久了。

冬梅又见一群人围着黑屠夫，听黑屠夫在说老胡没有破李万福家案子的本事。冬梅气得不行，冲进人群质问黑屠夫，说老胡破不了这案子，你黑屠夫有本事把这案子破了。她指着黑屠夫，说不是老胡没这个本事，他是念着李家堡里的人都是安分的人，不想把这事弄大了，只想把偷布的人送进监狱。老胡是想等作案的人自己想清楚了去派出所自首，争取宽大处理。众人哄笑，黑屠夫也笑了，他嘲笑冬梅挺会替老胡说话，老胡想让作案的人自首，作案人不自首呢？那人家李万福家的损失老胡赔吗？他还问冬梅，老胡什么时候说这案子就是咱李家堡镇子里的人干的？是老胡昨晚又到她家吹枕边风了吧，不然你冬梅怎么知道老胡的想法？

蔡成听不下去了，想上前揍黑屠夫一顿，被老刘拉了回来。冬梅气得脸红，她冲黑屠夫理直气壮地说："老胡昨晚就在我家过夜了，在床上他是这么同我说的，你能怎么样？"人群里一片哗然，接着人群里有人开始私下议论，说老胡的话应该可信，这贼很可能就出在李家堡。俗话说远贼也有近脚，否则别的地方的盗贼是不会来李家堡作案的。黑屠夫见人群开始相信冬梅，便又起了哄。他问冬梅："你不是说老胡胆子贼小，他敢上你家过夜？别把自己想得太美，指不定老胡还瞧不上你呢。"

冬梅这次真来火了，这是她第一次当着众人的面发火。她手指黑屠夫的鼻子大骂，骂黑屠夫就是一个恬不知耻的色狼，明知老胡没这个胆，他为啥要去告老胡与自己有作风问题，问他安的是何心。黑屠夫见冬梅敢在众人面前撒泼，并且敢公开承认老胡去她家睡过，就连办案的纪律也不要了，把秘密说给冬梅听，这老胡肯定是冬梅家的人了。人群里开始有人帮着冬梅说话，问黑屠夫，之前他告老胡有作风问题，这次怎么说老胡不可能与冬梅在一起，这不是自相矛盾吗？黑屠夫自知失言，忙找了个借口，说好男不与女斗，溜出人群走了。

蔡成问老刘，老胡真是这样说了？老刘不语，看着散去的人群,答非所问地说,这下定有好戏看了。蔡成更是不懂了,反而责怪老胡,说老胡一边要他们秘密调查,一边自己又把秘密告诉冬梅,这老胡是不是老糊涂了?

接下来的几天,冬梅来派出所的次数也频繁起来。她来时只同老胡说话,蔡成只当是老胡与冬梅在谈情说爱。他对老刘说,老胡同冬梅肯定有戏。

经过冬梅与黑屠夫的较量,平静的小镇开始热闹起来。小镇上的人都在议论,李万福家的案子是不是黑屠夫干的?要不然黑屠夫怎么这么肯定地说,老胡就没破这案子的本事。有人反对这种说法,真要是黑屠夫作案,那黑屠夫就是典型的猪头,自己做了贼还敢跳出来与老胡作对,那不是找死?肯定是黑屠夫知道了什么内情,又不愿告诉老胡,让老胡出尽洋相。镇上有人在议论,最近看到寡妇冬梅变了,变得爱串门了。冬梅到了晚上就东家门进西家门出的,一下子与镇里的人亲近了许多。

镇里的人都知道冬梅与陈老太婆要好,陈老太婆的年纪不算很大,也就七十刚过,因她的辈分在镇子里最大,别人就叫她陈老太婆。陈老太婆的儿子们都去了外地工作,起初陈老太婆随了儿女在城里生活了一段时间,但老人不习惯又回了李家堡,孤身一人生活在这个安静的小院里。冬梅男人没了后,她常去陈老太婆家。这天晚上,冬梅又去了陈老太婆家,陈老太婆要冬梅坐下。她问冬梅:"镇上的人都说你与老胡好上了?"冬梅脸红,看着陈老太婆笑而不答。陈老太婆也笑,她说真要是好上了,那是冬梅的福气,她说她看得准,老胡是一个好人。冬梅点头。陈老太婆又问:"万福家的案子真是镇子里的人做的?"冬梅回答,她是听老胡说的,是不是等老胡破了案就晓得了。陈老太婆一笑,点头,她说她相信老胡有这个本事，然后叹了口气，望着天上的星星，说这人呢就得本分才是，隔壁家老李的孩子就是不听话，老李一家深更半夜起来教训孩子，闹腾得很凶，逼着孩子剁掉了一个手指。说完又长叹了一声。

冬梅问老李家怎么了，陈老太婆说这几晚老李家总是吵闹，她也不是听得很清，她隐隐约约听到老李逼问他家的老二，是谁让他这么做的。老二总是不作声，然后就听到一声刀剁案板的响声，接着老二惨叫。老二哭着说，这事黑屠夫知道。第二天，看到李家老二的手包着一块纱布从门前过，陈老太婆还问老二他的手怎么了。老二一笑，说是他修车时被铁片划破了。陈老太婆说完，又自语，这老二虽不听话，但也不会在自家门前做那缺德的事。

冬梅从陈老太婆家出来后，去了派出所。

在门口，冬梅碰到了蔡成，她问蔡成老胡是否在家。蔡成一笑，告诉她老胡正在房里呢，并给冬梅使了个鬼脸。天黑，冬梅看不到蔡成对她使坏，匆忙走向了老胡的宿舍。蔡成看着冬梅的背影，忙给老刘打了电话，告诉老刘，寡妇这回怕是真要到老胡房里过夜了。电话那头儿老刘"呸"了一声，骂蔡成无聊。蔡成找了没趣，想不到多嘴的老刘还这么护着老胡。

冬梅什么时候离开老胡的宿舍，蔡成确实不知情。他被老刘骂了一顿后，顿感自己确实无聊。尽管老胡与冬梅有那么回事，这也很正常，他们俩也属正常恋爱，容不得他中间看稀奇。

第二天，老胡起了一个大早。早饭刚过，老胡就叫蔡成去了办公室。蔡成想，肯定是老刘把昨天给他打电话的事告诉了老胡，他自认等着挨批。蔡成去了办公室，老胡一脸笑。蔡成见着老胡笑，心里就不是滋味。他后悔昨天晚上就不该给老刘打那个电话，更不该拿老胡、冬梅说笑。本来老胡就忌讳这事，这不是自找麻烦吗？

老胡要蔡成坐下来，蔡成忐忑不安地坐在了老胡对面，中间隔着一张办公桌。老胡又"嘿嘿"一笑，他问蔡成，早上是否见着了老刘？这一问让蔡成心里更没了底，心想这下完了，肯定是多嘴的老刘将事告诉了老胡。老胡见蔡成不答，又说了句："问你话呢，老拿眼睛看我干吗？"蔡成回过神，慌忙回答他还没见着老刘。老胡接着说，要他同老刘上午把镇上李林家的老二李伍子找来，要秘密地不能弄出动静找到派出所来！

蔡成点头，接着有些不解地看着老胡，甚至好奇地问老胡："是他干的？"

老胡一笑，不正面回答蔡成，只是说把人找来问问。蔡成心中的石头总算落了地，谢天谢地，老胡没有提起昨天晚上他给老刘打的那个电话。蔡成离开了办公室，走时老胡再一次嘱咐，让他别弄出动静。

老刘同蔡成在去李林家的路上分析老胡为什么要找李林家的老二。据老刘掌握，李林家的老二算得上是一个忠厚老实的人，四年前去过大城市，见过大世面。回来后就一直在家安分守己地过日子，也没听说他在外面惹是生非，老胡怎么就想到要找他呢？万福家的那个案子不会是他干的吧？蔡成一笑，说老刘是看表面评价人，老胡要找李家的老二自有找他的道理。不过让他同老刘不懂的是，老胡坐在家里怎么突然想到要找李家的老二了？蔡成同老刘突然明白了，齐声说出了"冬梅"这个名字。

李伍子一人在家。老刘说想找他家的老大去一趟镇政府，核实一下他爱人娘家的侄子当兵的事。李伍子背着手，没好气地说，他们两口子前天就去了娘家，一直没回。老刘说这事不复杂，他去也一样，就是在那个摸底表上签上他老大的名字就行。李伍子有些迟疑，老刘转身不轻不重地说了一句："如果你不去，那就把这个入伍体检的名额换了，不过你家老大回来你得给他说清楚，我们来过你家，是你不去签字才换了名额的。"李伍子想了一会儿后，跟在老刘的屁股后面走出了屋子。

  李伍子跟着老刘绕到了李家屋子的背后，蔡成跟在李伍子的身后，他们从屋后沿山脚下的小道进了政府大院。李伍子进院后，老远就看到了老胡，他停住了脚，老胡低头进了派出所。李伍子才迈动了双腿，跟着老刘进了镇人武部办公室。刚落座，老胡笑眯眯地来了，在李伍子的对面坐了下来。李伍子见老胡进门的瞬间，脸白了一会儿，一只手插进了裤兜里。其实这个动作老胡早就收入眼底，而且老胡看到李伍子的手指上缠有一团纱布。

  李伍子没与老胡说话，装着不认识老胡，问老刘表在哪里，他签了字还得回去做事。老胡仍在笑，然后他替老刘回答，说既然来了就别这样急，把事说清楚再回也不迟。李伍子的脸红一阵白一阵，他慌忙问不是老刘要他来填表吗。老胡"嘿嘿"一笑，他说表是要填的，但不是征兵的表。李伍子突然紧张了，他起身用愤怒来掩盖内心的不安。老胡不紧不慢，用手示意了一下李伍子，让他坐下。李伍子无奈，按老胡的意思又坐了下来。老胡说有些事他不用再装了，如果再这样装下去，填表是少不了的，不过填了表他就不能坐在这里说话了，那得换一个地方，到县公安局的看守所，那地方虽然清静，可就是没那么自由。李伍子强装着不懂，问老胡这话是什么意思。蔡成忍不住了，骂了一句："你自己的事还用得着别人提醒?"

老胡看了眼李伍子,要李伍子把插在裤兜里的手抽出来。李伍子不敢不从,抽出手,抖动的手上食指短了一截,并且缠了厚厚一层纱布。老胡一笑,问李伍子,手指是怎么断的,该不用他们来提醒吧。他还说千万别听黑屠夫的话,这李万福家的案子他老胡是破定了!

李伍子低下了头,轻声说了一句,黑屠夫与他没有关系。老胡又是一笑,说,那就填表吧!李伍子见老胡拿出了表格就要下笔,双膝下跪,忙说他愿意说……

老胡将李伍子送出大院门口时,看着李伍子的背影,笑得很灿烂。

六

老胡从来没像现在这样开心过。

李万福商店被盗案没想到会这么顺利地破获,顺利得全不费工夫。李伍子怕老胡将他关进看守所,把那天晚上盗窃李万福商店布匹的事一五一十说了。这事是他同镇上的李付轮干的,用的是李伍子家那辆破旧三轮车。他们怕深夜弄出动静,俩人偷完布装上车后,推着三轮车走的。

老胡见李伍子走远,忙叫了蔡成和老刘,然后又大声叫来了几名镇干部。老胡简单向他们交代了几句,带着人去了李付轮家。

老胡从李付轮家出来时,李付轮戴着手铐。蔡成同镇里的干部抬着从李付轮家搜查出来的布匹排成长队,从小镇的集市中走过。小镇上的人围了过来,七嘴八舌议论着老胡,赞扬老胡真行,不声不响地把这个毫无头绪的案子破了。

老胡笑眯眯地走在前头，昂首挺胸迈着大步，似有英雄凯旋的气势。冬梅站在围观人群中看到了老胡，她把手举得老高，向老胡摇手示好，还时不时向旁边人说，看谁还敢说咱老胡没有破这案子的本事。黑屠夫从老远的地方赶了过来，在密集的人群中瞪眼看着昂首阔步的老胡，然后四处扫了一眼抬着布匹的干部队伍，没有找到他不希望看到的目标后，放心地悄然溜出人群。人群中不知是谁看到了黑屠夫，戏谑道："黑屠夫，你不是说老胡没有破这个案子的本事吗？"黑屠夫"嘿嘿"几声冷笑，匆忙离去。

老胡同蔡成在审问李付轮时，李付轮说这事不是他一个人干的。老胡说，他知道是他同李伍子一起干的。李付轮不服，说老胡办案不公，知道是他们一起干的，为何只抓他一人？老胡一笑，说李伍子有功，怎么处理等上面按法律程序来办。李付轮顿感有种被朋友出卖的愤怒。他向老胡说，他也知道李伍子的其他情况，向派出所说了算不算立功？蔡成忙答，只要是李伍子没有交代的，派出所也没掌握的，当然算是有立功表现。李付轮看了一眼老胡，他怕蔡成说了不算。老胡向李付轮点了头，认可蔡成说的话算数。

李付轮想了想，他检举李伍子四年前在新疆打工时，偷了别人一个旅行箱，箱里装着五万元现金和高档首饰，价值在十万元左右，这是李伍子从新疆逃回来时亲口对他说的。李付轮当时不信，李伍子把偷来的旅行箱里的一些首饰给他看过，还让他帮着估过价。李付轮不懂这些，镇上只有黑屠夫去县城的日子多，也懂点儿首饰行情，他让李伍子找黑屠夫，李伍子怕知道的人多了会出事，说他不懂就算了，就此打住。后来李付轮在黑屠夫面前说过这事，问黑屠夫李伍子是否找过他，黑屠夫说他不知道这回事，李伍子也没找过他。当时黑屠夫正为在城里被抓，家里老婆又闹离婚的事烦着，李付轮也没同他细说。李付轮说，李伍子在外面干的那一票没有假，他冬天穿着的那双马靴就是那个旅行箱里的东西。

老胡看着李付轮一笑，问李付轮，黑屠夫没说后来李伍子找过他？李付轮摇头。

老胡问好李付轮的笔录，轻松了许多，他要蔡成给刑侦的小高打电话，让刑侦到李家堡来把人接走，然后又让蔡成和老刘把李伍子重新找来。

李伍子来了，他不敢正视老胡，老胡仍是一脸的笑。沉默了一会儿，老胡说话了，他说李伍子虽有立功表现，但自己的问题没交代彻底就不算立功。李伍子不解，他反驳说，李付轮立功心切，是乱说的，根本没有这回事。老胡又一笑，他问李伍子："你怎么知道付轮说的就是你的事呢？"李伍子自知失言，忙说他是猜的。

蔡成忍耐不住，对李伍子骂了一句："你这不是此地无银三百两吗？说！"

老胡仍是不慌不忙，端起杯子，嘴对着滚烫的开水吹了几次，慢悠悠地喝了一口。然后放下杯子，抬眼看着李伍子，问李伍子想不想立功，想立功就得把事情全部说完。否则，想给他从宽处理也没这个机会。老胡说完，几根长寿眉动了动，手再次端起了茶杯。

李伍子突然有些气愤，他说既然大家都想立功，他也就不隐瞒了，新疆的那起案子他作了，只把现金花了，赃物没动，都放在家里。

老胡问，那赃物不是有好几年了，怎么不动？李伍子说，这事他问过黑屠夫，黑屠夫也看过东西，他说那些东西本地没有，也很值钱，要是拿出来处理定会立即被发现，他让先收起来，等有了机会他给他介绍一个买主。蔡成暗喜，追问李伍子，黑屠夫知道这事？李伍子点头，然后愤恨地说，黑屠夫这是给他上套，把自己绕了进去。他说，他要是检举了比这两个案子还大的案子算不算有立功表现？老胡眼一亮，有些激动地忙点头。

李伍子看了眼老胡，又看着蔡成，生怕老胡一个人表态不算。蔡成说只要检举的是事实，经查证属实破了案肯定就是立功。于是，李伍子说起了黑屠夫。

李伍子说他想不到黑屠夫还真黑。新疆的案子他知道后，李伍子也怕出事，答应黑屠夫到城里处理了赃物分一半给他。黑屠夫说不急，再等等，他说他喜欢镇上的冬梅，冬梅对他也有意，可冬梅的男人是他们中间的障碍，要李伍子想法子成全了这事。李伍子说这事很难，冬梅的男人血气方刚，要知道了这事他不拼命才怪。黑屠夫一笑，说到时只管按他说的办就好了。李伍子想有黑屠夫拿主意，自己按主意办不是什么难事，就是她男人知道了也只是黑屠夫与冬梅俩人的事，与他无关，便答应了黑屠夫。

事情过了很长时间，镇上也开始议论黑屠夫与冬梅有染的事，冬梅的男人还与黑屠夫打了一架，这事老胡知道，是老胡处理的。李伍子说后来他才知道，这些都是黑屠夫作妖编造的，目的是想把冬梅的男人与冬梅分开。从那以后，隔了很长一段时间，李伍子想黑屠夫可能再也不敢去招惹冬梅了。但李伍子怕什么，就偏来什么。一天，黑屠夫找到他，说是租他的三轮去乡下杀一头猪运回镇里。那天中午他们俩去了乡下，去时在离镇子很远的公路边看到冬梅的男人在田里忙农活儿,黑屠夫说,他盯了好几天了,冬梅的男人收工很晚,天快黑时才收工回家。晚上回来时,如果还能碰上这个男人,就教训他一下。

事情真是巧合,天黑的时候李伍子同黑屠夫从乡下回镇里,冬梅的男人收工回家,他们就这样遇上了。黑屠夫要李伍子用车撞他一下,撞残他就行,但不能撞死。李伍子不敢,黑屠夫就威胁李伍子,说新疆的事是个大案,撞不撞冬梅的男人要李伍子看着办,反正话已经说了,李伍子也知道黑屠夫要害冬梅男人的事了,让他自己掂量。李伍子问要是让冬梅和公安查出来怎么办。黑屠夫肯定地说,他们查不出来,这里一没监控,二没人看到,三没车牌,黑灯瞎火上哪儿去查?再说了,就是查到了,大不了就是赔点儿医药费。新疆那案子的一半首饰他不要了,只要李伍子帮了这事,他帮他处理首饰分文不取。李伍子说就是把她的男人撞了,冬梅不见得就跟了黑屠夫。黑屠夫说,这事就不用李伍子管了,他自有招数。李伍子思考再三,还是把冬梅的男人撞了。

半夜时分,镇里传出消息,冬梅的男人被车撞死了!这下李伍子惹了大祸,吓得身子像筛糠似的。黑屠夫半夜来了,他说不用怕,他相信这事绝不会查到他的头上。这事还真被黑屠夫说中了,交警在这儿查了一段时间后,因无线索,就把案子挂了起来。倒是派出所的老胡对这事很上心,黑屠夫老怀疑老胡闻到了什么,为了搅浑水,他老与老胡作对,说老胡与冬梅有奸情,动不动就去告老胡的状。黑屠夫这一告,倒把冬梅与老胡告出了真感情……

老胡拍了拍李伍子的肩,说李伍子这次真算有立功表现。老胡说这话时,蔡成看到老胡眼里溢出了泪水。

李伍子、李付轮和黑屠夫当晚就被刑侦大队的人接走了。李万福家的布匹失而复得，非要请老胡和老刘他们吃饭，说是为老胡庆功。老胡摇头，他说这功不功的并不重要，他在李家堡这么多年总算没有欠下未破案子的账，他满足了，非要说功劳的话，冬梅应该是头功呢！

天黑了，老胡去了冬梅家，告诉冬梅她家男人的案子破了，是黑屠夫谋划的，这与老胡之前想的一样。冬梅哭了，哭得很伤心，老胡安慰她时，她还抱住老胡大哭。老胡与冬梅相处了这么几年，这是冬梅头一次抱住自己，他心里温暖如春。这种暖意在老胡的心里只停留了片刻，老胡就溢着泪推开了冬梅，对冬梅说，他可以安生离开李家堡了，下个月他就向局里打报告，申请调回机关。老胡还动情地说，这几年冬梅给了他很多感情慰藉，使他忘记了孤独和寂寞，也让冬梅饱受了别人的非议。老胡劝冬梅，她男人的事有了了结，她可以放心去开始新的生活了。

冬梅抹了一把泪，看着老胡，她说这几年是老胡在支撑着她，使她走过了最晦暗、最痛苦、最艰难的日子，是老胡给了她生活的勇气。她说，她不会让老胡走的，她要把老胡拴在李家堡，要与他过完人生最美好的下半辈子。老胡眼湿了，看着面前模糊的身影，调头冲出了冬梅的屋子。

第二天，李家堡的人都在议论老胡是一个有本事的人，在议论老胡的同时，冬梅也成了热议的对象。李家堡的人说，老胡与冬梅结合，那是上天的安排，老胡就应该娶了冬梅。

老刘见老胡破了案还是那样闷闷不乐，他想调侃老胡一番。他对老胡说，冬梅确实是一个好女人，从情理上和冬梅这几年对他的好，老胡也应该给冬梅一个交代。老刘说，如果老胡同意，他愿意帮老胡去冬梅家提亲，捅破他们俩人间的那层纸。老刘说得老胡眼泪直流，但就是不给老刘表态。

晚饭的时候冬梅来了，这次冬梅是来向老胡兴师问罪的。她见到老刘，问老胡是不是前阵子在这里当着众人的面说过，老胡是她家的男人。老刘点头，说他确实说过，就是抓获城里来的那帮劫匪时说的。

冬梅继续问，这话是不是老胡曾经说给老刘的？老刘仍点头。冬梅哭了，哭得很伤心。老胡劝冬梅回去，冬梅说，老胡在她的心里早就是她的人了，为什么老胡把自己扔下说要走？

老胡说冬梅还很年轻，本该找一个更合适的人一起过日子。冬梅不依，她说这辈子碰到最好的两个男人，第一是自己的父亲，可父亲早年就没了，第二便是老胡，这老胡也要扔下自己不管，一走了之。她说镇里的人都知道她爱着老胡，老胡也爱着她，怎么临了老胡就变成了熊包，说走就走？

老胡有口难辩。老刘却笑着劝冬梅先回，等他问了老胡再回她的话，这事他打包票能成，冬梅才愿离开，离开时还一步三回头地看老胡。

老胡对老刘很生气，蔡成也在劝老胡，老胡叹了一口气，骂了一句："你们晓得什么……"

半个月后，老胡接到了调令，他被调回了局机关。

老胡走后，冬梅没有去县城找过他，她是听蔡成说老胡还是念着自己的。冬梅听了这话，心里很满足。老刘见了冬梅很愧疚，他答应冬梅的事一直没有办成，他有些怪老胡不近人情，放着这么好的女人不找，非要过什么单身生活，把自己装扮得和圣人一般。

两个月后的一天，蔡成突然接到一个噩耗，老胡在治安大队缉枪时，与持枪的歹徒对峙，双方同时开枪，老胡不幸牺牲。

追悼会那天，蔡成怎么也拦不住冬梅，冬梅说老胡是她的男人，她要去见她男人最后一面。老刘说就让冬梅去吧，老胡和自己都欠着冬梅的债，老胡在世时，老刘是打了包票要让老胡与冬梅成亲的。可这事老刘没办好，还是让老胡逃了，不仅冬梅生气，老刘也气不过，他见了老胡非骂他一顿不可，省得老胡就这样无牵无挂一走了之。

冬梅去了，见了老胡的遗体却没哭。局长说，老胡在临终前还在念叨她的名字。冬梅很淡然，她说她是老胡的爱人，这一生她是他的牵挂。局长流着泪对冬梅说，老胡生前没有亲人，他的遗物过后会交给她。冬梅点头，说她是他的妻子，老胡的遗物应该由她来接管。但她有一个要求，老胡的钱财全交由局里，就当老胡的捐赠。

老刘见了老胡，要扑上去，被人拦了。老刘蹲在老胡遗体前痛哭，他哭得伤心，数落自己无能，没有说服老哥娶了冬梅做嫂子，就这样无牵无挂地轻松走了……

老胡的遗体被运送去殡仪馆的时候，是冬梅端着老胡的遗像去的，此时的冬梅一路上落泪，但旁人没有听到她的哭声。全城的人都说，端着老胡遗像的女人就是老胡的妻子，冬梅听别人这么说，才没有哭出声音。

局长按冬梅的意思，将钱和可处理为现金的财产办理了捐赠手续，冬梅说捐赠时的签字她替老胡签。冬梅在签上老胡名字的同时，在老胡的名字后面加上了几个字：爱人冬梅代签！

冬梅从局长手里接过老胡的遗物，遗物只有两件。一件是老胡当兵时荣获的一个二等功勋章,另一个是装着病历的袋子。冬梅打开袋子时,局长说了一句:"嫂子,请原谅老胡,他仍然爱你!"

冬梅打开年代久远纸张发黄的病历,病历上的字清晰可见,病历顶端上的一行红色字格外醒目:中国人民解放军×××陆军医院疾病诊断书。

下面诊断结论有一行草书:双侧睾丸子弹穿透性破裂,建议切除双侧睾丸。

冬梅手捧遗物,失声痛哭……

李家堡镇上的人都说冬梅嫁了一个好男人,他们说无论老胡在与不在,他们俩人的心都拴在一起。

冬梅家的堂屋墙上,又多了一幅照片,外表冷酷的老胡穿着警服,双目含情地注视着屋内的主人……

(颜永江,湖南麻阳人,全国公安文联第二批全职签约作家,编剧。中国作家协会会员,中国少数民族作家学会会员,中国法学会法治文化研究会理事,怀化市公安文联副主席。鲁迅文学院第二十三届中青年作家高级研修班学员。著有长篇小说《生死在凤滩》《下药》《长河遗恨》《我们的荣光》等,以及多篇中短篇小说。电影代表作有《里耶·情简》《老警》。根据长篇小说《生死在凤滩》改编的电影《老警》荣获湖南第十三届"五个一工程"奖,并入围第九届澳门国际电影节。《长河遗恨》入选中国作协2017年度少数民族文学发展工程出版专项扶持项目,《我们的荣光》荣获北方文艺图书优秀图书奖)

软　肋

刘　兢

1

"你别得意，你也有退休的那一天！"

说这话的青年男子，虽被面部朝墙地反铐着，但仍旧冲他身后的年轻人恶狠狠地威胁道。

这句话的威力可不小，直接就让该男子原本跨立的双脚被迅速踢向两旁，并让他顿时觉得大腿两侧犹如被撕裂了一般。

"啊……"

一声惨叫响彻整个房间。

"什么？你敢威胁我？"

穿着便衣、留着短发的年轻人显然已被激怒。虽然他的鼻梁上架着一副眼镜显得很斯文，但此时的他俨如一尊降世的怒目金刚。尽管他知道自己此举任谁承受此等动作都会有这种痛感，却又绝不会受伤，但此时的他真的是被激怒了。只见他左臂一横，压住对方的后背，猛推一下，将其死死地贴在了墙上。"小子，我告诉你，你不用等我退休，老子今天自己就把这身衣服给脱了，你也不用顾忌我是什么警察,有种你就放马过来,老子奉陪到底!"说着,他再次将对方的双脚快速踢开了一些。

"啊……受不了啦……救命啊!"差点儿成"一字马"的男子小题大做地大声号叫着。

凄厉的惨叫声,将被铐在角落里的另一名来自山区、脖子上有着纹身的嫌疑人吓得胆战心惊,瑟瑟发抖。这些夸张的号叫,也正是刘名雷所需要的,因为他就是想向"纹身男"敲山震虎,继而摧毁对方原本坚固或侥幸的心理防线。

突然,房间里响起了肝肠寸断般的音乐。原来,是青年男子被扣押在桌子上的手机响了。年轻人拿起一看,见来电人叫"一根边",可他并未接通,而是直接将手机又撂回了桌子,任凭悲凄的音乐配合着男子的惨叫。

这时,隔壁外间的老民警张珣走了过来。他朝着男子的头部就是一拍:"短命鬼,好大的胆啊,你还敢威胁警察?我告诉你,要是我们怕了你这种人,那还当什么鸟警察!"说完,他提着男子的双肩将他稍微拎高了一些,"给我站好了,不要乱动!"随后,他朝年轻人递了个眼色,示意对方悠着点儿。

"就这么'定'着!你要是敢起来,我保证让你爬着走路!"年轻人冲男子吼完,转身一把薅住蹲在地上的纹身男的头发,"你到底怎么说?是继续装蒜还是等我拿出证据来'拍'死你?我告诉你,就算你一个字不说,可我只要拿出证据就照样可以办你!不过,等到法院对你量刑的时候那可就没那么好了,一定会按最高的年限判你!你别以为你们所谓的'坦白从宽,牢底坐穿;抗拒从严,回家过年'可以救你,我告诉你,那都是你们自欺欺人!我提醒你啊,根据《中华人民共和国刑法》规定,主动投案或者如实供述自己罪行的才可以从轻处罚,懂吗?这才是我们公安机关办案的法律依据!"

纹身男犹豫了片刻,终于憋出了一句"天文",仰头说道:"额妖西漫。"

"你说什么?"年轻人懵了,不禁脱口问道。

"额妖西漫。"纹身男的脸明显不自然地涨红了,但嘴里说出的,仍是云里雾里的那一句。

"你要稀饭?"年轻人似是明白了,却又故意如此问道。因为这名嫌疑人当天下午为了逃跑,愣是硬生生跑了四公里,还是自己乘坐"摩的"在街上搜寻了半天,发现只有他搭了件外衣在寒冷的大街上行走,这才看出端倪而将其擒获。但该人被抓进来以后就一直装疯卖傻地只讲他们山里的方言而不讲普通话,于是便设下策略,故意只让他喝水,并且以听不懂为契机只给他吃泡面,这几个小时下来,不憋出他尿来才怪。

眼看纹身男不答话,年轻人继续"关心"道:"泡面吃不惯,要吃稀饭,对吧?好,我这就去给你买。"说完,他转身就走。

"额妖西漫。"纹身男急了。

"我知道,你要稀饭嘛。我去给你买啊。"年轻人返身说道。

纹身男苦苦挣扎了片刻,终于忍不住了:"我要小便。"

"哈哈,你小子会说普通话就是不说,对吧?给我憋着!什么时候交代问题就什么时候让你上厕所,否则,你就给我尿在裤子里!"年轻人吼完,继而正色道,"我最后问你一遍,要交代吗?"

纹身男无奈地点了点头。

"知道错了吗?"

纹身男赶紧点头。

"错在哪儿了?"

"我不该来这里偷东西。"

年轻人微笑地拍着纹身男的肩膀:"这就对嘛,你只有首先知错我才相信你会认错,等你老老实实地认错,我才相信你能改错。"

纹身男闻听,将头点得跟小鸡啄米一样。

"张哥,劳你把他们带去所里吧。"年轻人对年近五十的民警张珣说道。

张珣微笑点头,随后冲着隔壁外间大喊:"小贾,过来和我一起去。"

"来了!"一身学生装的见习民警贾彦斌赶紧从外间跑来,与张珣一道押解两名嫌疑人。

外间的房门被张珣刚一打开,外面就气冲冲地进来一人。张珣一看,首先礼貌地冲对方打了个招呼,接着扭头冲年轻人做了个鬼脸,随后与贾彦斌押着嫌疑人走出了房门。

"你看你惹的好事。"张珣对贾彦斌笑道。

"我又不知道他俩是这种关系。"贾彦斌委屈完,接着认真问道,"师父,刘警长会不会生我的气?"

"呵呵,放心吧,他不是这种人。说不定,他还得谢谢你呢。"张珣笑道。

"谢我?为什么?"

"别问了,你就等着瞧好吧。"为了让自己的徒弟更加深刻领会这其中的奥秘,张珣故作神秘地说道。

贾彦斌一听,原本愁容满面的他立时绽开了笑容,高兴地和师父一道押着嫌疑人走向站台。

2

再说张珣主动打招呼的那人，一进入值勤室就将房门使劲一关，砰的一声，随即冲着年轻人就劈头盖脸地责怪道："好小子，长能耐了啊，我打电话给你都没用啊！"

"哪能呢老舅。来，您请坐！"年轻人赶紧挪来椅子。

"你还知道我是你舅舅啊？"来人毫不客气，气呼呼地一屁股坐下，"雷雷，这抓的可是你亲表弟啊！你就真的忍心让他去拘留？罚他的款？让他的档案上有一辈子的污点？"

此时的承平火车站候车室的公安值勤室里，尽管老旧的空调伴着噪声散出些许热气，但房间里的气氛仍像被屋外呼啸的北风吹过一般，让人直感浑身哆嗦。

被训斥的雷雷连大气都不敢喘，只是尴笑着从上衣兜里连忙掏出香烟，抽出一根给老舅敬上。

老舅口中的"雷雷"，全名叫刘名雷，是一个月前才从京九线调回家的新民警，担任的是客运勤务工作，简称客勤。说是新民警，那也是相对他刚刚调回家而言，因为他在赣南一带干警察已有七个半年头。说起他的过去，他的老同事们都知道，为了能上一线参与破案抓坏蛋，他死缠着领导放弃了据说可以直接提干的内勤工作，为此他还先后打了四份报告，最后的一份标题竟是《求求你，我真的不想坐办公室》。

值勤室的长椅上，表弟扭着头，侧目而视地望着窗外，像是要让他心中的怨气将外面的夜幕撕开一般。

"不抽！"老舅将目光从儿子身上收回，头一撇，自己掏出一包中华烟,含沙射影道,"你的烟,没味儿。"

刘名雷一看,赶紧将手上的廉价烟叼入嘴里,迅速打开自己的铁皮柜,从里面摆着各种档次但已拆过包装的几包香烟中选出一包硬中华。

"哦,您是要抽这种啊。"刘名雷赶紧又敬上一根,"来老舅,您请!"

老舅一瞄递来的烟,立刻像是不认识似的扫了他一眼,更没好气了:"你这廉明公正的烟啊更不抽,怕呛!"说完,他将手中的打火机点燃。

刘名雷伸嘴一吹,将老舅手上的火头吹灭,一本正经地说道:"这可是我自己买的。"

"你自己买的?就凭你的那点儿工资?哦,我明白了,是你父母给你买的?行啊,你们家现在既然这么有钱了,那就把从我这儿借的五万块给还了吧。"

"这……"刘名雷一下愣住了。

"怎么?有钱不还啊?"老舅自顾自地将烟点上,随后吐出一口长长的烟雾,慢条斯理地继续说道,"我没记错的话,银行说的可是,年后你们家要还是还不了贷款,那可就要起诉了。怎么?你们家已经做好睡马路的准备了?"

老舅的话就如深水炸弹一样,震得刘名雷的脑袋嗡嗡直响。

原来,在刘名雷1996年当警察之前,他一直是和他的二哥给附近的六个水泥厂提供原材料,而且还干得不错,账面上也积攒了近40万元的收入。三年前,由于家中的老房子已经破旧,于是在各个厂家都保证结清货款的前提下,他两兄弟就先向银行贷款,将老房子推倒了重建。但时隔三年,各个厂家的货款仍是拖着没付,说是受国际金融风暴的影响。为此,他们家所有人的工资基本上都成了利息,可雪上加霜的是,放贷的银行说是要紧缩银根收回一切贷款,因此,这才有了老舅这么一说。

看着哑口无言的刘名雷,老舅转移了话题:"你说毛仔他,这才多大点儿事,不就到出口处去接了个客吗,这也上纲上线?"

"老舅,这还真不是小事。您想啊,如果大家都涌到那里去接客拉客的,那地方得有多乱啊?您知道有多少坏蛋就想趁着这个乱劲儿去盗窃、去抢劫吗?他们可就巴不得那里乱呢。"刘名雷说着,给自己的香烟也点燃,猛嘬了一口,"再说了,咱们承平是个旅游城市,全国各地来来往往的人可真是不少。您再想啊,您要是去到外地,这一出火车站就碰上这个来拉你坐车,那个来叫你住店,甚至还有不法分子来偷您的、抢您的,您说,您会怎么想?"

老舅边听边点头:"你这么说我也理解了。行吧,这次你就教育他一下,我保证他下次再也不来了。"

"老舅,直接放人还真不行。"刘名雷眉眼一挤,满脸堆笑地低声说道。

老舅腾地一下站起:"咋的?你们警察也不可能没个三亲六戚,就不讲个人情世故吗!"

表弟接上了话茬儿:"我听别人说,你们抓到我们这种第一次来这儿接客的人,不都是教育放行嘛,顶多也就是个治安警告。"

刘名雷苦笑着无奈地摇了摇头。

"行!你要六亲不认,大义灭亲是吧?"老舅气呼呼地将手上的小夹包往桌上一摔,"好!我成全你!"

刘名雷抱着老舅的双肩让他坐下:"别生气呀老舅,您听我跟您说嘛。"

老舅将头一撇,又来了个不予理睬。

"我们警察又不是神仙,也不是不食人间烟火。但正因为他是我的表弟,我就更不能直接放人了。"

老舅和表弟惊讶地看着刘名雷,仿佛是要看穿他的五脏六腑。

"哦,对别人我就违法必究,执法必严,对我的人就屈从私情,枉法徇私?老舅,我弟弟这次犯了错,您不能让我也犯个错吧?"刘名雷诚恳地说道。

刘名雷的这番话,让老舅立时陷入了沉思,就连一旁的表弟也是若有所思。

刘名雷拿出《当场处罚单》,坐在桌前填好,扭头说道:"来,弟弟,过来签个字。"

表弟盯着处罚单一看,不由得一声惊叹:"啊?还是罚三十?"虽有不甘,但他还是在单子上"飞"下了自己的名字,"好嘛,这下我至少白跑三趟。"说完,他气得将签字笔往桌上一扔。

刘名雷将处罚单塞入自己的口袋,搂住表弟的肩膀:"放心吧,这钱我帮你交了。"

老舅一听,明白了刘名雷的用意,于是赶紧拿起原本摔在桌上的夹包,打开。

刘名雷一把握住老舅的手:"表弟跑出租不容易,这钱您就让我帮他交了吧。还有一件事老舅您要知道,这法律上有规定,表弟这件事既然已经被罚了款,就说明他这事到此为止了。那从今以后,法律上就再也不能因为这事追究他了,谁告也没用!"

"告你?那还不是因为你抓的人太多,得罪的人不少。"老舅嗔怒道。

刘名雷凑到老舅耳旁:"我这也是在间接保护他嘛!哈哈,老舅您放心,这种当场处罚是进不了他档案的。"

老舅与表弟的脸上,顷刻露出了笑容。

这时的房门被一把推开,贾彦斌兴奋地疾步进来:"刘师父,954马上放客了。"

话音刚落,候车室里的广播开始响了:"各位旅客,由贵阳开往上海的L954次列车即将到达本站,列车停靠二站台。有前往上海方向的旅客,请收拾好自己的行李物品,到一号检票口进站上车……"

候车室里的喇叭像是不知疲倦的机器,始终在不停地播放着各种信息,也幸亏是候车室的各个角落都安装了这类喇叭,不然,这亲切而娇媚的广播员的声音,肯定会被候车室里各种嘈杂声所掩盖。

刘名雷冲贾彦斌微笑地一点头,随即对老舅大声说道:"老舅,明天我去给表弟办个进场证,让他的车也停到广场上。这样,他以后的生意绝对差不了。"

"我年前就问过你们单位了,可他们说早就办满了。"表弟问道。

"我们警察也不可能没个三亲六戚,不讲个人情世故吧。"刘名雷笑道,"老舅,我就不留你了,这会儿我又要开始忙了。"

"好小子,等你回家,咱们喝一杯。"老舅说完,高兴地带着儿子走了。

3

老舅离去时的候车室里，一片灯火通明。尽管已是午夜，但仍旧是摩肩接踵的人山人海，椅子上是人，空地上是人，就连浊气冲天的厕所门口，或坐或站的都是人。至于光源不足的角落里，更是早已躺满了人。因为作为春运活动中的一分子，他们中的每一个人都在充满着等待，等待着一张归家的车票，等待着回家列车的到来，等待着在这欢庆的节日里，能与亲人们早日团圆！

室外，北风劲吹，寒风凛冽，但整个候车室里却像热锅里的饺子——热闹得很。

"检票啦！"

一声吆喝，候车室里的人群立刻向检票口拥去，所有的人都在发狠地往前挤，一个个就好像是要跟谁拼命似的。

"大家不要急，不要挤，我们已经提前放客了。火车进站还有一段时间，一定要看好你们的钱包，不要辛苦一年的钱，都送给小偷过年了！""那个谁谁谁，对，就你，不要插队，慢慢来！"……

随着几名手持电喇叭、全副武装的值勤站警的大声维序，混乱的人群才逐渐有序起来。但他们通过检票口后，瞬间又像出闸的洪水一齐涌向了站台。

停靠的列车刚一打开车门，有些车厢里的旅客甚至都还没下车，一些躁动的旅客就开始攀爬车窗、车门，顿时各种叫骂声滚雷般冲天而起。

"哎呀！""挤什么？""呜，别他妈挤了！""爸！妈！你们在哪儿？""我在这儿！你在哪儿呢！"

……

此时的人群，就像炸了窝的蜂群一样涌向车门，对警察与工作人员的呼喊再也不管不顾，以致挤出的各种吵嚷声、尖叫声、抱怨声，充满了整个站台。挤掉鞋的，挤破行李的，挤得连滚带爬的，场面一度糟糕而混乱。

此时的刘名雷，双手拎着纸箱包装的电脑与音箱，与不远处背着双肩包的贾彦斌一道，焦急地一会儿跑向这个车门，一会儿跑向那个车门，看似是要迫切地登车，但"倒霉"的他俩总是无法实现，以致在这寒风凛冽的冬天，急得刘名雷的汗水顺着他的眼镜直往下淌。

"哎呀，我的钱包！我的钱包不见了！别挤了，我的钱包不见了！"

车门口，一位妇女的尖叫声刚刚响起，她身旁的一位"皮夹克"就迅速挤出人群准备钻入车底。就在他即将钻入车底的一刹那，刘名雷便将手上的两个纸箱一扔，一把攥住他的后衣领。还没容看清刘名雷是怎么动的手，就见他只用一只左手便将对方的右手腕给牢牢地扣住了。

"皮夹克"试图挣开，但随着刘名雷的发力便疼得冷汗直冒："哎哟哟，你轻点轻点！你这是干吗？"

"别动！我是警察。你要是再乱来，小心你的手就废了！"刘名雷一声低吼。

"行行行，你轻点你轻点。"

"皮夹克"的愿望刚一实现却又开始狡辩了，声音还喊得震天响："你警察也不能乱抓人啊，我又没干什么！"

"皮夹克"的喊声，引得众人纷纷往这边侧目，但随即，他们又不由自主地摸向了各自的钱包。

刘名雷知道,这既是"皮夹克"的打草惊蛇之计,又是他的狗吠之警,目的是通过他的喊声让旅客们暴露出他们贵重物品的位置,从而让他的同伙能有针对性地下手,同时又起到此处有便衣的暗示。

果然,刘名雷随着"皮夹克"的喊叫放眼两端,已有七八个人的神色可疑,因为他们有的钻车底走了,有的转向了其他车门,另外的两人,则一边低声交谈一边走向了出站的地道。

"快走!"

"怎么了?"

"那条子好像是'刘眼镜'。"

"哎呀,真是。被抓的好像是'飞龙'的手下。"

"所以啊,'飞龙'的人都被他抓了,赶紧走!"

刘名雷眼见扒嫌人员四散而逃,不由得怒火中烧,左手不禁再次发力。

"哎哟,警察打人啊!救命啊!警察打人了!"

或许是分配的职责所在,或许真的是狗急跳墙,"皮夹克"在不停地大声号叫着。

"刚子,你这是怎么了?"一位后生仔走来问道。

"我也不知道啊。我刚下火车,他说他是警察,一抓住我就打。"一见来了救兵,"皮夹克"顿时就来了精神。

"这抓你总得有个理由吧?"后生仔问道。

"我又没干什么,不信他可以搜嘛!"手腕虽被控制得死死的,但"皮夹克"仍旧嘴硬道。

"同志,这就是你的不对啦,你无凭无据的,凭什么抓人?"

后生仔一本正经地指责道。

"住嘴！警察办案，无关人员闪开！"刘名雷见不远处又有几名对方的疑似同伙朝此走来，于是怒声吼道，"你要是阻碍我执行公务，我连你一块抓！"

一看其他同伙正向此靠近，后生仔更来劲了："警察有什么了不起嘛，警察就可以乱抓人了？你们还讲不讲王法？还讲不讲天理了？"

"你想干吗？"贾彦斌这时伸手一拦，挡在了后生仔的面前。

后生仔见贾彦斌并未自报身份，于是装傻充愣地一掌冲他推去："滚你妈的蛋，你算个什么东西！快坐你的车去！"

贾彦斌一不留神被推得连退几步，并随着地上的行李一绊，倒在了刚下过雨的水泥地上，让穿得"小白菜"的他，顿时变成了"大花菜"。

刘名雷眼见对方不仅动手，还让自己的同事吃了亏，顿时就觉得一股热血，嗡地一下，由脚底板直冲大脑。他想都没想，抬起右手背闪电一般就拍向了对方的鼻梁，随即一接对方指向自己的手指，一摁，"咔吧"，对方的手指发出了一声暗响。

然而，对方虽然遭此袭击，却依旧像个没事人似的。因为，刘名雷既然敢如此出手就自然知道，对方已经袭警了，自己会本能地采取自保或应急处置手段，何况自幼习武的他早已修炼到"功到自然成"的良好反应。用手背去攻击对方的鼻梁，只会让对方双眼昏花，鼻涕横流，却不会像使用拳头攻击那样定让对手鼻梁断裂，而掰对方的手指，也只会让对方失去后续的攻击性，毫无痛感。对于治疗，也只须将对方的手指"咔吧"一声正骨接上就行，毫无受伤可言。

"尾部3号车门，请求支援！尾部3号车门，请求支援！"贾彦斌摁下了腰间的对讲机。

"控制好现场，我们这就过来！控制好现场，我们这就过来！"对讲机里，传来一阵气喘吁吁的答复。

"你……"后生仔强忍着鼻子的酸楚，一睁开蒙眬的泪眼便想指着刘名雷大吼，但他刚说出一个字，便发现自己的手指已然垂下，再也无法使唤，又眼看怒视自己的贾彦斌正在爬起且正准备向自己冲来，于是一个转身就钻入车底，跑了。贾彦斌立刻追了过去。

其他同伙看到站警逐渐跑近，于是立刻作鸟兽散，各奔东西。

"往那儿跑了！"

两名站警顺着刘名雷的手指方向也钻入车底，迅速追了过去。

"行，小子，你就接着喊，使劲喊！我告诉你，今天所有被偷的东西，我会全部算在你一个人的身上！"刘名雷知道，对待这种无赖就必须拿出非常规的方法才行。因为，当时社会上流传的那句"婊子无情，贼无义"，还真不是空穴来风。

果然，刚子被刘名雷的这一声低吼吓得两眼发呆，只是傻瞪瞪地看着对方。

"哎呀警察同志，太感谢您了！太感谢您了！我的钱包呢？我的钱包呢？"失窃的妇女一把攥住刘名雷的胳膊，焦急地问道。

仍扣着刚子手腕的刘名雷拿着电筒往地上寻去，不一会儿，便看见一个粉色的钱包落在了站台与股道之间。就在他收起电筒刚要去捡时，钱包却被妇女一把先行捞起，并迅速地登上了火车。

"哎，同志……"

深知捉贼要拿赃的刘名雷本想要这名妇女协助自己做好取证

工作，未料，急于回家的她却在车门关闭的那一刻，只是喊道："谢谢你啊警察同志！这车票实在太难买了，我现在必须回家。回去以后，我会给你写感谢信的……"

"呜……"

此时的列车，不合时宜地发出了一声长鸣，并随着车轮的转动还发出了越来越快的隆隆滚动声。

尽管这名妇女已经喊出了最大声，但刘名雷的内心还是被列车的轰鸣搅得一片呜咽，心中直叹："得，这到手的案子终究还是'飞'了。"

失落的刘名雷押着刚子随着人群向地道走去，路人们纷纷投来了各式目光：有惊喜，有诧异，有赞赏，有痛恨。他们每个人的内心世界，都在他们的脸上表现得一览无遗。

站台上，一名走在最后的下车旅客在经过抓捕现场时，一看地上的两个纸箱左右无主，欣喜地赶紧打开。不料，里面装的竟都是几块砖头，气得他一脚踢去，疼得龇牙咧嘴，抱脚直跳。随后，骂骂咧咧、一瘸一拐地走了。

随着最后一名工作人员的离开，一阵强风袭过空荡荡的站台，吹得满地的泡面盒与塑料袋在风中翻滚，似是正在映衬刘名雷此时的心情，满目萧然！

4

"哎刚子，你这是怎么了？"

地下通道里，押着刚子的刘名雷循声回望，只见一名挎着黑包的壮实男子正向他身旁的刚子问道。

原本沮丧的刚子看到"挎包男",眼睛顿时一亮:"哦小五啊,我这不刚逃票嘛,让这位阿Sir给抓了。"

刘名雷定睛一看,小五穿着一身西装,模样倒像个商人,可脚上穿的却是一双系着鞋带的旅游鞋,看似十分新潮。刘名雷暗喜不已,停下脚步,神情自然地看着对方二人的表演。

"你这个鸟人啊,一张车票钱你都省。真是太抠了!给警察同志好好承认错误,主动补个票。听到没有?"小五宽慰道。

"那肯定。不过,我身上现在是一分钱都没了,你能不能借我一点儿?"刚子问道。

"行啊。"小五打开皮包,"我身上也不多,你看,一百够吗?"

借着通道里的灯光,刘名雷看向小五打开的皮包,只见里面除了200多块钱就只有一张菩萨卡片和一张身份证,于是心中更有底了。但因自己的手上还扣着一个,所以他只能等待,等待一个一击必中的时机。

"够了够了,我回去就还你。谢谢啊!"刚子伸手正要去接。

"你是干什么的?"刘名雷问道。

"哦,我啊,我刚下火车,这不看见熟人了嘛,就顺口问问。"小五回答道。

"你倒是挺热心的,给他吧。"刘名雷漫不经心地说道。

小五微笑着将钱递去:"这深更半夜的,你们也是蛮辛苦的啊!"

就在小五把钱递给刚子的瞬间,刘名雷出手了,因为他担心手上现有的刚子会趁机脱逃,所以只见他扣着刚子手腕的左手稍一用力,右手闪电般扣住了小五的左手腕。

"哎哟哟,你这是干吗?你这是干吗?"小五身子一软,便和刚子一道疼得弯下了腰。

"少装蒜,老老实实地跟我走!我警告你,我现在对你是口头传唤,你要是乱来,我保证你这只手,明天一定端不了饭碗。"刘名雷冷若冰霜地沉声道。

"警察了不起啊!我现在可是正常的旅客,你没有权力这样对我。你这样莫名其妙地抓我,我要去告你!"尽管小五左手腕疼痛无比,但为了能在刚子面前摆上一谱,仍旧冲着刘名雷黑脸吼道。

面对小五扭曲而又愤怒的脸庞,刘名雷是一点儿也不在乎。因为他知道自己的小擒拿手法,只会在对方试图挣脱时才会具有疼痛感,并随着挣脱的力道加大而愈发强烈。"告我?好啊!不过,你得过了我这关再说。"刘名雷不甘示弱地沉脸回道,随即示意小五将手上的百元大钞装入口袋,"把钱装好了,你还是留着号子里面用吧。走!"说着,两手稍一发力,便带着二人离去。

"当……当……"这时,广场上的电子钟发出了十二声钟响,雄浑的声音穿破夜幕,在夜空中久久回荡。

5

此时的车站派出所的院子和一楼的办公室里,仍是一片灯火通明。先前那名叫嚣的男子,如今已被铐在办公一楼与院子之间的栏杆上,虽是心有不甘,但也没了之前的嚣张。

其中的一间办公室里,张珣正一边吃着泡面一边填着各种表格。窗户上,那名纹身男被单手铐在一旁。

在隔壁的一间办公室里,气呼呼的警察老皮正和联防队员杨建普看着他们自己抓获的一名中年扒窃嫌疑人。老皮之所以生气，是因为摆在他面前的盘问记录里，只是简简单单地写着嫌疑人的个人情况与简历，然后接下去的问话，就没有然后了。

看着眼前"死猪不怕开水烫"的嫌疑人，老皮无奈地从椅子上站起，叮嘱杨建普："你看一下，我去一下就来。"说完，他便走出了房门。

"短命鬼，赶快说吧，老皮去叫刘名雷了。"杨建普一边嗍着泡面一边"劝"道。

"啊？"嫌疑人闻听此言，立刻扑通一声跪倒在地，"我说，我说，你叫他千万别去叫！求求你，求求你老兄！"

"我试试吧。"杨建普闻听，转身一笑冲着门外大喊，"皮警长，这小子愿意说了，您老就别去叫了吧？"

刚走到厕所门口的老皮停下脚步，回身喊道："不知好歹的东西，让他等着！"

刘名雷将两名嫌疑人一手一个地押到站台通往派出所的后门，右脚轻轻一抬，便用脚尖摁响了齐肩高的门铃。

"谁呀？"门禁上的对讲机里传来了杨建普的询问声。

"我，刘名雷。"

"来了！"

屋子里的杨建普说罢，立刻放下泡面，将跪在地上的嫌疑人一把拽起，又用另一副手铐铐向嫌疑人原有手铐的中间，接着把他向窗棂上铐去。

"求求你老兄，求求你赶紧跟老皮说一下，就说我愿意说，什么都说！"中年嫌疑人哀求着。

"你呀，早说不就没事了嘛。"杨建普将嫌疑人铐好，"放心吧，刘警长的脾气你也知道，只要你老老实实交代，他是不会对你怎么样的。"

嫌疑人听完，赶紧点头，紧张的神情这才放松下来。

6

刘名雷将刚子与小五二人一带入院内，便严格按照他们局里当时推广的抓捕规范一抖刚子的手腕对其吼道："趴下！"

刚子不服，但随着手腕的疼痛加剧，却又不得不趴在了地上。

刘名雷放下刚子的手，继续吼道："双手抱头……两脚相互交叉……把脚弯起来！"

等刚子按照口令一一做完，刘名雷一脚便将刚子抬起的双脚轻轻一踩，疼得他立刻叫了起来："啊！轻点轻点！"

"别他妈叫了！到底有多疼我心里没数吗！"刘名雷冲着小题大做的刚子吼完，掏出腰间的手铐将右边的小五背手铐好，冲这时拿着手铐赶来的愁容满面的贾彦斌说道，"那个交给你了。"

追人未果的贾彦斌点头称是，随即一怒，一把将地上的刚子背手铐起，并将他带进了另外一间办公室。

小五一被带入房间，面部就被刘名雷整个贴在墙上，但他仍旧摆出一副"任你风吹浪打，我自岿然不动"的做派。嘴里虽是一声不吭，心里却早把刘名雷的家人挨个骂了个遍。

刘名雷也是一声不响，阴着脸将小五的挎包翻了个底朝天，但里面除了一件外套，就再也找不出第二样物品。

"知道为什么传唤你到公安机关吗？"刘名雷冷声道。

"我不知道，我只知道你今天要是拿不出理由，看我告不死你!"小五不屑一顾地说完,随即将脸一撇。

刘名雷一声冷笑,随即就对小五来了个全身检查:衣领、腋下、手臂、腰间、衣襟、双腿,就连对方的脚丫也被他脱下鞋袜,查了个仔仔细细。整套动作下来,若行云流水一般,防御之中藏有随时攻击,流畅之时又不失洞察秋毫。

看着一无所获的刘名雷,小五的内心一阵暗笑,但当他的裤裆被一把掏住,又不由得惊恐失声:"这是我自己的钱!放这儿,我是担心弄丢了。"

刘名雷仍旧一言不发,将小五裤裆里取出的2000多元钱往桌上一摔,接着又拿起了从对方身上抽出的皮带开始检查。不一会儿,夹层里又被搜出了半截剃胡须的刀片。

"砰!"

刘名雷将刀片往桌上狠狠地一拍,桌子发出了一声山响。

"然后呢?"刘名雷的眼中像是冒出了火,伸手就将对方的面部摁在了墙上,"还需要知道我的警号吗?你不是要去告我吗?"

"对!老子只要一出去,就一定会去告你!"

刘名雷听罢,并无答话,只是一手探去便捏住了对方腋后的经络。他使用的这招,正是"二十四气推拿法"中的手法,力道适中可治病,力道过大才会伤害,而自幼习武的他,自是深谙此道。

小五顿时觉得腋下痛心切骨一般,眼睛瞪成了铜铃。

"啊……"

一声惨叫横贯天际,让另外的几名嫌疑人听得目瞪口呆,惊恐无比。尤其是被贾彦斌看押的刚子,已是满头大汗。老皮看押的那名中年嫌疑人,也情不自禁地浑身打起了哆嗦。

看着四周由这声惨叫所产生的效果,刘名雷心中乐了,这正是他此时所期待的效果。因为这是任何一个人接受此等"疗法"的正常反应,何况嫌疑人有着居心叵测的借以逃避的心态。

"咳,咳,咳。"疼痛感刚消,小五干咳了几声,转而又怒目圆睁、鼻孔朝天地摆出了一副江湖人的气势。

"刘名雷,快来把这碗面吃了,不然等下就凉了。"指导员这时站在门口喊道,他的身后跟着端来泡面的张珣。

指导员喊出的这句话让小五的眼神立时凝成一点,内心已是懊悔万分:"刘名雷?他就是'眼镜刘'?妈的,真他妈倒霉,怎么就碰上这个瘟神!"

"嗯,我这就来。"刘名雷将小五松开,"张哥,劳你和L954的乘警联系一下,这是这小子在那趟车上干的。"说着,他向桌上的钱一指。

"嗯,放心吧!"张珣点头说罢,递过泡面,开始清点桌上的钞票。

7

刘名雷一走到门外,指导员就神情凝重地低声道:"你手脚要注意点,别搞得这么吓人。"

刘名雷懵了,一时竟不知如何回答是好:"我,我对他们又没怎么样。"

"没怎么样?没怎么样那他们怎么被你搞得一个个跟杀猪似的?"

刘名雷委屈道:"我真没对他们怎么样,我就是正常抓捕,正常讯问，那都是他们装的！"

"你是正常，可你从小习武，你的手劲到底有多大你自己不知道吗？那是一般人能承受的吗？"

"指导员，你既然知道我从小习武，那你就肯定知道我的父亲，也肯定了解他的为人，你说，我的功夫是他教的，我会不知道轻重吗？"刘名雷说完，笑嘻嘻地打开泡面，美美地吸了一口香气。

"不管怎么样，你这行为就是不对！收敛点！"指导员再次严肃地提醒道。

"放心吧，我保证伤不了他们！"刘名雷信誓旦旦地做着保证。

指导员嗔怒地一拍刘名雷的肩膀："快去吃吧，做完材料早点儿休息，明天还有你干的。"

"指导员，请教个问题啊，我是第一次参加这儿的春运，这儿的小偷怎么那么多啊？"刘名雷问道。

"这个问题明天早会上再说吧。哦对了，我看你来的这一个多月，抓的小偷已有30多个，查获的各类假证件也有几十个了吧？"指导员问道。

刘名雷点点头。

"我和黄所长商量了一下，明天早会上你把你的工作经验先给大家做个分享，然后形成文字。我们准备推荐你到公安局，去做一个经验交流。"指导员说道。

"啊？给大家做分享？还去公安局交流？我不干！"刘名雷想都没想，脱口说道。

"怎么了？"指导员对刘名雷的回答甚是不解。

"局里现在搞竞赛，我把大家都教会了，那我还玩个屁啊。"

刘名雷似有一肚子委屈。

"哈哈，你是防着这一手啊！"指导员乐了，"那你平时口口声声说，咱们承平站要从根源上打击这种人群，杜绝这种扒窃现象。怎么，你打算就凭你一个人啊？"

"我一个人怎么了？我不敢说我一个人就可以让我们承平站杜绝扒窃现象，但至少我可以让他们听到铁路派出所这几个字就闻风丧胆！让他们从今以后再也不敢踏进这承平站！"刘名雷半真半假地吹着牛，信誓旦旦地说道。

"别开玩笑了，和你说真的呢！"指导员严肃地说道。

"那谁叫上面搞什么竞赛淘汰，这万一教会了徒弟饿死了师父，那我才刚刚调回来，岂不是一不留神又要被调到外地去了。"精明的刘名雷继续讨价还价。

"就凭你现在的工作能力，你说这末位轮得到你吗？"

"那大家都学会了，我不就有可能了吗？"

"放心，就算是局里要调你去外地，我们支部也是不会同意的。"指导员真诚地说道。

"真的？那行，指导员你就放心吧！"生怕再次异地工作的刘名雷顿时松了一口气，心满意足地大声笑道。

8

就在刘名雷吃完夜宵继续审查的时候，那名钻车底逃走的后生仔，此时已经过医院的治疗来到了文化宫的娱乐城。他推开一间卡拉OK的包厢，里面顿时传出了伴着强烈鼓点的迪斯科音乐。左顾右盼后，他穿过了一帮疯狂扭腰甩头的妖娆性感女子，又挤过了年轻疯狂的男人群,来到充斥着酒杯碰撞与失控狂笑的沙发中间。在摆着一个生日蛋糕的茶几旁,他俯首在一位坐在沙发上的二十多岁的"抽烟男"耳边,大声说了几句话。

"抽烟男"听完后一愣,随即挪过屁股,连忙冲着身旁的一位三十来岁的男子耳语着。

男子听罢,示意左侧正和一位艳丽女子嘻哈的年轻人去把音乐关了。

音乐一停,唯剩忽明忽暗的灯光照在每个人的身上,掩映得他们就如鬼魅一般。

男子将手中的烟头在烟缸里狠狠地一掐,指着其中三人和后生仔不怒自威地说道:"你们三个和他留下,其他的都散了!"说完,他又从茶几上抽出了一根香烟。

身边的"抽烟男"连忙拿起打火机帮助点上,火光立时映出男子愤怒的眼神。

等意犹未尽的几名女子和男人们离去,男子立刻指着后生仔说道:"你说!"

"老大,我们今晚在火车站又折了。刚子被当场抓了,和我同去的几名弟兄现在也联系不上,估计已是凶多吉少。我要不是跑得快,也得他妈的栽了。"

说这话的后生仔实名叫彭东芽,绰号"老缺"。他口中的这位老大,名叫刘大龙,是这个扒窃团伙的头儿。

刘大龙的手下有所谓的四大金刚,分别是邓庆友(绰号"老黑")、张良金(绰号"一根边")、龚群(绰号"铁拐")、付冬生(绰号"老狐狸")。每位金刚的手下,各有五六名马仔。彭东芽是由邓庆友统管的一名马仔。

"今晚值勤的条子是谁?"刘大龙问道。

"眼镜刘。"彭东芽毕恭毕敬地俯身回道。

"啪!"

一声清脆的耳光,让仍在回味的醉眼迷离的张良金与付冬生两人,为之一震。

邓庆友打完彭东芽,破口大骂:"老大一再提醒你们,要他妈的算好班算好班,目前只要是这个'眼镜'当班,你们就跑别的地方。你倒好,自己送上门去了!搞得老大今天过生日都不高兴!"

彭东芽用缠着绷带的右手指捂着滚烫的脸颊,辩解道:"我们算过了,今天不是他的班。"

邓庆友纳闷了:"不是他当班?那他怎么会在?"

张良金插话道:"这肯定是他们的老规矩,加班嘛。"

彭东芽弱弱地申辩道:"我们查过了,他今天大休,大休是不加班的。"

付冬生接过话茬儿:"那就是这个王八蛋自己去的。"

彭东芽心中虽是懊悔,但仍不甘地说道:"老大,我知道错了,但弟兄们发财的日子也就是这春运的几十天,这少干一天就相当于平时少干一个月啊!"

"闭嘴!你他妈的还有理了是吧?"邓庆友作势又要打,突然看见对方急忙护脸的受伤手指,于是立刻止住扬起的手,"你这手怎么回事?"

彭东芽恨恨地说道:"被'眼镜刘'给弄的。"

邓庆友关心道:"现在怎么样?"

"医生说,至少三天不能动。"彭东芽说完,接着咬牙冷声道,"他妈的,老子早晚弄死他!"

刘大龙这时站起，冷声说道："你少干一天，收入是少了不少，但你想过没有，只要在'眼镜'手上栽一回，罚款和蹲坑（黑话：坐牢）弟兄们的安置费，这损失又是多少？这笔账你算过吗？"

"是，我懂了老大，回去以后，我会交代好弟兄们的。"彭东芽说道。

"你先回去吧，好好养伤。放心，你的药费和养伤期间的那一份，我会让你大哥按规矩办的。"

"谢谢老大！"彭东芽拱手谢完，接着依次向邓庆友、张良金、付冬生拱手道，"大哥、二哥、四哥，你们继续玩，我先回去了。"

等彭东芽一出门，刘大龙开口道："老三呢？还没回电话吗？"

张良金摇头道："估计栽进去了。"

众人一听，瞬间陷入了沉思。

张良金打破沉默道："老大，自从这个'眼镜刘'一来，咱们的弟兄基本上都被他抓了个遍。除了拘留所的三个没出来，还有两位弟兄被他搞得判了刑，这样下去可不行啊！"

邓庆友怒道："他妈的，要不我带几个人去搞他一下，让他到医院去住些日子，最少也要让咱们过了这个春运再说。"

付冬生提醒道："你的方法不行。听说这小子手上有几下，弄不好咱们自己也会吃亏。再说了，那样做也迟早会被查出来，不如我去借辆车，在马路上撞他一下，给他来个交通事故。"

张良金说道："你那样的时机太难等了。要我说，就直接找他的老婆孩子下手，搞得他没心思上班。"

"你们是吃了熊心还是咽了豹子胆啊？一个个就知道打打杀杀，他毕竟是个警察！"刘大龙沉声斥道。

邓庆友仍不甘心:"老大,这春运一共才四十天,不能因为他,咱们弟兄们都少了一大笔收入啊。"

"这个事情是必须解决,也必须尽快解决,但咱们一定要想一个最稳妥的办法,找准他的软肋,来个一击必中。"刘大龙冷声说道。

付冬生略思片刻道:"最稳妥的办法?那,那咱们就到外面搞点毒品,给他设个局,让他也沾上那个。"

张良金指责道:"不行,你那个还是有风险。咱们真要惹上了毒,事后谁也跑不了。"见众人沉思不语,他又接着说道,"我还有一招,先跟他拉关系,然后色诱他,给他来个美人计,让他身败名裂,警察也当不了。"

"你果然是精得'一根边'啊!这招好啊,这叫一劳永逸。"付冬生赞道。

"好个屁!等你的方法实现,别说端午节,就是中秋节都他妈的过完了!"邓庆友反对道。

"那你说怎么办?"

"是啊,这也不行那也不行,总得有个办法整他啊!"

"要我说,还就是我的方法管用!"

"还是我的办法最好!"

9

就在刘大龙几人在商量如何对付刘名雷的当口,刘名雷和同志们已经结束了对几名违法犯罪嫌疑人的审问,也得知了他们这个扒窃团伙的组织架构。同时,据老皮抓获的那名中年嫌疑人的交代，还得知了他们的老大刘大龙于昨日下午四点来钟也来到火车站，直到傍晚时分值勤民警交接前，他才带着所有成员去酒店开了两桌。

刘名雷提出想查看一下这个刘大龙的有关案卷信息，尤其是想看一下他的照片，但张珣告诉他，因为这个刘大龙从来都不亲自动手，所以没能抓过他。至于刘大龙之前犯的案子，也是属于地方上的，跟他们铁路无关，以至单位里就一直没有他的资料。只是听说，他是农村出来的，家里的经济条件十分不好，老婆为此和他离了婚，他这才走上了这条道路。

望着沉思不语的刘名雷，张珣打破了沉默："名雷啊，你给哥哥说句实话，我看你也没怎么对他们下狠手，怎么就让他们疼得摘胆剜心跟猪叫似的？"

"我下手的地方，都是他们的经络或者软肋。"刘名雷微微一笑，继而淡淡说道。

"经络或者软肋？那可是人体最脆弱的地方，一不留神就非死即伤。你可要悠着点，千万别为了工作把自己给折进去！"张珣提醒道。

"为了几个毛贼，我就把自己的警服给扒了，我才没那么傻呢！放心吧张哥，从小我父亲就传授给我擒拿短打、推拿接斗，那些部位啊，力道刚好可以救命，力道重了才会要命。您就放一万个心吧！"刘名雷笑道。

"我就说嘛，看你也不像个冲动的人。"说完，张珣给他递了一支香烟。

刘名雷接过，打着火先给张珣点上，继而问道："张哥，这个刘大龙您见过吗？"

"见过，有时他会来我们所里给这些人交罚款，或者送被拘留的伙食费。"张珣回道。

"他是这伙人的老大，怎么不直接抓他呀？"刘名雷纳闷了。

"你说他是他们的老大，你有证据吗？你就凭那个'老几'（作者注：人）的指证？"张珣深吸了一口烟，叹道，"他每次来我们车站都会买票，你一抓他，他就说：'我是犯过罪，可法律上已经处罚过我了。现在，我买了车票就是正常旅客，你不能不允许我坐车吧？'加上他从来都不亲自下手，没有'现行'，你说，咱们怎么抓他？这小子比兔子还精。"

"那也不能就这么让他逍遥法外啊。"刘名雷满是不甘地说道。

张珣哀叹道："唉，现在的警察可不比当年了，法律上要求的条条框框更多更严了。这方面，你就收着点心吧。再说了，这要是能抓，我还能让他蹦跶到今天！"他说出的这最后一句，明显可以看出，他真的是义愤填膺。

刘名雷沉默了一会儿，突然说道："张哥，我想拜托你一件事。"

"你说。"张珣道。

刘名雷看着张珣，十分郑重地说道："如果我在工作中遭遇了不幸，请你将我柜子里的一些私人物品拿回家，工作日记啥的，就请你帮我烧掉。另外，请交代我二哥，把我的骨灰，就埋在我给我父母买的墓地旁边。也别搞什么坟墓，种棵树就行。等我散枝开叶后，我就替以后的他俩遮风挡雨，好好地尽尽孝！"

张珣像是不认识刘名雷似的，几次想打断他的话，但都被刘名雷认真的态度给封住了口。

"你说什么呢？什么死呀活的。"张珣好不容易等他说完，立刻接嘴问道。

"张哥,我说的都是认真的。"

"要说你自己去说。"

"我都死了,死了还怎么自己去说啊?呵呵呵……"刘名雷笑完,又神情严肃继续说道,"张哥,说句心里话,自从我警校同学徐晓强被犯罪分子杀害以后,我就随时作好了当烈士的准备。你别这样看着我!我连遗书都写好了,真的!我知道我这种年纪说这话不吉利,但如果万一呢?万一那天真的来了呢?"

张珣闻听此言,不由得也陷入了沉思。

刘名雷望了一眼黑漆漆的天空,继续说道:"我自打上高中开始,就一直都是在外地,求学、当兵、参加工作,直到今天,我在父母身边的日子加起来都没有一年。如果生前没能好好尽孝就提前死了,我肯定要葬在我父母的身边,不然,我死了也不会原谅自己。"

张珣听到这里,也不再言语。因为他此时的心中,早已像汹涌的大海,心潮澎湃了。

两人就这么坐在一楼的过道里,吸着烟,看着天,任由冰冷的寒风在他俩的脸上肆虐。他俩之所以能这么坦然,全是因为他们心中的那团烈火与那份热情和热爱,才使得他们能面对这凛冽的寒风,而丝毫不惧透骨的严寒。

10

一夜无话,曙光再现时,刘名雷已在院子里的树下练起了他家祖传的"三靠桩"。

碗口粗的树木在他手臂的撞击下,发出"砰砰砰"的连续撞击声，将几个房间里羁押的嫌疑人，震得胆战心惊。

吃罢早饭，穿好警服的刘名雷参加了所里组织的雷打不动的早交班会。

会议一开始，也不知道是有意还是巧合，黄所长在问完各个警组的工作情况后，接着就宣读了一份关于公安民警在执法过程中造成嫌疑人伤亡的通报，并着重强调了警察为此也要承担相应的法律责任。

随即，指导员语重心长地说道："刚才黄所传达的这份通报，我希望我们的同志要引以为戒。昨晚，我们所的刘名雷同志在审查嫌疑人时，我认为没有掌握好原则。对此，经我们党支部研究，决定给予刘名雷同志处以记过处分。"

指导员刚讲完，刘名雷这时一下站起："指导员，您放心吧，我敢作敢当，接受组织上的决定。同时，我也保证今后再也不会了！也请各位领导和同志们相信，我刘名雷就算不用原来的方法，也一定会让这些扒嫌人员轻易不敢踏进我们承平站！"

"好！你知错能改就是好同志，我们相信你！"指导员带头鼓起了掌。

众人一片掌声与赞叹。

黄所长提议道："同志们，刘名雷同志自从调到我们派出所以来，他的工作积极性和工作成绩大家是有目共睹的。我提议，下面我们请刘名雷同志给我们大家分享一下他的查缉经验，大家鼓掌欢迎！"

刚刚坐下的刘名雷这时又站了起来，面红耳赤地说道："说到查缉方面我不敢说是经验，只能算是一点儿心得，因为在座的各位，很多都是我的前辈，甚至还有几位都是看着我长大的。作为心得，我在此向各位领导与前辈们汇报一下，请各位批评指正。"

此时的会议室里，再次响起热烈的掌声。

刘名雷鼓起勇气说道："在我们平时的查缉工作中，接触最多的不外乎就是车票、铁路工作证、列车乘车证、军官证、士兵证、学生证、身份证和假钞，而其中的铁路工作证、居民身份证和假钞，因为它们自身带有防伪标志，我们大家也都学过，所以我这里就忽略不谈了。至于剩下的这列车乘车证，我们就看它填发人的私人印章，大家可以拿出各自的通勤票来仔细看一下。"等到大家都拿出自己的通勤票后，刘名雷指着自己手上的一张继续说道，"大家注意看，我们这私章上面的每一横每一画，都有一些不规则的杂点，甚至还有些小空白，这是因为印章是手工雕刻出来的，以至它本身就是不光滑的，加上它在使用时，蘸取的油墨不均匀，使用的力度不一致，所以盖出来的印章，总是颜色不均匀，字体也有毛糙的地方。而假的乘车证呢，因为它是电脑打印出来的，所以它出来的效果是……与真正人工盖的印章是有明显差别的。"

恍然大悟的众人一阵哗然与赞叹。

"下面，我再谈一下那些为了方便买票而出现的军官证与士兵证。这里面涉及两种情况，一是证件本身就是假的，二是冒名顶替的。是否真假呢，咱们就一看它的钢印，二看它的印章。当然，我们也可以通过一个最简便最快捷的辅助方法来实现初步判断，那就是首先看对方的站姿，大家都知道，现役军人的站姿，那都挺得像堵墙似的；二是让使用者背诵一下保密守则，或是让他讲解一下立正的动作要领。"

"哈哈哈……这个办法还真不错！"现场立时爆出一片笑声。

"哎刘名雷，你说说上回那个假和尚你是怎么识别出来的？我听说，他可是连皈依证都有的啊。"民警老杨笑着问道。

"呵呵，我让他唱诵了一段经文，但他自始至终，就没在一个调上。"刘名雷笑道。

"哈哈哈……"现场再次爆出爽朗的笑声。

就在这轻松愉快的氛围中，刘名雷随后又分享了他识别扒嫌人员与如何对其搜身而防止其逃跑、袭警、自残的经验，尤其对"凡是携带的行李中只有一两件衣物为了充实包裹形状的、钱包里只有一两百元与一张身份证等极少量物品的、手机通讯录里只有寥寥几人且大部分为外号的、穿的基本都是便于快速跑动的，基本就是扒窃嫌疑人"的宝贵经验，他都一一做了毫无保留的介绍。

说到最后，刘名雷以一句"至于我整人的那套方法，我这里就不教了，省得你们大家也受处分"结束了他的分享。

在大家热烈的掌声中，刘名雷话锋一转："黄所，我这段时间一直在想一个问题，也想就此机会请教一下您和各位前辈。"

"你说。"黄所长笑道。

"为什么我们承平站的扒手会屡禁不止？屡打不尽？咱们有没有一个什么办法，能从根源上杜绝这种现象的发生，或者说，能切实有效地减少这种扒窃行为，彻底改观咱们承平站的治安秩序？"刘名雷问道。

刘名雷提出的问题反响太大了，参会的同事们立刻众说纷纭。此时的会场就像是在油锅里撒进了盐，顿时就炸开了锅。

"就咱们现在的这种处罚力度，要想杜绝这种现象，我看啊，那就是痴人说梦。"

"就是嘛，抓到现行咱们才可以对他进行处罚，如果他还没能偷到手就被咱们抓了，咱们只能对他教育放行。"

"哎呀，就算是处罚，常态下也就是个拘留，而拘留封顶也就是15天，这对他们来说又无关痛痒，出来以后他们还不照样去偷。"

"是嘛，就算是咱们对那种惯犯实行劳动教养，他们有些人一出来，还不是屡教不改。"

"对嘛，这就是他们的犯罪代价太低，咱们现在的处罚政策力度太轻。"

……

"同志们，"黄所长站了起来，"针对我们承平站的扒窃现象，我们通过集中打击，虽然取得了一些成果，但由于扒窃犯罪的特殊性和防范打击的复杂性，加之当前执法大环境的影响，此类案件的发案仍然没有得到有效的遏制。这其中的原因我想，一是群众的防范意识差，二是我们反扒的警力也严重不足。针对大家刚才反映的这些问题，我们党支部也会尽快向上级汇报。大家要相信上级领导和党委，一定会尽快拿出相应的治理措施。同时，我也希望大家群策群力，发挥你们的主观能动性，积极地想办法，尽早改善我们承平站的治安环境。我的话完了，大家有什么意见或建议，现在可以提了。"

一时间，会场上一阵交头接耳，议论纷纷。

刘名雷在听到黄所长说"希望大家群策群力，发挥你们的主观能动性，积极地想办法……"时，就再也无法集中精力了。只见他一会儿屏息凝神，一会儿挥笔疾书，以至接下来的讨论，他都没能听进去。

"依我看，要想彻底改变这种现状，就是要加大惩治力度，来一个抓一个，抓一个就关一个，就是整得他们再也不敢来，否则，那就是隔靴搔痒，治标不治本。"

"是啊，这也不许那也不行，无形之中就让这帮人更加嚣张。"

"对嘛，抓到这种人，只要不造成伤残那就得下狠手，跟他们还讲什么客气！"

……

"我再强调一下啊，以后这种动手的想法，你们想都别想了啊！刚刚传达的通报你们这就忘了？难道你们今后也想榜上有名？还就奇了怪了，你们又不是第一天当警察！"指导员腾地一下站起，怒极而道。

会场顿时一片恭默守静。

黄所长一看大家再也不发表意见，立刻打起了圆场："同志们，其实我刚当警察时见到这种屡教不改的人，想法也跟你们一样。但现在的形势不同了，指导员说的没错儿，这上面的要求呢更加没错，那都是为了能更好地保护我们自己。只有我们还能穿上这身衣服，那才有机会跟他们这种人作斗争嘛。当然了，我们也不能因为有这些条条框框就不敢去开展工作，更不能因为害怕触碰这些高压线就不去管这些人，那我们，那我们，刘名雷，你在干什么？"眼见刘名雷只顾低头在本子上写着什么，黄所长直接点了他的名。

"我，我在想，怎样才能根治这种现象。"刘名雷先是一愣，随即嘟囔道。

"你说什么？"黄所长问道。

"站起来说！"老民警杨国昌大声地开起了玩笑。

会场一片哄堂大笑。

刘名雷一笑，真的一下站起，大声说道："报告黄所，我在写三十六计，想看看用哪一计才能根治这种现象。"

"哦？那你打算用哪一计？"黄所长微笑着问道。

"我看只有'釜底抽薪'。"刘名雷朗声道。

"那你打算怎么实施？"黄所长依旧微笑着问道。

"我，我还没有想好具体方案。"刘名雷弱声回道。

"刘名雷，这承平站的小偷可不是一个两个，也不是只存在了一年两年，你要是能根治，我叫你师父。"刘名雷的师父习小军说道。

会场上再次笑声一片。

"我，我请黄所给我三天，要是我做不到，今年的比赛末位我包了！"面红耳赤的刘名雷将身子一挺，像堵墙似的大声喊道。

"好，敢下警令状，我喜欢！说吧，你有什么要求？"黄所长问道。

"没有要求！"刘名雷依旧挺身答道。

指导员一下站起："不行！咱们是一支队伍，是集体，不兴搞什么个人英雄！"

"那也行，我需要的时候，一定向所里请示！"

11

早会后，黄所长留下了习小军，批评他刚才对刘名雷说的话太重了。

习小军笑道："放心吧，我和他同住一个家属院，是看着他长大的，他什么性格我还不知道。"

黄所长刚要回话，习小军说道："哎呀黄所，你就相信我吧，不对，你一定要相信刘名雷！这老弟我太了解了，只要他立了誓，最少他一定会往死里干。"

"我不是不相信他，但万一呢？我不管，如果他今年末位，我就拿你来垫背。"

"没问题，如果他真没实现，我来当这个末位！"习小军郑重说道。

这时，站台上的广播声再次传来："各位旅客，由广州开往南京的 K528 次列车已经停靠本站。请您不要拥挤，按顺序上车。上车后请往车厢里边走，不要在车厢门口停留，以免影响其他旅客上车，感谢您的合作！"

刚和办案组移交完几名扒嫌人员的刘名雷，一听到广播就立刻跑向了站台。因为他的岗位就是站台、票房、广场、候车室与出口处，而主要职责就是维护站车秩序、站车交接、打击票贩，预防和查处各类违法犯罪活动，从而确保旅客的生命财产安全。

此时的站台上，上车的旅客比昨晚还多。有的搀着老人，有的牵着小孩，有的拖着大包小包，有的扛着沉重的行李，都在拼命地往火车上挤，以致整个站台简直都沸腾了。尽管工作人员们都在全力维序，但效果并不大，因为人们回家过年的心情，实在是太迫切了。

虽然身着警服，但刘名雷并没有大呼小叫地去维持秩序，而是隔着人群顺着车厢逐一巡视。突然，一名只拿黑包的青年人引起了他的注意，因为那人并不是正常上车，而是只顾着他人的口袋，并不时地利用黑包的遮挡偷摸旁人的口袋。刘名雷见此，立刻闪到对方的视线死角。当对方的手带着一只钱包刚从一名男旅客的屁股后兜出来时，刘名雷动了，一个欺身而上，他迅速地贴近了青年人身旁。然而，此时的上车旅客实在太多了，以至当刘名雷抓住那只"贼手"时，那只手的手上却已然空无一物——对方把钱包当场丢在了地上。

"我没偷！你别冤枉好人！"

尽管这名青年的右手腕已被刘名雷死死扣住，但他口中疯狂叫出冤屈，仿佛受了千古奇冤一般。

鉴于昨晚那名失窃妇女的教训，这次的刘名雷对青年人的叫嚣没有任何理睬，而是首先摘下自己的大盖帽，再用两指捏住钱包将它夹起，放进帽中，这才拿起帽子开始安慰失窃的男旅客："同志，你不要急。你要这么想，如果你不配合我做好调查取证，那我们公安机关只能是对他教育放行，但这种人放出去以后，还是会继续到处行窃。我想，你应该不会放任这种人的行为吧？"

"可是，可是……"男旅客眼看着车门即将关闭，显然是有点急了。

"请你放心，下一趟车我会亲自送你上车，保证你一定能够顺利上去。"见男旅客还是有些犹豫，刘名雷再次劝道，"哎呀，你就别多想了，就耽误你一个小时的事。但你付出的这一个小时，你知道将会给社会带来多么大的正能量吗？将会让多少人减少被偷的损失吗？"

看到刘名雷如此真诚，又看了看眼前死不承认的青年人，男旅客终于说道："好，警察同志，我配合你。"

12

回到派出所，刘名雷迅速委托张珣对男旅客开展询问取证，自己则带着贾彦斌立刻对青年人展开了盘问调查。

一套流畅的搜身检查与盘问流程下来，刘名雷得知，这名青年人叫李定华，25岁，宜乡市人，租住于承平市内鹧鸪巷25号，无业。

"这钱包我碰都没碰过，你凭什么说是我偷的？"面对桌上当场被缴获的钱包，双手被铐着的李定华大声吼道。

"这是我亲眼看见你偷的。"刘名雷怒视着对方答道。

"你哪只眼睛看到的？怎么，你是警察就可以冤枉人啊？！"李定华依旧耍赖道。

"行，小子，现在是人证物证俱在，你还敢抵赖！"刘名雷气得将李定华手上的手铐一紧。

李定华虽是痛得龇牙咧嘴，但嘴里依旧喊道："老子就是没偷，你就是在冤枉我！"

"冤枉你？我跟你是前世有冤还是后世有仇啊？人家我都不冤枉就冤枉你？"刘名雷怒声问道。

李定华忍着疼痛，将头一撇，眼里似是喷出了怒火。

"小子，你可以不承认，但就凭这钱包上有你的指纹，你的罪责就跑不了！"刘名雷正色说道。

"那是你刚把我的手强行按上去的，你这是栽赃陷害！"李定华狡辩道。

"我看你小子这是骨头发痒了吧？现在是铁证如山，你还敢狡辩！"贾彦斌实在是看不下去了，掐住对方的脖子就想扇他耳光，吓得李定华立刻闭上了双眼。

刘名雷一把拖住贾彦斌，冲他一摇头，暗示他不要动手，随后掏出身上的手铐将李定华手上的手铐铐住，抬手就将他挂在了窗棂上。

"有本事你就弄死我,否则,老子只要还有一口气,就跟你没完!"李定华怒声说道。

刘名雷冷笑一声:"是吗?"说着,他将李定华的手又使劲往上挂了一格,"放心吧,你死不了。但我向你保证,只要你这辈子还是做贼,我就一定会让你生不如死!"

李定华此时已被挂得两脚跷起,喘了两口粗气后,仍旧冷声说道:"好,姓刘的,我记住你了。你别忘了,你的小孩是在三小上学。"

刘名雷一听对方拿自己的小孩相威胁,顿时就火了,右手五指一曲,一记"钳斯手"瞬间就搭上了对方左腹间的软肋:"你再说一遍?"

此时的刘名雷真的是怒了,因为对方这句话,的的确确是捏住了自己的"软肋",而且还是远胜于自己性命的孩子。于是,他没有丝毫犹豫,一个多年来的习武本能,让他想都没想,瞬间就做好了攻击准备。

李定华怒视了刘名雷一眼,恶狠狠地说道:"说多少遍也是这样!"

就在刘名雷手指发力的刹那,指导员早上的叮嘱立时闪入了他的脑海:"大家是为了工作,但为了工作,你们自己被弄得脱了警服,甚至还要承担法律责任,值得吗?"

"是啊,我这样做值得吗?何况,这样的小偷有成千上万,而我只是因为其中的一个就把自己的警服脱了,日后我还怎么跟这种人做斗争?但我应该怎么办呢?也不可能就这样屈服于他的恐吓啊。"刘名雷心里想着,不自觉地松开了自己的右手。

李定华一看,以为刘名雷真被自己吓住了,于是,得意地露出了一丝蔑笑。

"你他妈的还敢拿小孩来恐吓,老子现在就弄死你。"贾彦斌看到此景不干了,说着就抬起了手。

刘名雷伸手一挡,将贾彦斌的手臂挡在了空中,随即冲李定华说道:"行,小子,你有种,我惹不起你,过会儿你就回去吧,今天就当没这事了。"说完,他将李定华挂起的双手放下,并将他安坐在了椅子上。

贾彦斌莫名其妙地看着刘名雷,对他的举动甚是不解。

李定华也蒙圈了,因为他所了解的刘名雷,绝对不是个轻易服软的人,可他此时的表现……不应该啊!他到底想干吗呢?

就在李定华暗自琢磨心神不定的时候,却见刘名雷掏出自己的小灵通,假装拨通一个号码后说话了:"你带上几个人,15分钟以后赶到我派出所门口……嗯,一会儿帮我接待一个朋友……对,好好地接待一下……他呀,25岁,"刘名雷看向李定华,继续照着他的外貌与穿着说道,"一米七五左右,小西装发型,穿一件黑色罩头羽绒服,嗯,有一个黑色的公文包……好好接待啊!"

打完电话,刘名雷看了一眼小灵通上的时间,随后对李定华说道:"等着吧,15分钟后就放你出去。"说完,他示意贾彦斌看好人,随即就径直走出了房门。

房间里,唯剩如坠雾中的贾彦斌与心神不定的李定华。

13

走出房间,刘名雷来到内勤办公室给表弟办好停车证后,一看还有很多时间,为了打发时间,他又来到了昨晚被抓获的中年人的审讯室。

"刘名雷，听说你又抓了一个？"整理完材料的老皮问道。

"嗯，小贾正审着呢。"刘名雷谦笑着说道，随后看了一眼铐在窗户上的嫌疑人，接着拿起了桌上的盘问记录开始查看。材料显示，该男子名叫曾有才，40岁，承平市郊区人，他对昨晚与刚子在龚群的带领下前来火车站进行扒窃的违法事实供认不讳，只是由于民警老皮的事先发现，使他的扒窃事实尚未得以实现。

"啊？这就是刘名雷？"听到眼前的这名警察就是自己心中的"瘟神"，嫌疑人曾有才的心里不禁泛起了阵阵寒意，他听说这个爱憎分明的"眼镜刘"绝对是个说一不二的主儿。为了自己生病住院的女儿，他鼓足了勇气，试探道："刘警长。"

"什么事？"刘名雷瞥了一眼对方，问道。

"你们常说的戴罪立功，算不算数？"曾有才小心翼翼地问道。

老皮一听还有意外收获，心里顿时就乐了，因为由此破获的隐案或者积案，那都是自己业绩考核中的加分项目，但由于对方直接问的是刘名雷，那就说明对方肯定是意有所指。于是，他便安坐不动地只是一旁观看着。

闻听此言的刘名雷心里也乐了，但为了掌握谈判的主动性，他抑住内心的激动不露声色地淡然道："那要看你说的有没有价值。"

"如果有价值，那你今天能不能不拘留我？"曾有才犹豫了一下，谈起了条件。

刘名雷当然没有决定权，这肯定需要请示领导才能决断，但为了不让对方失望，他答非所问地玩起了太极："如果你信任我的话，我就一定不会让你失望。"

"我们老大刘大龙等下会来。"

"你怎么知道？"

"'铁拐'刚给我来了信息，你看。"说着，他铐着的双手向桌上的一部手机一指。

刘名雷拿起一看，一个署名"铁拐"的人来信息道："等下'飞龙'会拿钱来处理，稳住。"

原来，这是龚群要刘大龙拿钱来替他缴纳拘留所的伙食费时，偷偷给一同抓来的几个手下一并发的信息，意思是告诉他们，稳住，不要慌，更不要说出不该说的事，等下自会有人拿钱来替他们善后。

刘名雷看了一眼信息发来的时间，推算出刘大龙可能即将到达，但鉴于自己与李定华的约定也快到时间了，于是，他快速地问道："'飞龙'就是刘大龙？"

曾有才连忙点头："嗯，昨天下午他也来火车站了。"

"他多少岁？身高多少？"

"大概三十一二岁，身高一米七五左右。"

"他什么发型？身上有没有明显的体态特征？"

"小西装发型，身上没什么明显特征。"

"好，你在这儿等着，我这就向所领导汇报，只要你说的是真的，我想，不会让你失望的。"

曾有才闻听，不由得欣喜万分，立刻回道："我说的句句属实。谢谢刘警长！谢谢刘警长！"

刘名雷转身与老皮打过招呼，连忙疾步上楼，向黄所长请示征得同意后，又快速奔向了自己的办公室。

刘名雷一走，黄所长则立刻拿起了桌上的办公电话开始拨号。

14

"谢谢周警长！那我这就走了啊。"交完款的刘大龙一脸堆笑地对民警周辉林说道。

正整理钱款的周辉林刚要答话，这时桌上的办公电话响起。于是，他只得一边拿起电话一边挥手示意刘大龙离去。

电话里，黄所长说道："周辉林，立刻从你们治安组抽一个人，去配合刘名雷做材料。"

"是黄所，我亲自去。"周辉林挂上电话，立刻走出门外。

此时楼梯上刘名雷发出的沉重脚步声传到李定华的耳朵里，就犹如一记记重锤敲击在他的心坎上，震得他不时将额头向铐在窗棂上的双手拭去，并不断舔自己的嘴唇。因为，他已真正地胆战心惊了。

离办公室还有七八步，刘名雷拿出小灵通一边假装通话一边走向了门口："你们到了？好，我这就让他出来。记住啊，这次不用太狠，以后还有的是机会。"

一进门，刘名雷就对贾彦斌不容置疑地说道："把他手铐解了。"说罢，他拉开自己的办公抽屉，从里面摆的各种档次的香烟中，抽出软、硬中华各一包揣进了自己裤子口袋。

贾彦斌虽是对刘名雷的指令不解，但仍是照着做了。而被解着手铐的李定华却再也装不了镇定，因为"接待"自己的人真的来了。

"你可以走了。"刘名雷对李定华冷冷说道。

李定华一脸苦相看着刘名雷，嘴里想说些什么却又如鲠在喉。

"怎么，你还想赖在这里呀？赖一辈子啊？可能吗？"见对方只是一脸苦相看着自己，刘名雷又继续说道，"你赢了！走吧。"

李定华仍旧是无动于衷，嘴里几次都是欲言又止。

刘名雷拽住李定华的肩膀一拎，怒目吼道："走！出去！"

李定华彻底崩溃了，扑通一声连忙跪下："刘警长，对不起，我错了！我再也不说混账话了，你就饶了我吧！饶了我吧刘警长！"

"什么意思？你是打算折我的寿吗？起来！"刘名雷吼道。

李定华一听，顿时不知所措了，因为这跪也不是不跪也不是，但他又真不知道该如何收场。

"你小子够可以啊，敢拿我的小孩做筹码。"刘名雷咬牙切齿道。

"刘警长，我真的对不起您，您就饶了我吧！"李定华如捣蒜一般连忙磕头。

"知道错了？"

"知道，知道。以后打死我也不敢了！"

"小贾，做材料。"刘名雷对贾彦斌说道。

恍然大悟且喜出望外的贾彦斌点完头，随即冲李定华正色道："过来，坐下！"

李定华连忙遵令照做，哪还有之前的那副嚣张。

刘名雷出了房门，一眼看到早已候在门外的周辉林正暗自窃笑，于是连忙问道："辉林，有人来你这儿交钱吗？"

"有啊，刚走。"

刘名雷一听，一句告别都没有，撒腿就向派出所门外跑去。

周辉林一看，懵了！望着刘名雷的背影，他一脸茫然地走近了贾彦斌。

15

　　派出所门外的马路上对面，带着一名手下正在等候的邓庆友看到微笑的刘大龙逐渐走来，脸上立时露出了灿烂的笑容。正欲上前迎接，突然看到其后跑近的刘名雷，笑容顿时大变。刘大龙一看邓庆友的表情，不由得有些莫名其妙，直到顺着他的目光回头看到刘名雷后，这才恍然大悟。邓庆友眼看刘名雷跑近，以为他是赶去抓捕刘大龙，于是冲手下一摆头，示意一道过去拦截。由于刘大龙随即飞来一个眼色，两人才止住脚步，不敢轻举妄动。

　　"等等，同志。"刘名雷跑近说道。

　　刘大龙转身见是警察，立刻满脸堆笑地问道："什么事啊，阿Sir？"

　　"刚才是你到我们派出所交钱，对吗？"

　　"是啊，怎么了？"

　　"哦，你还差一个手续没办，所以，你还得和我来补办一下。"

　　"手续？不都办完了吗？怎么还有手续？"

　　"你要是不想办也行，那龚群他们几个要是有什么麻烦你就别怪我没提醒你了。"刘名雷说完，转身便走。

　　"哎，阿Sir，请问你贵姓啊？"刘大龙连忙喊道。

　　"我，姓刘，刘名雷。"刘名雷回身说道。

　　"哎呀，你就是刘警长啊，我还一直想找个机会来拜访你呢，没想到这就天赐良机了。走走走，我这就跟你过去。"刘大龙满脸堆笑道。

　　"是吗？那就请吧。"刘名雷说完，全然不顾对方的想法，再次扭头就向单位走去。

刘大龙回头看了一眼邓庆友,示意他不要轻举妄动,随后跟上刘名雷的脚步向派出所走去。

"怎么办?"手下问邓庆友。

"在这儿等着!"邓庆友吼完,又不安地看向刘大龙离去的背影。

刘大龙在追赶刘名雷的路上,心里一直是七上八下,喜忧参半。因为他既估计不到自己此去的下场又特别期待能和刘名雷交上朋友,以便日后不仅能在"江湖上"更加稳固自己的地位还能方便自己的手下。直到刘名雷将自己带进三楼的会议室而不是办公室,刘大龙这才真正地放松了下来,脸上的笑容也由衷地露了出来,因为这意味着自己的期盼起码接近了一半。

刘名雷示意刘大龙在自己的对面坐下后,首先问道:"你叫什么名字?"

"刘大龙。"

"你的外号?"

"我没有外号。"刘大龙说着,撕开一包软中华香烟,抽出一根递给刘名雷,"来,刘警长,抽一根。"眼见对方只是看着自己微笑而并没有接过,于是连忙将剩下的整包放在了刘名雷的面前。

"什么意思?"刘名雷拿起面前的香烟问道。

"你自己拿着抽,省得我一根一根地发。"刘大龙笑道。

"不用,你自己抽吧。"扔回香烟后,刘名雷轻轻地捏了捏自己的裤口袋,也选了一包软中华出来。在他掏出香烟的同时,口袋里一张叠好的纸条也被带了出来,落在了地上。对此浑然不知的刘名雷将掏出的香烟叼上一根,点燃,问道:"你今天来我们派出所干什么？"

正尴尬点烟的刘大龙连忙回道："你们昨天抓的龚群是我朋友，听他说他要被拘留了，就叫我送点钱过来。"

"你送来了多少钱？"

"他说他的几个朋友昨晚也被你们抓了，就想一起把他们的事也办了，让我多带了点过来。刘警长，你看能不能照顾点，我身上的钱也实在不多。"

"你这人还蛮仗义啊，他们一有难你就倾囊相助，看来你们之间的关系非同一般啊！"

"哪里，我也只是和龚群是朋友，另外那些人我都不认识，那都是他的朋友。朋友嘛，多一个就多一条路，能帮就帮他们一把。"

刘名雷一声冷笑后，继续说道："除了龚群，其他人你真不认识？"

"我骗你干吗？认识就是认识，不认识就是不认识，我和你说假话干吗！"眼见刘名雷不相信自己的话，刘大龙有些急了，"刘警长，我可以发誓啊，我要是说了假话，不得好死！"

"好，我相信你了，你刚才说的，我也心里有数了。你走吧。"

"哎，多谢多谢！"说着，刘大龙站起身，"刘警长，下了班咱们聚聚呗？"

刘名雷不解地看看刘大龙。

"听说你刚调到这里，就是想给你老兄接个风。"

"有机会再说吧。"刘名雷微笑着说道。

"哎，那我就随时恭候了。"说完，刘大龙高兴地向门外走去。

然而，就在身心愉悦的刘大龙刚拉开房门的一刹那，刘名雷用当地方言喊了一声："飞龙。"

"哎，啊？"刘大龙不自觉地应了一句，但随即又感觉到了什么，于是慌忙转身道，"哎呀刘警长，你看我到了你们派出所有多紧张，紧张得我有外号都忘了。"

"飞龙，你既然知道这是派出所，那你知道在公安人员面前说假话要承担什么法律责任吗？"

"说假话肯定是不对。不过，刚才是我确实太紧张了。不会了刘警长，我再也不会了。"

"刘大龙，既然你承认你前面说的话有一句是假的，那你告诉我，我有没有理由怀疑你前面所说的还有假话？"

"这……"刘大龙懵了，不知道如何回答。

"坐下吧，这下你走不了了，你必须配合我给你做份材料。"刘名雷摆上纸笔，继续道，"我现在也不是对你正式盘问，只是怕你说多了，你自己都不记得说了些什么。来吧，你的姓名等项？"

刘大龙对被问到的个人情况、家庭情况和个人简历，都予以快速回答，就连他是二婚，都如实告知。但在被问到是否有前科劣迹时，他的心里不免还是有些紧张，因为这毕竟是他曾经不光彩的一面。但随着接下去的问话，刘大龙又迅速表现出了一脸轻松，甚至有时还会自我调侃。

"你昨天下午都在干吗？"

"在家看电视啊。"

"看的什么内容？"

"《铁齿铜牙纪晓岚》。"

"晚饭谁烧的？"

"我老婆烧的。"

"烧的什么菜？"

"辣椒炒肉、红烧冬瓜，还有清炒豆角和西红柿蛋汤。"

"晚餐哪几个人吃饭?"

"我，我老婆，还有我儿子。"

"吃完饭后，你们都干了些什么?"

"我儿子做作业，我和老婆在看电视。"

"你看电视的具体内容?"

……

对于刘大龙的回答，刘名雷自始至终都没有去反驳他，只是对方说什么他就记录什么，以至手上的纸张都写满了整整九页。就这样，两人在盈满烟雾的房间里，随着云山雾罩般的谈话，逐渐来到了中午。

16

此时，马路边的一个烟酒店门口，邓庆友正带着手下一边看几人打牌一边观望派出所门口。

"邓哥，老大怎么还没出来? 不会是被那小子给扣了吧?"手下轻声问道。

邓庆友低头看了一眼手机时间，不祥之感再次升腾："妈的，这'眼镜刘'要是敢为难咱们老大，我搞不死他!"说罢，他的两只眼睛里，怒火仿佛就要喷出一般。

"要不，你打个电话问下老大?"手下眼看自己的大哥气昏了头，于是连忙提醒道。

"你是头猪啊! 老大这时肯定是和'眼镜刘'在一起，即便老大接了电话，但他当着'眼镜刘'，他能怎么说?"邓庆友轻声斥道。

"那怎么办?"手下喏喏地问道。

邓庆友被他气得半死,眼睛直勾勾地瞪着对方,心想,这小子还真是一头猪。

手下被邓庆友的眼神一时吓傻,支支吾吾地连声音都开始颤抖了:"你,你不会是让我去找他吧?"

邓庆友一听,更是气死,抬手就要打,但看到身边一起观看打牌的一位旁人正在看自己,只得将扬起的手狠狠地握成了拳头,随后哆嗦着冲手下一指,气得扭头就往外走。

"黑哥,我不是不敢去,而是你想啊,连老大都被'眼镜刘'给扣了,我再去那不是自投罗网,"手下紧紧跟在邓庆友的身后,嘴里不停地替自己的胆小申辩,但随着邓庆友转身即来的一脚踢在自己的屁股上,他原本最后要说的助词却立刻变成了感叹词,"啊!"随着这个字的蹦出,他差点蹦上了天。

邓庆友踢完,随即掏出手机,一言不发地开始编写信息:"老大正被'眼镜'扣押,我已听到老大被打得惨叫。快快过来帮忙。"

17

邓庆友忙着叫人准备对付刘名雷,而对此浑然不知的刘大龙此时却仍在接受刘名雷的问话。

"刘大龙,对于你昨天的行踪,你已经有鼻子有眼地说了不少,有个问题我问你啊。"

"刘兄你讲。"

"你口口声声说,你的老婆和孩子可以为你做证,那你说,我们会不会去找他们核对情况？"

"这……"刘大龙说到这，他口袋里的手机发出了信息铃声，掏出一看，是"老黑"发来的，于是他立刻联想到自己这么久没去与他碰头，对方肯定是来问了。本想借着观看信息而掩饰尴尬，却又看到刘名雷正微笑地看着自己。于是，他识趣地将手机关了机，随即将它放在了桌子上："老兄，你说。"

"肯定会，对吧？这要是我们一去呢，无非有两种结果。这一，就是他们和你说的一样；这二，就是他们和你说的压根不是一回事。"眼见刘大龙低头不语，刘名雷继续说道，"哎，你听说过伪证罪和包庇罪吗……你不要不说话，来，你回答我。"

刘大龙点头。

"好！"刘名雷一声夸赞后，严肃地说道，"既然你听过，那我问你最后一个问题。你是打算让他们为你刚才的那番胡说八道去背个伪证罪，还是你准备弄个包庇罪给他们玩玩啊？"

刘大龙一听，顿时如遭五雷轰顶一般，右手捏着烟头一动不动地陷入了沉思，直到烫了手指他才回过神来。

"刘大龙，这人呢，要是说一句假话就需要一百句一千句来圆它，而说出的这后一句还得完美地印证前面说过的上一句。你说，这样的人活得累不累？再说，真的假不了，假的永远真不了，这个道理你应该不会不懂吧？"眼看刘大龙再次沉默不语，刘名雷此时抛出了他的重磅之锤，"刘大龙，为了你编造的假话，为了你自己犯下的错误，你是真打算把你的老婆孩子也扯进来吗？大龙，咱们可都是为人夫、为人父的堂堂大男人，咱们会为了自己而自私到抛妻弃子吗？我反正是做不到，你呢？"

刘大龙越听心里越打寒战，内心的担忧也逐渐变成了恐惧，但当听到刘名雷直接称他为"大龙"时，这一声亲切的呼唤，又使他内心的希望之火再次冉冉升起："刘警长，我……我……"

"刘大龙，我可以坦诚地告诉你，昨天由于你没有直接参与，所以对于你，原本就是一件小事。但如果你想要把它弄大，大到把你的老婆孩子都拖下水，那我作为你说的'一笔写不出两个刘字'的本家，也就真的无能为力了。我话说完，你考虑。"

就在刘大龙考虑的当口，仍看打牌的邓庆友却一会儿看看派出所的门口，一会儿看看自己的手机。直至目前仍然没有刘大龙的回信，他也慌了。纠结再三后，他终于鼓起勇气拨了刘大龙的电话。未料，电话里传来的声音却是一位女性——对方关机了。

"完了，肯定是被'眼镜刘'给抓了。"邓庆友想到这，毫不犹豫地又拨通了另外一个号码，"老狐狸，你立刻带上两个人赶到铁路派出所门口，要快！"

旁边的手下一听，立刻猜到了邓庆友的下一步计划，眼珠子也随即转动起来，心想，完了，这是要开干啊！对方可是一个警察，真他妈的干起来，我还能有好吗？

18

"刘，刘兄，对不起，我前面说了假话。"考虑良久的刘大龙终于说道。

"哪里假了？"

"我，我昨天下午并不在家，而是在，在你们火车站。"

刘名雷递去一根香烟："好！敢作敢当，这才是真男人！刘大龙，你有这种态度，就说明你不是不可救药，也不是没有可能和我刘名雷交朋友。"

刘大龙接过香烟的手，此时都颤抖了："刘警长，你真能和我交朋友？"

"谁说我俩就不能交朋友？"刘名雷说罢，给对方的香烟递上了火苗。

刘大龙深深地吸了一口，担忧道："可你，你是……"

刘名雷吐出了一口烟，笑道："对，没错儿！我作为一名警察，肯定是不可能和一个我时刻要打击的工作对象去真心交朋友。不过，请你再算算，以你目前的状况，除了你的家人，你在这世上还有哪一个是你真正的朋友？你别告诉我，你的手下都是你的朋友啊。我提醒你，你真要这么算，那就是你白讨苦吃了。因为你迟早会被你的这些朋友，害得亲人嫌弃，甚至是妻离子散。"

刘大龙听闻此言，表面虽是抽烟不语，但他呆滞的眼神，早已把他内心的波澜体现得淋漓尽致。

已然看穿对方内心的刘名雷继续淡淡地说道："真人面前不说假话。实话告诉你吧，我为什么知道你昨天下午来过我们车站，那就是你所谓的朋友们告诉我的。"

刘大龙抽烟的动作，突然停顿，仿如一尊雕像一样。

"而他们为什么会告诉我，你没算到吧？"看着刘大龙一脸的疑问，刘名雷又缓缓说道，"这就是你也听过的，婊子无情贼无义！"

眼看刘大龙将手中的烟头狠狠嘬完，刘名雷话锋一转："大龙，我知道你是真心想和我交朋友。可你要知道，谁会和一个时刻都可能说假话，甚至是一个人人憎恨的扒手去做朋友？但话说回来，如果你从良了，不再是那种人了，那我和所有的人，不就都会和你交朋友了吗？而且绝对是，真心的朋友！"

"刘兄,说句心里话,你说的这些道理,我都懂。我也不想做这样的人,我的那帮朋友他们也不想。可没办法啊,我们这些人不仅没文化,而且还没手艺。可我们却是上有老下有小,总得养家糊口,总得过日子……"

刘大龙的话还没说完,就听一阵电话铃声传来。原来,是刘名雷的小灵通响了。

"马老师你好!……什么?你慢点说……团团肚子痛,急性阑尾炎?可能要动手术?……你在哪个医院?……好,谢谢谢谢!我这就过来。"刘名雷一边通着电话,一边不由自主地走到了门口。让他没想到的是,就在刘名雷起身走向门口时,对面的刘大龙也站了起来,并随着他的步子逐渐来到了他的身边。

刘名雷挂上电话一转身,突然发现刘大龙站在自己的面前,心想,这小子想干吗?这可是三楼!他不会是想逃跑或攻击我吧?不容再思,只见他一步后撤,猛然就将左手的小灵通握得只露出一角,右手五指一曲,眼露精光的瞬间做好了攻击准备。

"怎么了刘兄,小孩生病了?我有个亲戚在地区医院上班,你看能不能帮到你?"刘大龙一脸诚恳地说道。

望着眼前真诚的刘大龙,刘名雷连忙卸下戒备:"不用,谢谢了!医院我有朋友。"

"好。如果有需要,你老兄尽管招呼。"刘大龙再次由衷说道。

"大龙,我现在有事,你在这里等一下,我找个人来换我。今天,你必须写出一份检讨我才能放你回去。你放心,只要你诚恳地认识到自己的错误,我一定会信守承诺!"

刘大龙略一思索,点头答应。

"好,我相信你。同时,也请你相信我,我保证说到做到!"

刘名雷说完，走到隔壁所长办公室的窗口。

刘大龙听到刘名雷正向所长请假，于是转身走向自己的座位。突然，他看到刘名雷坐过的椅子下面有一张纸条，便捡起准备去交给他，但纸条上露出的几个字又勾起了他强烈的好奇心。他打开发现，这竟是银行向刘名雷寄出的一份《个人逾期催收通知书》。原来，刘名雷曾向银行贷款40万元，银行要他在三日内还清贷款与利息，否则将对他采取法律措施。仔细一看日期，通知书竟还是昨天的，这也就意味，留给刘名雷的时间只有明天一天了。于是他连忙将纸条叠好还原，走到门口，却一眼看到刘名雷正向张珣交代着什么。他是知道张珣的。作为主要靠车站"吃饭"的他，早就通过各种渠道了解与暗中辨识过，也深知他和刘名雷一样，是绝对属于"饶人不出手，出手不饶人"的主儿。虽然心怀忐忑，但他还是将纸条还给了刘名雷，同时强颜欢笑地向张珣打起了招呼："张老兄好！"

刘名雷接过纸条，又看着刘大龙略一思索，随后还是一拍对方的肩膀："大龙，还是那句话，拿出你的态度，别让我和张哥失望。"

满脸堆笑的刘大龙连声应诺。

刘名雷跑到办公室，换了一件外套撒腿就跑出了单位大门。因为黄所长说了，所里的汽车已经押解龚群等人前往了拘留所，只能他自己想办法赶去医院，所以他不得不抓紧时间。

19

小店门口，左顾右盼的邓庆友由于没能等来帮手正想再打电话，却看到已是便装的刘名雷像风一样向自己跑来，吓得他不由自主地打了个寒战。因为他闪出的第一个念头，就是认为对方是来抓自己。于是他一个转身，立时躲进了店内，连带他的手下也是惊出了一身冷汗。急速奔跑的刘名雷压根就没有一丝找人的迹象，而是直接奔向了不远处的公交站台。

"这个'眼镜刘'搞什么名堂？"邓庆友走出店门，看着跑去的刘名雷，又回头看了一眼紧闭的派出所大门，心中暗道，"他怎么一个人出来了？老大呢？哎，不管了，他妈的敢搞我老大我就搞死他！"

想到这，邓庆友是怒从心头起恶从胆边生，怒目一瞪，顺手就将店门口灶台上的一根擀面杖揣进了衣服，带着手下就向刘名雷追去。

心急如焚的刘名雷跑到公交站，四下一看，却没看到一辆出租车。于是伸手拦车，却发现都是已经载客。改找辆"摩的"吧，又发现平日里最为热闹的火车站，此时连个空车的影子也找不到。一琢磨，他这才不由得感叹这春运的活力。

无奈，刘名雷只得登上即将发车的尚无几位乘客的四路公交车。一上车，他便径直坐到了最后一排的位子中间。

然而，就在公交车的车门刚刚关闭，车辆正要启动时，正低头查看小灵通时间的刘名雷，感到一道黑影迎面冲来。他本能地一侧身，"啪"，邓庆友手中的擀面杖砸在了他的座椅左侧。还未容他反应过来，随即而来的邓庆友手下，一脚又踩在了他两腿间的椅子边缘，并抓住他领带下方的两根布条进行快速收紧，想通过死死顶在他咽喉上的领带结让刘名雷窒息。但他没想到，刘名雷的咽喉可是能顶断一根竹筷子的。

邓庆友举着擀面杖一直试图再次砸击刘名雷的头部，但由于他们二人已经扭成一团,所以他无从下手。于是,他将擀面杖一丢,立刻上前想摁住刘名雷挣扎的肩膀,但就在他的手刚要搭上时,刘名雷却在此时动手了。

"野马分鬃。"刘名雷一声断喝,双手自下而上穿过邓庆友手下的双手,一拨,一推,顿时便使对方的双肘弯曲无力,上身后仰。

"乌鸦灌食。"刘名雷紧接着喊道,右手四指一并,一记"镖指"直接戳向了对方咽喉。

"呃……"手下捂着喉咙,吐着胸中不断涌出的酸水,瞬间瘫在了地板上,惊得车上的乘客四下躲避,慌作一团,生怕连累到自己。

邓庆友看着眼前眼花缭乱的一切,当时就懵了。等他好不容易回过神刚要上手,却发现自己的右手腕已被对方扣住,并瞬间传来了无法抗拒的疼痛。

"哼哼,知道这招叫什么吗?"刘名雷一声冷笑,随即沉声道,"这叫'生不如死'!"

"啊!……""啊!……"

和着邓庆友的惨叫,他的手下也一并发出了凄厉的惨叫。原来,刘名雷紧扣邓庆友的左手不仅突然发力,还一脚踩向了即将爬起的手下的脚踝。

"你们是什么人?"刘名雷稍稍卸下手劲,怒声问向邓庆友。

"什么人?与你不共戴天的仇人!"邓庆友不甘示弱地回道。

见对方答非所问,刘名雷的手上便再次发力:"说不说?你们到底是什么人?"

邓庆友闭眼憋气,生生忍住手腕上的剧痛,选择了不予回答。

"司机师傅，麻烦你把车开到公安局，我是派出所的。"作为一名警察，刘名雷本能地大声喊道。

"这……"公交司机犹豫着。

"那不行啊！我还得赶着去上班呢。""是啊，我还有急事呢，你打个车去嘛。""是呀，打车多好啊，要不叫你们单位派台车来嘛！"……

车上的乘客一片反对。

无奈，刘名雷只得扣着二人的手腕将他们带到车下。由于手下大喊大叫，引来了众多在此等客拉货的人与路人的旁观。他知道，只要有人围观，那作为警察的刘名雷就不敢再次让他"吃苦"。

果然，不便再次发威的刘名雷问邓庆友："为什么要朝我动手？你知道我是谁吗？"

"我管你是谁，老子打的就是你！"邓庆友恶狠狠地回道。

刘名雷一听，脑子里迅速搜索着答案，却又一时想不起怎么会有这样的仇家，于是只得再次问道："你们到底是谁？"

对于刘名雷的提问，此时的邓庆友却摆出一副殒身不逊的做派，一言不发。

刘名雷右手使劲一抖，问右边的手下："你说！"

"啊！我，你，你抓了我们老大，我就和你势不两立！"手下说道。

哦，原来他们是刘大龙的手下。看来让他来处理是最好的办法，也正好看看这刘大龙到底是个怎样的人。刘名雷一边想，一边松手放开两人，掏出小灵通开始拨打张珣的电话，准备让张珣带着刘大龙来处理。

20

就在刘名雷拨打电话之际,付冬生带着两名手下已乘坐出租车悄然赶到,并装成看热闹的路人逐渐靠近了刘名雷。

两名手下分立在刘名雷的左右,一见抽出腰间铁棍的付冬生示意动手,便趁着刘名雷不备突然上前,左右各抓一只他的手,并死死往外拉,瞬间就将刘名雷拉成了一个"大"字,并让他的小灵通也掉在了地上。

刘名雷一愣,但随即两手发力,无奈双手难敌四拳,一时竟没解开两边被抓住的手腕。

假装软瘫在地的邓庆友的手下一见,赶紧爬起,并迅速由后面抱住了刘名雷的腰,而站在前面的已然回神的邓庆友见状,也迅速赶到刘名雷的面前,对准他的腹部就是狠狠的一拳。

刘名雷咬牙憋气生生接住,脑子里的思绪像旋风一样飞驰。虽然父亲没能传授如何破解此等困境,但他教的"借力打力",却像闪电一般在他的脑海里闪过。

没容邓庆友朝自己打出第二拳,刘名雷便将身子往右一倾,借着右边来人的拉力就将左边的那位迅速拉近身边,接着头部一甩,猛然撞向左边那位的鼻梁,立时迫其捂着鼻子蹲在了地上。然后,他又借着右边的拉力,右肘一曲左手一搭,迅速扣住右边来人的左手腕,往左一带,右肘一击,只听砰的一声暗响,右边的人便立刻捂着肋骨倒在了地上。接着,刘名雷一脚踢向前面邓庆友的裆部,瞬间便将其踢得双手捂裆,弓身下腰。最后,他双手一借前面弯腰喊疼的邓庆友的双肩,右脚一个"马蹄腿",顺势又勾住了后面手下的"老二",立时将他踢得翻起了白眼。

　　借着眼角的余光,刘名雷看见旁边的付冬生举着铁棍就要砸来,不容多想,只见他一个"窜猫"便翻滚到付冬生面前,并顺势抽出自己腰间的皮带,凌空一甩,便牢牢缠住了对方即将砸下的铁棍。猛然一拽,眨眼间,他便将对方的铁棍握在了自己手中,接着一招"仙人指路",铁棍的一头已经抵近了付冬生的咽喉。

　　起初的付冬生,还能瞪着血红的眼睛盯向刘名雷,但随着铁棍在他咽喉上传出的丝丝寒意与倒地弟兄们的惨叫,对方"瘟神"的"恶名"又瞬间占据了他的脑海。尽管他极力控制自己的情绪,但无论如何,也无法抑制住内心随即涌出的恐惧。

　　冷静下来的刘名雷放眼一看,付冬生犀利的眼神继而淡去,转瞬变成了双眼紧闭,地上的几人虽在痛苦哀号,但也明显没有大碍,心中的担忧这才得以变成了欣慰。因为,他的父亲一再强调这些招式与击打的部位,都能让对手非死即伤,若非万不得已,万万不可使用。加之今天早会上所领导的教诲,此时仍在他的脑海中萦绕,所以,他也生怕会造成不可挽回的后果。尽管他在使用时也顾忌到这些人都是刘大龙的手下,对他们仍抱有浪子回头的希望,将力度控制在了三成,但他也不知道这使用后的效果是死是活,是伤是残。所以,直至看到这眼前的结局,他心中的石头才得以落地!

　　"咦,这不是刘茂森的崽吗?"

　　"什么?他就是刘茂森的崽?莫不是他家老四?乖乖,这功夫,还真没给他父亲丢脸。"

　　"那可不,我看他们兄妹四个从小就一起练功,一没达到老刘的要求,那兄妹四个就跪成一排挨罚。"

"他老早不是在和他哥哥一起做生意吗,而且生意还做得那么好,怎么当警察了?"

"哈哈,他当这个警察的由头啊,我还真知道。"

"哦,我差点忘了,你和他家是邻居呢,你赶紧说说。"

"是啊,赶紧说说!"

围观的人群中,几个认识刘名雷的人正在议论。

"这还得从 1984 年的元旦说起啊。你们还记不记得,那天,一大帮大人和孩子去咱们段里的活动室看电视,为了抢位子不是打起来了吗?"

"我记得这事啊。"

"我也记得,听说那晚打得可凶了。"

"所以啊,老刘为了不让他的几个小孩为这种事让他担心,就节衣缩食攒了 400 块钱也要去买一个。出门的时候,他老婆还一再对他说要看好自己的钱。你瞧他怎么说?"

"他怎么说?"

"哎呀,别卖关子了,赶紧说吧!"

"他拍着胸脯信誓旦旦地说,这世界上能偷他钱的人还没出世呢。但是没过多久,他就沮丧地返回了家,说他的钱被偷了。当时,我就在他家,我看到他的眼泪都出来了。老刘这个人呐,一身的功夫,但从来不与人发生矛盾,也从来没流过一滴泪。没想到,他却拿小偷没办法。就因为这件事,他这个崽当时就给他父亲发了誓,说他长大后一定要当一名警察,就专门和小偷过不去!还说,他要让那些做贼的后悔干上这一行!"

"哈哈,这小子真有骨气!说到竟然就做到了。"

"哎,我看咱们是不是过去帮他一把?"

"拉倒吧，就这几个毛贼能奈他何？你就站在这里看热闹吧，别去给他添乱了！"说着，这人掏出了手机开始拨打电话。

"你干吗？"

"你还真是看热闹不嫌事大呀，给他所里打电话，让他们所里来人啊！"

21

那边看热闹的津津有味地看着热闹，这边若无其事的刘名雷却问对方几人："你们都是刘大龙的手下？"

"是又怎样？你无故扣押他，还出手把他打伤，我们就是要冲你要人！"付冬生回道。

"谁告诉你我扣押他了？啊？谁又告诉你我打他了？你？你？还是你？我告诉你们，你们的刘大龙现在在我们派出所，一点儿事都没有。"刘名雷指着对方回道。

其中一个喽啰看着一脸真诚的刘名雷，随即问付冬生："啊？我们老大没事？"

付冬生被问懵了，紧接着就看向了邓庆友，将他看得一时不知所措。

刘名雷说道："我有必要骗你们吗？"

"你少说鬼话，我都亲眼看到了！"邓庆友吼道。

"哦，那你是哪只眼睛看到的？"刘名雷随即将两根手指逼在了邓庆友的眼前，怒斥道，"要不要我帮你掏出来确认一下？"

就这一下，把邓庆友吓得不轻。

刘名雷收回手势，语气虽缓，但仍旧嘲弄道："话又说回来了,就凭你,值得我骗吗?"

邓庆友闻听,顿时不知如何是好。

其他人一听,一时也是面面相觑,接着一齐看向了邓庆友,看得他手足无措。

"不过,你们几个现在倒是摊上大事了!"刘名雷轻蔑地扫视了一眼众人,继续说道,"且不说你们今天袭击的是我这个警察,就算你们袭击的是一个平民,你们今天也得吃不了兜着走!"

闻听刘名雷此言,付冬生几人紧张不已,再次将目光投向了邓庆友。

刘名雷也意识到自己讲重话了,因为他的这番警告一说出来,极有可能让对方狗急跳墙。于是,他赶紧走出几步捡起地上自己的小灵通,准备再次拨打张珣的电话,让他带着刘大龙过来。但一看,小灵通的屏幕居然被摔碎了。

"怎么办啊邓哥,他的电话都被咱们摔碎了……"也看到屏幕碎裂的手下,赶紧小声地提醒起了邓庆友。

随着手下的提醒,其他人一齐看向了邓庆友。

"你们别听他的,我们老大就是被他给抓了。咱们现在救不了老大了,只有先设法脱离,然后再找机会逼他放人。"邓庆友恨恨地小声告诉众人。

"那你说怎么脱离啊?这小子的功夫确实有两下。"付冬生气愤道。

"不管三七二十一,我一喊,咱们就一起动手,打他一下,然后分开跑。咱们只要跑回去一个,就能通知其他弟兄再来找他算账!"邓庆友回道。

折腾了半天也没能调出张珣电话的刘名雷,无奈之下只得向邓庆友他们疾步走去,他想借用对方的电话尽快通知刘大龙过来处理,以便自己能赶紧去医院。

邓庆友看刘名雷疾步走来,以为刘名雷因屏幕碎裂而生气了,于是赶紧捡起身边的一块砖头,大喊道:"来呀,打死这个王八蛋!"

其余四人一听,也纷纷寻找地上可用的"兵器"。

"哎呀!"

举着砖头的邓庆友刚要靠近刘名雷,他的脚踝就被一块石头由身后击中,他摔倒在了地上。

"你们这些王八蛋,都他妈的不想活了?"

随着刘大龙的一声怒吼,众人循声一望,只见刘大龙憋着一张通红的脸和张珣一道站在了他们面前。

原来,所里接到刘名雷邻居的详细情况报告后,黄所长立刻叫上几位民警找到了刘大龙,提出要带他一起去处理,但与得知刘名雷没事的指导员冷静分析商量后,黄所长还是采用了指导员的建议,只派张珣带刘大龙先行处理,同时派出便衣,见机行事。

"老大,你,你没事啊?"付冬生首先愣住,继而问道。

"你们这么干,是巴不得我有事吧?"刘大龙看着几个自己的手下,继续怒道。

众人一听,全将憎恶的眼睛盯向了邓庆友。

扑通,付冬生第一个跪在了刘名雷的面前:"刘警长,都怪我们有眼无珠!您大人不记小人过,我们这就和你去派出所,任凭您的处置!"

其他四人一见,呼啦一声,全跪在了刘名雷的面前。

"行了,起来吧!"刘名雷连忙予以制止。

付冬生立刻看向刘大龙,但刘大龙对他依旧是怒目而视。

付冬生傻了,平日里自认"智多星"的他竟也一时六神无主了。因为他知道,第一,他们今天造成的法律后果,可不是他们平日小偷小摸所能等量齐观的;第二,他也确实不该听信邓庆友的话,逞一时的血气之勇;第三,他也知道这么大的事,没有得到刘大龙的批准而擅自行动,即便是刘名雷今天放过自己,刘大龙也不会饶过。甚至还有一种可能,就是自己为此坐了牢,但盛怒之下的刘大龙也极有可能不会照顾自己的家小,那自己可就冤大了。

"你起不起来?你想折我的寿吗?"刘名雷再次逼问。

此时的付冬生真的是懵了,真不知该如何是好。他的几个同伙,也是面面相觑,不知如何应对。

"各位别看了,我是警察,正在办案。现在没事了,大伙都忙去吧。走吧走吧,大伙都散了吧!"刘名雷掏出警官证劝围观的人群。

便衣们一带头,围观的群众也一哄而散了。

看着眼前一字跪开的几人,刘名雷的内心此时是百端交集。警令状的时效只有三天,如果此次追究邓庆友等人袭击自己,不但不可能完成警令状反而必然加深刘大龙等人对自己的仇视,从而断绝"彻底改善扒窃现象"的愿望。但如果此次暂时放他们一马,那必定会让他们有愧于自己,今后也极为可能听从自己的"从良"建议。何况,自己的女儿此时还亟待就医。对,就这么干,如若不行,再找他们算账!

想到这,刘名雷冲跪在地上的几人说道:"今天这事我暂且饶过你们。如若你们再调皮,我定和你们新账老账一起算!"说罢,他登上一辆"摩的"绝尘而去,徒留茫然不知所措的付冬生几人。

22

来到医院,刘名雷没有让女儿选择切除阑尾的手术,而是选择了保守疗法。望着输液的八岁女儿,刘名雷深感内疚,因为自她出生,他至今都没能好好陪伴过她。

医生朋友责怪他工作哪有这么忙,他却委屈道:"你以为我想啊?我当初的晚婚假都只休了三天,公休假、探亲假、陪产假,那是一天也没休过!"

朋友劝他这时应该把妻子叫来,刘名雷听闻,却陷入了更为深切的羞愧与自责。

刘名雷本来是有妻子的,而且是一位来自外地的漂亮妻子,但那也只是前妻了。因为他在赣南工作期间,由于长期两地分居,且经常加班加点无法回家,未尽到丈夫与父亲的责任,导致夫妻两人的感情逐渐变淡,加之他在今年调回来之前,还一直不知道自己何时才能调回家,所以,他俩的婚姻也终究未能抵住时间的冲刷,于去年走到了尽头。

刘名雷这次调回来,他的前妻已有了强烈的复婚意愿,也找他谈过几次,这让原本也有和好之意的他,却由于自己正无力偿还银行贷款而即将面临窘境,以及所谓的"如果不能给她一个完整的家,就不能再对不起她,更不能让她再次受苦"的理论,竟一直不予答应,以致他的前妻一怒之下回了娘家。

下午四点来钟,刘名雷带着打完点滴的女儿回家。临近家门的小店,看着女儿瞅小伙伴们手中玩具的眼神,他咬牙也买了一个。看着女儿与小伙伴们玩耍时的笑容,他总算是弥补了些许内心的愧疚。

"妹夫，我已经联系了我一个朋友，他说你这房子他愿意出40万。"

"40万？这倒是正好还银行。可还完银行我这一家四户十几口人还不是去租房住了？不行，这价格太低了，你让你那朋友再加点。"

一走进家门，刘名雷就听到老舅正在和父亲聊天。原来，他们是在商量卖房的事，但他俩一见刘名雷进来，立刻就转移了话题。

深感无力解决的刘名雷见状，也没有提及还贷一事。老舅说要叫他们全家出去吃饭，他掏出"进场证"递去，笑道："谢谢了老舅！我的原则是吃饭不办事，办事不吃饭。"

老舅不解，他解释道："就是我可以和朋友去吃饭，但吃了饭我就不会给他办任何事。反之，我也可以给他办事，比如买个票啥的，但办完之后，就坚决不会去吃他的饭！"

"你这是什么逻辑？"老舅还是不解地问道。

刘名雷一笑："朋友间可以聚餐吃饭，但如果对方是为了办事而请我吃饭，那就是交易而不是友情了。而朋友间本来就应该互相帮助，但我帮了他又去吃他的饭，这不成了冲那顿饭去帮的嘛。如果真是这样，那他以后对我就不是吃饭这么简单了，而是一定会拿出更大的诱惑，弄不好，我的警察生涯就'死'在他手上了！"

"可我们是亲戚啊！"老舅说道。

"老舅，正因为我们是亲戚，我就更不能因为帮了点小忙就吃您的饭！"刘名雷笑道。

父亲插话了："既然你这么讲原则，你怎么会有那么好的烟？"

刘名雷明白了,这是老舅"告了他的状",于是连忙解释:"那是我自己买的!"

"你买的?"父亲急切地问道。

"是我买的!"

"你知道家里钱紧张,为什么要买那么好的烟?"父亲责问道。

"别生气啊爸,这钱我不得不花。"刘名雷看看一脸惊诧的父亲,继续说道,"因为来我这儿办事的人往往会故意带包好烟来,好像有钱就能搞定一切。哎,我还就是要告诉这种人,这好烟我也有,我也不差这钱。有时我也会主动发好烟给他们,为的就是让他们千万别想着通过钱就能让我违反原则!"

老舅正从夹包里掏着中华烟的手连忙放下,两只眼睛左右游离,脸唰地一下就红了。

父亲不悦的脸色逐渐缓和,但想到这毕竟是一笔不小的开支,又不禁忧形于色。

"爸,那烟我也就装装样子,我自己轻易都不舍得抽,买一包都能用好几个月呢!"父亲频频颔首,看在眼里的刘名雷继续安抚道,"放心吧爸,您教我的'是我的跑不掉,不是我的我不要'我记着呢,我向您保证,我这辈子决不会因为这种问题把自己的警服给扒了,除非啊,是我自己不想穿了!"说着,刘名雷将掏出的廉价烟抽出一根,"老舅,您老将就一下吧,我好烟都在单位呢。"

老舅连忙从身上也掏出一包廉价烟,笑道:"我平时也只抽这个,那好烟也是面子工程。"

"哈哈哈……"

爽朗的笑声顿时盈满整个厅堂。

"丁零丁零……"

刘名雷掏出小灵通，想看看是谁来的电话，却通过破碎的屏幕想起了公交站台上的遭遇："你好！哪位？……哦，大龙啊……什么？吃饭？……不行……这不是面子不面子的事……你别胡扯啊，这根本就不存在什么看得起看不起的事，这是，这是……"

听到电话里的刘大龙把话说得这么死，说是不去和他吃饭就是看不起他，这下可把刘名雷急坏了，因为他的计划要想成功，如果没有刘大龙的配合，那简直就是天方夜谭，至于立下的警令状，那就更成为同志们口中最大的笑话了。"对了，我今早还为他立了警令状呢，如果这下不去，极有可能就让他对我产生戒备，那我的警令状岂不是……可如果去吧，我这刚刚还和老舅与父亲信誓旦旦呢。"看着正盯着自己的老舅与父亲，刘名雷一时竟懵了，真不知道该如何回复才好。就在他无比纠结与无计可施之际，突然，团团喊着爸爸进来了。

"这不是，这不是我女儿刚生病吗，我必须得好好陪陪她。大龙啊，你的好意我心领了。这样，等我女儿好一点儿，明天，明天我请你！怎么样？……好，那就这样说定了啊！嗯，挂了。"说罢，刘名雷高兴地抱起视若珍宝的女儿，借着逗她玩耍的机会，直接带着女儿去房间看动画片了。

直到刘名雷的背影消失，原本等着看刘名雷笑话的老舅和父亲才回过神来，因为他俩没想到，刘名雷如此应对就化解了"危机"。两人在他走后，不约而同地相视一笑。

23

电话那头的刘大龙，与刘名雷结束通话后，就一直呆望着在他面前站成一排的邓庆友、付冬生等五人。他此时的心情太乱了，一边是他在这个城市中屈指可数的几个兄弟，可另一边却是他们今天擅自行动可能带来的牢狱之灾。虽然他们几个今天都是为了自己，可这毕竟属于袭警，而且还动了家伙。虽然刘名雷还没来追究，但今天晚上呢？明天呢？退一万步说，就算是刘名雷这次饶过了自己与他们几个，但就凭邓庆友这伙人的性格，以后这样的事情会不会再次发生呢？原本指望今晚能邀请到刘名雷，在饭桌上把此事给了了，可人家却没答应。说是一点儿希望都没了吧，可人家又说明天会主动宴请自己。

就在刘大龙伤透脑筋之际，张良金提出建议，让邓庆友他们五个趁早出去避避风头，可邓庆友却提出逃是逃不了的，他情愿一人做事一人当，决不当缩头乌龟。而付冬生却哀求刘大龙去找找刘名雷，让他能够私下解决，说是舍不得老婆孩子。为此，他们三人之间，又是好一番争论，直到刘大龙发火，这才由他做出最后的决策，那就是敢作敢当，勇敢面对，大不了就是鱼死网破。

24

"咯咯咯……"

望着观看动画片而哈哈大笑的女儿，倚靠在床头的刘名雷却怎么也笑不起来，因为刘大龙刚才来的电话，再次勾起了他原本因为女儿而忘却的"釜底抽薪"计划，他陷入苦思冥想之中。能不能像我的拳术一样找到他的软肋也来个四两拨千斤？嗯，软肋人人都有，但他的软肋在哪？哪里才是他的突破口呢？怎么办？怎么办？这些问题，在刘名雷的脑海中闪过一遍又一遍，直到女儿叫他两声他都没听见,等再次呼唤时,他才回到了现实。

"爸爸,明明是熊爸爸自己把小熊赶出家的,可小熊真的走了以后,熊爸爸为什么哭得那么伤心呢?"团团天真地问道。

"因为,因为他们毕竟是亲骨肉,终归心连着心啊!"

给女儿刚解释完,刘名雷的心头立刻闪出昨晚张珣介绍刘大龙的一些信息。对呀,这说不定就是他的软肋啊!对,就这么办!

想到这,刘名雷高兴地从床上蹦起,在女儿的脸上使劲地一亲,随即叫来了二嫂,请她代看好团团后迅速跑到了厅堂,向父亲开口要500块钱,说是去还医生朋友给垫的药费。父亲答应了,但在掏钱时还是忍不住告诉他,目前欠银行的钱只差9万,希望他也想想办法。刘名雷连忙允诺,然后骑上老舅的摩托车立刻疾驰而去,就连母亲追出家门叫他吃饭,他都没听见。

南方的冬天,这老天爷的脸也是说变就变。就在刘名雷顶着寒风骑出30多公里快到刘大龙的家乡时,天上却开始下起了小雨。然而,他对此全然不顾,只是拉紧了衣服拉链,快速地赶到了当地派出所。

望着擦拭雨水的刘名雷,听完他的来意,深受感动的值班所长立刻给他补充了刘大龙的家庭情况。这个刘大龙当年劳改时,他母亲积忧成疾,不久病逝,释放后,他老实巴交的父亲也跟刘名雷猜测的一样,因为受不了远亲近邻们的白眼,没过多久就将他赶出了家门。

刘名雷买来一些年货,在值班所长的指引下,只身前往刘大龙的家中,告诉他那善良的父亲,自己是大龙的朋友,路过这里,受大龙的委托给家中捎些年货,睹物思人的刘父激动得不禁老泪纵横。

夜幕下的回家路上，雨虽然停了，但泥泞的乡间小路让刘名雷的摩托车还是滑进了排水沟，他的手上还被石子划出了一道小口。

25

第二天早上，刘名雷破天荒地没去单位上班，而是拿起电话告诉刘大龙说要和他见面。刘大龙虽是一时不知所措，但也爽快地同意一个小时后，在一方茶楼准时见面。

包厢里，邓庆友、付冬生两人紧张地坐在沙发上，正看着踮着脚的张良金将与隔壁间连通的小窗户打开一条缝，随后三人认真地倾听隔壁的声音。

在隔壁间的包厢里，刘大龙见刘名雷来到后，连忙寒暄几句，接着就从包里掏出一部崭新的手机，直奔主题："对不起啊刘兄，那几个伙计打碎了你的手机，这是他们赔给你的。本来他们也想来当面赔礼道歉，可他们又没这个胆，所以托我转交。还望你老兄收下，别再生他们的气了。"

"大龙，我被摔坏的是小灵通，赔的却是手机。你说，我会收吗？"刘名雷笑问道。

望着刘名雷坚毅的眼神，刘大龙转瞬一笑："多亏这些小子聪明，就防着你老兄不肯收呢。"说着，他又拿出了一部全新的小灵通，"怎么样？这可是和你的一模一样，这下总可以了吧？"

刘名雷拿起小灵通包装看了看，笑道："按理说，这损坏了他人财物是应该赔偿。"

刘大龙听到此话，脸上的笑意更加浓郁。

隔壁窃听的邓庆友听闻，也不禁低声笑称有戏，引得付冬生赞同地连连点头，可稳重的张良金却是急得连忙制止他们二人。

"可伤人手脚，这赔偿也是必不可少啊！"刘名雷望着继而惊诧的对方，郑重说道，"说吧，昨天被我掰断手指的伙计，他药费花了多少？"

"这……刘兄，这都是他的错，手指断了那是他活该，这药费怎么能让你出呢！"

"错，肯定是他的错！但一码归一码，虽然我是在执法，但毕竟伤到了他。既然他因我受了伤，那我也就有错，所以他的药费我必须得出。"

"刘兄，你千万不能这么讲，我给你还准备了一笔精神补偿费呢。"说着，刘大龙起身将房门反锁，随即从包里掏出十万块钱放在了刘名雷的面前。

刘名雷看了眼那摞厚厚的钞票，顿时想起了昨天刘大龙在会议室门口还给自己纸条的一幕，接着似是颇感兴趣地看向了对方，就等着他继续往下讲。

刘大龙满面笑容地继续说道："没别的意思啊刘兄，只是希望你日后别再记恨他们就行了！"

刘名雷一直微笑地看着对方，嘴里却仍是一言不发。

"真，真没别的意思刘兄，这，这就是，就是……"刘大龙被看得不禁紧张起来。

"你昨天看过银行给我的通知书？"刘名雷盯着对方的眼睛问道。

刘大龙一时被盯得如芒在背，竟不知如何回答。

"你赔我的小灵通我都不要，你说，这些钱我会要吗？"

"……要不这样刘兄,这就算我借给你好了。收下吧,我是真心希望你能当我是朋友!"刘大龙诚恳地说道。

看着刘名雷默不作声而只是在思索着什么,刘大龙继续说道:"这些钱是不是不够啊刘兄?要不,我再去拿点?"

"确实不够。"

"那你需要多少?"

"100万!"

"啊?"

这下不仅刘大龙懵了,就连隔壁间的付冬生与张良金也懵了,邓庆友更是握紧了拳头准备动手,吓得回过神的张良金连忙制止,示意他听完再说。

"大龙,既然你真心想交我这个朋友,那我就真人面前不说假话。我现在每个月的工资2000块,一年就是两万四。按照我的年龄,我最少还有27年可干,也就是说,我后面还应该有六十四万八的收入,这笔钱你得先给我吧?加上我为你可能面临的坐牢补贴,你算算,你是不是应该给我凑个100万。"刘名雷一本正经地说道。

看着一头雾水的刘大龙,刘名雷继续说道:"因为我随时都可能被开除啊!甚至一不留神,我也就和你一块儿去吃牢饭了!"

恍然大悟的刘大龙顿时尴尬不已。

"大龙,你的心思我知道,你的心意我也真心领了,对此我也由衷地对你说声谢谢!可你知道吗?你这不是在帮我,而是在害我!"

望着一脸诧异的刘大龙,刘名雷继续说道:"大龙,你是什么身份你清楚,可我是名警察,我只要拿了你的钱,是迟早会被抓的。正如你一样，不管你怎么隐藏或者躲避，也迟早会被我们抓。想必你也知道，只要是犯法的事，公安机关是不可能不管的，牢狱之灾那也是迟早的事。再一个你想啊，我都被你拉下水了，这一旦我俩都同时掉入了河里，你说，我是会选择救你呢还是选择自救？但话说回来，如果你不把我拉下水，我还是在岸上，而一旦你落了水，是不是我还可以拉你一把？"

"这……我……"刘大龙的脑子真的是乱了，竟无言以对。

刘名雷见时机已到，于是指了指茶几上的钞票，义正词严地说道："大龙，冲你做的这件事，完全可以看出，你是绝对敢作敢当。想必你既然敢选择这个行当，也就做好了承担法律责任的准备。作为男人，你是真的爷们儿！够胆量！但有一点，作为父亲，你不够格！太自私了！为什么这么说？因为你的父母，迟早有一天会先你而去，你可以不管。你的老婆，你也可以随时不要。但你的小孩，你为他想过没有？他如果知道他的父亲是一个小偷，是一个扒手，是一个随时可能坐牢，而且屡教不改的劳改犯，他会怎么想？他的同学如果知道了，你孩子的父亲是一个这样的人，他们又会怎样跟你的孩子打交道？再往远点说吧，等你好不容易把他拉扯大他要参加工作了，你说，他怎么去填他父亲的职业？又怎么去介绍他的父亲是干什么的？而那个用人单位，一旦知道了你的历史，请问，他们会聘用你的小孩吗？怎么？你打算让你的小孩以后不找工作，就接你的班？那也行啊！但问题又来了，他以后怎么去找老婆？你告诉我，女方要是知道了，她会怎么想？女方家长要是知道了，他们又会怎么想？我没冤枉你吧，你是不是自私？"

听着听着，刘大龙的眼泪不禁夺眶而出，哽咽道："刘警长，刘兄，说句心里话，这些事情我也想过，可没办法，我们这些人也不想这样！可我们都是农活不会，力气活又干不了。你说，我们能怎么办？我们还能干些啥？"

"我，我是真他妈的想骂你。你说你那么聪明一个人，这三百六十行，就没有一行适合你们？"

"没文化啊刘兄，我们就是想考个驾照都考不来啊！"

"倒个服装，开个饭店，实在不行，给汽车洗车，这总会吧？"

"这些我们也想过，当初还真就有过开饭馆的念头。可我们基本上都是乡下来的，城里又不认识几个人，就怕没生意。工商、税务、卫生部门，我们更是一个都不认识，可少了这类人的帮助，开饭馆对我们来说，那就是痴人说梦！"

刘名雷听闻至此，心中乐了，但为了让对方坚定信心，嘴上却仍旧说道："你少来这套！照你这样说，那些乡下来城里做生意的，就都别活了？活不下去就都跟你们一样？你这都什么逻辑！我不怕点痛你，你这就是借口！"

刘大龙瞪着一双委屈的眼睛张口欲言，却又不知说什么好。

"你别觉得委屈，你委屈我也要说。我知道你想说什么，你不就是想说这个难办，那个困难。你就回答我一个问题，解决那些事，会不会比你从人家口袋里掏出钱包来更难？……看你的眼神我就知道，你压根就没去试过！你试都没试，你有什么资格给它下定义？起码你要去工商、税务部门跑一趟吧？咱们退一万步说，就算你没跑成功，但至少也不会像被人抓到一样挨揍吧？"

刘大龙沉默了，邓庆友他们三人的内心，此时也是无法平静。

"我最后就问你一句，你是不是不想当老板？"

"老板谁不想当！"

"那你是不是怕吃苦?"

"不可能!挨打我都不怕,还怕吃苦?"

"那如果你的饭馆能开起来,你愿不愿意干?"

"谁不干谁他妈是孙子!"

"好,刘大龙,咱俩姓刘,又是老庚,还都是他妈站着撒尿的真男人,今天我就把这话撂死了,你给我三天,三天我要是没能把你所有的手续办下来,你也不用叫我刘兄,我叫你爷!"

"这……"刘大龙语塞了,因为他自己虽然很是心动,可并不知道躲在隔壁间的三人与正在拘留的龚群他们会怎么想,所以一时竟不知如何回答。

刘名雷通过对方不经意瞄向隔壁间的眼神看出来了,可仍是不管不顾地趁热打铁道:"但咱们可把话说满了啊,我要是给你办下来,你却给我来个……"

"放心吧刘兄,这么好的事,我肯定是没问题,但希望你也给我点时间,让我和弟兄们商量一下。"刘大龙说完,随即话锋一转,依旧侥幸地试探道,"只是,你看你自己的事……"说着,他指向了茶几上的钱。

"真心谢谢你大龙!这钱,你们正好用来开店。我的事你放心,一定有办法。再说了,你们这么多人、这么大的事都能解决,我还不信,我的事就会没办法!"刘名雷索性把刘大龙的手下都说了进去,目的就是为了要他把手下们都带去开店,但见刘大龙还想申辩,于是脸色一正,赶紧继续说道,"你要是真想和我做朋友就别再说这事了,否则,你可就是逼我翻脸了。"

刘大龙的内心顿时五味杂陈,却也只能无奈地看向刘名雷。

"行了,你带人去找店面吧,我也该去找工商、税务履行我的诺言了!"说罢,刘名雷招呼都不打,扭头就走。

来到收银台,刘名雷准备买单,却被告知刘大龙早已买过了。至此,他的脸上不禁露出了一丝微笑,因为刘大龙的事情至少已看到了希望,但一想到银行催款的事,他的内心不免又是一番失落。

26

夕阳西挂,彩云悠悠。街道上熙熙攘攘,刘名雷却无心欣赏这美景。

骑上摩托车,费劲地将它踩着启动,正准备先去给医生朋友还钱,再去找工商局的战友联系办证和借钱,却发现女儿带着一个熟悉的身影来到了自己面前,仔细一看,是前妻。原来,她通过老师得知女儿生病,赶到原先的家中看望,得知家中情况后找来了。

"如果不是我问老师,你是不是连女儿得病都不打算告诉我?"女人披着漂亮的长发,牵着女儿的手问道。

刘名雷自知理亏,低头不敢直视。

"刘名雷,我电话里和你说了那么多次复婚,你为什么不答应?你身为一个男人的担当呢?你现在畏畏缩缩的,有本事也拿出你工作中的那种硬气来啊!你以为你选择一个人扛下所有的困难而不给我们一个完整的家就是硬气吗?恰恰相反,这正说明了你的懦弱!我以前生你的气,那是因为你不仅在我生产的时候都没陪在我的身边,就连我整个月子期间,你也就回来了三天。你知道我的家人和朋友当时是怎么说我的吗?我一怒之下和你离了婚，那是我不对！可我现在知道错了，你不能不给我一个改过的机会呀！你现在的困难，我前两天通过与嫂子通话已经知道了。但这些，我们可以一起来面对，而不是像你一样选择逃避！"前妻坦诚地说道。

"爸爸，我们是一家人，老师说过，一家人就是要一起努力才会越来越好的。"女儿明亮的两只眼睛忽闪忽闪地看着刘名雷，稚嫩地说道。

刘名雷望着女儿，脑海里逐渐浮现出：女儿出生时的产床上，虽然有自己家人的陪伴，妻子却因自己不在身边的悲喜交集、强作欢颜的神情；女儿夜哭时，妻子睁着疲惫的双眼艰难照看的场景；刚会说话的女儿问妈妈，爸爸怎么不回来看我啊……

"对不起，该请求原谅的人是我！"刘名雷抬起头，深情地看向了前妻，"为了你们，我会想尽一切办法扛过去！"

"傻子。"前妻看到重新恢复状态的刘名雷，笑了，但笑着笑着，眼泪却又瞬间盈满了她的眼眶。

刘名雷一把抱住妻女，妻子忍不住在他怀里失声痛哭，但漂亮的女儿却睁着一双大眼一会儿看看爸爸，一会儿看看妈妈，在晚霞的照耀下，她脸上的笑容就像灿烂盛开的桃花。或许，这就是天使的微笑，它赶走了所有的阴霾，迎来了万丈的光芒！

妻子整理好情绪，从包里拿出一张银行卡，递给刘名雷："这有 12 万，是我娘家给我凑的。如果不够，我再去向亲戚们借一些。"

"够了，谢谢你！"激动的刘名雷一把抱过去。

妻子却一下推开："叫我什么？"

刘名雷害羞一笑，再次紧抱对方，在她耳边轻声说道："老婆！"

妻子顿时笑靥如花。

"妈妈，妈妈。"团团这时拽着妈妈的衣角大声叫道。

"怎么了？"妈妈问道。

"你看爸爸的脸！"

妈妈看看刘名雷，却未能看出他的脸上有任何异样。

"是不是和那天边的颜色一样红？"团团睁着一双大眼，认真地问道。

妈妈顺势一看，果然！

"哈哈哈……"

母女俩开心极了，不禁一阵开怀大笑。刘名雷的脸上，也不由得露出了久违的幸福。

就在这时，刘名雷的电话响了。妻子见状，赶紧敛起笑容，制止住团团的继续大笑，以便刘名雷安心接听。

电话中，刘大龙说他和他的兄弟们都同意开店。惊喜的刘名雷问他们的决定怎么这么快。惭愧的刘大龙告诉他，他的父亲刚刚给他打来电话，说是原谅他了，并真心地向他表示了感谢。

刘名雷接完电话，一时愣住，因为这突然而至的双喜临门，竟使他有些不知所措。

刘名雷回过神来，继而兴奋得搂住莫名其妙的她俩破口大笑，感染得她们不由得再次纵情大笑。

"哈哈哈……"

夕阳下，刘名雷一家三口的笑声，在霞光中久久回荡，引得路人纷纷投来羡慕的目光。

27

没过多久,火车站附近的"回头客饭店"开张了。

开业当天,黄所长和指导员带着全所家属和休班的民警都来了。他们不仅将今年的新年团拜会摆在了这里召开,还给刘大龙他们送来了鲜花与鞭炮,加上人来人往的乘车散客,使整个店内座无虚席,宾客如云。虽然刘大龙夫妻和已是统一规范着装的手下们忙得力困筋乏,但仍能倒履相迎,笑逐颜开。

大家几口菜一尝,只见黄所长与指导员及几位老民警相互地会心一笑。

"同志们,大家说这些菜的口味怎么样?"黄所长高声问道。

"好!""不错!""好吃!"……

众人高声应和,引得刘大龙和他的员工们不禁有些自喜与得意。

"那我们以后的工作餐就摆在这里,大家说怎么样?"指导员朗声问道。

"好!"民警们大声回答。

刘大龙感激地看了一眼带着妻子的刘名雷,随即看向众人,满含热泪地说道:"谢谢!谢谢你们!"说罢,他狠狠地擦了一把眼泪,继续喊道,"以后你们在这吃饭,一律八折!"

"刘总,你要是这样,那我们以后可就不来了啊。"黄所长嗔怒地说完,继而笑道,"我对你啊,只有一个要求,那就是一定要保证饮食卫生。怎么样?能不能做到?"

刘大龙用征询的目光扫了一眼现场的所有员工,然后带着他们齐声答道:"没问题!"

"哈哈哈……"

店堂内,开心的笑声穿过门窗,透入苍穹,温暖了整个寒冬!

(刘兢,笔名克克伯,江西宜春人,南昌铁路公安局鹰潭公安处上饶车站派出所警长。全国公安文联会员,中国社会主义文艺学会影视工作委员会特约编剧,北京电视艺术家协会会员,北京电影家协会会员,江西省电影家电视艺术家协会会员,江西省公安文联会员。作品散见于中国警察网、中国公安文学精选网、中国宪法传播网、中国社会主义文艺学会网、香港商报网、江西晨报网、江西视听网,《人民公安报》《南昌铁道报》《宜春日报》《上饶日报》《上饶晚报》等)

唤醒者

穆继文

捞尸

春寒料峭,这一年的冬日,十米河不仅没有结冰,而且河面上一直飘移着一层雾一样的蒸汽,市公安局刑事侦查处副处长万侠带领着河道打捞队的同志和我们一大队的侦查员,奋战了两天两夜,终于,打捞出了几块尸骨。

……

经过刑科所和医学院专家鉴定,确认是梁晓红的部分尸骨。葛辉处长拍了桌子:"该杀的秦玉凤,该死的秦为民,把他娘的梁孝顺也抓起来……"

我们一大队的民警也是个个摩拳擦掌……"1·02"案件终于水落石出,参战的民警们早已发上冲冠,压抑不住心中的满腔怒火了。

万侠副处长和葛辉处长交换了意见,葛处长冷静了一下说道:"同志们,刚才我有点儿激动,我们还是按照法律程序办案,何况梁孝顺夫妇是受害者的父母,同时梁孝顺是市政协委员,即便有违法证据,也要走相关手续。"

哦,一年多了,此时,我似乎也想像葛处长那样大声地骂一句,他娘的。又似乎想撕心裂肺地大哭一场,为了内心深处那份特有的怜香惜玉之情,还有触碰到的人之初性本善的那份惋惜之义。

梁晓红,一个18岁的花季少女,连一个完整的尸首都不存在了,留下的只有她相片里羞涩的甜甜的微笑。

……

我叫伍歌

我叫伍歌,17岁那年,考上了刑侦学院,读了四年大学,毕业后,担任过解放军侦察连排长、副连长,共计八年。昨天报到,成为一名公安分局刑警大队侦查员。大学毕业时,好多同学,包括我的老师都不理解我,好容易大学毕业了,怎么去当兵了呢?只有我自己心里明白,这是我儿时的梦想。好在父亲很支持我,因为很小的时候,父亲就陪着我下军棋,至今家里还保存着儿时的军棋。后来,我也与我的儿子下军棋。

八年的军旅生涯给了我坚定的信仰,转业后我开始了警营生涯。

我被分配到分局刑警大队,刚到大队办公室报到,副大队长贾海波是我的大学同班同学,他开玩笑地说道:"哥们儿,你要是不当那几年兵,这副大队长肯定是你的了,不过,现在你可是我的兵了。"

我笑着回答道:"你上大学的时候就是官迷,现在管着我,正好实现了你的愿望。"

我俩正说笑着，毛大队长进来了，他看着我，脸上没有多少新鲜感觉的表情，很严肃的样子。他大声地说道："你就是伍歌同志吧，听贾队副念叨过你，侦查系的，还是一个优秀的痕检人才，毕业后响应祖国号召当兵去了，现在归队，挺好，欢迎你。"

我给毛大队长敬了礼，他使劲地握住了我的手，我感受到了刑警队员特有的一股钢铁般的力量。我又和陆续上班来的教导员，以及大队的其他战友们打了招呼，见了面。

"行了，不用过多介绍了，还有值班倒休的弟兄们没在，有个一两天，你就都认识了。咱们队里每个人都有个特别的爱称，就是人人都要有个外号，也是便于我们化装的工作，不能让犯罪嫌疑人了解我们太多，这个常识你在大学的书本里应该学到过，但是，喊外号时间久了，有的竟然连他们真的名字都忘记了。"毛大队长说。

他还自嘲地说道："我的外号最难听，毛血旺，很辣的，咱们教导员的外号还是很文雅的，娘儿们精。"

在场的战友们一阵怪笑，教导员脸红了一阵子。毛大队长不以为然地接着说道："小伍，你的外号就叫五阿哥吧，皇太子的称呼，霸气（其实那年还没有上演电视剧《还珠格格》，1998年之后我这个外号算是在全国叫响了）。"

教导员没有在意大家的笑声，他平和地说："行了，这些事情小伍慢慢了解，昨天政办室苗主任通知我了，让伍歌同志先去河西派出所报到，实习半年，之后再归队。"

"啊，来了就要把人挖走，咱这位苗大主任也太狠了吧！"老同学贾队副第一个站起来发出不满意的声音。

"别废话，让苗主任听到了，你小子就完了，五阿哥，下午就报到去，河西派出所的所长于胖子是我的好哥们儿，警校同学，咱们队里如果有大的案子，需要你回来，我招呼你，他一准放行。贾正经，你现在就把咱们五阿哥给送过去。"毛大队长部署工作了。

得，就这样我到了河西派出所。河西派出所所长于胖子并不胖，高高的个子，不胖不瘦，浓眉大眼，魁梧的身板，和我想象的于胖子简直是天壤之别。

贾队副路上提前就告诉了我："你见到了于智慧所长不要惊讶啊，于所长是一个标准的帅哥警官，为什么叫他于胖子呢？这都是咱们毛大队长嫉妒人家。他们俩是初中、高中、警校的同学，在上警校的时候他俩同时追警花叶晓艺，咱们毛大队长在长相、身材、学习等方面，都比不上人家于所长，所以他编造了一些有损于所长的事，告诉警花叶晓艺，于智慧小时候是个大胖子，还是个结巴，将来影响第二代，等等。别说，叶晓艺真信了，就这样叶大警花成了毛大队长的老婆。于所长也只能暗自悲伤恸哭了。不过咱们毛大队长还算是个正人君子吧，之前他和于所长说了，俩人为了爱情可以不择手段，但是不能影响好哥们儿的感情。"

贾队副还告诉我，叶晓艺同志，现在是市局五处处办室的副主任。

于所长的确是一个美男子，没有什么可挑剔的，但是他讲话确实有些口吃，不过不是特别明显，比正常的口吃患者少几个啰唆的"不"字。中午在河西派出所里的小食堂用了餐，我吃得特别香甜，感觉又回到了军营，又和战友们生活战斗在一起了。

我主动向于所长请示，今天就安排我值班，我没结婚，家里距离派出所也比较远，回家也没什么事。

于所长爽快地答应了，说道："伍，伍歌同志军人出身，就，就是觉悟高，高，老高，小伍交给你了。"

老高，是副所长，今年55岁，是武警消防部队的转业干部，与我也算是战友。

下午，我们送走了贾队副，于所长带着内勤去街道开会去了。高副所长带着我熟悉所里的民警和联防队员的情况，其实所里就12名正式民警，有一名社会招录的大学生，还被借调到市局政治部帮忙了，其实就11名正式民警，还有11名联防队员（就是从辖区企业借调的职工，也就是现在辅警的职能，当时没有制式服装，每人左臂上戴一个写有"联防队"字样的红袖标）。高副所长还给我介绍了管辖的街道、相关居委会，以及一些企业、商业街等。

河西派出所，坐落在市区最西边的郊区，其实管辖的就是城乡接合部，过一条马路，还有一条十米河，就是西郊区了。听还有一年多就退休的民警老汪讲，过去这里就是西郊区的一个乡，改革开放后划定给了市区，把耕地都盖了厂房，这里的居民过去就是菜农，人数也不多，现在这些农民没有了土地，也都农转非成了城市人，他们大部分在加工自行车零件厂工作，还有一些在服装厂、皮鞋厂、玻璃厂之类的民营企业打工。还有一些农民通过招工进了国营单位的长青农场，但长青农场现在也不景气了，据说要被皮鞋厂的总经理刘大麻子收购，进行房地产开发。

派出所也不大，在十米河对面的路边上，听说是长青农场过去的一个运输车队的办公地点，后来就成了新成立的河西派出所。

派出所是一个独立的院子，一栋两层高的小楼，一层有一个会议室，还有五间办公室、一个卫生间，会议室变成了派出所的前台，作为接待群众来访、办理相关业务的窗口。派出所人也不多，开全所会议以及其他会议都在于所长办公室里。二层楼更小了，只有五间办公室、一个卫生间。前院很小，停放着两辆绿色三轮摩托车，也就是俗称的"三轮跨子"。

后院挺大，还有一排平房，据说是派出所成立之后长青农场新给盖的，有派出所的小食堂、民警的小图书室、小健身房，以及仓库。围墙的西南角处，还有一块种菜的自留地，是民警老汪的责任田，种植一些应季的蔬菜，丰收了就摘下来，放到小食堂给所里同事们吃。

后院平时还放着一辆绿色老掉牙的吉普车，别小瞧这辆吉普车，它过去可是分局罗副局长的专车，后来罗副局长换新车了，于所长软磨硬泡把它抢过来了。因为我们所距离分局较远，冬天去分局办事，骑"三轮跨子"太凉了，市局领导也照顾我们，就这样吉普车归我们所了。于所长爱惜这辆车像对自己的孩子一样，不是刮风下雨他是舍不得我们使用的。

我们所里的民警不多，事却不少，一天下来，平均也有五十来个警情。没什么大事，马路对面的村里丢只鸡呀鸭呀狗呀，村民就说跑到这里的街道来了，让民警协助找找。还有丢手机的、迷路的、走失的、求助问询的，以及把门钥匙落在屋里的，还有一个可笑的报警，一户老光棍，因为邻居家小两口儿恩爱的声音太吵，他受不了刺激，扒人家门缝看，让小两口儿当流氓给报警了……

高副所长说："像咱们这样的派出所，这些鸡毛蒜皮的小警情特别多，搞得你别想睡个囫囵觉。"

快午夜了，当班的老汪、小赵、我，高副所长四人真的很困了，三名联防队员在椅子上呼呼大睡起来。

高副所长说:"小伍,你和小赵回宿舍休息一会儿吧,我和老汪在前台值班,待会儿你俩再替换我们。"

我倒在床上就进入了梦乡,梦里我见到了军营里暗恋过的女干部,还有几个下围棋的战友,也就一刻钟的时间,联防队员大刘把我和小赵叫醒了:"快,快,高所让你俩过去。"

我都蒙圈了……

她叫高萍

她叫高萍,特别漂亮的女孩儿,我理想中的女子。

我和小赵跑到了前台,看到高副所长正在安慰一个上了年纪的老奶奶,并把老奶奶搀扶到椅子上,和老奶奶在一起的还有一对中年男女,以及一个特别端庄、特别漂亮的大姑娘——她。

原来这是一家四口人,到派出所来报案,老奶奶焦急地重复道:"我可怜的外孙女果果不见了,果果不见了。"

高副所长安慰老奶奶几句,马上部署道:"老汪和小伍与高科长夫妇到我办公室,先了解情况,小赵和大刘你们几个在前台照顾好老奶奶,姑娘你看好你外婆,另外你们在前台继续值守,有报案的通知我。"

到了高副所长办公室,我刚要开口询问报案原因,高副所长就进来了,他打断我的话,给我介绍道:"小伍,你不认识,这是长青农场保卫科的高卫东科长,这是他的爱人农场党办黎俊英主任。"

"什么情况,老高?"他问。

原来他们是老相识了,还是本家的姓氏,都姓高。

高卫东满脸悲伤的样子:"我女儿高果去年高考落榜后,就闷闷不乐,从一个整天欢蹦乱跳的姑娘,变得寡言少语。我和她妈妈让她复读一年再参加高考。开始还好,她答应了去复读,可没有半年,她说什么也不上学了。"高卫东开始抽泣,说不出话了。

"不上就不上吧,不行就上班,或者上个技校也行,我和她爸,找了我们农场的场长,可是这个孩子,高不成,低不就,在农场幼儿园看孩子没耐心,调到后勤行政仓库当保管员吧,她又说,那是老大爷干的活儿,这一年多了,气死我们了。"高科长的爱人说。

高副所长摆了摆手说道:"咱不说这些了,先说果果怎么不见了。"

高卫东抬起了头,似乎是在自言自语:"死就死吧,不争气的东西,这不,一大早就和她妈妈俊英顶开了嘴,我打了她一巴掌,她扭头就跑出去了,到现在还没有回家,活不见人,死不见尸。"

高副所长安慰他们:"哦,不就是果果没有回家吗,是晚了点儿,你们问亲属和她同学了吗?"

"都问了个遍,就差问外星人了。"高卫东甩出一句话。黎俊英拽住高副所长的手急切地说:"她高叔你给想想办法,我们怕果果和坏人跑了。"

"和坏人跑了""就差问外星人了"这两句话,我真的想问问他们夫妇,但是,第一天上班,看到高副所长和高卫东夫妇这么熟悉,我没敢插嘴多问,以免尴尬。

高副所长让我和老汪把高果的基本情况查清,之后报分局,让各派出所协查走失人员的情况,如果发现高果的行迹,立即通知我们派出所去领人。

我赶紧查阅了户籍登记台账：高果，女，1969年12月14日生人，身高一米六八，高中毕业。我特意偷偷地看了看高果姐姐的基本情况：高萍，女，1966年1月9日生人，身高一米七，美院毕业，在市文化馆工作，美术老师。老汪走过来了，我赶忙合上了人口基础情况登记台账簿，生怕他看出来什么。

老汪告诉我怎么填写走失人口登记，又告诉我怎么向分局报备。我俩办完高副所长交办的任务，临近凌晨3点了，这个时候，于所长也从家里赶来了。

在于所长办公室里，我看到了果果的外婆跪在于所长面前泣不成声地说道："小于所长呀，你一定要把我的果果找回来，姥姥谢谢你了，姥姥给你磕头了。"于所长也很激动，他也跪在了地上，双手搀扶着老人，说道："姥姥您别急，我们一定，一定把果果找回来，果果没事的，果果没事的，她也是我的侄女呀！"

现场的一切让我感动，没想到于所长和辖区的百姓这么熟悉亲切。

我看到果果的姐姐心就有点儿跳，脸就有些发烫，她身材修长，单眼皮，白净的脸上带着忧伤，像是《红楼梦》里的林黛玉，我禁不住瞄了好几眼，我在想果果也一定很漂亮吧。一个即将而立之年的我，还这么小男人，怪不得母亲总说我，不成家就长不大。

天大亮了，所里的同事们都到齐了，早会上，于所长表扬了我，第一天值班，就干了一个通宵。他布置完工作，让我回家休息一天，明天再上班。

高副所长，老汪，还有小赵他们继续忙活工作，除了三名值班的联防队员回家休息，其他值班同志就是这样夜以继日地工作着。我到了警营，在派出所工作的第一天，就感受到了人民警察维护社会平安的重大责任，同时发自肺腑地被我们奋战在公安一线的好战友的敬业精神所感动。真的是，不辞生死寻常事，多少功名笑看中。

于所长带着内勤民警，开着吉普车到分局汇报工作去了。老汪告诉我："于所长可能去联系果果走失的事了，高科长和他可是莫逆之交啊！"老汪还说，"你先回家休息吧，这是于所的命令，我们可没有你的待遇，你是上边派到这儿实习的，和我们不一样，快回家歇着吧！"

回到家里，我倒头就睡，妈妈给我做的鸡汤面和一个大鸡腿我都顾不上吃了。梦里，我帮助她找到了妹妹高果，第一次见到高果，她长得和军营里的女兵一样漂亮，她也给了我最甜美的微笑。

梦里还有好多好多的美事，跟真事儿一样。

傍晚7点多，父亲也下班了，母亲才把我喊醒，我狼吞虎咽地吃着妈妈给我做的香喷喷的饭菜，与父亲交流派出所的辛苦工作。

突然，我新买的BP机响了，是所里发来的，我立即给所里回了电话，是老汪接的："于所让你马上回来，有任务，你们刑警大队的人也到现场了。""好，我马上回所里。"我一边放下电话，一边穿好警服，简单急切地告诉父母所里有任务。我快速下楼，在马路边上，招手打了一辆黄大发出租车，直接回了所里。一路上，我对司机师傅不停地说："快，快快。"司机师傅看我身着警服，也不敢怠慢。"放心，警察同志，我开车是急速地快，超水平地稳，看得出来，您是执行紧急任务，我今天就免费拉您。"出租车司机热情地说。

对于出租司机师傅的话，我没有往心里去，他的车速的确急速地快，我的脑海也在急速地想象：是不是找到果果了？还是有什么意外，或是有其他案件？如果不是大案件，分局刑警大队来干什么呀？我一阵一阵地胡思乱想着，莫非——她——我又联想到了——她……

果果

下了车，我头也不回地冲向所里，甚至忘记付给出租车司机师傅费用了，只听司机师傅高声说道："警察同志，小心点儿，注意安全，有事记得呼我呀。"至今想起这件事，总觉得挺对不住那位司机师傅的，当时打的费用怎么也得 50 块钱左右。

到了所里的小会议室，已经挤满了人，分局刑警大队毛大队长和贾队副正在和于所长他们研究工作。我向他们点了点头，坐在老汪身边，老汪悄悄告诉我："高果可能跳河自尽了，我们打捞了一天，没有结果，正商量怎么办呢。果果到底是溺水身亡，还是另有他因呢？"

我当时脑袋"嗡"的就是一炸，果果怎么会跳河自尽呢？

"哥儿几个，今天就这样了，夜间天气太凉了，河边不安全，也不宜打捞，今天咱们就在所里就乎一宿。明天，天一亮，我们继续打捞，另外再请一下有关河道专业的同志协助打捞。"说话的是我们刑警大队的毛大队长。

于所长招呼大家到所里的小食堂吃点儿夜宵再休息。毛大队长走到我面前说道:"不错啊,我的小五阿哥,刚到所里一天,于所就表扬了你,是给我面子吧。"他又扭过脸冲着于所长示意感谢。于所长也不客气:"小,小,小伍干得好,跟,跟,跟你没关系。"

我只是苦笑一下,毛大队长和于所长他们去吃夜宵了。我赶忙走到贾队副跟前,拽住他,急切地询问根源。贾队副一副没有同情心的样子:"叫你五阿哥,你当真是皇太子了,你是高果什么人?刚才开会时,我看你小子就心神不定的,你认识果果呀?"

"你这个人,对老百姓怎么没有革命的情感呢?我是看她爸爸妈妈,还有她外婆焦急的样子,心疼呀!"我也不知道为什么我的解释里故意躲着"她"。

"是不是还有高萍老师焦急的样子?行啊,伍歌,我听说到所里上班第一天,你就开始寻找心上人了,不过你也 29 周岁了吧,也该谈一次恋爱了,你小子怎么没在部队骗个女兵回来,我记得我比你大一个月吧,好了,等我结完婚,再给你介绍个老婆!"贾队副不正经地调侃着我。

"我饿了,忙活一天了,我先填饱肚子再向你汇报,我的皇太子!"说完,他头也不回地径直向小食堂走去。

还是老汪把今天白天的经过和我讲了一遍:"小伍,你刚走不久,高科长就带着一个 60 多岁的男性老者来了,他说昨天上午看到一个高个子姑娘,在十米河边上溜达,看上去忧心忡忡,老者在河边钓鱼,也没多想。后来,老者又看到姑娘坐在一块石头上,好像是溜达累了,坐下来歇会儿。再后来,鱼上钩了,老者忙着抓鱼,就再也没有看到姑娘。"

老汪拿出一根烟和火柴,准备点着,我一把夺过香烟,急切地追问:"你先别抽烟了,钓鱼的老头儿,到底看没看到果果投河自尽?"

老汪先是一愣,而后冷笑了一声,说道:"你小子,刚到所里上班一天,刚碰上这么一个简单的案子,就像你们家的事一样,你要是对老百姓的事这么发自内心的关心,我还真得高看你一眼。别急,我接着说给你听。高科长讲完,高副所长又问了问钓鱼的老同志情况,他就立即向于所长做了汇报。于所长在分局也正在向罗副局长汇报此事,就这样罗副局长命令刑警大队毛大队长带着弟兄们来了。一是来了解具体案情,二是组织力量打捞果果的尸体,这闺女如果真的跳河了,恐怕已经没了……"说到这里,老汪有些伤感,我的心不知不觉"揪"了一下,预感事情不妙,和我今天大白天做的梦是反的。

老汪接着又讲道:"高副所长向于所长汇报之后,第一时间带着我们几个人和高科长,以及钓鱼的老同志到了十米河跟前,顺着钓鱼的老同志讲的事发地查看,什么也没有发现,你不知道,这十米河呀,长十多米,宽两米多,过去是一条通往郊区减河的河道,水质特别好,我有空儿也去钓会儿鱼,后来这个十米河成了这些工厂排污水的河沟了,臭烘烘的,我也不去钓鱼了,钓鱼的人也少了许多,偶尔还有,这个老同志不就是一个吗?"

我正在和老汪询问情况,毛大队长、于所长和贾队副吃过饭出来了,我看了看墙上的挂表,已经是深夜23点5分了,毛大队长对着于所长说道:"于所,我们皇太子五阿哥就暂时交给你了,过完年我就把他带走。"

于所长笑着又有些口吃地说:"那,那,那可,可说,说,不,不,不准,唉,我说你怎么什么,都,都,都和我争呢!"

毛大队长拍了拍于所长的肩膀，学着他口吃的样子说道："老同学，老，老，老同学，你遇见我算你倒霉，好了，贾队副，你留下，明天，天一亮，你们就开始寻找果果，我处理完队里的事情就赶过来。明天见，老同学。"

上车前，毛大队长深情地回过头补充了一句话："小伍，自己小心点儿，注意安全。"吉普车开远了，我又感受到了在军营里首长的关爱。

老汪还告诉我，高卫东夫妇，还有高萍和她外婆一直守在十米河附近，他们认为果果还活着，果果从小就学过游泳，她是淹不死的，大家怎么劝都无济于事，只好由着他们一家人了。

听到这里，我决定和于所长请示一下，我要到十米河去看看。于所长拗不过我的请求，让老汪和我一起去。老汪骑着绿色警用三轮摩托车，我坐在车斗里，驶出派出所。其实十米河就在派出所马路对面，为了抓紧时间，有利于工作，我们才驾驶三轮摩托车赶到现场。

秋风嗖嗖，夜色深沉，来到十米河岸边，有一种说不出的阴森的冷的感觉。其实刚过了中秋节，夜风就带着冬日的刺骨袭击着我的身体，这是不多见的感觉，或者说是我此时的一种心境，此时冷得我直发抖。

老汪打开警用手电筒，自言自语道："说不定，高卫东一家人回去了，这么冷，别再把老太太弄病了。"

我俩顺着河道查找，我坚信就是高萍外婆和她父母回家了，高萍也会一直守到天亮的。

当我们走到一座桥的附近时，发现桥底下有人影在动。我们疾步走过去，对方好像并不以为然，看到我们只是点点头，表示感谢。桥下两个人,一老一少,正是高萍和她外婆。高萍低语道:"我姥姥年纪大了,爸妈让我陪着姥姥在这儿避避风,他们顺着河边再找找果果,果果水性好,也许藏在河边草丛里,和我们怄气呢。"

看到高萍憔悴的面庞,我的心忍不住隐隐作痛,我眼前又闪过了林黛玉的影子。我把警服外套脱了下来,给她外婆披上,顺嘴安慰她们,别着急,也许果果去外地玩了,那个钓鱼的老同志也没肯定果果投河了。我真的不希望,在十米河里打捞出果果的尸首。

果果的外婆早已欲哭无泪,嘴里不停地唠叨着:"果果呀,我的果果,好孩子回家吧!回家吧!我不让你爸爸打你了!不让你妈妈骂你!"老人是在悲哀地不由自主地低语。

我和老汪也遇见了高卫东夫妇,和他们一起顺着河边,用木棍在河边的杂草里查找。

蟋蟀声,青蛙声,它们在挣扎,发出最后的呐喊。天开始泛亮了,老汪忽然用手电筒在我的脸部晃悠了几下,我立即跑了过去,老汪有些紧张地对我说:"你赶紧回所里,向于所长报告,人找到了,让他们赶紧来,稳住他们一家四口人的情绪,别再出什么意外了。"之后,老汪又大声嚷嚷道,"小伍,你回去叫于所他们过来,带点儿衣服来,天有点儿冷,我看你把高萍和姥姥也带到所里等着吧。"我知道他是故意这样说的,以免引起他们的怀疑。

我的脚步有些发沉,走过去拉住高萍外婆的手,我的劝说无用,我只好一个人赶紧回所里报告老汪交代的重大情况。

于所长立即部署了警力,做好了分工。贾队副是学法医学的,他带好了与法医鉴定相关的便捷器械用品,和队里的技术员一起奔向现场。我跟在于所长身后,一起奔向十米河。到了现场,按于所长的要求,我和小赵负责看守好高科长一家四口人,于所长和贾队副带领几名民警和联防队员打捞果果的尸体,并做好现场保护,等待分局的毛大队长他们到现场,实施勘验,调查取证。

我们井然有序地忙活着,因为是清晨6点左右,现场没有多少围观的群众,远处有几个像是晨练的人驻足观望,看到这么多警察在这里,他们也不敢贸然向前。

我与高萍进行了简单沟通,她是一个明事理、冷静的姑娘,她抱住了外婆,看得出来,她把自己的泪水往肚子里咽。高卫东夫妇好像早已有了准备,夫妇俩,手牵着手,咬着牙,等待最终宣告的悲剧。

一切顺利,我让小赵和两名联防队员继续看着高卫东一家四口,我移步向前,想看看果果的样子,看是否能帮助贾队副他们干些什么,毕竟我也是学痕检的科班出身,在部队也是侦察连的副连长。

当我临近现场的时候,看到一床崭新的绿色军用棉被盖在一具尸体上,贾队副和技术员正在附近拍照,做一些证据的提取。当我要向前再迈步的时候,老汪挡住了我的路说:"小伍,你的岗位是看守好他们家属,别再往前走了,回去!"平时蔫了吧唧的老汪和我瞪起了眼珠子,他的严厉表情比于所长还厉害,我只好服从命令,退了回去。

分局罗副局长带着毛大队长他们到了,战友们忙着各自的工作,农场的领导也都到了,他们安慰着高卫东一家四口,并把他们劝说到派出所里,商量下一步工作。

整个案件结束了,结论是,高果投河自尽身亡,没有他杀的嫌疑，证据确凿，唯一的疑点，就是高果怀孕三个月了。

我是很惊讶的，听老汪说，高卫东夫妇和高萍好像是知道的，高果的自杀，他们无异议，在死亡证上签了字。

我更加疑惑了，老汪却对我说："小老弟，别较真，事出有因，哪家没有烦心的事呀，他高卫东心里最清楚。"

我还是对果果的死疑惑不解……

老汪

事后，老汪还对我讲："小伍，那天我没让你过去看尸首，是为了你好，你还没有结婚，这个自尽的女娃也未出嫁，阴阳两天地呀，你看到她的脸不好，若是生前溺水，尸首男仆卧、女仰卧。"

我疑惑地问道："淹死的人，为什么女性面朝上，而男性面朝下呢？"

"这不是我说的，是咱们法医界的老祖宗宋慈在《洗冤集录》里记载的，我可不是迷信呀，不过我不让你和高果的尸首见面，是有点儿迷信的说法，但也是有科学依据的，现实嘛，就是矛盾的。但是，我真的是为你好。"老汪带着一种长辈的爱意说得我心里暖暖的。

老汪还给我讲："为什么白天大家打捞了一天，都没有结果，而我在夜里找到了高果的尸首呢？我告诉你小伍，我就知道你小子一来，听说高萍一家人还在现场，你是一定要去的，说好听点儿你有事业心和同情心，其实，你小子是有点儿怜香惜玉，是为了高萍吧。其实你就是不嚷嚷去现场，今天晚上我也会去现场的，你找于所长请示，省得我再去费口舌了，于所长心里也明白，今夜我是要去的,打捞尸体也是有学问的,人不能太多,最好不是亲人打捞,那样太残忍了。要顺着风向查找,风高月夜尸体会慢慢漂浮上来的,而且这样的小河,尸体会往河边漂,如果高果是昨天下午投河的,今夜应该漂浮上来了。唉,挺可惜的,养了这么大的闺女说没就没了。不过这种事,在我的警营生涯中也遇到了不少。"老汪有理有据,又满含深情和惋惜地述说着。

老汪同志的一席话,我很是感动,这一天的接触,我对老汪的业务能力、为人处世非常敬佩。我心里暗暗认定了,老汪就是我到警营的第一个师父。

后来我仔细翻阅了相关资料,的确像老汪讲的,这是中国古代哲学"阴阳"的说法。在李时珍的《本草纲目·人部》里也有记载:"男生而覆,女生而仰,溺水亦然,阴阳秉赋,一定不移,常理也。"

我想,男女溺水而亡的不同,其实是有科学道理的,男人与女人的身体结构不同,在溺水时的表现自然也会不同,这和牛顿的三大定律也相关联吧,后来我还专门对这方面知识进行过自学。

我带着三个疑问,追问过贾队副,毕竟我俩是大学同学。就在打捞高果尸首后的第二天,我特意到分局找到了贾队副,我说:"贾正经,我问你三个问题,你要老老实实回答我,别跟我摆什么臭领导的架子。"贾队副笑着说:"我就知道,你小子不会安分守己的,说吧!"

我直接问他:"第一个问题,高果怀孕是怎么回事?是谁把她肚子搞大的?第二个问题,高果的母亲黎俊英曾经说过,果果别让坏人拐跑了,坏人是谁?第三个问题,就是报案的当天晚上,高卫东曾经说,就差问外星人了,这个外星人又是谁?"就这三个问题，老同学告诉我不算泄密吧，我非常认真地等待贾队副的答案。

贾队副若有所思地看着我，很不情愿地说道："你小子当了几年兵，变得更加缜密了，可惜了，你要是不当这几年的兵，在刑警大队也该八年多了，你也许都是大队长了，按照在部队的级别，正科级就是正营级了，少校了！你可亏大发了！"

"别耍滑头，回答我。"我逼问他。

抹不开老同学这份情感的贾队副，思索了片刻，挺神秘地告诉我："老同学，第一个问题，高卫东夫妇讲，就因为高果怀孕这件事情他们大吵了好几天，高果非要把孩子生下来，气得高卫东动手打了高果。黎俊英也气得晕过去好几次，到医院抢救了好几次。她姐姐高萍怎么劝她也不行，才把她外婆从舅舅家接过来，让她外婆劝劝高果打胎，因为从小高果就寄养在外婆家，她听她外婆的。至于孩子是谁的，黎俊英只是说，是高果的同学，果果没有了，追究人家男孩子又有什么用呢？别再节外生枝了，他们也不要求再追究对方了，给死去的高果留一点儿面子吧。"贾队副戛然而止，他慢吞吞地拿出香烟，我一把从他手里抢了一支，点上，狠命地吸着烟，大口地吐出烟雾，似乎要把满腔的疑惑释放出来。

"那坏人又是谁？外星人又是谁？"我似乎把疑惑的气都撒在了贾海波这个贾正经的身上。

贾队副倒是很理解我此时此刻的心境，慢条斯理地说道："坏人？可能就是指让高果怀孕的男人吧！外星人呢？据说，皮鞋厂的总经理刘大麻子的外号就叫外星人。就这些，我说完了，满不满意就这样了，你也赶紧回家吧，好不容易休息一天，别跟我这起腻了，请回吧，我还有正经的事需要处理。"贾队副下了逐客令，的确我对他的回答很不满意，而且更加疑惑发生的一切。走出分局刑警大队，我心神不定，觉得有些说不出的累心的感觉。

在派出所工作了近三个月，分局政治处苗主任就给于所长打了电话，按照分局党委的指示，以及分局罗副局长的要求，让我马上回到分局报到，实习期结束。

于所长向我传达了分局政办室苗主任的命令，我真的有点儿意想不到，就说："于所长，不是实习半年吗？这还没过元旦呢，就结束实习了？"

"行了，你是咱们分局的宝贝疙瘩，当过兵，上过刑事侦查学院，人才、骨干，有文凭，还有头脑，我们这个小庙啊，哪能留得下你呀，我的五阿哥。我和高副所长、老汪，还有大家也都舍不得你走，今后回到分局，你就是上级领导了，常回所里来看看我们，这几个月你也没怎么休息，回家休息两天，元旦之前到分局政办室找苗主任报到。"

说实话，我在派出所的工作才摸出点儿头绪，对辖区地形刚刚熟悉点儿，对管辖的街道、居委会和一些居民刚有些初步的了解，我真的喜欢派出所这些琐碎的小事，能给千家万户的老百姓带来安全和幸福，心里挺有一份自豪感的。就在这个时候让我归队，真的有些恋恋不舍，尤其是有于所长、高副所长、老汪、小赵这些好战友好兄长般的关照关爱，让我倍感亲切。

临行的前两天，我死活不休假，坚持在所里值班备勤，和同志们一起处理警情。于所长他们非常感动，在所里的小食堂宴请了我。我们吃了一顿大餐，于所长亲自下厨炒了几个拿手菜，不值班的同志们还喝了酒。

大家的祝福，让我真的醉了。

晚上老汪也没有回家，和我一起在宿舍里，吹嘘其好汉不提当年勇的往事："我当年在警校也是一个响当当的优等生，以优异的成绩分到了市局五处，在大案队，第二年我就是探长了。那时候小罗，就是咱们现在的罗副局长，还是我的小学弟，比我小三届。就是那个案子，人质被杀，责任我扛了，这不，就被发配到了偏远的派出所，这一干，真他娘的快，都31年啦，没换地儿，也不错，为老百姓干点儿小事情，心里也挺舒坦的，真的挺舒坦的。"老汪借着酒劲，和我吐露出许多心中的真情实感。

"小伍，我告诉你，咱当警察是干什么的，你知道吗？就是警察逮小偷，懂吗！"他继续嚷嚷地说，"逮小偷是广义词，就是让老百姓有安全感，让大家走在街上安全，让老百姓睡觉踏实，做的都是好梦。"

老汪点了一支香烟，继续说道："小伍，你小子好样的，前几天，一个甘肃籍的农民工，来所里找你，你正好下片检查小企业安全去了，他说找伍歌同志，告个别，他要跟着民工队到其他地区打工了，感谢遇到你这么好的警察大哥，拿他当兄弟，拿他当人看，保护了他，还冲着你的办公桌鞠了一个躬。到底是咋回事，你说说。"老汪问我。

我也借着酒劲吹嘘："哦，甘肃籍的那个小兄弟啊，别提了，那天傍晚有雷阵雨，乌云漫天，雷声不断，我到咱们片儿的变电站检查，正好碰上这小子，在变电站下的一个小帐篷里，蜷缩着身体，看着一些施工用的工具和一辆吊车。他说老板让他在这儿看着工具，别让贼偷了。当时我就急了，我说他不要命了，后来我一想他一个十八九岁的孩子，懂什么呀，于是，我联系了附近农场的空地，帮助他把工具搬过去了，小帐篷也给搭好了，我还给他从所里打了我的那份饭菜送过去，我吃的泡面。老汪，我可没有占公家的便宜呀，当时他挺激动，还喊了我哥，我给他留了所里地址，让他有困难找我，后来我也联系了他们的老板，说明了情况。就这些，不值一提。"我又开始谦虚了。

"别说，那天深夜大雨，劈天盖地的雷声，真的把变电站附近的几棵大树都劈裂了，幸好甘肃籍的兄弟搬走了，不然，后果可怕呀。"我又补充了几句。

老汪向我伸出大拇指："好样的小伍，百姓是谁，就是咱的爹妈，咱最亲近的亲人。我们共产党员的宗旨是为人民服务，就是为了人民的幸福，用生命换都值得啊！"老汪听到我的讲述，很是激动，他自己也讲到了高潮，禁不住热泪盈眶，我也激动得泪水涟涟。这一夜，我们很真诚，掏心掏肺地畅谈了我们的理想信仰——警察精神！

老汪的一席酒后吐出真言的话语，在我今后的从警生涯中一直记忆犹新。

老汪还与我讲了关于高果投河自尽的相关事情，还讲了外星人就是刘大麻子，枣核形的脑袋，三角眼，一脸的麻子坑，中等个子，一笑露出被烟熏的大黄牙，色眯眯的，活像一个外星人。他的儿子刘小麻子，倒是一表人才，高挑儿的个子，白净的脸，没有一颗麻子，可能因为他爸爸的外号是大麻子，儿子外号自然是小麻子了。

据说，刘小麻子，学名叫刘小宏，是高果的同班同学。刘小麻子那年也没有考上大学，高中毕业，就在他爸的皮鞋厂做了销售部经理。不过这个刘小麻子的心眼挺坏的，传说，刘小麻子一直追求高果，高卫东夫妇就是不同意。还有传闻，就是刘大麻子对高果也特别关心，一直想让高果给他当秘书，月薪五千块钱，高果高兴地答应了，可是高卫东拒绝了。

刘小麻子和他爸刘大麻子的关系一直不怎么好，听说，是因为刘小麻子的妈妈是让刘大麻子在外边拈花惹草养小三气死的。他妈妈被气得患有精神分裂症，前几年就在十米河投河自尽了。

"刘大麻子一家，真他妈的不是东西，仰仗着有俩破钱，乱了辈分！"说到此处，老汪禁不住骂大街了。

还有一件让我惊讶不已的大事，老汪借着酒劲，含含糊糊地和我说道："高萍和你的老同学贾海波就要结婚了，他告诉你了吗？"

当时，我就酒醒了，也失眠了，心尖上还夹杂着一点点的隐隐作痛。

然而，师父老汪还是迷迷糊糊地说了一句让我费解的话："我可什么也没有说啊。"之后他便呼呼大睡起来。

高果投河自尽的案件，绝对不是这么简单，虽然我一直存有疑惑，但是，我坚信我的预感和猜测是有依据的。高果虽然是投河自尽，但是，高果这个案子里一定还有不可告人的隐情。我想老汪应该知道些隐情，只不过他不愿意深究，因为毕竟高果的投河自尽是事实，而且高卫东全家是认可的，家属不愿意节外生枝，我们又能怎样呢？

在河西派出所工作的日子里，我也一直留意关于"高果投河自尽案件"的相关证人证言的发现和收集，但是一直没有新的发现。

现在上级让我归队，回到分局刑警大队办案，正好我也有机会针对此案进一步深挖。

汪启封，大家背后都喊他"汪倔驴"，我警营生涯的第一个师父，一年半之后，他光荣地退休了。

后来，每遇有重大案件，在我解不开谜的时候，以及我陷入困境不能自拔的时候，我都要求教警营里的启蒙师父——老汪……

万侠

那年的最后一天，也就是12月31日，清晨，我骑着父亲新给我买的斯普瑞克自行车，到分局报到。

我把自行车放到了指定位置，向着分局办公楼走去，迎面正好碰上从轿车里下来的罗副局长，我赶忙上前敬了礼，罗副局长还了礼，这就是我们官兵一致的相互尊重。

罗副局长和蔼地说道："伍歌，听说你在河西派出所表现得很好，军人素质就是高嘛。"我心里暗暗自喜，我和罗副局长总共见过两次面，首长还能记着我的名字，我觉得挺幸福的。

"小伍，从部队到地方还习惯吧，军营警营一家嘛，我年轻的时候最大的梦想就是当一名解放军战士，一名保卫毛主席的好战士，后来考上公安干校，一样保卫毛主席，保卫人民，一晃再有两三年就退休了，今后看你们的了。"罗副局长几句温暖的话语，给了我这个警营新兵很大的鼓舞和鞭策。罗副局长还问我是否结婚了，当知道我还没有找女朋友时，他说要给我介绍女朋友。到了三楼楼道，罗副局长指了指前面，说道："苗主任办公室在311房间，你先去报到，好好干，伍歌同志，有事联系我。"

按照罗副局长给我指的门牌号，我走到了311房间门前，用手轻轻地敲了门，并且喊了声："报告！""进来。"房间里传来了洪亮的声音，我轻轻地推开了房门。

"小伍同志，一听到喊'报告'的声音，我就知道是你来了，只有咱们人民解放军的队伍里，才能听得到战友之间亲切的声音。"苗主任笑着迎了过来，并且握住了我的手。

这几个月来，我真真切切地感觉到，自己好像还在军营里生活工作着，好像自己也从来没有离开过军营里的首长和战友们。苗洪发主任，50岁左右，原中国人民解放军空军某地勤部队团副政委，五年前转业，在分局任职政办室主任，高个子，大眼睛，特别爱笑，普通话夹杂着山东口音，说起话来和蔼可亲，让人感觉特别好接触，这些情况也是师父老汪告诉我的。

苗主任把我让到了他办公桌对面的椅子上，还给我倒了杯白开水，然后认真地对我说道："伍歌同志，你来分局工作有三个多月了，表现得不错，尤其是在河西派出所实习期间，加班加点，都不怎么休息，很少回家呀。"

我不好意思地摇了摇头，表示我自己没有领导和同志们说的那么好。

停顿了片刻，苗主任有些严厉地说："还听说，你家里人给你介绍了对象，说好了时间地点，你因为路上抓了一个小偷，把人家姑娘给'蹲'了不说，事后，人家姑娘对你有意见，你就直接把人家甩了，是不是有这事？"

我赶忙站了起来，解释道："苗主任，没有直接甩了她，是她要求我调动工作，嫌弃咱们警察值班太勤，总也不回家，我才一气之下，算球。"

"行呀小子，还会讲我们山东的地方话。"苗主任又露出了笑容，继续说道，"对象的事先不说了，有机会我给你介绍一个好的，就是嘛，还没有怎么着呢，就要求你调动工作，是不行，要是成了，今后还不拖你的后腿。另外，我还听说，有的时候你还回到你们刑警大队，帮助分析案情，整理案卷，用你上学学到的痕检专业知识，到现场提取证据，对破获案件帮助很大，同志们和相关领导是看得见的，很认可你。"

苗主任和我的谈话，让我非常激动，更感动于这些日子里党组织，还有战友们对我的无微不至的关怀。

最后，苗主任正式向我宣布："伍歌同志，根据市局党委的决定，你调到市局五处工作（市局刑事侦查处），明天是元旦，你和家里人过一个团圆的新年，后天一大早报到上班，先去市局政治部，找王凯利副主任，之后再回队里所里收拾物品，做好交接工作。"

当时，我先是感到突然，同时感到幸福降临得这么快。苗主任又语重心长地叮嘱了我一番，最后祝福了我，要努力工作，希望早日听到我的好消息。告别了苗主任，我急忙回到分局刑警大队。

我们刑警大队虽然也在分局的大院里，但我们是一座相对独立的四层高的楼房，共有120多名民警，还有武警的一个中队，武警中队主要是守卫拘留所外部安全并执行分局整个院落的保卫执勤巡逻的任务。我们刑警大队为了方便提讯犯罪嫌疑人，所以与拘留所只隔了一道围墙和铁丝网。

到了队里，在毛大队长的办公室，正碰上他们在研究案情。看到我的到来，大家都很热情，战友们和我握手，打招呼，似乎他们都知道我调到市局五处工作，只有少数几个民警感到惊讶，认为我才来了这么短的日子，就能调到市局工作了，一定有原因。

毛大队长说道:"你小子是不是上边有人啊?这才上班几天啊,就上调了,老子在这儿都快20年了,还没戏,也好,我们大队出了人才,今后你小子可要照顾咱们大队啊,有好事别忘了大家。对了,万副处长是我的老领导,回头我跟他说一声。另外,你嫂子也在五处工作,让你嫂子赶紧给你找一个女朋友,结婚。"

大家一阵接一阵地大笑,又一句接一句地充满善意地挖苦我,或者用羡慕的或勉励的语言为我祝贺,我心里清楚大家还是为了我能调到市局而高兴。教导员握住我的手,很真诚地说道:"伍歌同志,祝贺你的进步,别忘了常回队里来看看大家。虽然我们相处的时间短暂,但是,天下刑警一家人,何况我们在一起生活战斗了100多天。"大家你一句我一句,说得我的眼睛红红的,像是在军营转业那天的茶话会上,首长和战友们对我的鼓励和肯定,让我哭得泣不成声。

令我疑惑不解的是,我的老同学贾海波,悄悄地走出了毛大队长的办公室,既没有祝福我,也没有挖苦我的玩笑话语,其实我一直等待他讽刺我挖苦我,那个样子才是我们同窗时代真实感情的流露,可惜呀,真的很可惜,他什么都没有说,默不作声地走了。

在送我走出分局大门口的时候,教导员还问了我:"贾队副过些日子就要结婚了,通知你了吗?唉,刚才在毛大队长办公室的时候这小子哪去了?没见他说你几句,这可不像他的性格,可能要当新郎官,稳重了,稳重了。"他自问自答,似乎也看出了点儿端倪。

我没有多说什么话,只是感谢毛大队长和教导员、战友们对我的包容、鼓励。

我和家人过了一个团圆的阳历年，元月 2 日，我就骑着自行车到市局报到。

市局政治部王副主任热情地接待了我，并让政治部人事处的干部给我开了转调单，还对我说："伍歌同志，五处万侠副处长在市局开会，我和他打过招呼了，会后他就来把你接走，今后你就是他们五处的侦查员了。"

面对这样高级别的首长，我只是点头答应，服从命令，没敢多说话，这也是在军营里养成的好习惯，也是师父老汪嘱咐过我的，在大领导面前少说话，多动脑子分析问题，有理有据了，也就是有"根"了再讲，否则，不知道哪句话说得不合领导胃口，那你小子可就给自己前进道路上埋下一颗地雷了。

在日后的刑警生涯中，由于自己年轻气盛，没有遵照老汪师父的谆谆教导行事，在案件的分析判断上过于尖锐，自我感觉良好，跟领导掰扯较劲，真的给自己埋下了几颗小地雷，不过在师父老汪的精心策划下，也都成功地排爆了，当然，这是后来发生的一些事情。

在等待万侠副处长接我的时间里，王副主任给我介绍了万侠副处长的英雄事迹。

在一次抓捕抢劫犯的时候，被犯罪嫌疑人用自制火枪打中左腿的万侠同志，不顾生死，硬是拖着伤口把犯罪嫌疑人摁倒在地。虽然他现在走起路还有点儿跛脚，但是一点儿也不影响他抓犯罪分子。还有一次在解救人质的时候，他主动和两名劫匪谈判："我是刑警大队长，我替换人质，比这个妇女有价值。"就这样他用自己换了人质，又机智勇敢地说服了两名罪犯，敦促两名持有炸药的罪犯放下思想包袱。老万用真情劝说了两名罪犯，如果停止犯罪，也算是主动自首，那俩小子愣是被老万给说服了，自愿接受从轻处理，投降了。

王副主任正讲得带劲，这时候有人敲门了，来人正是市局刑事侦查处万侠副处长。

一个和我差不多高矮、中等个子、有些跛足、干瘦的老头儿走了过来，他站在我的面前，不知道为什么，竟然有一种亲切的暖流涌动而来。他上身穿着深蓝色的厚棉衣，下身是绿色警裤，灰白的头发，还有点儿乱，拎着一个人造革发旧的黑色皮包，一双三接头的黑色皮鞋，鞋面上沾满了灰尘。我心里想，他太不像副处长了，倒是有点儿像那个时代走街串巷的理发师，或像是"磨剪子嘞，戗菜刀"的师傅，但是我内心还是非常敬仰崇拜这位万侠同志。

王副主任把我引荐给了万侠副处长，我敬了礼，主动和万侠副处长握了手，万副处长说道："放心，王主任，一定带好这个新兵。"我们都笑了。

我和万侠副处长推着自行车走出了市局大门，出门骑上自行车左拐右拐地行进着。路上万副处长简单地和我聊了聊家常，也就十几分钟的时间，就到了市公安局刑事侦查处（由于我们算是隐蔽单位，大门口不像市局，还挂着单位名称的牌匾），这是一处只有门牌号没有单位名称的院落。

哦，我们五处距离市局这么近，我心里在想。"伍歌，咱们到家了。"万副处长边下车边说，我感觉万副处长就像个孩子一样，推着自行车一溜烟地向院子里的自行车存放处跑，我紧随其后跟着跑。

停放好了自行车，他就冲着二楼喊道："耿主任，耿主任，下来，下来，伍歌同志来了。"二楼是开放式的楼道，一个胖脸庞戴着眼镜的四十来岁的男子冲着楼下说道："来了，来了，万处。"他也是一溜烟地跑下来了。

耿主任面带笑容，气喘吁吁地说道："万处，谢谢您，替我把人带回来了，葛处说了，把伍歌同志就分配到您分管的一大队，您看行吗？"

"我知道，就交给牛奇大队长吧。"没等耿主任把话说完，万副处长交代完我的分配岗位，就急急火火向着葛处长的办公室走去了。

这是一个挺大的院子，由三栋两层高的塔式青砖瓦楼房组成，楼梯和二楼的地面均是木制的，楼道在外边，也就是二楼是开放式的楼道，在上楼梯和在二楼的地面上行走时，颤悠悠的。

耿主任很是客气，一丁点儿架子都没有，谈笑风生，他还给我介绍说，咱们五处的办公地点，是有历史积淀的，这个院子是八国联军侵略咱们时建造的，设计师是一个德国人，解放前这个院子是国民党政府的矿务局，咱们解放军占领了这座城市后，当时是市公安局的所在地，后来政府又调整了现在的市局大楼，这个德国人设计的院子就给了咱们五处。

另外，耿主任还告诉我，过去处领导在主楼也就是一号楼的二楼办公，后来为了照顾万副处长的腿伤，葛辉处长下令处领导都到一楼办公，政办室、处办室，还有后勤科就都上楼了。说着说着，我们到了二号楼，进了楼道，耿主任扯开嗓子就喊了起来："牛奇，牛奇，出来，出来一下。"离楼道口最近的一扇红漆木门打开了，一个高大威猛的壮汉走了出来，"牛奇，这是伍歌，万处让交给你……"

牛奇

没错儿,这位壮汉就是市公安局刑事侦查处一大队大队长牛奇,十年前部队副连职侦察参谋转业干部,不惑之年,是分局刑警大队毛大队长的前任,刚转业的时候牛奇在河西派出所担任过治安警长。

耿主任把我交给了牛奇大队长,说道:"人给你了,别总找我要人了,哪个大队不缺人呀,我得赶紧去葛处那儿汇报教育整顿的情况了,政委不在家,一大摊子的事都搁到我身上了,忙呀,其实,我们政办室也缺人啊。"

"您忙,未来的耿大政委。"牛大队长同耿主任开着玩笑,看得出来,他们是很好的哥们儿加战友的关系。

我们五处当时的编制是,处长、政委、副处长各一名,处办室、政办室、后勤科以及 11 个大队,全处有 300 多名民警,就这样,还是缺编。正赶上我们五处的林政委到公安大学参加后备干部培训班学习,不在家,所以耿主任忙呀!

我所分配的一大队是大案队,是青年人最渴望的,我很是自豪。其他大队都有专业职责,其实都很重要。到了牛奇大队长的办公室,他对我说:"今天,咱们队的同志都下去忙着找线索调查取证了,我是特意留下来等你的,毛大队给我打了好几次电话,把你夸得特完美,不过这小子还很少这么夸一个人,他给我当队副也几年了,在他嘴里落个好字很不容易呀,你要好好珍惜。"

我心里真的很甜美,很幸运,很感动。牛大队长指着隔壁房间说道:"你就跟候探长一组吧,他们组管辖三个片区,其中就有你待过的分局那片，你在派出所实习过，情况应该也熟悉，好好干，咱们都是当兵的出身，不能给咱们军队抹黑。"

的确，我到了公安机关才发现，很多同志都是转业干部和退役战士，这更让我感到军营的亲切。

我到了一组的集体办公室，这里是一间将近50平方米的大屋子，木制窗户特别高大，有一种古代建筑的豪华感觉。我们组一共八位民警，我来之后就有九位民警了。

大队内勤小李，去年警校毕业分配来的，知道我是刑侦学院毕业的，又在部队当过副连长，很佩服我。他帮我收拾好办公桌椅，向我介绍了组里的基本情况："近期大案要案呈上升趋势，咱们处里领导压力很大，咱们组又是负责重大案件，整天不着家，都破不了案子，急呀，连大队教导员都分片包案了，这不两起绑架案还没破呢。昨天夜里，就是新年的第一天，又有一起绑架案，这不恶心人吗，大家都没有过好这个年！"

小李正在跟我讲述着，进来了三名同志，他们身着便装，满脸冻得通红，第一个进门的是一位四十来岁个子不高油头粉面的男子，冷眼一看像是抗日战争时期的汉奸小队长，后面的两名同志一老一少，身材和牛大队长一样高大魁梧。

小李忙给我介绍："伍歌，这就是咱们五处大名鼎鼎的候玉田，候大探长，简称候探。"

"去，去，小毛孩子，滚一边去，别逗我开心了，还大名鼎鼎的候探，我刚被万处骂个狗血喷头。"

这个被称为"候探"的领导，看了我一眼，从兜里掏出了香烟，说道："来一根。"他的眼球特别黑，白眼球发红，看出来是熬夜熬的。他盯着我不眨眼地看，不知道他脑子里在想什么，看得我的脑子直发麻。我马上回答道:"候探长,您好,我不会吸烟。"

"不会吸烟可不行,到时候熬夜,你一准顶不住。老冯刚来的时候也不会吸烟,你看现在,成了一个大烟鬼了,破案靠的就是这股烟提气呢,要不然,大领导骂完你一通,小领导再数落你一顿,受害人的家属再啐几口唾沫星子给你,回到家里,老婆再抱怨你,没完没了地抱怨你,哥们儿,你说,咱还活吗!"候探长一句接一句说着。

我对面的老冯,吐着烟圈看着我,似乎案件的答案在我的脸上。那个年轻点儿的侦查员大孟,也吐着烟雾看着我,我真的有些蒙圈了。

万副处长和牛大队长推门进来了,一进门万副处长就说:"候子,你小子又在抱怨谁,谁骂你了!"

候探长赶紧站起来,满脸堆笑,递给万副处长一根香烟,并且点着了,皮笑肉不笑地说:"万处,我没有说您,哪敢呢,师父!"

"那你就是说葛处长了。"万副处长吸着候探长递给的香烟,坐了下来,开玩笑地说。

"更不敢了,不敢,要是传到葛大爷的耳朵里,我这副大队长就更没日子当了。您说,我这副大队长免了又提了,提了又免了,真的不好受呀!我的万侠老英雄,行行好吧,恢复我的副大队长,我请您涮羊肉,要不老婆那儿不好意思说。"

"还瞎贫嘴,你瞧瞧你的眼睛都冒血丝了,真的像猴子的屁股了,又一夜没睡觉吧?破了绑架案,我给你们放几天假,好好补补觉,之后考虑考虑你的副大队长的事。"万副处长情谊深长地说。

接着万副处长又说道:"今天也是一大早,我和葛处长就被市局领导叫过去了,把近期三起绑架案子,做了详细汇报,就手把伍歌同志接来了,给你们大队补充战斗力。好了,咱们还是抓紧研究一下明天抓捕绑架犯罪嫌疑人的方案吧,说不准下午市局童副局长还要来听取汇报,小伍你也参加。"万副处长把我们召集起来,开始了分析案情,制订初步方案。

牛奇大队长先介绍了案件:"昨天,我带班,夜间11点17分,本市和平区彩虹公寓业主梁孝顺,外号'梁大头鱼'的民营企业家向市局110报案称,有一名男子今天上午10点打电话到他家,告知他,绑架了其独生女儿梁晓红,要求他后天把30万块钱装在红色的手提袋里,然后送到市第一中心医院后门的垃圾箱内,否则撕票。接到市局指挥中心的指令后,立即请示咱们处里的值班领导耿主任,让他立即向您和葛处长汇报情况。我带领着候探、老冯他们五个人马上赶赴报案人的住所,见到了他们。"

牛大队长又点了一支香烟,接着介绍:"午夜之后的12点10分,我们到了彩虹公寓门前。彩虹公寓坐落在市政府左侧的中心花园旁边,小区由五座17层高的精美楼宇组成,是典型的欧洲花园式公寓,公寓大门上方的彩虹雕塑更是彰显了小区的富丽堂皇。候探下了车,和公寓大门保安说找小区8号楼3单元801的业主梁先生,我们是梁总公司的,来向梁总汇报工作。两名男性保安员与业主梁孝顺通话联系,我部署了任务:候探和老冯先找梁孝顺夫妇询问,我和小涂与小区保安员扯着闲话,大孟在车上待命。我又给分局毛大队长、河西派出所于所长打了电话,让他们了解一下梁孝顺在他的服装厂有没有得罪的仇人,让他们做好外围调查，同时要求他们严格保密，千万别走漏了风声，包括知道案情的民警也是越少越好，否则，对被绑架的孩子不利。"

牛队看了一眼候探，他俩的眼神很默契，我知道昨夜牛大队长也没有休息，一来是等我，二来他一定是思考案情，彻夜难眠。

候探领会了牛大队长的眼神指令，他开始了介绍："据梁孝顺讲，前天他喝酒，喝大了，起得晚些。昨天上午 10 点，家里电话响了，一个陌生男子，本地口音。男子说，你是孝顺服装集团总公司的梁孝顺吗？梁孝顺哪知道是谁，没好气地问道，你是谁？对方很强硬地回答，你女儿是叫梁晓红吗？她在我手上，按照我的要求马上给我买一部手机，一定要买最好的，摩托罗拉，现在去买，顺便把电话卡也买了，中午 12 点给我送到第一中心医院后门的垃圾箱内，之后，你马上离开，如果你敢报警，我就掐死你闺女，说完那边电话就断了。我紧接着追问梁孝顺，那你为什么没有马上报警？梁孝顺讲，我不敢报警，他要急了，撕票，那就坏了，之后我和孩子她妈一商量，先不报警，我们两人到国美电器商城，买了一部摩托罗拉的大砖头式手机，一万多块钱，包括电话卡，按照那个陌生男子的要求于今天中午 12 点整，把手机放在垃圾箱的盖上。我俩害怕他有同伙盯着，匆匆忙忙走了。下午两点他真的打了我的手机，这下，我确定女儿在他手里，要不然他怎么知道我的手机号码和家里电话呢，他们也是考验我是不是报警了。"

候探狠命地又吸了一口香烟，继续讲："梁孝顺今年 52 岁，15 年前从自行车厂下岗，倒卖冷冻排骨，倒腾海鲜，后来凭着他岳父是裁缝，干起了服装厂，而且公司在五年前上市，他也成了名副其实的民营企业家，现在是市里缴税的大户，三年前他还当选了市政协委员。"

接下来老冯又介绍："梁孝顺的老婆马红丽比梁孝顺小三岁，她家是裁缝世家。他爷爷曾经在日本的服装厂当过裁缝，后来还参加了地下党，偷偷地为八路军送过大量的过冬棉衣，解放后在市里国营衬衣服装厂当了厂长。马红丽的父亲也是从小与父亲学做衣服，后来也成了著名的服装设计师。可是马红丽喜欢穿时髦的服装，不喜欢当裁缝，技校毕业后在无线电厂当了一名工人。30多岁的时候嫁给了梁孝顺，随着梁孝顺经营的服装行业规模越来越大，她成了全职太太，其实梁孝顺也是冲着马红丽的父亲娶的她，这样一来，老岳父为了闺女，一直在帮助梁孝顺开发设计新产品，也使得他这几年发了大财。"

牛队似乎是迷糊了一小会儿，他打了个小盹，突然惊醒了，他抢话似的讲："与保安员聊了聊，保安员真的以为我们是梁孝顺的员工，我们还给保安员两盒香烟，这俩小子还挺高兴，我们也是为了查看有没有人盯我们的梢，之后，我也上楼见到了梁孝顺夫妇。我先是安慰了他们夫妇几句，梁孝顺见到我倒是有些尴尬，或者说有些惊奇。我在派出所工作的时候，和他们夫妇有过节。见到我，他心里多少有点儿怵，他沮丧地刚要开口，他老婆马红丽带着无泪的哭声说，牛奇大队长您好，这么晚了，还打扰牛大队长，实在是给您添大麻烦了，我的独生女儿被人绑架了，你们可要救救她，语音刚落她又瘫倒在地上了。梁孝顺立即上前搀扶。我问他，梁总，我们也算是老相识了，希望你们积极配合，赶紧把情况讲明，讲细节，时间紧急，孩子生命要紧。梁孝顺有些紧张，也有点儿感动，说道，好，好，牛奇兄弟，老朋友了，老朋友，我一定把真实情况告诉你们。他说，下午两点那个男子又打来了电话，告诉我们，放心，你女儿很好，很配合，我还给你女儿买了她喜欢吃的德芙黑巧克力！我赶忙说了'谢谢'，他又说，你今明两天准备 30 万元现金，后天还在老地方，还是中午 12 点，把钱放在一个红色的大手提袋里，放进垃圾箱内，之后你走人，下午 5 点以前我们保准你女儿回家。再提醒你，报警就杀了你闺女，钱到手就放了你闺女。梁孝顺继续讲，我们俩商量到快深夜 11 点，也不敢去公安局报案。后来，再三考虑，还是用孩子她妈妈的手机报了警，之后，你们就来了。对了，我们俩下午到银行取了 10 万元现金，和银行也说好了明天再取 20 万元现金，我们说公司紧急用现金。牛队，我看不行就给他们钱，不给钱，他们万一把我的女儿真的掐死怎么办？牛大队长，我们给点儿钱不要紧，一定要保证我们女儿的生命安全啊，谢谢了！谢谢了！说着说着'梁大头鱼'站了起来，给我们几位鞠了一个躬。马红丽干脆跪在地上哀求，我又说了一些安慰的话。马红丽也用哀求的口吻对我讲，牛大队长您大人不记小人过，过去是老梁不好，有得罪的地方您多多包涵。家里出了这么大的事儿，我唯一的掌上明珠让坏人给绑架了，你们一定要救救她，她才 18 岁呀！你们要多少钱，我都给你们，办案所有的费用都包在我们身上。梁孝顺还吹牛说，这不，我们俩害怕他撕票，和亲朋好友也不敢说，更不敢名正言顺地报警，下午市领导还召见了我，说为了促进我市经济发展，让我大力开发新产品，不能眼光只停留在服装行业上，要多种经营，这么多的全市的大事需要我去思考和调研，平时我哪有时间照顾家里，所以出了女儿被绑架的大事儿。梁孝顺眼泪唰唰地往下流。"

牛队兴奋劲上来了，他站了起来，打起了手势："在我们调查期间，我们还了解到，马红丽仗着有钱，总是和一些政府干部、企业家的夫人打麻将，说是沟通感情，其实就是变相输钱，行贿。另外，他们两口子现在也总吵架，马红丽一直怀疑梁孝顺和小秘书有染，所以孩子也不怎么管。梁孝顺还给他女儿梁晓红办了一张明星大酒店的金卡，让他闺女在那儿补习功课，准备高考，怕孩子回家，听到他们夫妇吵架，影响学习。梁晓红目前在市一中读高三，今年夏天就高考了，听说，这孩子也不好好学习，要不是梁孝顺赞助学校 100 万修缮教学楼，她是考不上市一中的。"

其实牛奇大队长心里也很难受，他自己的女儿也在上高中，哪个孩子不是父母的心头肉呀，无辜的是孩子，毕竟孩子是花季少年，才 18 周岁。

"临走前我答应他们马上向市局领导汇报，制订营救孩子的方案，让他们千万不要擅自行动，先答应对方所谓的不合理要求。如果绑匪再来电话，一定要第一时间通知我们。如果他们在暗处发现了我们，询问晚上我们几个来你家干什么，你就说是你公司的员工，汇报工作来了。我们跟你家门口保安员也是这么说的。"牛奇讲述得细致入微，和他的外形真的不匹配。牛奇，他总是给我问号……

贾海波

走出小区，东方有些发亮了，牛奇看了看手表，已经是凌晨 4 点多了。

牛奇他们回到了处里，葛处长和万副处长正坐在会议室等着他们。两位领导听了汇报，了解了情况。万副处长又带着候探他们去河西派出所找于所长了解情况去了。牛奇大队长和同志们又详细地写了份报告。之后，葛处长和万副处长分别又去市局，向童副局长汇报近期三起绑架案件的情况。

万副处长扭过脸看了我一眼，若有所思地说道："小伍，你在河西所工作过，你对梁孝顺女儿被绑架有什么见解？"

其实，大家在介绍和讨论案情的时候，我就在想，此时万副处长点将了，我就脱口而出："万处，牛队，各位领导，那我就说一下我在所里了解的情况。梁大头鱼的外号是从小他奶奶给他起的，听他母亲讲，梁孝顺出生的时候九斤八两，光脑袋就足足有三斤半，他又是长子长孙，他奶奶喜欢得不得了，就取了个'大头鱼'的小名，后来参加工作单位同事就把梁姓加上，便有了现在'梁大头鱼'的外号。其实梁孝顺长大后，脑袋也不大了，而且是一表人才，中等身材，不胖不瘦，浓眉大眼，皮肤白皙，就是说话一着急有点儿结巴，现在偶尔戴上老花镜像个文化人，否则，自认为大家闺秀的美女马红丽也不会嫁给他。梁孝顺和刘大麻子是同母异父的兄弟，刘大麻子三岁那年他妈妈嫁给了梁家村的村主任，后来又生了梁孝顺。

"刘大麻子，就是刘宏达，还姓他死去的爸爸的刘姓。他们俩从小就在一起玩，听说谁也不服谁，刘大麻子仗着比梁孝顺大三岁，又是跟母亲嫁过来的，总觉得梁姓家族对他不好，所以他把气撒在了梁孝顺身上，他总欺负梁孝顺，不过长大了，尤其做生意了，他俩倒是像亲兄弟了，一个是孝顺服装厂，一个是宏达皮鞋厂，全市的服装、皮鞋让他们哥儿俩垄断了一半以上，我了解的基本就这些，与此案不知道是否有关联。"

万副处长说道："好，当然有关系了，我从河西派出所也了解到了一些具体情况。葛处长让我去市局，市局领导听取了汇报后，要求保护好人质。才18岁的女孩子，我们都是为人父母的，一定要当成自己的女儿被绑架一样，周密部署，不能出任何纰漏，确保人质的安全。市局已经成立了以童副局长为总指挥的'1·02'专案组，全力以赴开展营救工作，确保被绑架女孩儿的生命安全。

"现在是中午11点，距离犯罪嫌疑人敲诈梁孝顺30万元还有25个小时，一会儿童副局长和相关警种的负责同志就来我们处，按照刚才咱们梳理的案件情况，由我来汇报，牛奇补充。"万处说完就走了出去。

牛大队长让候探抓紧汇总情况并写好情况汇报材料，尽快交给葛处长和万副处长，他带着我和内勤准备再一次细化营救方案。

我万万没想到的是，我刚一报到，就赶上了这么大的案件，分局苗主任还告诉我报到后休息两天再回分局整理物品，这样看来是不可能了，到时候还得让师父老汪和派出所小赵帮我送来一些物品。

在和小李整理营救方案的时候，我还知道了，原来早在七年前，牛奇大队长与梁孝顺就打过交道。那时候牛奇同志刚从部队转业到河西派出所任警长，正赶上梁孝顺服装厂连续发生被盗案件，因为案子一直没有破，梁孝顺把牛奇告到了市局领导那里，也仗着他跟市局某些领导熟悉，他肆无忌惮地讲，什么大兵侦探，玩儿命警察，十佳破案能手，连毛贼都抓不到，还什么先进人物呢，我看赶紧别在派出所当警察了，去卫生所抓药倒挺合适的。

当时牛奇同志压力很大，经过多方努力工作，牛奇他们警组与外省兄弟刑侦部门相互配合，抓到了系列盗窃犯罪团伙，案件破获了，但这个梁孝顺不仅没有感激派出所的功劳，他逢人还是讽刺挖苦地讲:"要不是外省警察帮助破案,还有市局领导和市局刑侦部门的重视,我看牛奇警长和那几位派出所的警官,是永远也破不了案件的。"

牛奇同志也一直对这位暴发户没有什么好感,后来牛奇调整到其他派出所任副所长,再后来调入分局刑警大队担任大队长,两年前调到市公安局五处一大队任大队长,与这位民营老板梁大头鱼的接触相对少了,一些事情也就淡忘了。

快到一点了,我们随便吃了些泡面,因为万副处长说了,童副局长说不定下午两点左右就来咱们处。不过现在才一点多,处办室主任还没有通知我们开会,正好我们可以完善一下汇报材料,细化一下营救方案。

一点半,牛奇大队长从办公室出来,招呼我们到一号楼大会议室开会,除了还在外边办案的同志外,专案组人员全部去。

到了会议室,坐在会议室中间的一定是童副局长,左右是葛处长和万副处长,同时我还看到了分局罗副局长、毛大队长,还有我的大学同学贾队副,以及派出所于所长,我们都相互点了点头,唯独贾队副似乎没有看到我一般。

我们依次坐了下来,"1·02"专案专题会议又开始了。按照上午万副处长安排部署的工作任务,我们把整理好的汇报材料、营救梁晓红的方案交给了万副处长。童副局长亲自主持了会议,葛处长代表我们五处介绍了"1·02"案件的详细经过和情况,万副处长再一次部署了具体营救方案。最后,童副局长提出了明确要求:"同志们,第一就是确保人质的绝对安全,不能出现任何意外;第二就是一定要进一步完善营救措施和方案,多方面多角度地考虑有可能出现的问题;第三就是保密,今天在座的同志都知道了案由，其余的参战民警只知道代号'1·02'案件，不知道具体的细节；第四就是注意安全，参战民警要做好防护工作，绑匪可能有武器，甚至有炸药，我们要想到可能发生的情况，在这个问题上，我们是吃过亏的，是付出过牺牲战友的代价的，一定要先满足犯罪嫌疑人的要求，不到万不得已的时候，不要毙命犯罪嫌疑人。"

童副局长讲到这里，我下意识地看了看师父老汪的表情，老汪似乎没有特别表露出情绪的变化，只是在他的笔记本上写着什么。

"同志们，按照市局党委和领导的指示，以及刚才童副局长的讲话要求，坚决完成任务，距离营救时间还有不到20个小时，抓紧准备。今天有'伪装'任务的同志要提前到位，以免打草惊蛇，同时化装成梁孝顺司机和业务员的民警一定要盯住梁孝顺夫妇，别让他俩出什么差错。我们与梁孝顺夫妇使用对讲机一定保持密切的联系，也不能让他们出现意外。"葛处长又叮嘱了几句。

会议结束了，我急忙走到贾海波面前，想对他说些什么，可是他一把推开了我，嘟啵了几句："市局领导，有什么吩咐？别拿我们百姓开玩笑。"说完，他头也不回地在罗副局长身后走出去了，毛大队长笑着说："你俩小子为了争那个高萍，还动真格的了，小气，你看我和于胖子，还是好哥们儿，女人是女人，哥们儿是哥们儿！"

其实我哪里和他争过高萍啊，我和高萍才见了几面呀，我只是对高萍有些同情的感觉，或是说对美丽忧伤的女子有怜香惜玉的异性冲动罢了，但是绝对没有到恋爱的感觉。如果没有贾海波，也许我会爱上她，但是我是非常有理智的那种人，我信奉天下何处无芳草。

贾队副也许太敏感了,一定是他深爱着高萍,怕失去这样美丽的女子吧,我似乎很理解他。

我的任务就是跟着牛奇大队长,随时与梁孝顺夫妇用对讲机保持联系,这样保密程度会高一些。

时间在前移,我的心情很紧张,我想我的战友们也一样紧张吧。我第一次参加营救战斗,战友们都是久经沙场的老警察了,他们应该会好一些。牛奇大队长却告诉我说,每一次执行这样的营救人质任务,都是很紧张的,尤其经历过营救失败的战友,会更加紧张,唯恐发生意外,特别是害怕又有战友受伤,甚至牺牲,可是我们选择了人民警察的神圣职业,就意味着,为了祖国的安定、社会的平安、人民的幸福,随时准备流血牺牲。

午夜了,化装成出租车司机的战友出动了,化装成医院保安的民警开始值守了,化装成医院太平间守夜人的同志到岗位了,在门诊装扮成医护人员的叶晓艺她们就位了。一切都在有序地进行中,我们布下了天罗地网。

时间嘀嘀嗒嗒地跟随着现场民警的心脏一起跳动着。与此同时,受害者的父母梁孝顺、马红丽夫妇在豪华奔驰车里等待明天中午出发,他们带着我们让银行准备好的十多万元假钞和一些收银员练习数钱的纸币,等待犯罪嫌疑人上钩。可是听化装成梁孝顺司机的大孟说,梁孝顺夫妇已经取好了30万元,他们留了个心眼儿,生怕犯罪嫌疑人撕票,准备好了30万元现金,放在车的座底下(这是我们后来知道的)。哎!可怜天下父母心呀!

深夜一点多了,万副处长、牛奇大队长和候探我们几个人还在讨论"1·02"案件的疑点、明天营救措施中还需要完善的地方。突然，葛处长脸色苍白地来到我们大队，他和万副处长耳语了几句，又把牛大队长和候探喊走了，我们几个侦查员一脸茫然。

"一定出大事了，否则葛处长怎么亲自来找万副处长，而且他的脸色很难看。"我们几个人小声议论着。

约莫一刻钟的时间，耿主任把我叫到他的办公室，传达葛处长的命令，由耿主任带上我，立即赶到贾海波副大队长的新房住处。

巧合的是，贾队副的新婚房子也是在彩虹公寓，只不过不是梁孝顺的那种大平方米的豪宅，而是两室一厅，120多平方米的房子，这是这个小区面积最小的房子了，即便面积在这里最小，价格也是不菲的。

我还在想，这小子和我保密，他上这么几年的班，发大财了。到了现场我惊呆了，高萍全身裹着一床花色缎子面料的棉被，披头散发，脸色苍白，阵阵发抖，她咬着厚厚的发白的嘴唇，无泪，表情呆滞。医护人员好像抬着蒙着白布的两具尸体上了救护车，市局的肖局长、童副局长都在现场，我也看到了师父老汪在市局领导身边。看到眼前的一切，我有些茫然，也可以说我当时傻了眼。

我寻找贾海波的身影，然而没想到的是，那天在我们处里的会议室，是我们俩人的最后一面，也是他扔给我的最后几句我不理解的话，贾海波你这是为什么？

失败

这天的深夜，贾海波的新房里，发生了枪案，贾海波用配发的五四式手枪击毙了刘大麻子（刘宏达）的儿子——刘小麻子（刘小宏）。

贾海波本来是在执行"1·02"任务的，让他在孝顺服装厂附近埋伏，注意发现问题。不知道为什么，也许是警察职业的敏感性吧，一种不祥的预感驱使他突然回到新房，正巧，碰上了高萍和刘小宏俩人在床上，全部裸露着身体，好像是刚刚幸福快乐过。贾海波怒火冲天，不由分说掏出了手枪，直接冲刘小麻子接连击发九颗子弹，当场把刘小麻子打成了马蜂窝，之后他逼问高萍几句话，举枪在自己的太阳穴上，结束了他29岁年轻的还有着美好前程的命运。老汪简要地和我述说了经过，又轻轻拍了拍我的肩头，不知师父是惋惜贾海波，还是可怜刘小宏，或是弄不懂高萍，这三个年轻的生命呀。

我似乎又有什么预感似的，真想大喊一声："这是为什么，为什么啊？"我原以为只有军人才有战场，才能战斗，没想到，到了地方上还有这么多的战场，这么多需要铁证如山的战斗。

我脑海里有几张脸浮现：没有见过面的，凭借想象，刚刚到20岁的女孩儿高果；我怜香惜玉的高萍；被绑架的，我也没有见过面的18岁的梁晓红；还有我的大学同窗好友贾海波……还有那么多熟悉或不熟悉的眼神，我更加茫然了。

在我们处的会议室里，肖局长发怒了，骂了葛处长、万副处长，还有罗副局长，还严厉地指出："如果解救不了梁晓红，要处分，要降级，要撤职的。"肖局长还要求，不能因为贾海波的案件，影响了营救梁晓红的工作。葛处长部署道："按照肖局长的指示，营救工作按原计划进行，贾海波案件由二大队负责侦办，耿主任牵头，分局苗主任配合，并报市局的纪委。"

我按捺不住了，大声说道："肖局长，童副局长，各位领导，我能说两句话吗？"大家怀着一种茫然的心情，正准备散会各自执行任务去，被我的话震惊得先是一愣，而后大家同时看着肖局长。

肖局长看了看我，也是一愣，似乎又是醒过盹一样，停顿了一下，说道："小同志，你说。"

"肖局长，各位领导，我想这个案子，不能孤立地侦破，我的直觉告诉我，高果的死，刘小宏的死，贾海波的死，还有梁晓红被绑架，我们应该联系起来，把它们设定一张网，串联或并联起来，这样才能各个击破，否则这案子难以侦破，越来越糊涂了，犯罪嫌疑人把我们带入了死胡同！"我也不知道哪来的勇气嚷嚷着说。

"你小子干了几天警察，张嘴就串联呀，并联呀，少拿知识分子那一套，多嘴！"牛大队长把火也撒出来了。

"你也别看不起人，我在部队当过团政治处保卫股的副连级干事，我们自己侦破案件，也配合地方公安机关破过案子，再说是肖局长同意我讲的，你穷横什么呀！"我不服气地扔过去几句硬话给他。

牛大队长双眼一瞪，他似乎没有吃过这么大的亏，从没有部下当着这么多人的面顶撞他，他有一种要吃掉我的愤怒。葛处长急了，站了起来，大声说道："太不像话了，你们吵什么，都给我闭嘴，按照肖局长的指令各就各位，再出差错，我第一个辞职。"

葛处长制止住了我们的争论，他怕当着肖局长、童副局长的面，自己的处里窝里反，没面子，不好看，其实他心里也知道，大家两天没合眼了，心中有愤怒，加上战友贾海波的事件，葛处长心里也窝着一团火。

肖局长却没有再发火，他冷静地说道："你就是伍歌同志吧，好，说的有点儿道理。牛奇，你是领导干部，要有度量，要让同志把话说完嘛，但是现在我们的营救任务紧急，营救出孩子，再具体分析。小伍，你抽空儿先写一个对此案件的侦破思路，必须有充分的证据啊。"

师父老汪远远地冲我微笑了一下。

此时此刻已经是凌晨5点了，我也有些后悔，也许是因为自己怪罪自己的无能，也许是看到这么多的谜团不能揭开，自己太心急了，得罪了牛大队长，今后的日子会好过吗？唉，还是部队单纯些，或者说派出所也单纯些，我心里乱想着。

我们稍作休息，天就蒙蒙亮了，我们按照事先的营救方案开始行动。我还是跟着牛大队长紧密地与梁孝顺夫妇保持联系，牛大队长好像刚才什么事也没发生一样，部署任务，还特意嘱咐我小心点儿，一定要和梁孝顺夫妇随时保持沟通，掌握现场的情况。他这样对我，我就更后悔了，总想找机会向牛大队长道个歉，可话到嘴边不知道为什么又咽下去了……

宽敞的马路，人来人往，医院后门相对清静一些，大家等待着冲锋，抓捕犯罪嫌疑人，营救少女人质——梁晓红。我又一次联系了梁孝顺夫妇，他们也到了医院后门绑匪指定的地方，但是我与梁孝顺通过对讲机通话的时候，总有一种感觉，他怪怪的，他重复地说："我闺女出现的时候，你们可要保护好她啊，30万块钱不重要，抓罪犯也可以说不重要，我女儿回来最重要。"

中午 11 点半，现场的同志们高度警惕，准备出击，一举抓获犯罪嫌疑人。时间一秒一秒地过去，我们更加紧张了，心脏跳动更加急切了。牛大队长和毛大队长的爱人叶晓艺装扮成情侣在大街上一直溜达着，他们观察着医院后门的十几个垃圾箱周围的情况。老冯装扮成清洁工，一边扫地，一边留意左右。没有人认为他们是警察。还有昨夜就位的战友，他们已经守候一夜了，到目前为止，没有一丁点儿新的发现。

梁孝顺夫妇在医院后门的马路对面的大奔驰轿车里，司机是我们的侦查员大孟，我们焦虑地等待案犯的出现。12 点了，还是一丁点儿动静没有，梁孝顺夫妇焦急地把脑袋伸出车窗，不时地向医院后门垃圾箱处张望。

下午 1 点，依旧没有动静，我和我的战友们都有些焦虑了，到底出了什么差错呢？难道犯罪嫌疑人发现了我们？或者是我们内部出了问题？我的预测和灵感也出现了凌乱，到底怎么了？

童副局长在指挥部问话了，葛处长也开始有些焦急地问："老万，什么情况？是不是走漏了风声，或是绑匪改变了时间地点，或是他们发现了我们，知道梁孝顺报了警？"一连串的问话，万副处长一个也回答不上来。

下午 2 点了，牛大队长急红眼了，自言自语道："妈的，梁孝顺夫妇一定有问题，他耍了我们。"他边说边要冲过去，到大奔驰轿车里，抓住梁孝顺的脖子问个究竟。万副处长制止住了他的冲动，忙说："小伍，你用对讲机联系梁孝顺和大孟，问问什么情况。"

梁孝顺似乎用崩溃的语言回答："完了，完了，我的晓红，我

的晓红，我错了？我错了？我有罪！我有罪！"

大孟开着梁孝顺的大奔驰轿车来了，万副处长向童副局长和葛处长报告了现场情况——营救行动失败，行动取消。现场的战友们悄悄地有计划地离开现场，万副处长命令候探和我等四个人，到医院周围再去调查情况，他们要回去突审梁孝顺夫妇。

原来，凌晨3点我们聚在彩虹公寓枪击事件现场的时候，梁孝顺的手机响了，陌生男子来电话了："喂，老梁，我现在改变原计划了，我看到你们小区到处是警察、救护车，还有好多便衣警察，他们在你们家门口，你们夫妇两个人，一个在原地不动，一个马上到第二幼儿园的门前垃圾箱处，放下钱袋子，马上离开，我知道你们也报警了。还要不要你们的女儿了？"电话很强势地挂断了。

梁孝顺垂头丧气地说："完了，完了，他们知道警察来了，可警察不是冲咱来的，他们是有别的案子。"他对马红丽说，"你赶紧去第二幼儿园正门垃圾箱，把30万块钱给他们，要给咱取的真钱，我给你打掩护，否则警察会发现的，现在他们乱了阵脚，顾不上我们。"

就这样，梁孝顺的老婆马红丽悄悄溜出了小区。

第二幼儿园距离彩虹公寓也就三公里，她打车到了第二幼儿园。马红丽小心翼翼地把装着30万元的袋子放进垃圾箱，躲到一边想看看究竟。

马红丽手持的大方砖式的摩托罗拉手机又响了，是梁孝顺打过来的，他告诉马红丽马上撤离，对方说了，明天中午12点，医院后门接孩子。马红丽回家了。

真相大白了，市局的会议室里，肖局长自言自语道："小伍同志说的有道理，童副局长，你们赶紧研究下一步工作方案，坚决不能再出事了，想尽一切办法救出孩子来，要听听小伍同志的意见。"

十天过去了，"1·02"案件一点儿进展也没有，高萍已经住进了市精神病医院，刘大麻子也是天天跑市局告状，说是警察打死了他的独生子，要求赔他儿子。

营救梁晓红，失败！

梁晓红

梁孝顺也到市里领导那儿告状了，他说是牛奇打击报复他，耽误了营救他女儿梁晓红的最佳时机，他现在总唠叨："牛奇啊牛奇，你真他妈的太牛气了呀，遇到你我倒八辈子霉了，我倒了八辈子霉了，倒了霉了！"

听说高卫东、黎俊英夫妇，也精神崩溃了，黎俊英天天守在高萍身边，说个不停："作孽呀！作孽呀！"

过春节了，这个春节是我们刑事侦查处最不快乐的一个春节。三起绑架案件，前两起是在医院的妇产科，两个家庭的新生婴儿被绑架，犯罪嫌疑人收到了每家的十万元现金，确实没有"撕票"，两名婴儿回来了，准确地说是绑匪拿走了钱，把婴儿给放回来了，但是绑匪依然逍遥法外。当警察的脸红呀，对不起老百姓呀，对不起这身橄榄绿呀，更对不起头顶的金色国徽、肩扛的盾牌呀。还有贾海波和高萍、刘小宏之间的感情纠葛导致的重大枪击案件，给社会带来了极大的影响。目前，梁孝顺的女儿梁晓红生死不明。这期间，我也写了自己对几起案件侦破方向的建议书，我们全队停止休息，全部出动，全力以赴挖线索，找证据。

我还是跟着牛大队长参加调查，虽然他还是对我有些看法，但是在紧要关头，他还是积极地保护我维护我，还嚷嚷着给我介绍女朋友。

另外，就是梁孝顺接二连三到市领导那里去告状，他要求解救他闺女的案子让其他同志办理，他一直咬定牛奇打击报复他们，气得牛奇非要找肖局长理论去，万副处长死死地摁住了他。为了处理好与民营企业的关系，葛处长让牛奇带着我们几个重点侦查另外两起绑架案，其他案件由候探带领五名侦查员侦办，重点接触梁孝顺夫妇，但是也要向牛大队长汇报，在队里要共同研究。

出了正月，我实在接受不了这一阶段的生活和工作带来的烦恼，除了每天加班，只破了一些小案件。入室盗窃、街面抢劫，这对于我们大案队来说，都是一些日常的事儿，而我们大案队的主要任务——营救被绑架的梁晓红、抓住犯罪嫌疑人，至今没有线索，没有进展。

但是，候探他们一有新的情况，就会及时告诉我，其实我心里也明白，他是让我转告牛大队长。这日，候探他们了解到：梁晓红的班主任齐老师说，梁晓红是个十足的富二代，在班里学习成绩较差。爱打扮，穿得花枝招展的，头发染成黄色，作为学生有点儿过头了。老师说她的时候，她就旷课不来学校。校长也找我们谈过，让我对梁晓红要高看一眼，她爸爸是有名的企业家梁董事长，他给了学校不少经费上的支持，不要得罪了梁孝顺董事长，不看僧面还要看佛面，所以只要她上课不捣乱，睡一会儿觉，吃点儿零食，看看书，都可以，只要别影响其他同学上课就行。这不明年高考了，她也有点儿着急了，她说她爸爸要送她去美国读书,但是一定要把高中毕业证拿到手,我们市一中是名牌高中学校,有了这个高中毕业证,她出国就方便了。

梁晓红的数学梅老师讲,她出事前,还在班里上自习课,晚上快8点了,和同学们一起走出去的。近期她的数学成绩进步相当大,这孩子脑袋瓜子挺聪明,就是不用功,如果用起功来她的数学能考高分。

还听英语刘老师说,最近我表扬了梁晓红一下,之后,她的英语就进步很大。昨天她还算不错,写完作业的时候,没有吸烟,吃了块口香糖,还非得塞给我一块儿,我说今天就学到这儿,回去早点儿休息,高考的日子越来越近了,明天晚上我继续给你辅导,之后,她与我打了招呼说声"拜拜",就和班里的女生李小兰一起走出学校。

我们又找到了李小兰,她告诉我们,我俩是一起走出校门的,到了路口她接了一个电话,告诉我是她新交的男朋友打来的,梁晓红让我先走,之后,我就不知道她去哪了。好久她也没来上课,我们班同学还纳闷,大家猜想她可能出国了,或者是在酒店自己复习。班里好多同学都说,梁晓红最讲义气了,班里谁家里有困难,她就找她爸爸要钱,帮助人家。她学习差点儿,但是人缘好,有时候考试我们都让她抄。但是,梁晓红新交了男朋友,至今我们也不知道是谁,与梁晓红的绑架有什么关系吗?

初春了,我的师父老汪也快退休了,他说还有几个月,入伏的时候他就到了退休的日子。师母在家里给儿子带着孩子,老汪的儿子汪铁军也是警校毕业的,不过老汪没有让他儿子干刑警,王铁军在北郊区分局的行政科当会计。老汪说,他儿子从小胆子小,人也老实,这样干会计好,胆子小,公家的钱,他不敢贪。

我还是第一次在师父家吃饭喝酒,而且喝大了,我酒后吐真言:"师父,那个牛奇看不起我,说我才干了几天警察,说我是臭知识分子,他有什么了不起的,我说错了吗?现在这几起案子乱了套,不串案不并案去思考行吗?我看他就是个人英雄主义,光显摆他个人的能耐。"

师父老汪也带着醉意说道:"小伍呀,其实牛奇也是我的徒弟,他也是从部队转业就跟着我干的,他是有些粗暴,但他人很直率,为人忠厚,对公安事业忠诚,这一点你们挺像。你知道吗,贾海波是他的表兄弟,他亲二姨的小儿子,这个案子他比你更想破。"

听到牛奇和贾海波是姨表亲关系,我又是一愣,似乎酒醒了一半,这到底是怎么回事,我的脑袋更乱了,我需要好好梳理梳理。

老汪又告诉我:"高萍的母亲黎俊英办了提前退休,专门照顾高萍,高萍的外婆承受不了打击,和她舅舅回老家的县城了,大城市太乱,太复杂,老人受不了。高卫东也辞职了,现在到刘大麻子的企业当了副总经理,主管销售工作,长青农场已经把土地卖给了梁孝顺和刘大麻子兄弟俩。"

我真的是吃了大惊,真的不敢相信这一切,这一切都好像在梦里一样。我似乎还是在军营,一日三餐,立正,稍息,正步走,跑步走,敬礼!首长好!同志好!唱着《打靶归来》进食堂。

老汪还不情愿地说道:"过完春节了,至今没有梁晓红的消息,恐怕这孩子凶多吉少了!"

其实我的预感也是,三起绑架案,有可能是一个犯罪嫌疑团伙所为,前两个人质是婴儿,没有识别能力,拿了钱,放了人质,算是没有危险的，即便怀疑犯罪嫌疑人是谁，直接证据还是微弱的，但梁晓红就不同了，她已经18岁了，是成年人了，放出她，很可能她能帮助我们将其一网打尽。

我们听说葛处长也写了辞职报告和深刻的检讨书，"1·02"案件至今没有破案，他要求市局党委给他处分，撤了他的处长职务，要求和我们一起把案子破了，葛处长还提议可以先让万侠同志主持五处工作。

还听说肖局长大骂了葛处长，说他革命斗志都哪里去了，破不了"1·02"案件，休想退休，过去的功劳全部作废。

葛处长老泪纵横，他不是怕处分和撤职，凭葛处长的经验，他早就怀疑梁晓红遇难了，他是没法儿向社会交代，没法儿向梁孝顺夫妇交代，没法儿向人民群众交代。干了一辈子公安，没承想快要退休了，至今没有破获"1·02"案件。

我们知道老侦查员出身的葛处长，心里比谁都难受呀，这些也是老汪告诉我的。回到家里，我一夜未眠，我在画一张大网，一张蜘蛛网。中心点的蜘蛛就是我；第一圈是高果、高萍、高卫东、黎俊英和高果外婆，我又加上了贾海波；第二圈是刘大麻子、刘小麻子，以及刘大麻子的情妇秘书，还有高萍、贾海波；第三圈是梁孝顺、马红丽、梁晓红，也有刘大麻子、刘小麻子，还有梁孝顺女秘书；第四圈是牛奇、贾海波、高萍、刘小麻子，还有梁晓红新交的男朋友；第五圈是坏人、外星人、梁晓红的新男友；第六圈是肖局长、童副局长、葛辉处长、万侠副处长，还有老汪和全市老百姓的每一双眼睛。我被困在中心点，奋力地挣扎。

你到底在哪里呀，梁晓红……

秦为民

已经午夜了，BP 机又响了，我半睡半醒，急急忙忙跑到客厅，拨通了电话，是候探长，他告诉我，马上回队里来，有重大线索。

我骑上自行车，飞一样地向处里奔去，就连母亲嘱咐我的话，我都没有听见，我想，一定是爸爸妈妈告诉我，要注意安全，小心点儿。

回到了处里的会议室，葛处长、万副处长、牛大队长、候探都在，他们正在听取候探对"1·02"专案的最新进展情况汇报。

候探他们在走访调查期间，还配合属地分局派出所，成功破获了一起入室盗窃案，其中有一枚精美的钻戒，引起了候探的特别注意。经过候探找地矿局的专家鉴定，这枚钻戒系英国著名的奢侈品品牌"卡地亚"，是一枚三克拉的钻戒，价值昂贵。

梁孝顺的老婆马红丽曾经说过，梁晓红在过 18 岁生日的时候，她爸爸梁孝顺特意从迪拜给孩子买了一枚价值不菲的三克拉钻戒，寓意我们三口人永远是最亲近的一家人。另外，她爸爸还说，如果晓红在市一中顺利地高中毕业，就到美国去读书，他还要再给孩子买一条美国品牌"蒂芙尼"项链，配成一对，也算是给晓红嫁妆的一部分了。

经过候探他们让梁孝顺夫妇秘密辨认，马红丽还拿出当时购买卡地亚钻戒的发票，是一致的，他们夫妇又是惊喜，又是担忧。这些日子，他们以为孩子遇难了，除了到市里告状，他们夫妇还花大价钱，雇私人侦探调查，告诉私人侦探，只要绑匪放了梁晓红，再提什么条件都答应。然而，那些所谓的私人侦探，都来自违法开设的骗人机构，其实他们主要经营的是跟踪有钱人的老婆或大款丈夫，侦查家庭男女外遇的勾当，破案简直是胡说八道，天方夜谭，他们不是福尔摩斯。

候探也明确地告诉了梁孝顺夫妇，让他们夫妇一定要保密，别惊动了绑匪，否则再出现什么意外，他们两个人也是要负法律责任的。

被抓捕的入室盗窃犯罪嫌疑人绰号叫小达子，今年22岁，待业青年，和几个没有工作的不三不四的小青年鬼混，开了一个录像厅，也不景气。近几天开始学着港台录像片里的样子，铤而走险，他们还美其名曰要杀富济贫，其实就是几个家庭不完整的孩子，领头的就是小达子，他年龄最大，其他几个都是十七八岁的孩子，最小的是一个初二辍学的孩子。小达子的父母离异都去外地打工了，他一个人和爷爷在本市生活。

"好，候子，你们干得好，你们要根据这个线索侦查下去，把小达子一伙人全部带到咱们处办案区审问，审问工作由老万带着牛奇、伍歌几个同志开展。候探，你顺着线索继续开展调查，千万不能走漏风声，对梁孝顺夫妇也要做好保密教育工作，告诉他们如果再把情况泄露出去，梁晓红就真的危险了。现在发现钻戒太及时了，说明孩子有可能活着。"压抑许久的葛处长，声带嘶哑地说。这几个月来，葛处长的头发全白了，明显老了许多，他和老汪同龄，就是生日是腊月的，还有半年多也该退休了。

我又偷偷地按照我画的那张大蜘蛛网和七个圈子，把小达子放入第四个圈子里。

我们在讯问小达子一伙犯罪嫌疑人的时候，了解到了这枚卡地亚钻戒，是他们在一家电器修理门市部盗窃的，具体地址是河北区临近北郊区的一排老楼房的一层底商，电器修理门市部的名字好像叫什么民的维修部（小达子说具体店名忘记了，他说他认识路，可以带我们去）。

他们还交代了其他犯罪线索，万副处长把情况报告给了葛处长，并向市局领导做了汇报。三个多月的"1·02"案件，终于有了蛛丝马迹。按照市局领导要求，专案组由万副处长亲自带队，调查取证，伺机抓捕犯罪嫌疑人。

首先我和民警小涂，化装成要修理一个小半导体的客户，候探带领其他同事调查这个家电维修门市部的基本情况。我和小涂来到了一个写有"为民家电维修门市部"牌匾的底商处，已经是下午两点多钟了，维修部不大，也就八平方米左右，应该就是一楼的一个阳台扩充改造的，里面尽是一些破旧的收音机、录音机之类家电旧货。这时候从小屋后门进来一个清瘦的小伙子，小伙子一米八几的身高，看上去就是一个内向的孩子，挺蔫的。

我把一个小半导体递给了他，小涂说："不响了，你给看看，多少钱？"小伙子坐下来，头也不抬，拿出了一些工具，打开后盖，很熟练地用万能表测试了一番，说道："没什么大毛病，有个电阻坏了，给五毛钱吧。"

他在维修半导体的时候，我和他搭讪着："兄弟，你就叫为民吧？"他"嗯"了声，说道："全名，秦为民。"他又聚精会神地忙着手里的活计，我和小涂相互交换了眼色，心想，还是少与他言语，以免他有所察觉。

我面对这个叫秦为民的小伙子，真的不敢相信他与绑架案件有关，可是面对他，我又有一种奇怪的幻觉，有可能梁晓红就在这个维修部里。突然的想法，让我浑身冒出一股冷汗，一直向上冒到头顶。我下意识地观察了一下四周环境，叫秦为民的小伙子抬头看了我一眼，我似乎觉得他的警惕性极高，便随口说道："这个房子租金也不少吧？""这是我家的房子，没有租金，这是一个小偏单，我就住后边，这是街道为了照顾我，允许我把阳台扩建一下，这不，我就扩建成这样了。这一排房子的一层阳台也都扩建了，他们大部分都租出去了，挣钱。"他解释完了，半导体也修好了，半导体还真响了，他还给调出了京剧频道，正在播放于魁智的《大雪飘》："大雪飘扑人面……"唱得我还真有点儿冷了。

　　走出了维修部，我和小涂商量，让小涂回去向葛处长、万副处长、牛大队长他们汇报，我在附近盯住为民家电维修门市部的秦为民，再也不能生出意外了。他是不是犯罪嫌疑人现在不能下定论，但是，有可能这个秦为民就是梁晓红的新男友，我似乎有些兴奋，又有些紧张，还有些恐惧。梁晓红还活着吗？我用这个问题把自己的大脑吓出了一个黑洞，黑洞里什么也看不见，只看见一枚发红的卡地亚钻戒。小涂远去了，我到了为民家电维修门市部对面的一家服装店里观察秦为民，同时等待小涂的消息，我也生怕秦为民发现疑点，再跑掉。

　　这家叫新潮的服装店也是底商，40多平方米，挂着一些新潮款式的男女服装。其实，我无心挑选服装，只是心不在焉地向外张望。服装店里的一个高个子、气质稳重大方的妇女对我说："小伙子你是等人，还是买衣服？"这个妇女看上去不到50岁的样子，匀称的身材，一种文艺范的姿势，说起话来京腔京味的，皮肤也特别滑腻，保养得很好。我真的没想到这样的一个小服装店有这么一个卖服装的美人。我想，她年轻的时候得多美丽呀！"小伙子,你有什么事吗?"她对我的表现更加疑惑了。

我赶忙回答:"大姐,您太漂亮了,我看您特别像电影明星,您别误会,我是在等公交车,外边风大,到您这里避避风,您不会介意吧?"嘴甜的我发挥了一下。

卖服装的漂亮妇女微微一笑:"没事儿,小伙子你嘴真甜,真会说话,好,你就在我这里等车,也看看我们的西装,有合适的买一套,你要是结婚用,还可以订制,我们是市里著名的孝顺牌西服啊,这是我们的一个专卖店。"

我听到"孝顺"两个字惊讶得差点儿喊出来,就在这个时候我的 BP 机响了,算是给我解了围。我一看是牛大队长发过来的,让我马上归队。我告别了服装店漂亮大姐,出门,赶紧上了公交车,下车再打的。

在车上,我发现老冯他们几个人在街面上溜达,我明白了葛处长早已布置好监控。

回到队里,万副处长和牛大队长他们都在,大家围在牛大队长的办公桌周围,听着候探讲述了解到的新情况:秦为民,男,19岁,本市人,在市一中读书,学习成绩非常优秀。因为去年高考之前,检查出了患有严重的尿毒症,必须要换肾,否则活不过三年,所以去年就没有参加高考。平时他爱好广泛,写过科幻小说,听说还获过奖。他还特别喜欢捣鼓家电什么的,所以他母亲找到街道办事处。为了照顾他们母子,街道免税,让他开了一个维修小家电的门脸。

秦为民的母亲秦玉凤,今年 52 岁,原来是本市京剧二团的老生演员,年轻时候漂亮,装扮成老生更是漂亮,后来听说和一个大款好上了,她丈夫被活活气死了,她丈夫是一名京剧院的琴师,也姓秦。那时候,他儿子才四岁,长大了他不知道是什么原因父亲去世了,只知道父亲因突发脑溢血突然死亡了。他母亲秦玉凤也没有改嫁,母子相依为命。秦玉凤年龄大了,京剧不景气,便只好退休了,听说经营着一家小服装店。

候探压低嗓音,神秘兮兮地说道:"你们猜,秦玉凤相好的大款是谁?说出来吓死你们,梁孝顺。"

"啊——啊——啊——"在场的同事几乎是异口同声,大声地惊叫了起来。

"对,就是这个王八蛋,伍歌,你小子听到梁孝顺和秦玉凤之间的关系,怎么不惊讶呀?"我告诉了他们我今天与秦为民和秦玉凤已经见面了,同时,我把刚才与小涂的工作进行了汇报。

"别说,五阿哥,你小子分析得还真的有道理,这几起案子就得串联,还有什么联来着?"候探兴奋地问道。"并联案子。"小涂解释道。

我的脸上有些泛红,偷偷地看了一眼牛大队长,他面无表情地看了我一眼。候探觉得自己的嘴太快了,看了一眼牛大队长和万副处长,沉默了。

万副处长说道:"好,辛苦了,同志们,'1·02'案件总算有进展了,我马上向葛处长和童副局长汇报。牛奇,你告诉老冯他们,给我盯住了秦玉凤和秦为民母子俩。候子,你们再到学校和他们居住的周围看看,再次走访调查,看看还能够搜集到什么证据。另外,也要盯住梁孝顺,这小子也有问题。准备好相关法律手续,听候葛处长的命令,抓人。"

万副处长走出了我们一大队,向葛处长汇报去了。牛大队长又具体讲明任务,我和小涂去市一中调查,候探他们去控制秦玉凤母子，另外安排其他侦查员盯住梁孝顺的动向。牛大队长讲，暂时不用派出所的同志协助，知道的人越少越好。

一条新线索，一个新面孔——秦为民……

秦玉凤

在学校，校领导和秦为民的班主任，对这个学生都赞不绝口。秦为民是一个品学兼优的孩子，只可惜身患重症不能读书了。他父亲去世得早，他母亲一个人拉扯他也不容易，听说为了给秦为民看病，秦玉凤欠下不少钱。至于秦为民在学校有没有好朋友，交没交女朋友，学校认为这个孩子挺内向，应该没有。后来英语刘老师说，好像梁晓红认识秦为民，好像知道他有病，还让她的大款爸爸帮助秦为民找肾源呢。这可是一个大线索，我们与刘老师又进行了全面了解。

候探和老冯他们也在附近，从一个崩爆米花的外乡老大哥那里了解到，元月2日晚上在维修部门前，就着路灯的亮光，他又崩了几锅爆米花，他收拾爆米花工具的时候，看到一个瘦高个子的小伙了和一个穿校服的女孩儿进了维修部。人证物证有了眉目，虽然都不是十分有把握，但还是可以把秦玉凤母子带到处里，问一下情况。另外，我们把崩爆米花的老大哥和刘老师也请来了。候探他们接到了万副处长的命令，立即带着拘留证和搜查证到了秦玉凤和秦为民面前，同时，我们的侦查员把梁孝顺夫妇请来，告诉他们夫妇，梁晓红案件有了重大发现。

我们分为四个组，候探和老冯讯问秦为民，牛大队长和我讯问秦玉凤，处办室叶晓艺副主任和大孟、小涂询问刘老师和崩爆米花的外乡老大哥。

万侠副处长亲自带着民警找梁孝顺夫妇谈话，毕竟梁孝顺是受害人的家长，本身他也是市政协委员，如果要讯问他是要经过市里相关部门审批的，所以由我们五处的领导与其夫妇谈话是最恰当的。

没有想到的是，秦玉凤没有等我们讯问她是否参与三起绑架案，就笑着并带着痛苦的表情说道："梁晓红是我杀的，我一个人干的，跟任何人没关系，之前的两个婴儿也是我化装成医院的大夫给偷出来的，那两个婴儿的家长也挺懂事，每个孩子我要了十万元，他们给了，我就放了孩子，哪个孩子不是娘身上的肉啊！我懂。"

我当时就想上前给这个漂亮的女人一巴掌，你他娘的，知道孩子是娘身上的一块肉，你还杀了梁晓红，我强忍心中的怒火，这个漂亮的女人在我面前就是一个白骨精。牛大队长看出了我的愤怒，瞪了我一眼，说道："你把秦玉凤的每一句话都要记录清楚，这是证据。"

牛大队长问，我继续认真记录讯问笔记，秦玉凤不以为然地说："我知道，你们会说我是毒蛇蝎女，我不怕，我早有思想准备，这是梁大头鱼和刘大麻子哥儿俩作的孽，他们必须断子绝孙，这才是我要达到的目的。"

听到这里，我和牛奇大队长交换了眼神，开始聆听秦玉凤的陈述。

秦玉凤原来也是长青农场的子弟，他的父亲是长青农场的老厂长，在动乱的年代，被关进了牛棚，活活给饿死了。那时候，秦玉凤还在读中学，她和母亲相依为命，她母亲过去是部队文工团的演员，后来在长青农场的奶牛分厂任党委书记，因为丈夫她受到了牵连，带着女儿秦玉凤下放回老家西北农村了。后来落实了政策，她们母女又回到了长青农场。在老家，秦玉凤和一位下放的著名京剧老生表演艺术家相识，秦玉凤身段好，又是一个美人坯子，还遗传了她母亲的基因，特别有表演天赋，回到城里，就被老生表演艺术家推荐到了戏校，毕业后就分配到了本市京剧二团，是京剧院的台柱子，大红大紫了好一阵子。

秦玉凤在中学的时候，与高卫东既是同学又是最好的朋友，其实也就是现在恋人的关系。当时上中学，在那个年代，他们也不敢谈什么恋爱。后来，秦玉凤回来了，他们又联系上了，热恋了一阵子。但是，秦玉凤和高卫东毕竟在生活和工作上有了差异，最终，高卫东和也是农场子弟的中学同学黎俊英结婚了。当时，听到这个消息的秦玉凤对高卫东恨之入骨，过了好久她才与京剧院比她大12岁的也是秦姓氏的琴师结婚了。

秦玉凤找牛大队长要了一支香烟，狠命地抽着，眼角的泪水早已干枯了，只存留一些潮湿的印记在眼睑周围像是一朵开败的野菊花。此刻，我的心中又产生了一丝怜悯，如果我是高卫东，一定会珍惜这样一个有故事的美人。

审讯室压抑的空间，更加显得压抑，我似乎有点儿窒息了。牛大队长继续问，秦玉凤接着回答："我杀梁晓红，一是报复梁孝顺这个伪君子、骗子。二是梁晓红和那两个婴儿不一样，她认识我们母子，为了我儿子我也要杀她，否则，放了她，她和她那个混蛋爸爸一样报警，我们就完了，我还得给我儿子换肾呢。三是梁孝顺说好不报案，但他们还是向你们报案了，我只好灭口，否则那两起绑架婴儿的案子也就暴露了。"

我问她:"受害人梁孝顺接的电话,对方可是一个男性的陌生人打的。"秦玉凤又是一阵得意的大笑:"你们了解我吗?我可是一个京剧老生演员,用男性嗓音说话可是我的专业啊,这不很正常吗?"她的确是一个合格的表演艺术家,喜怒哀乐变换自如,让我爱恨交加。

她又说了她与梁孝顺、刘宏达的感情纠葛。秦玉凤交代杀死梁晓红就是报复梁孝顺的无情,她说:"那时候京剧没人爱看,院里连连亏损,连买服装都成了问题,院长就托关系,找到了本市的企业家梁孝顺,请他为京剧院搞些公益事业,其实就是找他要钱。在一次我陪他们喝酒后,有点儿迷迷糊糊,等我醒来,我们俩光着身子在明星大酒店的包房的双人床上。"她又说,"我咬牙切齿地恨,又有什么用呢?之后,梁孝顺还真的给了我们院里一大笔赞助经费,为此,我们院里还给了我表扬和奖金,我的先生也突发脑溢血去世了,当时,我的儿子为民才四岁呀。梁孝顺这个禽兽不如的王八蛋,玩腻了,他的花言巧语全部作废。"他的那个同母异父的哥哥刘大麻子也不是什么好东西,也调戏过秦玉凤。

秦玉凤也本想绑架刘小麻子的,没承想让警察给打死了。秦玉凤的目的就是想让他们哥儿俩断子绝孙。秦玉凤的服装店,其实是梁孝顺作为补偿,或者是封口费,让秦玉凤经营孝顺集团的服装按成本价给秦玉凤,利润都给秦玉凤,另外租房费也由梁孝顺出资。不过才开张半年,这也是秦玉凤没办法,为了给孩子看病想找梁孝顺借点儿钱,其实梁孝顺是一个财迷,他和秦玉凤讲自己的企业现在也很困难,没有钱借给她孩子治病,让她经营这个服装店挣点儿钱,等着肾源。是他花言巧语,才逼得她走投无路,冒险绑架梁晓红及两个婴儿。

秦玉凤还讲了一个惊天的秘密,她说,儿子患病后,早期透析,费用特别高,钱都借遍了,她也硬着头皮找过刘大麻子,刘大麻子占了秦玉凤身子的便宜,给了几万块钱,后来他也玩腻了,又找了一个姓杜的年轻女子,不怎么理她了。不过在一次酒醉的时候,他说,高果肚子里的孩子是他的种,他还要娶高果为妻。混蛋的刘大麻子,她还听说,他儿子刘小麻子也追高果,高果这孩子怎么又和他这个未来公公好上了,高果和她儿子一般大,禽兽不如的刘大麻子、梁孝顺一家子,不得好死,她一直诅咒他们。

秦玉凤对三起绑架案件,供认不讳,而且交代得清清楚楚。我们问道:"梁晓红的尸体呢?"秦玉凤的眼睛似乎流了一些眼泪:"没办法,给为民换肾,需要30万元,加上后期治疗营养费还需要20万元左右,加一起就是50万元。梁晓红是一个聪明善良的女孩儿,一开始我还不忍心杀她,但是想到梁孝顺的绝情,想到我家为民的生命,我必须心狠手辣,我把梁晓红给碎尸了,扔到十米河里了。你们枪毙我吧,枪毙我吧!"她似乎精神开始分裂了,她疯狂地喊叫着,撕心裂肺地喊叫着。

又是十米河,这个万恶的十米河,我在心里诅咒这条已经成为梁大头鱼、刘大麻子之流捞取钱财而被污染了的河。

我递给她一杯白开水,劝她冷静,继续交代犯罪事实。我没有说"坦白从宽"这四个字,因为我知道她犯的是死罪,枪毙三次都不为过。

候探和老冯讯问秦为民也很顺利,秦为民也是当场就说,三起绑架案子,是他自己一个人干的,他母亲是不知道的。他看到母亲为了给他治病换肾,都到医院要求换她自己的肾了,但他们母子的肾不匹配,所以必须找肾源,而且价格昂贵。本来秦为民想一死了之，但是想到母亲孤零零一人，他又不忍心，所以，绑架婴儿是最保险的，婴儿不认识人，钱到手，换人质。两起案子得手了，正碰上梁晓红来找他，想交朋友，他就心怀不轨，先是强奸了她，之后软禁她，再之后给梁大鱼头打电话要30万块钱，他答应了，后来的事，警察知道了。

他还说："拿到钱的夜晚，本来想放了梁晓红，可是我一想她不仅认识我，还想和我谈恋爱，这事已经闹这么大了，放了她，她一准要和她爸爸妈妈讲，连前两起绑架婴儿案件就都暴露了，干脆我在我的门市部再一次强奸了她，之后杀了她，并且碎尸，扔到十米河里去了，去年的事儿，这都快四个月了，估计让十米河里的鱼虾吃掉了。"秦为民一丁点儿都不害怕，他很坦然地说。

他还说，自己是要死的人了，找他死去的爸爸去，本来对他爸爸就没什么印象，正好去陪他，就是有点儿舍不得妈妈一个人在世上，谁来给她养老送终呢？所以，他要继续活着，活着就得换肾，换肾就需要50万元。

另外，秦为民还主动讲，那枚卡地亚钻戒是梁晓红主动给他的，让他卖掉，换肾用。讲到这里的时候，秦为民眼圈红了，其实在内心里，也许秦为民真的喜欢梁晓红。

他还交代，卡地亚钻戒让入室盗窃的小偷给偷了，他没敢报案，也怕生出事端。他也交代了50万块钱还没有花，没有找到合适的肾源，现在这些钱都藏在维修部的背面墙与卧室之间的假墙里。我们也详细地记下了刘老师和外乡崩爆米花老哥的证言，也让他们指认了秦为民，证据确凿。

听万副处长讲，梁孝顺倒是一脸正人君子的样子，说是在一次企业联欢会上，认识了京剧院的老生演员秦玉凤，是秦玉凤趁他喝醉了勾引他，后来她丈夫发现了，被气死了。她带着一个四五岁的男孩儿，找梁孝顺讨个说法，梁孝顺知道她是讹钱，就给她十万元，她还不要，嫌少，她还骂梁孝顺是伪君子，之后她又要了那十万块钱。从那时起他们再也没有来往了，这事他老婆马红丽可不知道，他央求万副处长，千万不能说。

因为案情重大，梁孝顺和马红丽是分开谈话的。马红丽是与叶晓艺和我们处的一名女侦查员一起谈的，马红丽好像真的不知道秦玉凤这个人和梁孝顺有染的事，她只是关心梁晓红在哪儿，孩子怎么样。叶晓艺没有正面回答她孩子已经遇难了，只是说，孩子很危险。马红丽当场就晕死过去，我们又把她送到医院抢救，同时让梁孝顺陪护他妻子，我们倒是把梁晓红遇难的事告诉他了，梁孝顺咬牙切齿地发誓要杀了秦玉凤这个蛇蝎女人。

真相基本浮出了水面，我们到了为民家电维修门市部，缴获了50万元，同时我们按照秦玉凤和秦为民所说指定河西派出所在管辖的十米河里打捞梁晓红的遗骸。到这了，就是开头了，我们只捞出来几块梁晓红的骨头，其他的可能真的早已被鱼虾吃掉了，或者顺着河流被冲到减河了，或者流向更远的大海了，我倒是希望她流向蔚蓝的大海，梁晓红或许到了一个干净的世界。

案子有了进展，证人证言也都具备了，我们又忙了十多天，清明节过了，五一快到了，他们母子俩已被起诉到检察院，有充分的证据证明，秦玉凤与其子秦为民是共同作案，但是秦玉凤说是自己干的，秦为民也说是自己干的，而且秦为民还承认强奸了梁晓红。

铁证如山，他们母子俩到十米河扔梁晓红尸体碎块的时候，被经常在河边锻炼身体的人发现了，但是人家不知道他们在向河里扔什么。

我的那张蜘蛛网看来真的有道理。

一个老生京剧演员,为了挚爱,为了仇恨,伤天害理的秦玉凤。

连心肉

春暖花开。很快入伏了。师父老汪光荣退休。

因为营救不及时,导致梁晓红遇难,我们是有责任的,葛辉处长把主要责任全部揽了过去,他主动辞职,市局党委决定给予葛辉同志行政严重警告处分,提前几个月退休。

林政委学习回来了,担任了市局刑事侦查处党委书记、处长。万侠同志担任了党委副书记、政委。

牛奇被免了职务,成为市区某交警大队的普通民警。他的主要问题,就是在贾海波的办公桌里搜查出一张借款白纸条,是贾海波找刘小宏借现金 100 万元的字据,用于购买彩虹公寓准备结婚的新房,一开始他没有多想,把它交给了高萍的父亲高卫东,没承想高卫东交给了刘大麻子,成了刘大麻子状告牛奇的唯一证据,所以考虑到他和贾海波的亲属关系,对其进行了严肃处理。

候探长被提任为一大队大队长,我担任了副大队长,毛大队长爱人叶晓艺担任了我们一大队的教导员。今年全市共发生命案 100 起,破案 100 起,破案率达百分之百,我们受到了公安部和市委市政府的表扬和奖励。

还有一个好消息,就是于智慧所长担任了我们五处的副处长,我们又可以在一起战斗了,可能这对毛大队长是一个坏消息,他一定有些不舒服,叶晓艺成了于胖子的部下。经过几个月的补充侦查,检察院完善了三起绑架案件的证据,移交法院。

开庭了,判处秦玉凤死刑,立即执行。判处秦为民死刑,鉴于他患有尿毒症重病,换完肾之后,执行死刑。

汪师父退休了,我去看望他,我把新规划的"1·02"案件的一张蜘蛛网和六个圈子的图解带给师父老汪看,他挺满意和欣慰的,他也知道全部案情。

老汪的儿子汪铁军还悄悄告诉我:"昨天牛奇来了,被我爸爸大骂了一顿,说他不讲原则,就是自己的亲属,也不能那样做,那张白条,那是证据,一名共产党员要对党绝对忠诚。不过我爸还是鼓励牛奇要振奋精神,在新的岗位上发挥作用,取得成绩,争取早日回到五处。"

汪铁军还与我讲,老汪和肖局长是生死之交,我的进步也是老汪推荐给肖局长的。汪铁军还秘密地说:"我爸不让我告诉你这一切,你心里明白,好好干。"

老汪说道:"案子破获了,有些人呀触犯了法律,就得承担后果,可是有些人从表面上看,没有触犯法律,但是要承担社会道德的审判!"

是呀,梁晓红的死,秦玉凤、秦为民触犯了刑法,执行枪决是合法的,他们就应该承担法律的后果,然而高果的死、刘小宏的死、贾海波的死,还有已经患神经病的高萍,谁来承担责任呢?是梁大头鱼梁孝顺,是刘大麻子刘宏达,还是高卫东、黎俊英夫妇来承担呢?或是由这条该死的十米河里面的水怪来承担呢?

我骑着父亲给买的白色的斯普瑞科自行车,在回家的路上,路过了彩虹公寓,这里的夜晚,霓虹闪烁如仙境一般,这里居住的业主基本上都是市里的民营企业家、外地的商人，以及少数的干部，他们享受着极品的物质生活，他们的日子真的如仙境一般幸福美好吗？

贾海波和高萍还没有入住这里的新房，就阴阳两界了。贾海波为什么对我有意见？高果真的爱上刘大麻子了吗？高卫东知道这一切吗？他一定爱过秦玉凤，秦玉凤的丈夫秦琴师真的是气死的吗？秦为民真的强奸过梁晓红吗？刘小宏与高萍的事件是否就是为了解决那张100万元的借条呢？

我听法院的法警同事讲，在秦玉凤执行死刑前，她要求清唱一段京剧《三家店》，她扮演秦琼："将身儿来至在大街口，尊一声过往宾朋听从头，一不是响马并贼寇，二不是歹人把城偷，杨林与我来争斗，因此上发配到登州。舍不得太爷的恩情厚，舍不得衙役们众班头，实难舍街坊四邻与我的好朋友，舍不得老娘白了头，娘生儿，连心肉，儿行千里母担忧，儿想娘身难叩首，娘想儿来泪双流……"

"从容""悲壮"这两个词在我脑海掠过。"真的不应该呀！"我突然自言自语。

是啊，哪个孩儿不是娘的连心肉啊。社会需要每一名执法者化作一名唤醒者，用法律和道德去唤醒秦玉凤，你的儿子秦为民是你的连心肉，梁晓红呢？还有那两个婴儿呢？你为什么挖走这几个母亲的连心肉？难道这三个孩子母亲的连心肉不是肉吗？秦玉凤如果早早被唤醒，梁晓红和秦为民有可能比翼双飞，成为恋人。

我迎着又一年的微风行进着，思索着形形色色的案件，时而疑惑，时而释怀，时而冷静，冷静得无我，不知道为什么，我骑到了精神病院……

医院里传来了京剧老生唱腔,谁唱的《三家店》?"……舍不得老娘白了头,娘生儿,连心肉……"

(穆继文,北京人。军旅生涯多年,现就职于天津市公安局。中国作家协会会员,天津市作家协会第四届全委会委员,天津市作家协会文学院签约作家。中短篇小说作品散见于《飞天》《大家》《天津文学》《鸭绿江》《海燕》《牡丹》《海外文摘》《湛江文学》《长城文艺》等文学期刊和多种文学选本,著有随笔集《辣笔励思录》、诗集《午夜的风》《走近红土地》等多部图书。在多家报刊发表大量小说、诗歌、散文等作品,荣获多种文学奖项。2010年11月天津市作家协会、天津市警察学研究会联合举办穆继文诗集《午夜的风》研讨会,被誉为"警察诗人")

搭 档

贺建华

三年后一个周末的夜晚，冯全一身深蓝辅警制服矫健地行走在西京古渡文化街区逼仄的青石板路面上，有一种在历史氤氲的古运河上行船的感觉。人朝前走，两岸的店铺纷纷朝后退去。时间就在这一进一退中悄然变化，大事小情也在这一起一伏中徒生变数。这是一条起源于六朝时期的繁华古街，据记载已有上千年的历史。传说三国时三大战役之首的赤壁大战的主角诸葛亮曾经在紧邻着的蒜山上与周瑜算计抗曹大计，使东汉丞相平定天下的梦想瓦解冰消，形成三国鼎立的局面，因此人称"算山渡"。唐时叫"金陵渡"，宋代才改称"西京渡"。言为世范，行为士则，是古代士人做人的准则。古时候，读书人受人尊敬是有道理的，起个名字都高端大气有内涵，什么姑苏、金陵、西京，文艺范儿十足。"西"代表方位，"渡"是渡口的意思，这好理解。京，本义为高处的建筑。古代天下分裂纷争不断，国都都建在高地上，以防不测，所以"京"一般指国都。历史上这里没做过帝都皇城，也没与皇都沾过边，顶多有几位风流皇帝路过此地，冯全想破了脑袋都没想全其中的含义。

两边商铺林立，聚集了百十家字号。斑驳锈蚀的青砖、飞出的屋檐、雕花的门窗，符号般记录着各个时代文化变迁的脉搏，叙述着唐宋元明清五个朝代的人文故事。皮鞋敲击地面，回响出有节奏的嗒嗒声，如影随形，久久不肯离去。当他从一个叫昭关的过街石塔下经过时，不由自主放轻了脚步。昭关塔是佛教遗物，下面可以通行人马。过石塔好比礼佛，是对佛的顶礼膜拜，这是小时候母亲告诉他的。自古以来，西京渡就是南北交通的咽喉，客商官差百货皇粮人来船往热闹非凡。出门在外，平安是第一位的。这里江面开阔，暗潮涌动，碰上恶劣天气，人仰船翻的事故经常发生。深悟治政之要在于安民的元朝统治当局为了安抚民心，跨街修建了此塔，好比是给通江的人与货物上了一道护身符，使安全有了保障。

时值槐序，一阵暗香袭来，死皮赖脸缠着冯全的大红鼻子，绕了几个圈，然后一个急转弯倏地钻进鼻孔深处。这时候冯全的气管和胸腔里似乎有很多小虫子在爬，痒痒的，麻麻的，酥酥的。他不由得停下脚步，眯起眼，耸起肩，屏住呼吸，把眼睛投向空中求助。没有月亮，星星也捉起了迷藏，只寻到一盏相对来说还算友好的路灯。屏住呼吸，盯住看，眨也不眨。片刻，一股强大的气流在肺部汇聚，贴着后背沿着脊梁向着头顶蓄势待发。"阿——嚏——"说时迟那时快，数不清的小虫子连滚带爬鬼哭狼嚎般沿喉咙喷涌而出。冯全整个人飘浮起来，脑子一片空白。他弯着腰，两手撑着膝盖，努力平衡住身体，一动不动享受着这种飘浮感。安静片刻，抬起头，眯起眼，想再一次获得快感时，才发现，苍穹中，除一眼望不到边际的黑幕像屋顶一样笼罩外，其他什么也看不见，像三年前那个黑咕隆咚的寒夜。他鬼使神差般联想起武侠小说里的月黑风高夜杀人放火时。不禁打了个激灵，血流加速，激起了无数个鸡皮疙瘩。

还不快走，等着被投诉吗？何京的声音从几米远的地方传过来，听上去轻声细语，慢条斯理，却暗含几分严厉。不过，因为不是正面对着说的，经过墙面的几次折射，再加上浓浓的湖南方言的加持，让这种威势打了几分大大的折扣。何京从部队转业到地方，分配在派出所，干了快一辈子就没见他挪过窝。除年龄见长、资格见老、警衔水涨船高外，职务还是普通民警。天天在打击犯罪与服务群众的双车道上行走，老奸巨猾的、道貌岸然的、心狠手辣的、老实巴交的、斯文做派的，什么样的人都打过交道；敲诈勒索、杀人放火、盗窃抢劫、吸毒卖淫、诈骗贪污，天底下的罪恶几乎都见识过。练就了一手洞若观火处变不惊的功夫。不怒而威已融进了老警察的血脉，成为他身体的一部分，仿佛是与生俱来的本领。

他们两个是滨江派出所接处警一组的成员，满额也就两人，一警一辅，冯全负责开车兼配合处警。今天他们是按照110指派去处理一起纠纷的警情。因为地点在古街区，车子进不来，只能步行。何京前面走，冯全后面跟，多年来已形成习惯。有人说不符合局规禁令，在外面执勤就应该两人成排，三人成线。何京便以民警辅警不是同一个警种，两人成线没什么不妥来辩解。至于为什么不肩并着肩走，有人说是天有不测，老何有心要保护小冯，还有人说是辅警民警虽然都是警，但性质完全不一样，不该跟民警平起平坐抢风头。至于真实原因，谁也没有问过。

冯全从何京喉咙深处发出的直冲脑门的鼻音中听出了有些不满，紧走了几步，保持着米把的距离。何京在工作中较真是全局出了名的，跟冯全蹬鼻子翻脸是常有的事，用他的话说，出警如上战场，战场形势瞬息万变，指挥员如果不能因地制宜采取正确的应对策略就会被动挨打。兵是用来打仗的，官有责任让冲锋陷阵的兵全手全脚地下来。你负责冲锋陷阵，我负责运筹帷幄，没那点儿本事就别揽那做官的活儿。不过话说回来，在只有两个人的战斗小组里，何京不仅是指挥员还是战斗员，既要运筹帷幄还要冲锋陷阵。铁血柔情，工作之外他们的关系颇为融洽。两人在一起搭档从事接处警工作，前前后后掐手指头算下来也有十来个年头儿了。何京对冯全服从命令听从指挥这一点相当满意，配合得也算天衣无缝。一个食堂吃饭、一辆车上工作、一个战壕里蹲守，就差在一个被窝里睡觉了，相互间一个动作一个眼神都了如指掌。警辅配合默契，称得上是一对"工作夫妻"。何京忙里偷闲小憩时爱打呼噜，那动静，简直要把车顶掀翻了。幸亏不是生活中的夫妻，否则睡不到一个炕上。冯全不止一次这样自嘲。有一次夜班，实在是犯困，何京鼾声雷动。碰巧所长韦伟查岗，咚咚地拍着车门。冯全睡觉利索，常常睁一只眼闭一只眼，赶紧下车。所长说，省点儿汽油，偷懒还不把发动机熄火，难怪你们这台车的汽油费这么高。冯全差点儿笑岔了气。

　　路灯像个娴熟的泥塑大师，把一警一辅、一前一后、一矮一高、一瘦一壮两个身形捏得忽长忽短，忽胖忽瘦，奇趣无比。当何京的身影在身后拉得越来越长时，冯全会用右手搭在影子的肩膀上，两人就像亲密无间的老朋友。当影子迅速向前面伸展时，冯全会不断左右移动，两条影子就肩并着肩向前进发。何京长得紧凑，"七小件"对他来说简直就是个累赘，胯部以上一圈被塞得满满当当，简直成了啤酒桶。"七小件"是处警民警必须携带的警戒具，警棍、手铐、喷射剂、手电、工作包、电台、水壶等有秩序地排列着，冯全看它们极像采矿挖金子的七个小矮人，下班后还没来得及洗脸洗脚，就迫不及待似赖皮猴般挤在全身黛青仅头发发白的"白雪公主"何京那又宽又厚的腰带上，坚守岗位，尽心守护，随时应对各种意外发生。占了体重快有十分之一的警戒具不仅笨拙而且高矮长短胖瘦不齐，系在腰际，看上去既拉胯又吃力，身强体壮的冯全好几次有心要帮他拿都被拒绝了。这么一大把年纪还不好好享受，换个轻松点儿的岗位，整天屁颠屁颠到处费嘴磨舌，劝张三，说李四，吃力不讨好，有时还冒着生命危险，这是为了什么呢？冯全苦笑着摇了摇头。待追了上去，何京却不紧不慢，在一个叫"待渡亭"的亭子跟前停了下来。冯全感到奇怪，刚才还跟催命鬼似的。问他，怎么不走啦？改主意了，晾它一晾。何京回答说。冯全心领神会。何京曾告诉过他，工作有先来后到，警情分轻重缓急，有些情况紧急的，半分钟都不能耽搁，比如案件类的、行凶的、有生命危险的，肯定是要尽快到达现场，进行先期处置。但有些纠纷类的，如果急于到达现场，当事人反而会变本加厉，甚至会把矛头指向警方。所以，别看有些是鸡毛蒜皮，里面的学问可大着呢。这也是令冯全最佩服的地方，常年跟着何京，冯全也学到了不少。马上要去处理的这个警情是一起消费纠纷，本来就不是公安管的事，只是由于担心投诉，过分强调满意率，耗费了不必要的警力资源，基层意见较大，有时还有出工不出力的情况发生。反正不用太着急，冯全干脆在亭子里坐下来休息。前面不远处就是他们要去的地点，一起消费引起的纠纷翻不出多大浪。

顾名思义，待渡亭就是古时候为了方便南来北往的商贾客官有地方候船、来往送行和小憩避雨的场所。冯全想象得出当年西京渡人来舟往的繁忙热闹。它占地有四米见方，比起北方的亭子虽说少了点儿雍容华贵，但不乏秀丽灵巧。除了遮风挡雨，还能点缀风景。不过眼下，阴影中的"待渡亭"显得有些阴森。它两只檐角上翘，龇牙咧嘴，狰狞恐怖，像要吃人的魔兽，与白天的端庄秀美判若云泥。猎物嘴里的冯全不由得感叹：天地造化妙无穷，阴阳五行显神功；道法自然真性情，古今不知几人通。

从这里向东西两侧延伸开去早已形成街市，经过几个朝代的发育沉淀，千年古街化茧成蝶，据说繁华时两边聚集了百来家商铺。起先是为船家和过往行人提供服务，如木匠店、缆绳店、打铁铺、车马店等，还有各色本地土特小吃。只要有渡江的客人来到，就会把小店铺挤得水泄不通。后来江滩淤涨，江岸逐渐北移，江水慢慢退去，这里渐渐成了居民点，"待渡亭"也成为街景。为让古街重新恢复昔日的繁华，当地政府出重金对千米长街进行了修缮改造，义渡局、救生会、观音洞、超岸寺、铁柱宫等一批景点相继被发掘，供游人吃喝玩乐的服务休闲娱乐业如雨后春笋，餐饮、酒吧、足疗、美甲、密室、网吧等应时而生。古街在新业种的加持下生机勃发，游人接踵。

像是来到了另外一个世界，何京与冯全一前一后拐进街边的一家亮着"忘不了"灯箱招牌的足疗店内，扑鼻而来的芬芳让冯全在几十米外就闻到了。室内灯光迷离，何京一下子很难适应，粉粉的、蓝蓝的，蓝中有紫、红里透绿，像打翻的颜料桶，说不清到底是什么颜色，一看就犯迷糊。空气混浊却很暖和，跟外面的阴冷截然不同。什么味儿都有，蜜桃味，菠萝味，榴莲味，脚气味，甚至夹着点腥味儿。这味儿钻进何京的肺叶里，勾出了好多小虫子，他赶紧捏了捏鼻腔，避免受到更多刺激。见有警察进来，一个男人从足疗床上弹了起来，嘴里呼呼喷着酒气：你、你们怎、怎么才、来啊、啊，都快半、半个小、时了。你们不、是、答应老、百姓五、五分钟赶到、的吗？酒醉不可能结巴成这样，况且逻辑清楚，一定有心理交流障碍。何京判断。生理或者心理上有残疾，因为自卑，常常报复心理较强。对这类人，何京有他的一套处理原则：遇强更强，遇弱更弱。

你算什么百姓，酒气熏天的，你见过哪个老百姓来这种地方？何京习惯性捏了捏鼻子，露出鄙视的神色。结巴抱着香炉打喷嚏——碰了一鼻子灰，立马变换了一副嘴脸。察言观色是经常在外跑码头的人常有的本领。

警、察同志，她们说我、我吃霸、王餐，做足疗不、给钱，我会、会是那样、的人吗？我是远道而、而来、的游客，是慕你们、古街的名来、来消费，为你们、地方作贡、献的。在我们当地也算是、有头有、脸的人，我会不、不给钱？男子泡沫翻飞，说话结结巴巴，断章破句，声音抖抖忽忽，还有点儿跑风漏气。一边说着，一边撸了撸衣袖，腕上露出一条大粗金手链，生怕不知道马王爷头上有几只眼。昏暗的灯光粉饰了肤色和皱纹，看不出到底多大年纪。站在一边的冯全似乎有些彻悟，一些见不得阳光的阴暗角落，那些穿着暴露搔首弄姿的半老徐娘看上去总那么迷人那么性感的原因所在了。

警官，你好！报警人是个女的，自称是足疗店老板，也就三五个姐妹合开一个门面。老板娘知书达理，与看上去的年轻显得有些不相称。她穿着一件黑色的看不出是乔其纱还是桑蚕丝的开衫，内里的吊带忽隐忽现。裙子与口唇的颜色差不多，浓浓的，艳艳的，有一股血腥味儿。眼线长长的，弯弯的，像鱼钩，让人有一种不小心会扎了眼珠子的担忧。她见口吃男不说话了，才斯斯文文地跟何京打招呼，就像认识多年的老熟人。何京见怪不怪，把男子晾在一边，例行公事地打开出警记录本做着登记，肩头上的执法记录仪坚守岗位，全程一丝不苟地录音录像。

110接到的报警说是消费纠纷，本不该是公安管的事，却没法儿推脱。难道你们要等到打起来，把人打伤了才肯出警吗？这是报警者常借来威胁使你不得不到现场的理由，为此受到的投诉不在少数。所以，即使是价格谈不拢不肯付钱，或者钱多钱少之类的价钱纠纷，不出警还就不行，尽管这方面占用了很大的警力资源。他点了钟，要了全套的按摩。服务员就给他做了，做着做着就睡着了，醒来还说服务员偷懒，没做全乎，要扣工钱。老板娘娓娓道来。开始还好，做着做着他就不老实了，满嘴荤的素的，还动手动脚的，我都没跟他计较。一旁的服务员补充说。

何京扭头朝结巴男看了一眼，以头代指点了他几下，眼神似笑非笑，令人发怵。

别、信她们的，我是那、种人吗？结巴感觉到了一股寒意直冲脑门，酒醒了半截，极力辩解。毕竟不在自己的地盘上，人生地疏，单枪匹马没人帮腔，心里有些发虚，甚至暗暗责怪酒后的冲动。今天遇到了克星，再闹下去估计没什么好果子吃。于是来了个金蝉脱壳，打算用"你们处理不好我就去12345政府热线投诉"恐吓。

话到了嘴边却是：算、了，老子倒、倒霉，不、跟你们计、计较。右手从屁股口袋里掏出一个鼓鼓囊囊的分辨不出到底是什么颜色的钱包，扬了扬，从里面的夹层抽出两张叠了几叠的红票子，打开后沾上口水左捻右捻，确认无误后朝床上一扔，就要离开。

做谁老子呢？一直没吭声的冯全发话了。就凭他一米八的块头往那一杵，还真叫人发怵，不言自威。

两人做搭档还真是默契，从不做拆台的事，每到关键的当口互相补救从没失手过，只有一次例外，差点儿酿成终身遗憾。接处警环境良莠不分，有时非常恶劣，关键时性命攸关，生命都托付在对方手里。好比夫妻，忠诚是最好的注解。搭档也好，"工作夫妻"也罢，称呼起来没有师徒、团队、警组来得文雅，却远比它们亲切，满满的人情味儿，没有上下主仆之分，也没有利益纷争，有的是兄弟情，手足谊，是值得永远珍惜的情分。

对不起、对不起，不是说、你们。结巴忙不迭解释，夹起小包点头哈腰地夹着尾巴溜了。

走出被混浊空气包裹的让人昏昏欲睡透不过气的足疗店，重新投入西京古街青砖黛瓦的怀抱，冯全顿时觉得神清气爽，人也活络起来。日复一日年复一年接警处警，像手摇纺车周而复始没有尽头。见多了一些人一辈子都没见识过的世间万象，感情的破裂、富贵的消亡、自由的失去、生命的凋谢，走马灯似的变幻。冯全并没有因此而看破红尘，对人生失去追求。他把每一次的警情都当成一次阅历和考验。搭档常说，别看有些事情是我们经常遇到的，但对于报警人，一生也许就遇到那么一次跟警察打交道的机会，我们的一言一行都关系着他们对社会的认知，关系着自身乃至群体的形象。耳濡目染之下，冯全对这份职业有了新的认识。不管结巴会不会去投诉，毕竟又交完了一份差事，他熟练地从何京的腰带上拔出电台，以老何的名义向指挥中心做了汇报后又塞了回去。夜深人静，路上行人稀少，虫豸在草丛中窃窃私语。

路灯下,一个身影迎面走来,路灯勾勒出她优美的轮廓,只是在灯光直射到她的脸庞时才隐约觉得是个青春少女。她的脸是圆的,脖子细长,长发随风摇摆。擦身而过时相互对视了一眼。他很想提醒她注意安全,指不定黑沉沉的夜幕下隐藏着什么祸害人的东西。后又想,有警务人员在场还要提醒别人注意安全,那还用你们做什么。便生生地咽了回去。儿子和他奶奶该睡着了吧?清晨下班记得要带宴春的小笼包子回去,这是母亲特别关照的,说儿子正长身体,需要营养。胡思乱想之中猛然发现,迷雾已经四起,潮湿的青石板的路面在似乎要瞌睡的路灯下泛着灰白的光。花坛里含苞的牡丹静静地承接露珠的亲吻,悄无声息。一杯春露寒如冰。一年四季,气温变化最不讲道理的就是春季。经常是白天阳光和煦,让人有一种"暖风熏得游人醉"的感觉,晚间却寒气袭人,春寒料峭。这种善变天气,就是人们所说的"倒春寒"。这是江南二流小城常有的季候,到了该换的季节婆婆妈妈絮絮叨叨的,不仅不痛痛快快地升温,还翻脸不认人,把温度降个十几度,打你个措手不及。俗话说,冬暖必有倒春寒,要过谷雨才脱棉。古人真是厉害,把老天爷的脾气摸得不要不要的。也难怪,那年头儿科技落后,别说超长时间的天气预报,连个量温度的东西都没有。俗话未必俗气,老祖宗靠天吃饭,谁把俗话当玩笑,谁就没有好果子吃。肚皮是最实诚的,一年12个月24个节气,各有各的说道,不摸个八九不离十,颗粒无收肯定会等着你,让你呼天抢地哭爹喊娘。经验靠的是不断积累,一代一代地传承下来,有幸到了当下,还真是靠谱。也是,错得离谱,谁还当回事?

古街区大体呈东西走向,两旁是店铺民居,再两边是蜿蜒的古运河道，绵延不断，向西北通向节制闸，与长江相接。考古专家证实，唐代之前的古街是泥土路面，到了唐代则是鹅卵石路面，宋代是石板路，清代改成条砖铺就。整个街道下面叠压着三米至五米厚的文化堆积层，随便挖下去都是宝贝。冯全行走在上面，似乎有一种与各朝代人同行、与他们对话的错觉。整条长街点缀着几座宋、明、清时代的古桥，最早的甚至可以追溯到三国时期。前面不远处就有一座石拱桥，这是江南水乡的标配，冯全经常在上面溜达。刚才来的时候走得匆忙，竟然没有感觉到它的存在。他跟着何京再次爬到这座叫开泰的桥顶，说，刚才在里面呛得迷迷糊糊晕头转向，想透透气，呼吸一下早春的新鲜空气。何京多年前胸口受到过重创，受不了刺激，对这种忽冷忽热的温差耐受度很差，知道他烟瘾大，有意避开自己。冯全也很自觉，从来都不在何京跟前吞云吐雾，生怕污染环境，更不用说在警车里。何京想说，这么大地方还不够你一个人污染的。话要说出口的时候却成了：我去车上等你。说完先走了。

何京还没走远，冯全急不可耐，"啪"地点燃了香烟，深深地吸了一口，轻轻地呼出。一团团青烟蓬勃而出，袅袅上升，与不断涌上桥头的轻雾碰撞，相拥，渐渐混为一体。

夜已深，孤零零地倚着栏杆，与孤零零的路灯为伴。众人皆梦，唯我独醒，洗尽苍生炎夏苦，冯全有一种解救天下困苦、扫尽人间不平的豪迈。他心潮起伏，扔掉烟蒂，舌顶上颚，两手交叉，用力举过头顶。一股真气从天而降，植入体内，顿觉神清气爽，满血复活。

发什么呆呢，肚子不饿啊？手机里传来何京的声音。冯全一聚神，不知不觉又过了半个时辰，顿感饥肠辘辘。该到吃夜宵的时间了。于是，一路小跑赶到车前，启动了马达，朝便民夜市的一家露天排档行驶。路上的行人少得像癞子头上的稀毛，半天见不到一个，车辆更少。冯全无意中瞥了一眼身后的老搭档，何京正双手抱腿头枕着膝盖蜷缩在椅子上，像一团粽子，没精打采。行为心理学的研究表明，环抱双膝蜷成一团，如果是和亲近自然的人在一起，那么这种行为可以看成是放松，一种自然的状态；如果是处于恐怖中，那么这个人的反应就可能是一种自我保护，一种警惕性的保护。也对，还有比生死搭档更亲近的人吗？也可能是第二种情况，刚才在店里待的时间过长，混浊的空气让他那受过打击的右肺产生了对立情绪，到现在还没缓过来，是本能的自我保护。几分钟后，准确地说，还不到 60 秒，呼噜声就响了起来。鼾声和着发动机轻微的轰鸣构成了美妙的夜光奏鸣曲，冯全非常享受。

倏忽间，他回忆起了三年前那个寒冷的夜晚，蜷曲在后车座椅上的何京像一团粽子，听不到鼾声，像个死人。惊恐不安之下的冯全几分钟就将车开到了医院，心急火燎脚底生风地把他送进急救室时已是休克状态。刑事案件卷宗中摘抄的抢救记录是这么写的：

> 神清，呼吸困难，血压低。中等出血。胸腔积血，肺压缩至 2/3，呼吸急促，达 97 次（正常 17），血压 80/43，氧饱和度 85%。

那个夜晚，一切都是突如其来，让人来不及思考。一对搭档为追踪一个犯罪嫌疑人不得不分头寻找。冯全寻遍了他负责的区域一无所获,来到何京那头儿转了两圈也没碰着就急了。问了几个摊主才打听到刚才有个警察进了涵洞。一路寻找过去,他发现,何京正斜靠在距洞口不远的墙壁上,鲜血正通过他的鼻孔口腔朝体外涓涓流淌。冯全气血上涌,心口凉了半截。见冯全过来,何京有气无力地用比蚊子大不了几度的声音重复着:快,我不行了。冯全二话没说抱起何京就跑,尽力平衡身体免得颠簸。他想问发生了什么,又担心耗费何京的气力,还是忍住了,他不能失去这个兄弟。千万别死,千万别死在我怀里。他在心里祷告,眼泪快要下来了。视线逐渐模糊,他便使劲眨着眼睛希望挤出多余的泪水,然而效果并不明显。冯全凭着记忆努力辨别方向。路上的群众纷纷给他让路,有的还帮他打开前方的道路,甚至拉开车门。

何京像一团粽子似的被冯全包裹在后座上,呼吸急促,只有出气没有进气。几乎是同时,打开车门、发动、关车门、挂挡、起步,一连贯教科书式的动作一气呵成,没有任何迟滞。他心里只有一个目标,就是尽快赶到最近的第一人民医院。他把十几年积累起来的驾驶经验用到了极致。一路上警灯闪烁风驰电掣左躲右闪横冲直撞连闯了七八个红灯。从事发的便民夜市场到达医院只用了三分钟时间。那是他开车最解气的一次。都说开警车霸道,那是多少年前的事了。不敢超速,不敢闯红灯,不敢违停,不敢停在休闲娱乐场所门口,连饭店、幼儿园门口都不敢停,生怕被投诉说假公济私公车私用。夹着尾巴开车如今成了警用车驾驶员共同的价值取向和目标追求。这一次,冯全没遵守局规禁令,而且违反的还不止一条,似乎要把这么多年来受到的约束一股脑儿地还回去,还要加倍奉还。

就在个把钟头前,冯全把警车停在黄山便民夜市场的马路对面,两人下车,何京在前,冯全殿后。一高一矮,一瘦一胖,天底下最不相称的一对搭档开始了无数个警情处理生涯中最普通也最令人难以忘怀的一次警情处置过程。当时的夜空也像今天这样黑咕隆咚,星星月亮都躲起来了,只剩路灯在孤零零地散发着昏暗的光。

很普通的一起电瓶车被盗案件难不倒这对久经沙场的搭档。找到当事人、登记、摄像、询问、记录、取证,流水线式的按部就班就像喝茶吃饭那么简单明了。然后返回警车,关门、发动、起步、离开。刚穿过一条马路,报警人又追了上来,说,不远处有个穿着黄色夹克衫的男子在一辆停放着的电瓶车前捣鼓不停,会不会是贼?

化缘须看场面,出门要看天时,这个时间点上,夜市场还没打烊,路上陆陆续续来往的人还不算少。这种时候下手,够胆大的。冯全想说,也许人家车钥匙丢了呢。

宁做过,不错过。何京一句话就把冯全埋伏在喉咙底下想说却没有说出口的话硬生生顶了回去。他知道冯全想的是什么。两人搭档,少说也有十来年了,互相知根知底,貌合神离,屁股一抬就知道对方要放什么屁。何京出生在上世纪60年代末期,虽然说是动乱时期,但毕竟还小,不仅革命革不到头上,想革别人也没人肯收。况且他生在偏远的农村山区,远离风暴中心,没耽误学习。敬业、吃苦、生活压力大,是他们那一代人公认的社会标签。何京比冯全大整整一轮,相同的属相使这对搭档成了忘年交。

冯全是"80后",生活在物质文化丰富的时代,追求一切可接触到的新生事物,喜欢刺激和冒险,倡导新生活、新文化、新运动，被称为"新新人类"，却赶上学费涨价、房子涨价，毕业取消分配。他从小缺少父母管教，上学调皮捣蛋，大专毕业后开始在社会上闯荡。开过游戏室、麻将馆，也摆过小摊。因为不善经营，把父亲工伤死亡那点儿赔偿款折腾得寥寥无几。他讲义气，爱打抱不平，这让他母亲操碎了心。孤儿寡母，可不能再有什么闪失。

在送走了父亲后一个清凉的早晨，母亲带着冯全去金山寺还愿，跟一个女居士嘀嘀咕咕半天，大有相见恨晚的感觉。紧接着的一个月的农历初一天还没亮，冯全刚下班回来迷迷糊糊躺在床上，就听到几声嘀咕不停地朝耳朵里钻：我要去当居士，今天就去金山寺"受戒"。她说的受戒其实是"皈依"。

母亲的举动从侧面印证了她曾对父亲许下的从一而终不再改嫁的决心。她要把儿子培养好，让他考上大学为老冯家争光，不要再跟他老子一样连个高中毕业的证书都拿不到手，只能干些粗活儿零活儿，没技术含量，也没多少工资，养家糊口都够呛，还丢掉了性命。冯全是个孝子，母亲的话不能不听。虽说很努力，可实在不是读书的材料。跌跌爬爬费了九牛二虎之力才勉强考上了一个三流的大专，毕业后找个工作都难。在社会上闯荡了几年，母亲怕他学坏，逼他谈对象。在网上交了个女朋友，闪婚后生了一个儿子，做母亲的才略微放宽了心。

说起来还要感谢何京。那是在冯全开了一间小游戏室因为不重视安全被一把大火烧毁了以后，走投无路之下，在市中心的背街小巷里的便民夜市场摆了个书摊。虽然都是盗版的，但价格便宜，书呆子们能够接受。再加上夜市场是政府为解决下岗工人再就业开的，免摊位费、管理费，税收也不用缴。夜市场琳琅满目，令人眼花缭乱，排档、百货、娱乐一应俱全，还有小火车、充气城堡、旋转木马等小孩子爱玩的游乐设备。由于地处闹市，小商品价格便宜，生意兴旺得不得了，但是商品质量堪忧，投诉接连不断。

　　人要倒霉，喝水都塞牙。才营业不到一年，好日子就到头儿了。市里要创文明城市，领导说市场太乱太脏太差，放在市中心影响评比，必须搬，结果就到了现在这个地方，生意一落千丈。再加上国家对非法出版物的打击越来越严厉，书摊只能作罢。

　　冯全的人缘好，这跟他喜欢结交朋友讲义气不无关系。他跟母亲商量把车库装修一下开个麻将馆，买几张自动麻将机，结果真的开起来了。捧场的大多是朋友和社会上的兄弟，他不好意思收下他们的茶水费，就带他们上馆子吃吃喝喝，回馈在了他们身上。他好打抱不平，有一次听说一个兄弟的女朋友被人挖墙脚了，他二话不说带了几个朋友大刀阔斧地找上门去。头疼的是那男的不肯露面，兄弟的女朋友却从屋子里跑了出来，劈头就问，凭什么狗拿耗子多管闲事？把冯全弄得一愣一愣的。他何曾这样在大庭广众之下被一个黄毛丫头羞辱过？但众目睽睽之下又不能拿一个女孩儿怎么样，打不得，骂又骂不出口，左右不是。总不能就这样失了面子，万般无奈之下他运用六度空间理论——你和任何一个陌生人之间所间隔的人不会超过六个——找来一个网络主播，在本市还小有名气，粉丝十万加。又花钱雇来二三十个看热闹的观众，这不难办，现在的人有的是大把大把的时间。

　　正当冯全像自媒体导演似的搭建舞台调兵遣将招募观众准备在网络上大显一番身手时，一辆警车突然而至。冯全还以为是哪个朋友神通广大请来了110民警助阵，亲自上前迎接并伸出双手打算握住对方手时，民警同时伸出一只手但没有接住，而是顺势把冯全朝旁边礼貌地赶了赶，好让自己前面没有阻碍可以径直走进屋子。他们是来出警的。几分钟以后，当那个叫何京的警察让冯全也进屋时，冯全感同身受般竭尽所能训斥那女子脚踏两只船。朋友的女朋友则垂立一旁一声不吭。等冯全骂够了骂累了骂得不好意思也不再吭声时，她才涨红了脸说，如果你是女的，知道你的男朋友那方面不行时，你还会继续跟他吗？

　　冯全一时语塞满脸通红。他就坡下驴按照何京的要求遣散了围在门前看热闹的那帮人，然后跟着警车去派出所接受处罚。幸亏还没有在网络上炒作造成后果，否则，今天就不是批评教育的事了。在派出所的询问室里，何京像一位严厉的长者在教育不听话的孩子，责怪他不该对别人的事如此上心，甚至不惜冒着进拘留所的危险。冯全反过来问何京知道什么是七年之痒吗。他告诉何京，自己的老婆就是在结婚八年的时候跟人家跑了。不打不相识，两个男人从互有敌意到抱怨责怪再到理解谅解，直至交心交肺。冯全告诉何京，他是在一个偶然的机会看了老婆的聊天记录后发现她跟别的男人有暧昧关系，一度非常痛苦，发誓一定要狠狠报复这个拆散自己家庭的男人。暗中查找发现让自己戴上绿帽子的竟然是老婆公司的经理，有自己的家庭。冯全先是通过关系偷偷将经理出轨的消息透露给他老婆，让他老婆天天到公司查岗，然后神不知鬼不觉把两人在一起亲热的照片电邮给他老婆。结果公司被经理老婆闹了个天翻地覆。经理被炒了鱿鱼。冯全的老婆在公司也待不下去，天天家里蹲，她不知道这一切都是老公在幕后操纵的。

　　冯全相信纸是包不住火的，干脆一不做二不休，把岳父母叫到家来吃了一顿饭。席间先夸了两位老人养了个好女儿，紧接着又出示了女儿劈腿上司的证据，岳父满脸的高兴顿时凝固。冯全见时机成熟，就亮出了自己的用意：今天的饭局是一场离别宴，我希望离婚后老婆净身出户，儿子归我抚养。老婆号啕大哭，冯全离意已决，态度坚定，恩爱夫妻最终没能跨过七年之痒。冯全算了一下，从结婚到离婚，整整七年十个月零二十一天。

冯全的坦诚让何京觉得应该为他做点儿什么，这样在社会上闯荡下去迟早会出事，不如现在就拉他一把——所里恰好正在招聘辅警。这次偶然的遇见成全了一对情同手足的工作搭档。

冯全将希望寄托在儿子身上。作为底层百姓，没有后台，没有背景，要想出人头地，只有好好学习。他一心一意要供他上最好的寄宿学校，请最好的校外辅导，不能再输在起跑线上。靠当辅警那两三千的工资肯定难以维持，他不得不打第二份工，找到一家物业公司兼职做保安。好在二者对技术上的要求没什么区别，也不需要什么技术，工作也不累，只是时间上有些冲突，当然待遇也不高。说来也巧，当冯全把自己的打算告诉何京时，何京大笑道，你小子运气好。原来，物业公司的老板张小苟是他的湖南老乡兼战友。两人同一年参军，同一年报考军校，同时被运输工程学院录取。三年后，张小苟回到原来的通信总站。何京主动跟组织上提出要到更艰苦的地方去，结果被分配到了格尔木，在兵站某团任排长。

在一个建军节前的晚上，战友们聚会庆祝曾经的节日。当何京告诉张小苟，他的辅警兄弟兼搭档因工资低家庭困难要去他那儿打第二份工来补贴家用时，张小苟二话没说一口应承，说让他过来，岗位任选，工种任挑，工资全额。张小苟心下理解，辅警是个很尴尬的职业，拿着微薄的工资却和正规编制民警一样，东奔西跑冲锋在前，有时还有生命危险。他想尽微薄之力，再说，自己的老战友轻易不开尊口。

距离下班还有不到半个小时，第二份工作在等着他上岗，所以，处理完电瓶车失窃案，失主又跑过来提供线索时，冯全当然希望无论如何不要再有事情发生，这是离他最近的一个最小的愿望。他希望那个穿黄色夹克衫的仅仅是丢了钥匙，或者坐垫的卡扣失灵什么的。

当沐浴着昏暗灯光的一对搭档一前一后、一高一矮、一胖一瘦行进到距事发现场不到 20 米的时候，夹克衫男子习惯性抬了一下眼，装作漫不经心朝四周扫了一眼，便恍然大悟般抬腿就跑。两人拔腿就追。一眨眼的工夫，夹克衫男子穿过一条马路混进了对面的夜市场，像一条泥鳅顺势滑进了水塘边的草丛，波澜不惊没掀起一丁点儿波纹。但在不久的将来看来，不是波澜不惊云淡风轻，简直是波涛汹涌，甚至掀起了滔天巨浪。整个城市都紧张起来。

站住，别跑。穿黄夹克衫的男子跑出加速度的时候，四个汉字情不自禁从何京的嘴里呼啸而出。当何京由于激动而显得略微变形听起来还有点儿声嘶力竭的声音从喉管里迸发出来的时候，夹克男可能听反了意思，或者根本没有听见，当作耳旁风，依然用超过十二分吃奶的力气狂奔不止。只有跑才能抵消他的恐惧，人群才是他躲避猎人追捕的安全港湾。这是夹克衫男子反反复复从很多次失败中总结出来的最成功的经验。当然，最好还是别被警察碰到。

便民夜市场是个露天市场，有 300 多个摊位，晚上才允许营业。它地处古街区与派出所中间,是管辖区中不多的几个重点管理的复杂场所。因为地理位置稍偏,逛市场的人不算太多。冯全在这里摆过摊。他熟悉这里的结构布局,一店一铺,一花一木。何京跟他简单地商量后决定,分头从一号门和二号门进行围追堵截。

嫌疑人的身份是在 24 小时以后确定的。那是在大要案作战机制的高速运转下,在综合运用了刑侦、技侦、视频侦查等手段后,通过大海里撒网,在海量大数据中翻来覆去地筛选,才锁定皮夹克男子叫方建国。

方建国在嘈杂的人群里如鱼得水,游得并不畅快。他不敢跑得太快,怕引起注意。又不能太慢,生怕被警察追上。他三步一回头,五步一停顿,装成逛市场淘便宜货的顾客,眼睛假装浏览商品,其实不停地朝后面瞄。内心好似十五只吊桶打水,七上八下。他不敢正眼瞧人,觉得有无数双眼睛盯着。他脊背发凉,头上不停冒着冷汗,这还是在冷风刺骨的寒冬里。黑夜掩饰了他的惊慌失措,故作镇定后他整理了一下头绪,决定从靠近北面的铁道底下专门供行人通行的涵洞逃离,黑魆魆的涵洞才是他摆脱追捕的唯一出路。

再狡猾的狐狸终究逃不过猎人的手掌心。当他装作若无其事一路紧走到达涵洞跟前时,何京严阵以待挡住了他的去路。方建国脚下踩着棉絮一般摇摇欲坠。他感到大势已去天就要塌了,末日就在眼前,才过了三个月自由自在的监外生活就要终结,被抓进去够得上累犯还要从重处罚,不能就这样束手就擒。本能的求生欲望驱使他怒从心头起,恶向胆边生。方建国悄悄地把手伸进了口袋。

如果不是晚上出门时喝了几杯，也许就是另外一种结局。年近不惑的方建国天生有一副魁梧的身板，但他没有能力也没有办法改变自己天性爱酒好吃懒做还染上赌博的恶习，弄得妻离子散家怒人怨被父母赶出了家门。失去依靠后与一帮瘾君子混在了一起，渐渐上瘾后走上了以盗养吸的罪恶之路。多次因盗窃、吸毒被公安机关处理过，几个月前刚刚被释放。这天是圣诞节，他被几个从前在牢房一起吃过大锅饭的狐朋狗友喊去大排档遥祝了圣诞老人，酒足饭饱后，回到了暂住地，翻来覆去兴奋难消。眼见别人出手阔绰，活得潇洒滋润，自己却家徒四壁，吃了上顿没下顿，认为是苍天无眼世道不公。烦躁之下在用冰壶享受完仅剩的一丁点儿毒品后更加亢奋难平，打算去便民夜市场附近弄几辆电瓶车换几个钱以解燃眉之急。他在窃得第一辆车子藏到一个安全的地方准备盗窃第二辆时，情况发生了变化，被人识破举报。几个人的命运轨迹因此发生变化。

几个月后的一个上午，全局召开表彰大会，冯全有生以来第一次成为先进典型站上了主席台，接受鲜花和奖章，受到了记功表彰，据说工资级别还将上调。在领奖台上，看着台下乌压压的人头和如潮般的掌声，他想起了母亲说过的话，始终没能分清，到底是祖上积德报答到自己身上，还是母亲的虔诚感动了菩萨。浮想联翩中，别人都下台来了，他还怔怔地站着，要不是旁边的人拉了一把，不知要出多大的洋相。

冯全没有想到因为发现及时而挽救了一条生命，更没有想到因此会受到奖励。那天晚上，他开着警车载着像团粽子一样的何京连闯数个红灯风驰电掣般到达医院，抢救的医生说，如果晚来几分钟，何京的生命可能就此终结。他暗暗庆幸能够及时地在那条黑咕隆咚人迹罕至的涵洞里找到了何京并以生死时速送往医院。他不敢想象，如果当时在夜市场再多转一圈，或者没有追着摊主寻找何京的下落，结局会是什么样子。也许，他不仅会失去一个好的搭档，一个令人敬佩的兄长，还可能后悔一辈子。

何京被送进医院时已出现失血性休克。民警就医的绿色通道启动，专家紧急会诊：何京身上多处被利刃划破，右肺被刺穿，缩成馒头大小，刀尖离大动脉仅差0.5厘米……连续七个多小时的抢救，何京短暂苏醒。面对冯全和其他闻讯赶来的战友那一双双焦急的眼神，何京勉强说了一句：对不起兄弟们，怪我没把他抓住，给大家添麻烦了。一句话令在场的人哽咽动容，其中就有朱强，他是负责这起案件侦查的刑警大队重案组主办侦查员。他是准备来向何京了解案件发生当晚的情况的。眼下的情形做询问谈话已没有可能。听了何京刚才自责的一席话，这位久经沙场的坚强的汉子默默退到一旁抹起了眼泪。

与死神的较量延续了六天六夜。冯全寸步不离，一直守护在病房外。韦所长怕他坚持不住，要安排人替换，被婉言谢绝。累了就在走廊的椅子上打盹，饿了就让人从医院食堂打饭。好在是冬天，个人卫生没那么多讲究。

在何京昏睡的日子里，另一条战线上与犯罪嫌疑人的较量也是争分夺秒。相关警种的精干力量组成专案组连夜高速运转。传统的侦查手段与高科技应用兼收并蓄相互作用，不到24小时，嫌疑人方建国从茫茫人海中浮出水面。考虑到凶犯残忍狡猾，为确保安全，专案组决定用守株待兔的方式适时进行抓捕。

几天后的一个清晨，沉寂了一夜的小区恢复了生气，人们从睡梦中醒来，陆陆续续走出家门开始了一天的忙碌，买菜的、遛狗的、上早班的、倒垃圾的，来来往往络绎不绝。巡特警大队副大队长张伟带着几个年轻的队员在密不透气的民用面包车里已守候了两个昼夜，长时间的蹲守和憋闷的空气使英俊的脸庞憔悴了，瞌睡和疲惫躲在车厢每一个角落，不停地跑出来撕咬每一个小伙子的身体发肤，想逼他们就范。张伟不停地鼓励大家，已经守了几天了，既然明确方犯就在家中，随着时间的推移，他溜出来的机会就不断增大，千万不能让他在我们的手上逃掉。何京在医院还不知死活，有多少双战友的眼睛盯着这里，决不能功亏一篑。他也自我鼓劲振作精神，频繁地用大拇指和食指挤按睛明穴来缓解视觉疲劳。

　　时间一分一秒地流逝，瞌睡虫成为最大的敌人，所有人都感到上眼皮如坠千钧。焦躁与烦闷萦绕着在场的每一个人。意志像冷酷无情的考官考验着队员的耐受力。极限就在眼前，希望也在不远处等着。就在大家忍无可忍的当口，方建国的忍耐也到了极限。他本来没当回事儿。那天在夜市场作案时被警察发现，只能怪自己运气不好。从何京的手中侥幸逃脱后，慌乱中从五米高的坡台滑了下去，左脚落地时扭了一下，并无大碍。虽然跑得狼狈，总算有惊无险。惊魂甫定，方建国走了一段距离，打了辆出租车回到住地，只当什么事都没有发生过。累了乏了，沉沉睡去，直到天光大亮，肚子饿得发慌，穿上衣服打算出门去吃碗锅盖面才感觉到哪里不对劲。夹克上深褐色的斑点让他有些疑惑，以为自己受了伤。查遍全身没有一点点伤痕。那把锋利无比的刀呢？明明随身带着防身用的，翻遍了角角落落，一无所获。难道警察被自己捅了？惊恐之下，饥饿落荒而逃。他把大脑调整到回放功能，准备好好捋一捋。

方建国隐隐约约记得,当何京全副武装站在涵洞口挡住他逃向黑暗之门时先是一愣,定睛再看,块头小小的,黑暗中显得孤苦伶仃,就没再把他放在眼里。以前见到警察都躲着走,这次不知道哪里来的勇气和胆量。事后想想,肯定是酒壮尻人胆,再加上嗑了点儿"仙药",整个人亢奋得不知道马元帅还有三只眼。袭警之前,方建国是经过一番考虑的。身后是灯火明亮人来人往的夜市场,现在的百姓觉悟高,对偷电瓶车哪是一个"恨"字了得,只要警察一声呼喊,说不定被哪个恨得咬牙切齿的家伙就给拿下了。两害相权取其轻,退回去风险系数很大。斟酌一番,黑暗才是他最好的藏身之处。

方建国打算豪赌一场。于是,上帝为他打开了叫作"地狱"的那扇大门。他脑袋里灌满粪便,朝挡住他去路的何京迎了过去,气势汹汹杀气腾腾,伸进口袋的手悄悄打开刀鞘的搭扣。

站住,我是警察。何京在警告无效后,从盘踞在腰带上的七个小矮人中抽出个子最高也最称手的家伙——一根伸缩警棍,用力一甩,小矮人魔法般瞬间变高,足足长到53厘米。

当方建国左手从口袋里抽出来时,一把明晃晃的匕首握在了手上,在微弱的灯光映照下闪着亮光,寒气逼人。何京毫无惧色迎刃而上,贼人凶相毕露丧心病狂……虽然有强大的气场在身,无奈小小的身板难敌方犯对法律的肆意践踏,无情的利刃划破了何京的手掌,刺破了他的战袍,滑进了滚热的胸膛。他全然不知,继续迎战,只是觉得胸口凉飕飕的,似乎有风朝身体里钻。方建国虽然明显占上风,却无心恋战,看何京迟疑了一下,一闪身逃进了涵洞深处。

当年在部队有拼命三郎称呼的何京忍不下这口恶气,返身急追。慌乱中的方犯被一块石头绊倒,给了何京一个追上的机会。等到方建国爬起来时,何京已到了跟前。方犯持刀乱舞,何京持棍砍劈,将嫌犯匕首击落。方建国不敢再战,一个纵身从旁边的土坡上跳了下去。这时候,何京感觉到嘴里咸咸的,鼻子黏糊糊的,用手一摸,都是血。想喊,出不了声;想追,使不上劲。体力渐渐不支。决不能在这里倒下,必须走出去,哪怕爬也要爬出去。这时候他的意识还算清醒,他明白,这里非常偏僻,一旦倒下,没有人会发现。他拼尽所有的力气朝来路走去。何京觉得,这是一生最漫长的路程。虽然只有几百米,却是最难走的一段,跌跌撞撞,走走停停,一步三晃,比带着连队在高原的冰天雪地里行车还要艰难。人生的尽头也不过如此,他在心里想。走出去,万幸。走不出去,这一生就算是交待了。死亡不可怕,不管是参军还是从警,他都宣过誓。虽然文字不同,但精神实质都一个样,牺牲和献身,早就作好了准备。那一年冬季,藏北特大雪灾,隔断了与外界的所有联系。连长回家探亲,在九连当指导员留守的他接到上级给藏民送粮的通知,连夜组织了战士和车辆,亲自带队远征,在一米多厚的雪地里急行军。平时六天一个来回,那一次往返2000公里足足用了半个月。高原雪地里行车可不是闹着玩的,稍有不慎,连人带车就会藏身悬崖峭壁。到了地方,当上警察,也想到过各种危险,没想到来得这么突然,没有任何预兆。他放心不下唯一的女儿,还有病魔缠身的妻子。

都说女儿是爸爸的小棉袄,冷暖唯有自己知道。女儿何慧博士毕业后留在大城市一家医院工作,这是他前世修来的福分,因为自打出生,何京就没给过她温暖,不是不想给,实在是心有余而力不逮。记得何慧八岁那年,何京回乡探亲,敲房门,是女儿开的。何京多年不见，心生欢喜，正要上去一把抱住，何慧吓得连连后退，边退边喊：妈妈，这是谁家的叔叔？何京呆住了，心一哆嗦，一股难言的苦涩酸得他两眼发花。自古忠孝难以双顾，对女儿又何尝不是。有一次，所长韦伟去家访，何慧告状说，爸爸以前在部队，路途遥远，一年到头儿回不了一趟家，顾不了也就算了。转业到地方后，离家近了，一家人都很开心，指望能天天见到爸爸，可以和妈妈分担这个家了。谁承想，爸爸不是上班就是值班，不是加班就是出差，家里有他无他都一个样儿。韦所长听了只得说是安排不周，把责任往自己身上揽。他知道何京的牛脾气，不服老不服输，手头儿的工作不见底不罢休。女儿都快博士毕业了，何京没有参加过一次女儿的家长会，几次答应参加毕业典礼，最后都因工作爽约。何慧的优秀一半来自自己的勤奋，还有一半理所当然要归功于妻子。何京的妻子患有冠心病和脑血管瘤，无法手术，医生嘱咐不能劳累不能激动。面对自己的工作和繁重的家务，没有谁能给她提供帮助，只有默默地承担起来，当军嫂如此，转身做了警嫂还是没有多大改变。她默默克服疾病的困扰和发病的恐惧，努力支撑起小家，为的是使何京安心工作，不受家庭拖累。

出师未捷身先死，长使英雄泪满襟。我死了不要紧，抛下孤儿寡母，这家就要塌了。我答应过她们，过几年退了休，一定要弥补她们。想到这，脚下平添了一股力量。他在黑暗中摸索着向前移动，每走一步都要使出全身的力量。终于，何京看到，涵洞口有一束微弱的光亮，那是母女俩共同的呼唤。他使出最后的力气扶着墙壁一步步向着光明挺进。

方建国在仔细检查了自己的身体确定连毫毛都没有伤到半根

后，心凉了半截。他情愿相信皮夹克上溅的是自己的血迹，宁愿是自己受了伤。可是事与愿违，事实摆在那儿，后悔已无济于事。警察决不会善罢甘休。他在屋子里似热锅上的蚂蚁煎熬了两天两宿，实在是饿得发慌眼冒金星。在反复观察住处周围没有发现什么异样后，他认为警察还没有把账算到他的头上，便打消了顾虑，轻轻打开房门，小心翼翼地下了楼道，在门洞底下停住脚步，环顾四周，一切还跟前几日一模一样，于是放松了警惕，大踏步朝小区大门走去。攻防之战瞬间转换，抓捕行动如箭在弦一触即发。

说时迟那时快，犹如神兵天降，当方建国从面包车前经过时，队员们同时打开了车门。张伟一个箭步冲上去，从身后一个抱腿顶背将方建国击倒，动作行云流水，不打一点儿折扣。方犯还没来得及反应就一个嘴啃泥被打翻在地，其他队员猛虎扑食般一拥而上。惊魂甫定的方建国见大势已去，乖乖地把双手反伸让他们戴上了铐子。他明白末日已经到了。他想过这一天迟早会来，就像以前作案，没有一次能侥幸逃过惩处，但没想到会来得这么快，不由得深深地叹了口气。

讯问室里，面对审讯他的警察，方建国一言不发，连姓名住址这些例行的问话都懒得回答。以静制动是他应付审讯惯用的伎俩。时光不能倒流，人死不能复生，他甚至一度认为，那个挡住他去路的警察已经被他捅死了，否则，警察不至于守在他家门口几天几夜。他后悔当时的冲动，但一切都晚了。这时候他最想知道的是那个拼上老命的小个子警察到底怎么样了。他眯起眼睛竖起耳朵，发动身上的每一根汗毛，竭力想从警察的细微表情中探寻答案。可是，除了冷眼对峙，室内鸦雀无声。墙上时钟指针的嘀嗒声清晰可辨，甚至可以听到血在动脉里奔跑的声音。这是大战前难得的宁静，方建国相信用不了多久，炮弹就会雨点般落下。可是，十几个小时过去，除例行的程序性语言外，连实质性的问话内容都没有，预想中的炮弹没有如期而至。以往的经验已经靠不住了，方建国一阵慌乱，心想这次遇到了大麻烦。侦查员们清楚，方建国有着多次"进宫"经历，这根骨头不好啃。他们作好了打持久战的准备，有条件要突破，没有条件创造条件也要突破。

主导这次审讯的是有着丰富斗争经验的刑警大队老资格侦查员朱强，他主办大大小小的案件有上千起，让他声名远播的是"5·9"凶杀案。那天，某校办印刷厂工人上班时发现前一天上夜班的两名女工倒在血泊中，报案后民警发现两人已经没有生命迹象，其中一名女性怀有身孕。尸检中发现有性侵迹象，但现场勘查除了生物检材，没有搜集到其他有价值的痕迹物证。那个年代，不要说摄像探头，国内连 DNA 是什么都没几个人知道，大规模排查是破案最主要的手段。几个轮次走访下来，嫌疑人列了一大堆，有作案时间或者因没人做证不能排除有作案时间的有九个人，其中就有马某。他说案发时在家睡觉，但没人证实，又有强奸犯罪前科，嫌疑最大，苦于没有证据不能采取强制措施。大概半个月后一天夜里，马某又一次攀爬入室对熟睡中的女性欲行不轨时被家人发现认出后逃跑，公安机关强行收押了他。可无论怎么审，除承认强奸未遂的那次外，其他一概不认账。这是一起影响颇大且挂牌督办的案件，案子一天不破，不仅上面盯着，全局所有的警察在群众面前都抬不起头来，压力空前。在用尽了所有能想的办法、能用的手段依旧突破不了之后，朱强大胆提出可以用他的线人试一试。贴靠侦查一个月后，线人有消息出来，马某无意中说过，这辈子都别想出来了。强奸未遂，最多也就判几年。专案组分析，马某说这话肯定有重大隐情。大家信心倍增，加大了审讯的力度，马某最终交代了作案过程。当从抽干了污水的烂泥塘里捞出凶犯抛弃的作案凶器这一最主要的物证时，朱强悬着的心落地了。案件最终取得了突破，马某受到了极刑判决。

对待这次审讯朱强不敢大意，作了充分的思想准备。局领导在慎重考虑之后把审讯方建国的任务安排给他时曾专门交代，这是全市人民都在关注的大案，最主要的是伤害了我们的战友，他现在还躺在重症监护室呢，这是非常严重的事，如果审不出，审不好，审不细，罪犯不能受到应有的打击，没法儿向上面交代，更无法向兄弟们交代。临了特别关照，所有的审讯和取证的过程都要录音录像，特别是关键性的证据，不能有一点儿瑕疵。

这是一场硬仗，而且非赢不可，否则警察的脸面就没地方搁了。敢打硬仗，这是人民警察自穿上警服那一刻就应当具备的在人民群众合法利益受到不法侵犯时接受任何挑战的勇气。知彼知己才能百战不殆，问题是你要知道你掌握了什么，还缺什么，需要补充什么。细致、耐心，强大的心理素质，对犯罪心理的独到研究，超乎常人的分析问题、判断问题、解决问题的能力，以及对侦查团队的科学把控，这些是一个优秀侦查员必须具备的素质。朱强知道本案的关键是证据，而证据有主要证据和次要证据之分，拿到起决定性作用的主要证据是关键的关键，就像多年前破获的凶杀案件，如果找不到那把刀，所有的证据都苍白无力。还有，破案需要团队的相互协作配合，特别是在技防手段还不那么完善的年代，传统办法就是个力气活儿。排查靠走，抓人靠守，证据靠挤。

时间像个绅士，淡定从容，一分一秒都不慌张。朱强却心急如焚一筹莫展。他希望时间过得快一些，好让何京赶紧醒过来，便于开展调查。可又希望时间走得慢一点儿，许多工作还没来得及展开。警令如山，时间不等人，他只得另辟蹊径，去案发现场周围进行走访，搜集固定证据。

重症监护室，何京在短暂的苏醒后又进入了昏睡状态。他平静地躺在病床上，脸色蜡白，气若游丝。冥冥中感觉到身子骨轻飘飘的，像悬在半空中的一团浮尘，感受不到任何重力。他想把自己唤醒，可实在太累了，记忆的大门关得严严实实，透不进一丝亮光。他不知道身在何处，天堂、地狱，还是家乡。床旁，猩红的血浆正源源不断注入体内，监护仪的波形图以一种揪心的方式波动着。在场的医护人员神色凝重、屏声静气，似乎稍有闪失，生命就会化为乌有。

经过医生护士六天六夜的连续抢救，何京总算从睡梦中醒了过来。冯全跟医生打听情况，医生说他生命体征平稳，已无大碍，但还需要观察静养。冯全欣喜若狂，立即打电话把这一好消息告诉了韦所长。韦伟悬着的心总算落了地。当天，他就捧了束鲜花来到病房探视并告诉何京嫌疑人已经抓获，让他安心养病，有什么困难及时跟组织上提。何京感谢韦所长的关心，同时还是念念不忘自责，说自己没能将嫌疑人抓住，给组织添麻烦了。这一番话让韦伟既感动又纠结。连生命都不顾了，醒来后想到的第一件事是没能很好地完成任务，还在为没抓到人自责，这样的兵哪里去找？韦伟半嗔半喜回了句，人跑掉是小，把你的生命搭进去，那才是真正的损失。以后遇到一对一的情况，第一时间让所里增援，千万别逞能啦！他临走时嘱咐医生一定要用最好的药、最好的方案治疗，尽量不留或者少留后遗症。

在搜集了所能搜集的所有证据之后，朱强带着助手坐进了讯问室。他用一双鹰眼直愣愣地盯着方建国，想要吃人。方建国背脊发寒，感觉每一个毛孔都竖了起来。他双手戴铐垂放在座椅前面连着两侧扶手的一块横木板上，身子倚在被固定在水泥地面的铁椅子上，双眼眯缝强作镇定。一双招风耳尽力舒展，竭尽所能地捕捉所有能传送过来的信号，生怕错过每一个细节。被关进讯问室已经过了24小时，问话虽然有过几次，但都不是朱强本人主持。问的也都是些前科劣迹、平时交往、日常生活之类的无关痛痒的内容，关键的问话没有一句，甚至一个字都没有提。越是这样不切正题越令他难安。他铆足了劲想知道的答案只有一个，就是那个警察是死是活，这可是关系到他的脑袋还能不能保住的生死之答。原以为那次行窃只是无数个与法律叫板的普通一劫，虽然每次都败下阵来，但都是有期徒刑，最长的也不到十年，想不到这次却碰了个头破血流，连生命可能都要搭上了。那个瘦瘦小小的老警察真拼，原以为看到自己手上挥舞着的匕首时他会退缩，没想到还是那么不要命地冲上来，与他这样的大块头对打。被刺中以后，还像没事一样，一路追着不停，还用警棍把匕首打飞了。逼得自己从五米多高的土坡跳下去，还崴了脚。他怎么就停下来，没有再追呢？这个问题一直缠绕着他，百思不得其解。思去想来，方建国得出的结论是，对手受了重伤，跑不动了。在那个黑不溜秋鬼不生蛋的地方倒下来，那可不是闹着玩的……他不敢再想下去。

"考虑得怎么样了？"尽管事先作了充分的抵抗准备，朱强低沉而中气十足的问话还是让方建国有些吃惊。他知道，交战的那一刻已经到来。躲是躲不过去的，本能的求生欲望促使他选择了避重就轻。

"不就是'溜了个冰'吗，冰壶你们也搜到了。我情愿接受处罚。"

"为这点儿破事，我们至于这么大动干戈吗？你会躲在家里几天不敢出门吗？"朱强句句紧逼。

"那你说我有什么问题。"反客为主，这是惯犯常用的手段。一来可以试探出对手到底掌握了自己什么证据。二来没有审讯经验的警察常常会卡壳，不知道如何应对，在气势上被压下去。

"呦呵，倒反问起我来了。真是死猪不怕开水烫。我可是重案组的，有点儿数好伐啦。"朱强举重若轻，连方言都用上了，一副成竹在胸的样子。

言多必失。方建国情知不妙，想用沉默对抗审讯。

"沉默意味着默认。"朱强看出了对手的用意，要逼对方出招，化被动为主动，这样方能找出破绽。

"这两天身体有病。"方建国的辩解有些苍白。

审讯，是一门艺术，是斗争的艺术，是侦查员运用法律、证据和犯罪心理的研究成果与对手斗智斗勇，迫使其交代犯罪事实，心理较量占了很大比重。把握可能具有的心理状态及其产生的原因，是优秀的侦查员制订讯问策略、采取审讯方式的前提。朱强虽然是初次与方建国打交道，但对他的研究不可谓不深。对方建国几次坐牢的经历、家庭背景、生活习惯、交往人员，甚至是他的言语神情、举手投足都做过功课，这一点是当下崇尚技术侦查迷恋科技手段的年轻侦查员无法企及的。

"有病，我看是心病吧。凭你这身板，伤风感冒奈何得了你？让你坦白，是给你出路。对抗审讯只会加重对你的处罚。"朱强炮弹连珠，密不透风，还在几个重点词语上加重了语气，压得对手喘不过气来。方建国虚汗直冒，额头密密的汗珠互相勾连，结成块，然后成线，沿着地心引力方向溃不成军。招架之力逐渐丧失，他陷入极度的矛盾之中。逃避处罚看来已无可能，减轻处罚是唯一目的，前提是那个警察还活着。否则，交不交代都是死路一条。

"我知道你最担心的是那个警察有没有事，这是你最为侥幸的，否则……"朱强暗自舒展了眉头，故意卖了个关子。他不能把话说死。方建国倒是迫切想听他继续说下去，可是，"否则"之后却没了下文，悬着的心久久放不下来。他几次想问，话到嘴边又咽了回去，那不等于承认是自己行凶吗？

谎言一个个被揭穿后，朱强因势利导，循循善诱，适时抛出了证据——那件沾满何京鲜血的夹克，以及被警棍击落遗留在现场的刀子，这刀子上面遗留了方建国的DNA，这是他无论如何也抵赖不掉的。朱强做过最坏的打算，即使没有口供，凭借完善的证据链，零口供也可以破案。只是，他需要一个胜利，那就是交代。只有嫌犯彻底交代，才能证明犯罪嫌疑人认罪服法，才能证明法律至高无上的权威。这是一个优秀侦查员的标志，是警察战斗意志和必胜信念的最美诠释。

"无论如何不要告诉我母亲。"方建国的心理防御体系终于土崩瓦解。

多少个月后的一天上午，一场隆重而热烈的颁奖典礼在南山剧场举行。主席台上，一位矮小精干、身着警服、五十开外的中年人从市委书记手中接过了一张沉甸甸的大红证书。颁奖词上写着，鉴于何京用生命履行使命，用热血书写忠诚，在保护人民群众生命财产安全方面作出的突出贡献，授予人民奖章荣誉称号。

他打开证书,看到市人民政府的血红印章时,何京想起了月黑风高的那个夜晚。

(贺建华,江苏省镇江市公安局润州分局政治处一级警长。江苏省公安作协会员。发表多篇小说、散文、诗歌。中篇小说《套路》荣获第二届江苏金盾文艺奖)

短篇小说

又见梨花开

薛景川

天际间像是摆开了战场,乌云翻滚如墨,刺眼的闪电夹杂着滚滚雷声,演绎着风雨来临的前奏。山风也不甘寂寞,犹如喝醉酒的莽撞汉子,愈发不安分起来,呼嚎着四处横冲直撞,整个山谷中刚才还是郁郁葱葱的,眨眼之间却成了一幅山雨欲来风满楼的景象。

听着远处低沉的雷声,秦昊使劲挥了挥手,驱赶着眼前纠缠不清的蚊虫,转过头对着卫天云说,卫队,马上就要下雨,今天是不是又要白费力气了?

卫天云抬头斜着眼睛看了看天空,慢慢地说,不好说,根据确切消息,山下的这个女人,即将临盆生产,在这深山里,没有其他人照顾,按常理分析,娄欢极有可能回来。

可是,我们跑了1000多华里,在这里蹲守了三天,这所孤零零的房子里,出来进去的只有那个女人吴萍,别说娄欢了,连个兔子撒欢都没见着。秦昊话里带着牢骚。

面对秦昊的牢骚,卫天云毫不介意,无声地笑了笑,别泄气嘛,守得乌云开,方见日头来。蹲坑守候是刑警的基本功,最忌讳心浮气躁。

秦昊不服气，我跟着你也四五年了，这点儿道理我焉能不懂？我的意思是，天高气爽他都不来，难道非要等到大雨滂沱才会出现吗？这有悖常识。

卫天云一副胸有成竹的样子，劝道，沉住气，先别急着下结论，别忘了，对手智商相当高。我倒是觉得，根据他以往不按常理出牌的逻辑，越是这样恶劣的天气，他越可能出现。

对于娄欢的高智商，秦昊显然并不苟同，撇了撇嘴，嘴里嘟嘟囔囔，什么高智商，把一个大着肚子的女子扔在荒山老林受罪，自己像个缩头乌龟，不知道躲到哪个乌龟壳里了，大隐隐于市，这点儿道理都不清楚。充其量有点儿小聪明罢了。

说到这里，他停顿了一下，把头向前探了探，好奇地问道，他就这么稀罕孩子？

卫天云点点头，如果不是，潜逃这么长时间，他比狐狸还警觉，我们几次抓捕都扑了空。为啥甘愿冒这么大风险，弄个女人在此地姘居，不就是为了圆他的梦吗？

秦昊感觉不可思议，咂咂嘴摇摇头，真搞不懂这家伙究竟是怎么想的。

转过身，卫天云活动活动腿脚，说，也没什么奇怪的，根据掌握的信息，他们家到他这三代单传，他爸爸妈妈，也是有了三个姐姐才生的他。娄欢结婚后，一直没有孩子，听村里人说，他父亲因为没有抱上孙子，一直耿耿于怀，据说临死也没闭上眼睛。

秦昊做了个夸张的鬼脸，额滴个神，这观念根深蒂固啊！

仿佛是折腾累了，雷公电母都悄悄收了兵，偃旗息鼓。小雨却像是个不速之客，飘然而至。

卫天云用手抹了一把脸上的雨水，从凉棚朝那所房子看了看，房子里的女人依然在忙碌着。卫天云若有所思地对秦昊说，有没有发现，吴萍有点儿反常？

秦昊没有马上回答，起身观察了良久，依然一脸懵懂的神情，有啥反常的，不还是涂脂抹粉那些把戏吗？此地荒无人烟，不知道化妆给谁看，给山里野猪吗？

卫天云摇了摇头说，刚才还自称是老警察了，说话就露怯。老话讲得好，女为悦己者容，这难道不是个信号？

秦昊眨巴一下眼睛，好像明白过来，拍了一下前额，我这猪脑子。

秦昊凑近卫天云说，我还发现一个问题，这个女人有个怪毛病，每晚睡觉都不关灯。

瞅着秦昊，卫天云一笑，这正是我充满信心的地方。

为啥？

你个小屁孩儿，没有结婚，不了解女人的心理。

秦昊有点儿不服气，这和结婚有啥关系？我就不相信，难道嫂子每晚睡觉会开着灯？

秦昊漫不经心的反问，勾起了卫天云的遐思，他眺望着夜雨蒙蒙的远方，目光有些深邃，说，不错，只要晚上我加班，家里廊灯永远是打开的。

这个话题秦昊很感兴趣，紧着追问，到底为啥？

卫天云轻轻扒拉一下秦昊的脑袋，傻瓜，那是老婆发出的信息，她在等你回家。

秦昊眨眨眼，恍然大悟似的，往山下一指，按照这个逻辑推理，她也是在等娄欢。

卫天云的语气很肯定，十有八九是这样。

被卫天云嘲讽了几句，年轻气盛的秦昊心有不甘，打算开两句玩笑，调侃卫天云几句，但是，看着卫天云蹲在那里，沉浸在美好回忆中，一副满脸自得的表情，话到嘴边，却没有说出来。

小雨像是来了劲，愈发密集起来，淅淅沥沥的，好似天上抛下千万条纤细珠帘，天和地被串联成了一个整体，房屋的灯光也在视线里模糊起来，远远望去，宛若一朵荷花在水中绽开。

卫天云向前看了看，说，阵地必须前移，这里视线已经看不清楚了。

秦昊环顾了一下四周，前面不远处有棵大榕树，应该是个不错的地方。

把树的周边环境观察了一番，卫天云暗暗点头，距离目标有三十来米，居高临下，便于观察，地点相当理想。植被也相当茂密，不容易暴露，更难得的是大榕树枝繁叶茂，枝条婆娑的树冠宛若擎起了一个巨大伞盖，俨然一个天然的避雨场所。

抖了抖雨衣上的雨水，他用力搓着手，低声商量，咱们也别全在雨里淋着了，你回到汽车里面，换身干净衣服，迷糊一会儿，一个小时后来换我，眼前这情形恐怕又得熬个通宵了。

秦昊不同意，队长，还是你回去吧，我先坚持一会儿，蹲守三天了，你基本上没有合眼。

看着秦昊，卫天云佯装生气地瞪眼说，别婆婆妈妈的，如果心疼我，记着准时来替换就行了，别像前几次，总是睡过了头。

秦昊挠挠头，不好意思地笑了笑，我就这优点，睡眠质量超级好。然后一吐舌头，走了。

汽车在山坳一个隐蔽的地方停放着，秦昊回到车上，没有迷糊多长时间，手持台就传来了卫天云的呼叫，目标出现。秦昊一激灵，睡意全消，问，娄欢出现了？

对讲机里，卫天云语气十分笃定，没错儿，就是他。

卫天云所在的仙龙市虽然地处北方，是个县级市，由于地处京畿地带，又是南北交通要冲，经济发展相当快，其繁华程度甚至超过了一般的地级市。这里素有"鸭梨之乡"之美称。每到春天，遍地梨花次第开放，花白如雪浩瀚无垠，整个仙龙市都弥漫着一股沁人肺腑的清香。

憋了一个冬天的姑娘们，也不甘寂寞，早早地换上了花花绿绿的服饰，三五成群，呼亲唤友，踏青游玩，梨花丛中红绿点点，宛若一只只蝴蝶在花中流连。

那年的天气有些反常，虽然已经是阳春三月，却依然寒风料峭，天气出奇冷。

天气冷，刑警大队长卫天云心里比天气更冷。

昨天晚上，市区发生一起恶性杀人案，玫瑰园五单元103室焦文丽被人杀死在卧室内。

现场相当凄惨，焦文丽全身上下被捅了十几刀，血肉模糊。更让人震惊的是，她的一个三岁和一个还在襁褓中的儿子都未能幸免，被扔进厨房洗衣机里活活闷死。

这个惊人的消息，随着寒冷的春风瞬间传遍了整个仙龙城。

案件就是命令，卫天云立即带领队员们投入到案件紧张的侦破当中。勘查现场，查询被害人信息，摸排案件线索，工作有条不紊地迅速展开。然而让人失望的是，连续奋战几个昼夜，搜集到的有价值的线索被一一否定。眼看破案的黄金时间已过，案情没有一点儿实际进展，大队长卫天云的眉头越皱越紧。

屋漏偏逢连阴雨，案发的第三天，市局指挥中心又紧急通知卫天云，马上回市局，市区又发生一起凶杀案。

听到这个消息，卫天云着实吃惊不小，虽然已是阳春三月，头顶上阳光明媚，他却依稀感觉冷风扑面，恍然回到了肃杀寒冷的冬季。

情况很快就清楚了，又是一起入室凶杀案。昨天晚上，天河小区A区二号楼501房间的屈彩霞被人杀死在床上，作案手段及其残忍程度和玫瑰园杀人案几乎如出一辙。

短短不到一个星期的时间，连发两起凶杀案，四条人命，这是自新中国成立以来，仙龙市从来没有的情况。市领导极为震怒，做出重要批示，严令公安局限期破案。市局也是异常重视，派专家及精干人员参战督导。

接二连三发生命案，市区的百姓人心惶惶，各种流言就如大街上的柳絮，漫天飞舞。卫天云和他的刑警弟兄们瞬时被推到舆论的风口浪尖。

那段时间可以说是卫天云最黑暗的日子，走在大街上，他最怕遇见熟人，因为每个人无一例外都会问他相同的问题，案子破了吗？凶手啥时候抓到啊？

两起凶杀案仅仅相隔三天，作案手法非常相似。尽管专案组成员有不同的看法，但是凭着多年破案经验，卫天云还是力排众议决定并案侦查。让他苦恼的是，犯罪嫌疑人十分狡猾，作案后对现场做了精心处理，能收集到的物证极其有限。法医经过细致的勘查，才在焦文丽被害现场发现了疑似犯罪嫌疑人的生物检材。另外，两个凶杀案因果关系也不明显，焦文丽和屈彩霞的生活轨迹几乎没有任何交集，究竟是仇杀还是情杀抑或是侵财？各种意见都有，意见很不统一，这种不确定无形中为案件侦破增加了难度。

转眼又是一个多星期过去了，案件还在原地踏步，没有丝毫进展。

这天，卫天云叫上法医，重新来到被害者家中，还原现场状态，重新勘查现场。这已经是他带领法医第三次还原现场了。

作为一个工作多年的老刑警，卫天云深深懂得，无论犯罪分子怎样狡猾，如何挖空心思消除作案痕迹，客观上，每个犯罪现场还是会留下大量犯罪信息。至于如何能发现这些蛛丝马迹，这就考验一个刑警的基本素质了。

卫天云显然是这方面的佼佼者。公安大学毕业，从警十多年，从一个普通刑警干到大队长，侦破过无数大案要案。凭着这些骄人成绩，去年还荣膺了省厅组织评选的"十大燕赵神探"的荣誉称号。

一个小的细节引起了卫天云的注意。一个带有少许血迹的小纸团，出现在屈彩霞被害现场，勘查现场时被法医提取了。法医告诉卫天云，已经对上面的血迹进行了检验，是被害人的血迹，应该是作案人擦拭什么地方留下的，不具有任何破案价值。

卫天云却对这个纸团产生了浓厚的兴趣，翻过来调过去，对着它端详了半天，然后一声不响走了出来，对着侦查员秦昊说，跟我去趟医院的停尸房。

回来的时候，卫天云神情有了细微的变化，紧锁的眉头开始舒展。召集侦查员开会，告诉大家，调整侦查重点，重新摸排和屈彩霞关系密切的人，并特别嘱咐，所有的亲属朋友一律重新调查，包括原先已经排查过的人员，一个也不许漏掉。

队员们虽然不明就里，但基于这些年对卫天云的信任，都立即行动起来。

经过几天的摸排，案情有了突破，原先因为作案时间被排除的娄欢，也就是被害人屈彩霞的对象露出水面，有重大嫌疑。卫天云命令，秘密获取检材，送技术室进行比对。过了一天，法医那边传来消息，比对成功，娄欢就是这两起案件的重大嫌疑人。

尽管表面上不动声色，但听到这个消息，欣喜之余，卫天云还是有点儿吃惊。难道真的是他？那个在妻子尸体面前悲痛欲绝的丈夫，那个多次到市局省厅上访，要求尽快破案严惩凶手的年轻人……

卫天云不禁感慨，演技太好了，比起那些在荧屏上忸怩作态的小鲜肉高出一大截，这演技不去拍电影真是白瞎了。

秦昊好奇地问，卫队，你是从什么时候开始怀疑他的？

卫天云说，从现场那个小纸团开始。

能告诉我理由吗？

说起案情，卫天云严肃的脸上表情开始丰富，话语也变得滔滔不绝，很简单，从两个犯罪现场来看，犯罪嫌疑人极其凶狠残暴，每个被害人身上都被捅了十几刀，既然这样，犯罪人身上和现场都会有大量喷溅血迹，这个纸团在现场似乎显得不和谐。它上面只有少许血迹，肯定不是犯罪分子擦拭自身留下的，现场的血迹也没有做过处理，那么他擦拭哪里呢？带着这个疑问我又重新检验了尸体，我发现，屈彩霞的脸上比较干净，没有血迹，但皮肤表层有轻微的擦拭痕迹。试想一想，假如和被害者之间没有关联，以犯罪人的残暴，怎么会有这个动作呢？

一席话，秦昊如醍醐灌顶，一竖大拇指，真高，不愧是神探，简直是火眼金睛。沉吟片刻，有些不解地问卫天云，既然这家伙对屈彩霞还有感情，为啥要对她下死手呢？

卫天云最喜欢秦昊这一点，年轻机警反应快，平时爱琢磨，凡事都有一副打破砂锅问到底的劲儿，是个干刑警的好料子。不过，这个问题让他为了难，双手一摊，说，我也弄不清状况，不过，按犯罪心理学来说，杀人这种激情犯罪，发泄之后嫌疑人常常会有片刻后悔懊恼的过程，也许是杀人后娄欢良心发现呗，这得等到他归案才能闹明白。

回想起这次侦破，秦昊有些庆幸，这个家伙确实够狡猾，反侦查意识相当高，居然还会金蝉脱壳。在外地打工，竟然雇了一个人替他打卡，自己偷偷潜回来作案。如果不是你下令重新调查，攻破了他的攻守同盟，差一点儿让他蒙混过关。

拿起案头娄欢的照片，卫天云颇有些感慨，这个犯罪嫌疑人，和他心中的画像落差太大了。这是一张年轻秀气的脸。如果不是证据确凿，真的很难把他和凶狠残暴联系到一起。

卫天云马不停蹄，立即组织对娄欢的抓捕工作，他要亲手抓住他。因为他心里还有一个谜团，那就是娄欢的作案动机，他搞不明白，究竟是什么原因，让这个年轻人如此残忍地举起屠刀，砍向毫无反抗的妇女和婴儿，其中还包括他自己的妻子？

到了目的地，却发现，娄欢早已消失得无影无踪。

今天雨夜，娄欢那张脸庞第一次映入卫天云的眼帘，饶是见多识广的老刑警，卫天云心里也破天荒地咚咚地剧烈跳动起来。

小雨依然是密密麻麻的，飘落在峰峦山壑之中，发出沙沙的浅吟低唱，虽然使道路变得泥泞不堪，雨声却无形中为卫天云的抓捕行动提供了掩护。

犹如狮子捕猎一般，两个人悄悄运动到了房屋前。卫天云拉了一把正要破门而入的秦昊，压低声音叮嘱道，那个吴萍是个大月份孕妇，抓捕时千万注意，不要惊吓着她。

行动出奇顺利，娄欢还在睡梦中，就被牢牢地摁在被窝里，戴上了手铐。起初娄欢还心存侥幸试图抵赖，当他听到卫天云一口熟悉的家乡仙龙口音时，神情一下委顿下来。

仙龙人说话口音本来属于高门大嗓的北方语系，但仙龙人的口音和周边地方却有明显不同，除相同的高亢外，仙龙人的语音还带着一股糯糯吴侬软语的味儿。这个现象曾引起有关民俗专家的兴趣，研究了半天，也没得出结果，倒是一些老人话语道出其中的玄机，这有什么好奇怪的，仙龙人祖祖辈辈种梨树，伺候梨树，赏梨花，品酥梨，梨子那股清香绵软都渗透到了仙龙人的骨子里，才有了这独特的方言。此话不无道理。

娄欢看了看旁边惊呆了的吴萍，低声对卫天云说，事情和她没有任何关系，不要吓她，她胆子很小，肚子里还有娃儿。

看着娄欢被押上警车，卫天云扭头看了一眼那个立在风雨中一脸惊恐的女人，一阵莫名的情绪突然掩过了他内心的喜悦。肚子里还有娃儿，娄欢刚才说的这句话，妻子杨梅也曾经说过……

第一次抓捕扑了个空，娄欢潜逃了。以后相当长一段时间里，尽管卫天云用尽各种手段，费了九牛二虎之力，却没有一点儿娄欢的消息，他好像在人间蒸发了一般。

那段时间是卫天云最为纠结的岁月，他的大脑始终处于高压状态。他和弟兄们四处摸排查找线索，汇总各地上报的信息，然后条分缕析，从中筛选出有价值的东西，再派人去各地逐一调查核实，白天晚上忙得团团转。

让卫天云很无奈的是，工作上起早贪黑不算，还要抽出大量时间应付各级的督导督查，一次又一次汇报案情，聆听领导的指示。更让他苦不堪言的是，本来警力就十分紧张，时常还要抽出人来，去安抚劝阻那些四处上访喊冤的受害者家属。

以上林林总总，整天折腾得头昏脑涨焦头烂额。

家里的情况也让他糟心，妻子杨梅偏巧这个时候怀孕了，妊娠反应相当厉害。如此一来，原先那个贤淑温婉的杨梅不见了踪影。

仙龙的酥梨不用尝，仙龙的姑娘不用相，这话说的是仙龙市的两件宝，仙龙的酥梨绵软香甜，远近闻名，仙龙的姑娘更是个个出落得比梨花还水灵。卫天云的老婆杨梅更是花中极品，不仅长得好，更难得的是温顺乖巧。平时聊起天来，弟兄们都羡慕队长有齐人之福，卫天云更是以此为傲，扬扬自得。

案件没有头绪的时候，卫天云一干人黑天白日连轴转，根本顾不上回家，别的家属一肚子牢骚，怪话连篇，只有杨梅晓得案子正处在攻坚阶段，卫天云他们责任重大顾不上自己，所以很少打扰卫天云。即使打个电话也是嘘寒问暖，让一帮弟兄既羡慕又汗颜。

面对杨梅的通情达理，卫天云满腹愧疚一脸歉意，杨梅倒是很大度，柔声地说，放心工作吧，既然嫁给了警察，我早就做好了与孤独为伴的准备。

面对妻子的理解，卫天云内心十分感激，没法儿帮上忙，只好趁机拍马屁，还是我老婆，境界就是高，得妻如此，夫复何求！

杨梅撇撇嘴，声音柔柔的，少给我灌迷魂汤，说句心里话，嫁给警察肠子都悔青了。

杨梅怀孕了，妊娠反应相当大，全身浮肿，吃什么吐什么，身材也变了形，俏丽的容颜也变了样。心理准备不足的杨梅一下子性情大变，天天打电话，要卫天云回家陪伴。

卫天云忙着追捕娄欢，哪里有这么多时间，还是三天两头不回家。杨梅本来就情感细腻，再加上生理上的反应，颇有些接受不了，打电话给卫天云，言语中少了以往的温柔，多了些不耐烦，你心里还有这个家吗？认不认识回家的路，可曾记得有个老婆？

一听语气，就知道来者不善，电话那头儿卫天云说话小心翼翼，老婆，实在对不起，抓捕工作太忙，杀人犯不归案，没法儿向那些被害者及家属交代。

提起案子，杨梅开始抱怨，案子没破的时候，你整天不回家，现在真相大白，还见不到你人影，现在的社会，每天都会有犯罪发生，犯罪分子抓得完吗？

卫天云大吐苦水，我们也有难处，现在是清网行动，市局每天要进度不说，那帮被害者家属几乎天天来局里，要求给他们一个说法。

杨梅打断卫天云，我不听这些，我也要一个说法，人家老婆怀孕了，丈夫在身边嘘寒问暖悉心呵护，我却连你的身影也见不着，今天表个态，你到底要不要这个家？

电话那头儿，卫天云胸脯拍得山响，要，当然要，这么好的老婆打着灯笼也难找。

卫天云一顿温言软语，杨梅慢慢地消了火气，无奈地说，结婚这么些年，你在家正儿八经待过几天，我责怪过你吗？现在我怀孕了，看着人家女人被宠着护着，自己像个落单的孤雁，心里有些失落罢了。

卫天云也清楚，确实欠妻子很多，只好信誓旦旦地保证，等抓到娄欢，我请假天天陪着你。

杨梅根本不吃这一套，你也别开空头支票了，你说过的话，什么时候兑现过？不过，我要你答应一个要求，在我们的孩子出生的时候，无论你有多忙，你必须抽出时间，陪伴我把孩子生下来。

卫天云有些苦笑，医院有接产大夫，我又进不了手术室，去了有什么用？

平时说话低声慢语，此时杨梅的语气却很坚定，那不一样，有丈夫陪伴心里踏实，都说女人生孩子是过鬼门关，我希望丈夫陪我闯过这道关，别忘了，肚子里的是你的娃儿。

卫天云只好一口答应下来。

雨愈发地大了，狂野的山风在山谷间盘旋，掀起松涛阵阵，铜钱大的雨点敲打着汽车玻璃，啪啪乱响。一道闪电划过，照亮了娄欢那张毫无表情的脸。

秦昊一边发动汽车，一边扭头问娄欢，认栽了吧，这就叫天网恢恢，疏而不漏。

娄欢半仰着头，斜倚在汽车靠背上，一脸冷漠，听了秦昊的话，眼皮也没抬说，如果不是这个女人，你们是抓不到俺的。

秦昊微微一笑，就那么有信心？

娄欢依旧半眯着眼，一脸倨傲，原以为这案子你们就破不了，没想到你们只用几个星期就查到了俺，倒是出乎俺的意料。不过，虽然破了案，俺仍然不相信你们能抓到俺。

秦昊一脸不屑，说，你现在已经在我们的手中，还狂妄啥。

娄欢摇摇头，说话一字一句，这不是俺的错，要怨就怨俺娘。

看着两个人你来我往的言语交锋，卫天云只是静静地坐在旁边聆听，娄欢的这句话，让他有些不解，插嘴问道，和你娘有关系吗？

提起老娘，娄欢的情绪有了细微的变化，满脸的冷漠不见了，一丝不易察觉的愁绪挂上了眉端，说，俺的背景你们大概早已调查清楚，家里三代单传，在家里养儿子传宗接代是贯穿生活的主题。案发后，俺逃到边境，已经和偷渡的蛇头商量好，给他们三万块钱负责把俺偷渡出境。

在等待出境那几天，俺天天做梦，梦到回到了老家，梦见了遍地的梨树，梦见了在梨树地里劳作的老娘，从梦里醒来就是一脸的泪水，俺心里明白，这一走，今生今世再也见不到娘了，于是一咬牙，决定偷偷回家一趟，给老娘磕个头再走。

一年多不见，娘苍老了许多，头发几乎全白了。见了俺就不停地流泪，听说要偷渡出国，她神情凄惨地说了一句，以后没有儿子了，更别说孙子，老娄家绝后了，俺这把老骨头活着还有什么指望，还不如早点儿去地下见你那死去的爹。

看到老娘绝望的眼神，俺的心突然软了，从小俺爹娘疼爱俺，这辈子欠她太多了，当时脑袋一热做了个大胆的决定，俺暂时不走了，俺要找个女人，要她生个儿子。虽然今后不能为老娘尽孝了，但如果她知道还有个孙子，会让她重拾活下去的信心。俺当然知道这么做的危险性，但是为了俺娘，还是决定冒险一试。

先后去了几个地方，都不是很安全，稍微有点儿松懈，你们就会跟踪而至，幸亏俺很警觉，及时转移才没有被你们抓获。后来，俺在深山里找到了一个合适的目标，大字不识的女人吴萍。找吴萍目的很明确，山里女人又蠢又愚昧，与外界接触不多，唯有这样才安全。

编造了一堆谎言取得她的信任后，俺带她离开家，来到这荒山野岭居住下来。尽管如此，心里还是没有安全感，半夜常常被噩梦惊醒。无奈之下只好以打工为名到别处躲藏，尽量减少回来的时间。后来，吴萍怀孕了，预产期就在这两天，今晚回来打算送她去医院，到那里待产的。

卫天云一皱眉，对着前面的秦昊喊了声，停车。

秦昊猛地一脚刹车，回过头纳闷地问，啥事？

卫天云努努嘴，调头回去。

秦昊有些不明白，问了一句，回哪里？

回刚才那所房子。

为啥？

卫天云一指娄欢，没听他说吗，吴萍就在这两天生产，深山里荒无人烟，天又下着大雨，留下她一个人会有危险的。

秦昊听明白了，不以为然笑了笑说，我还以为出什么事了，这个好办，明天到了上班时间，及时把这个情况通报给当地有关部门，由他们负责不就 OK 了。今晚就别回去了，就我们两个人，还带着一个危险人物，车里再多个孕妇，一旦出现状况如何处理？

卫天云低头看了看表，一脸凝重，抓捕的时候，我就想把她带出来，当时觉得没有那么紧迫才没做，出来后心里一直不踏实，现在距离天亮还有六七个钟头，她随时可能生产，会很危险的，那可是两条人命。

听卫天云这么一说，秦昊似乎感觉到事态的严重性，没再言语，沉吟片刻，一打方向盘，汽车的灯光在漆黑的雨幕中划出了一道漂亮的弧线，宛若一个潇洒的舞者，一个轻盈的 180 度旋转，顺着来路，又消失在黑沉沉的风雨中。

推开房屋的门，眼前的景象着实吓了卫天云一跳。屋里桌椅东倒西歪的，被褥枕头散落在地上，吴萍捂着肚子，痛苦地蜷曲在门口。卫天云暗暗吃惊，不好，她要生产。

看着大汗淋漓极度痛苦的吴萍，望着笼罩在风雨中黑黝黝的山峰，卫天云面带焦急，问娄欢，此地距离县城有多远？

自从吴萍被抬上车，娄欢一改以前的冷漠神情，神情一下变得紧张起来，眼睛一刻也没离开吴萍。卫天云连问两句，他才缓过神来，略一思索，答道，100 多里。

卫天云看了一眼捂着肚子叫声连连的吴萍，摇摇头，说，恐怕来不及了，附近还有没有别的医院？

距离这儿十几里有个石泉镇，那里有卫生院，只是那里的条件……

卫天云没有听他说完，扭头对秦昊说，快，去石泉镇卫生院。

几十分钟艰难的行驶，崎岖山路渐趋开阔，两侧绵延不绝的峰峦也被抛在了脑后，逐渐变得模糊起来，回头望去，宛若一个个张牙舞爪的魅影，隐匿在飘摇的夜雨之中。

一片灯光在夜幕中隐隐闪烁。娄欢拿手一指，那就是石泉镇。

下车的时候，吴萍突然伸出手拉住卫天云的胳膊，央求道，求求你，别把娄欢带走，让他陪俺把孩子生下来。

这个请求，让秦昊有些哭笑不得，大声问道，你知道我们是啥人，他又是啥人吗？

　　吴萍点点头，说，俺知道你们是警察，娄欢肯定是犯了罪。

　　秦昊从鼻子哼了一声，既然知道，还求什么，要知道国法无情。

　　一路上消耗了极大的体力，吴萍的声音弱弱的，俺是抛了父母跟他私奔的，在这里举目无亲，他要是被带走，在这个关口，俺真怕撑不下来。

　　卫天云用目光制止了还想继续理论的秦昊，安慰说，先不要胡思乱想，医生和护士都已经在等着了，先进去吧。

　　看着吴萍那张惨白的脸、失望的眼神，卫天云忽然想起了老家那些凋落的梨花。

　　从卫生院出来，卫天云满脸是水，也闹不清是雨水还是汗水，秦昊关切地问道，都已经安排好了？

　　卫天云点点头，已经送进手术室。

　　秦昊出了一口长气，这下可好了，然后把头转向一直焦躁不安的娄欢，这次放心了吧？

　　娄欢没有回答，默默地把头朝后一仰，又恢复到之前一脸冷漠的状态。

　　卫天云的表情没有那么轻松，对秦昊说，听医生讲，是异位难产，她情绪很不好，一个劲儿喊娄欢，真担心出点儿意外。

　　想想刚才的情景，秦昊也有些后怕，擦了擦额头说，幸亏听了你的话，否则后果真不堪设想。

　　卫天云低声和秦昊商量，咱们能不能把娄欢带到手术室外面，给里面的孕妇增加点儿信心？

秦昊瞪大眼睛，带着一个杀人犯去医院转悠？

用衣服把手铐盖住，谁知道他是杀人犯？

秦昊的头依旧像拨浪鼓，队长，这不符合规矩，咱们是警察，不是医生，把她送到医院，已经超出职责范围了，如何接生是医院的事情。

面对秦昊的坚持，卫天云仍不想放弃，我当然知道不合规矩，咱们不也常常讲人性化执法吗？毕竟对她来说，今晚的变故太大了，见不到娄欢，恐怕她真的会崩溃。

秦昊一副较真的模样，卫队，平时你总说我是菜鸟，你可是老刑警了，这点儿常识不用我提醒吧，医院的环境复杂，万一发生意外，这责任你我可承担不起。

这些话合情合理，卫天云无法辩驳，但是他仍不死心，顿了顿，说，风险肯定有，但那里可是性命攸关啊！

秦昊有些赌气，嘴里不依不饶，不是我不通情理，你想一想，为了这个案子，天南地北各地四处追捕他，我们受了多少罪。就是因为他迟迟不能归案，省里市里拿我们当反面典型，大会批小会点，咱们受了多少委屈。这些都可以忽略不计，就说我们嫂子，要不是因为你去广州抓捕娄欢，把嫂子一个人扔在家，她能出意外吗？差一点儿早产，嫂子到现在都不能下床。现在，为了这么一个人渣，为了给他生儿子，冒这个险值得吗？

秦昊气呼呼地甩出这些话，就像外面时断时续的风雨，噼里啪啦的，敲打着卫天云的心扉。

杨梅打来电话告诉卫天云，她有点儿不舒服，想去医院做个检查，让他请假陪着去一趟。妻子已经怀孕六个月了，身体日渐臃肿笨拙，这个要求也在情理之中。卫天云却无法满足，因为他得到消息，在广州发现了娄欢的踪迹，此时他正带人在前往广州的路上。无奈之下，卫天云和杨梅商量，能不能坚持一两天再检查，等我回来陪你去医院。

电话那头儿杨梅无名火顿时发作，卫天云，你有没有长心啊，我为了咱们的娃儿吃苦遭罪，你却像个毫不相关的人，去医院看病还能拖吗？

这几句话，犹如疾风骤雨，打得卫天云有点儿蒙，仔细一想这段时间忙于工作，确实冷落了她。他自嘲地一笑，赶紧改口商量，我现在外地出差，要不打电话让妈妈陪你去？

杨梅轻轻地叹口气，说了句，不用了，妈妈那么大岁数了，身体又不好，我还是自己去吧。然后挂断了电话。

就在杨梅去医院的路上，徒步过斑马线的时候，被一辆电动车撞到了。幸亏被及时送到医院，否则后果不堪设想。

当卫天云从广州回来，风尘仆仆赶到医院的时候，只见杨梅蜷缩在病床上，还是一副惊魂未定的神情。有道是男儿有泪不轻弹，此情此景，饶是卫天云铁打的心肠，也是两眼潮湿，心中像是被什么狠狠剜了一下，隐隐作痛。

看到卫天云像个受了委屈的孩子，杨梅眼圈红了。两行眼泪簌簌滚落，她一边哭一边捶打着卫天云，全怪你，孩子差一点儿就没了。卫天云不知道如何安慰，唯有把妻子紧紧搂在怀里。

卫天云内心清楚，这个孩子对杨梅意味着什么。

结婚后，由于工作的关系，卫天云很少待在家。由于寂寞，杨梅很早就想要个孩子，却一直没有怀孕。随着年龄的增长，想要个孩子的愿望愈发强烈，可是折腾了几年，就是没有怀孕的迹象。杨梅跑了无数个医院,吃了无数的中药西药,一直到今年,36岁的杨梅才怀了孕。拿着化验单,杨梅不胜欣喜,第一时间把这个消息告诉了卫天云,然后迫不及待去了趟超市,买回一堆婴儿用品,内心的喜悦溢于言表。如果这个孩子没了,对她的打击可想而知。

杨梅停止了啜泣,神情漠然地对卫天云说,你走吧,去抓你的逃犯吧,你心里只有案件,没有爱,你们根本不配有老婆,更不配有孩子。

知道杨梅心里的委屈,卫天云只好立在原地,像是犯了错的孩子,低着头,一声不吭,等待着发落。后来,看到杨梅有些累了,他才柔声劝道,别再难过了,保重身子,这次也是事发突然,我以为一两天就能回来,好在孩子平安。

杨梅依旧泪眼婆娑,你知道这个孩子对我多重要吗?为了孩子我吃了多少苦吗?如果这个孩子没有了,我一辈子不会原谅你。不原谅你的冷漠,不原谅你的不闻不问。

看着卫天云一脸凝重,秦昊知道刚才的话说得有些重,有些歉意地说,卫队,对不起。

卫天云摆摆手,示意没有关系,然后语气平缓地说,别提那些了,还是把娄欢带过去吧。出了事情我负责。

卫天云最后这句话,让秦昊的脸顿时涨得通红,声音一下拔高好几度,难道我是怕担责任吗?我是替你担心。你应该清楚,这次抓捕对你有多重要。

卫天云当然清楚秦昊的话里包含的信息。

最近市局要进行班子调整,卫天云是众望所归,也是所有的候选人中呼声最高的。当有了娄欢的消息，卫天云向局长鲁大光请示抓捕的时候，鲁大光曾有片刻的犹豫，对他说，还是派别人去吧。在卫天云再三坚持下，鲁大光才勉强同意，临走时意味深长地叮嘱道，去，可以，但一定要谨慎，不允许出半点儿纰漏。

鲁大光的犹豫，也是出于对卫天云的关爱。

杨梅自从上次被撞动了胎气，只能在家卧床静养，需要有人照顾，另外，马上调整班子了，作为自己特别欣赏的爱将，鲁大光也怕有什么意外。

在这种敏感阶段，干工作有很多诀窍，"聪明人"在这个时期，往往采取相对消极的态度，只求过得去不求过得硬，因为每个人都明白一个道理，关键时刻不能出错掉链子，而只有不干或者少干才会减少出错的概率，可惜，卫天云属于不"聪明"的那种。

看着秦昊着急的样子，卫天云拍了拍秦昊的肩膀，咱们是一起摸爬滚打并肩作战的弟兄，你的意思我岂能不懂。

秦昊声音有些哽咽，我是替你委屈，风里雨里这么些年，你就晓得破案，抓逃犯，多少机会都失之交臂，要是这次再错过，恐怕以后再也没机会了。

卫天云挥了挥手，像是要甩掉什么东西似的，一字一句对秦昊说，你现在还年轻，作为一个刑警，如果入世太深，杂念太多，破案的专注度就会被分散，眼睛看的杂了，就会失去清澈，侦破案件时就会少了那份特有的敏锐，这是一个侦查员的大忌。

看着执着的卫天云，秦昊下面的话有些吞吞吐吐，不仅是为这些，刚才咱队里杨大姐来电话了，嫂子那里有点儿情况，今天有些出血……

听了这话,卫天云心里一沉,现在情况如何?

已经被杨大姐和弟兄们送进医院了,有她妈妈照顾呢,大家怕你担心,没敢告诉你。电话里都嘱咐我,劝你别节外生枝,早点儿回去陪陪嫂子。

听说杨梅没事儿,卫天云长出了一口气,有她妈妈和大家的照顾,我就放心了,至于那些身外之物,一切顺其自然吧,现在产妇性命攸关,火烧眉毛,还是顾眼前吧,如果出了事情,产生什么影响,我不后悔,也问心无愧。

昏暗的灯光勾勒出卫天云棱角分明的脸,那一脸的坚毅,宛若用刀子镌刻出的。

看着卫天云,秦昊没再坚持。

押着娄欢走进卫生院,秦昊才看清里面的环境。两排破旧的平房笼罩在风雨中,给人一种摇摇欲坠的感觉,羸弱的灯光映在墙面上,斑驳陆离,更彰显了房子的破败不堪。

穿过几间屋,走廊尽头一盏灯亮着,卫天云告诉秦昊,手术室就在那里。

卫天云口中所谓的手术室,其实就是一间屋子,在白木门上面挂着半截门帘,上面印着"手术室"三个红字。

与手术室仅仅相隔一道门,娄欢的声音有些颤抖,老婆,俺就在外面陪着你,你要使劲,把咱们的儿子生下来。

看着反常的娄欢,秦昊一脸不屑,把脸凑近他问,娄欢,我就是搞不明白,既然你那么心疼女人喜欢孩子,怎么会做出那些丧心病狂的禽兽行径呢?

娄欢的情绪一下子激动起来,声音有些歇斯底里,儿子,还不是因为俺没有儿子。

　　作为娄家三世单传的男丁，娄欢一直是生活的宠儿。家里有了三个姐姐以后才生的他，属于晚年得子，自然而然受到父母及三个姐姐的宠爱，在家里什么事情都是说一不二，全家围着他转，俨然一副小皇帝的做派。也是这份溺爱，形成了娄欢任何事情都要抢先拔尖的乖戾性格。

　　高中毕业后，没有考上大学的娄欢听从父母的安排，和一个叫屈彩霞的漂亮女孩儿早早地结婚了。结婚后小夫妻二人感情尚可。

　　甜甜蜜蜜过了一年，屈彩霞一直没有怀孕的迹象，这让盼着抱孙子的娄欢父母很着急。四处给屈彩霞买补品，弄偏方，又是针灸，又是中医调理，折腾了两年多，直到娄欢的父亲去世，屈彩霞也没有为娄家生下一男半女，为此，娄欢的娘一直耿耿于怀。

　　娄欢也觉得不对劲，带着屈彩霞偷偷去医院做了检查，检查结果让娄欢如五雷轰顶，屈彩霞一切正常，没有生育能力的偏偏是他。

　　拿着这份冷冰冰的结果，娄欢欲哭无泪，三代单传的他，肩负着娄家传宗接代的任务，这种结果是万万不能接受的，娘天天嚷着抱孙子，一旦知道了这种结果，以她的性格，搞不好会出事情。

　　万般无奈之下，娄欢决定暂且瞒着老娘。好在屈彩霞不在乎这些，在娄欢的哀求下，也答应保守这个秘密。

　　娄欢娘哪里知道这些，见儿媳仍然没有动静，愈加着急上火，天天吵着要娄欢和屈彩霞去医院检查，娄欢心有苦衷却不能说，只能采取拖延战术。

谁知道娄欢娘得寸进尺,言语上对屈彩霞越来越尖酸刻薄,屈彩霞忍无可忍,也和婆婆撕破脸,言语上不再相让,冲突渐渐加剧。

娄欢的三个姐姐也不是省油的灯,她们未审先判,早早认定责任肯定在屈彩霞,纷纷过来帮腔助阵,最后,屈彩霞一气之下,扔出一句话,老是埋怨我不下蛋,去问问你儿子是不是个公鸡。

没有不透风的墙,这件事情慢慢被村里人知道了,尽管娄欢娘不承认,村里人也能猜个八九不离十,不生育的责任原来在娄欢身上。

尽管现代社会文明突飞猛进,一些传统观念也有了很大转变,但是在北方农村,男人不能生育还是一件很没面子的事。慢慢地,村里的人发现了娄欢的变化,他变得更加孤傲和敏感,更加离群索居沉默寡言。

娄欢确实变了,娘的吵闹,村里那些人的指指点点,让娄欢有了巨大的压力。为了躲避这些纷扰,娄欢做了一个决定,离开老家,换一个环境。

他在仙龙市区买了一处楼房,把屈彩霞接到了市区,老娘让几个姐姐接去伺候,如此一来,既避免了婆媳矛盾,也远离了街坊邻居的流言蜚语。

搬到城里以后,没了那些纷纷扰扰,娄欢这才如释重负,成天紧锁的眉头才有所舒缓。等生活安定下来,闲着无事,便招呼了几个老乡到外地打工去了。

打工的日子虽然辛苦,但没有了妈妈的压力,没有了那些飞短流长,娄欢的日子倒也惬意。

清闲的日子过了半年，一天，屈彩霞打电话向他诉苦，说在楼下棋牌室打牌的时候，和一个叫焦文丽的女子发生口角，对方不知道听谁说的，她丈夫不能生育，便当众嘲讽她上辈子不积德，命里活该没有儿子。这还不算，她还得意扬扬地炫耀两个儿子，那副神态，真是气煞人。

屈彩霞本想和丈夫发几句牢骚诉诉苦，没承想，这几句牢骚话一下戳到了娄欢的痛点。

娄欢从小养成了遇事爱钻牛角尖的偏执性格，因为不能生育，他承受了极大的压力，有了强烈的自卑感，心理也开始扭曲。他开始酗酒，变得敏感而好斗，因为儿子这个话题，没少和村里人犯口舌，动拳脚。

曾经有一次，邻居王双德的媳妇夸自家养的鸡品种好，下蛋多。这本是街坊邻居唠嗑的家常话，娄欢却觉得格外刺耳，这不是讽刺俺不能生育吗？当天夜晚，王双德家的鸡一夜之间被人下药毒死了100多只，派出所查了几天，也没有查出个眉目来，只好不了了之。

娄欢偏执性格由此可见一斑。

现在，好不容易搬离了农村，远离了人们的关注，娄欢本想过几天清静日子，让他意想不到的是，事情这么快就暴露在大庭广众之下。

娄欢压抑的情绪一下子爆发了。暗暗咬牙，不是有两个儿子吗？既然你咒俺无后，那俺让你也断子绝孙。

接下来的时间，娄欢表面上风平浪静，内心的罪恶计划却在按部就班地进行。找到焦文丽的家庭住址，察看作案路线及周边环境，作案后如何躲避警察的侦查……他感觉一切准备妥当，计划已经天衣无缝,便在一个漆黑的夜晚,悄悄地潜回仙龙,开始了预谋已久的复仇计划。

杀完人,娄欢并没有着急回去,想在家住两天,观察一下风声,再作决定。不承想却被老婆发现了真相,善良的屈彩霞做梦也没有想到,仅仅因为自己说的几句牢骚话,丈夫竟然对焦文丽母子痛下杀手。

三条鲜活的生命转瞬而逝,屈彩霞想想都不寒而栗,成天在一起厮守的丈夫竟然是杀人不眨眼的恶魔。屈彩霞感情上实在无法接受,大声痛骂娄欢毫无人性,老天爷活该让他断子绝孙。

不料,这句话引来了杀身之祸,已经杀红眼丧失理智的娄欢,恼羞成怒,残忍地对妻子举起了屠刀……

情绪发泄之后,看着惨死在血泊中的屈彩霞,娄欢呆呆地站立了良久,想想以前的恩爱,不觉流下几滴鳄鱼泪。也许是良心发现,他用纸巾轻轻给她拭去了面颊上的血迹,然后摔门而去。

秦昊满腹狐疑,质问道,你说你没有生育能力?

娄欢面无表情,机械地点点头。

秦昊感到不可思议,往里面一指,里面的女人是怎么回事?

一丝苦笑挂在娄欢的脸上,找个笨女人,就是为了好欺骗,同居后,俺让她做过体检,然后假意告诉她,体检结果她生育有问题,她居然没有一丝怀疑。哄骗她相信后,俺就带她出了趟远门,你知道现在的科技水平让一个女人怀孕没任何障碍。

为什么要这么做?

为了心中那个可怜的传宗接代,更是为了俺娘。

望着风雨交加的窗外,娄欢一声冷笑,可怜那个吴萍,还以为自己有缺陷,至今对俺不离不弃还感激涕零呢。

看着阴阳怪气的娄欢,秦昊强压着心中的怒火,骂了声,你简直猪狗不如。还想继续教训娄欢几句,手术室里一声婴儿洪亮的啼哭声,打断了他们之间的对话。

听到那声啼哭,刚才还一副冷漠表情的娄欢情绪突然失控,眼泪流淌,猛地起身,哗啦啦一声响,露出了双手戴着的手铐。

看着娄欢激动的样子,秦昊有些不解,说,在法律上严格地讲,这不是你的孩子。

娄欢那张秀气的脸因为激动有些变形,声嘶力竭地喊道,不,那就是俺的孩子,村里人会相信是俺的孩子,俺娘更会相信。

看着娄欢那张扭曲的脸,卫天云心里不禁一声长叹。

看见娄欢胳膊上的手铐,出来报喜的护士吓了一跳,不由自主地往后退了一步,口罩上面的大眼睛忽闪着瞅向卫天云,他……他是个罪犯?

看小护士受到惊吓,卫天云有些不好意思,安慰说,不要怕,我们马上带他走。

知道娄欢的身份,刚才还兴高采烈的护士露出一丝厌恶的表情,但还是告诉他,生了个儿子,母子平安,然后转头询问卫天云,家属是罪犯,住院费谁来交?

卫天云赶紧说,我们交。转身对着秦昊说,你先把他押上车,我去交住院押金,咱们连夜赶路。

护士阻拦说,你们要走,那可不行。

秦昊问,怎么不行?护士解释道,咱这山区卫生院,人手有限,孕妇目前还不能下床,谁来伺候?

卫天云摇摇头,一脸苦笑,难道要我们伺候她?

护士说，我不管，人是你们送来的，她还不能自理，必须有个人来照顾。

秦昊双手一摊说，这下可好，还走不了了。

卫天云略做思考，和护士商量，我们押着人犯，实在不方便，不如这样，一会儿多交些住院押金，回头你们雇个人照顾她吧。

护士歪着头想了想，说，也只好如此了。

疲惫神情一扫而光，秦昊脸上笑容灿烂，抚摸着自己的胸脯，调侃道，这颗小心脏至此方才归位。随后做了个夸张的挥手动作，大军开拔，尽管旅途风雨交加，相信明天一定会艳阳高照。

一声惊叫，打断了秦昊的抒情。产房里传来有些慌张的声音，产妇大出血了，快去取止血钳。

听到这陡然变故，娄欢神色大变，发出野兽般一声号叫，猛地挣脱了秦昊，要往屋里闯。卫天云处事不惊，反应迅速，从后面一把薅住娄欢，没等娄欢明白怎么回事，一个干净利索的过背摔，将他重重摔在地上。

卫天云厉声警告道，再敢乱动，别怪我不客气。

娄欢躺在地上，还在气急败坏地号叫，俺要看老婆和儿子。

卫天云蹲下身来，对着还在试图挣扎的娄欢，一字一句说，娄欢，我提醒你，别忘了自己的身份，想要她们母子平安，最好保持冷静，不要做蠢事，否则你连站在这里的权利也会失去。

这几句话起了作用，刚才还啊啊乱叫的娄欢长出一口气，犹如泄了气的皮球，瘫软在地上。

时间一秒秒逝去，外面的风雨依旧呜呜咽咽，时断时续，走廊里却异常安静，静得能听见三个男人粗重的呼吸声。

大约 20 分钟，护士急匆匆走了出来。

看着护士阴沉的脸，卫天云心里一沉，急忙上前问道，怎么样？

年轻护士抬手拢了拢额前的秀发，轻轻地说，出血已经止住，但是产妇出血太多，要输血。

秦昊有些急，嚷道，那还犹豫什么，赶紧输啊。

对于秦昊的急躁，护士没有介意，大眼睛瞟了秦昊一眼，问题是卫生院条件有限，根本没有血浆。

秦昊一副皇上不急太监急的神情，赶紧和县医院联系。

护士不紧不慢地告诉秦昊，已经和县医院联系了血浆，她停顿了一下，但路程这么远，又是雨夜，恐怕……小护士有些犹豫，没有再说下去。

娄欢伸出戴着手铐的胳膊说，俺给她输血。

护士说，你什么血型？娄欢一脸茫然，俺哪里知道。

卫天云问护士，需要什么血型？

AB 型。

卫天云冲着娄欢摇摇头，你是 A 型，血型不对。

娄欢一脸不相信地说，还没有检验，你怎么知道俺是 A 型？

秦昊打断他的话，又忘了你的身份，我们找了你两年多，这点儿情况会不清楚？

刚才还情绪激烈的娄欢，神情立马黯淡下来。

卫天云看看秦昊说，看样子还得多耽搁一会儿，我是 AB 型，我去输血。

等等，秦昊拦住了卫天云，你不知道吧，我也是。

卫天云有些诧异，会有这么巧？秦昊说，我比你年轻，输血这件事你就别争了。

卫天云说，你不行！

秦昊仍在坚持，你是队长，平时都听你的，这次给我个理由。

卫天云语气平和，做事情要通盘考虑，输完血，我们是不是要赶路？别忘了你是司机。

这句话一出，原本还要争的秦昊，张了张嘴，却没有找出理由。

输液室里，医生和卫天云商量，产妇失血过多，本来需要800毫升，你的脸色也不是很好，先抽400毫升吧。卫天云一拍胸脯，我身体没问题，需要多少尽管抽。

小雨在夜色的保护下悄悄退去，一轮冷月挂在如洗的夜空，把一片银光无声地倾泻在经过洗礼的山川上，万籁俱寂，一切显得那么清新静谧。

产妇那边也传来转危为安的消息，卫天云如释重负，面向秦昊，说，一切都结束了，我们该干活儿了。

看着卫天云苍白的脸庞，秦昊有些犹豫地说，输了那么多血，马上赶路吃得消吗？是不是休息片刻再走？

卫天云摇摇头坚决说，夜长梦多，马上出发。

秦昊无可奈何，只得勉强答应，好吧。

从座椅上站起身来，卫天云明显感觉到了不对劲，头部异常沉重，大腿也像灌了铅一般。

以为是起身太猛了，卫天云闭着眼原地歇息片刻，尝试着向前走了几步，却眼前一黑，一下失去了知觉。

当卫天云再次睁开眼睛时，眼前是秦昊热切的目光。

看到队长醒过来，秦昊脸上露出一丝苦笑，你可醒过来了，真把我吓坏了。

卫天云问，产妇和孩子没问题吧？

秦昊点点头，卫天云挣扎着想要站起来，咱们别再耽搁了，赶快赶路吧。

秦昊低下头，神色黯然，娄欢跑了。

卫天云头一紧，怎么回事？

卫天云昏倒了，经检查，身体倒是没有大碍，主要是劳累过度，再加上输了那么多血，身体虚弱而已。这一下子让秦昊为了难，无奈之下只好听从医生的建议，让卫天云休憩片刻，等精神恢复了再走。

娄欢也被带到病房，秦昊把他铐在了床头，一边照顾卫天云，一边看守娄欢。

连续几天蹲坑守候，再加上一晚上的折腾，秦昊也已疲倦至极。尽管他用凉水洗了两次脸，最后还是忍不住坐在床边打了一个盹。等他醒来一睁眼，不禁暗暗叫苦，娄欢不见了，床头只剩下一副被打开的手铐。

看着卫天云，秦昊眼里含泪，队长，对不起。

卫天云没有责怪秦昊，都怪我身体不争气。

秦昊用拳头一擂床铺，全怪我，回去我会讲清楚的，决不能让这件事拖累你。

卫天云脸上露出一丝苦笑，傻瓜，我是队长，出了这事，能脱了干系？这件事一开始就是我坚持的，你就别往里掺和啦，回去以后我会向公安局党委报告的。我现在担心的是，这次娄欢跑了，以后再要抓他，恐怕更困难了。

违反办案程序，造成杀人犯脱逃，俨然是一起性质非常严重的责任事故。公安局党委经过研究决定，暂时停止卫天云的工作，由局纪检部门进行调查后再做进一步处理。

当然，卫天云同时失去了竞选的资格。

打击接二连三，杨梅的孩子最终还是没有保住。

看着急匆匆赶来的卫天云，杨梅那张梨花带雨的脸平静得出奇，良久，她声音低低地说，你走吧。看着卫天云站在原地一动不动，杨梅依旧声音低低的，语气异常坚定，你走吧，我想安静一下。

十几天后，市委组织部来局里宣布新的班子成员。那个整天陪着领导钓鱼、陪着老婆旅游的行政处长欧阳虎如愿当上了副局长。

看到新提拔的班子成员，在众人簇拥下开怀庆祝，秦昊悄悄地问卫天云，当初要是听我的，那个庆祝的人应该是你，现在你后不后悔？

今天，局里的处理决定下来了，刑警大队长卫天云由于严重失职，造成人犯脱逃，决定免除他大队长的职务，调离刑警大队，到行政处工作。

谈话是鲁大光亲自谈的，除一些例行安慰外，临走的时候，鲁大光用手指点着卫天云的额头说，你呀你，让我说你什么好。

杨梅那边一直没有消息，她还在和卫天云冷战。

晚上，华灯初上，五颜六色的霓虹灯将整座仙龙市点缀得如诗如画，夜幕下的仙龙，好像一个养在深闺的少女，趁着夜色，悄悄掀开了神秘面纱，把精灵秀气一览无余地呈现在大众面前。

一阵微风掠过，一股淡淡的清香沁入肺腑。

卫天云颇有些感慨，在这个城市生活了这么多年，到今天才发现它美丽秀气的一面。想想以前妻子杨梅多次要他抽时间陪她散散步，看看夜景，现在想想，还真是件挺浪漫的事情。由于每天忙碌，杨梅这个简单的愿望从来没有实现过。

想到这里，卫天云有些自嘲，真是造化弄人，自己忙的时候妻子天天喊着要他陪，现在时间充裕了，妻子却不在身边了。

一阵电话铃声打断他的遐思，屏幕显示是杨梅。

这有点儿出乎卫天云的意料。

自从孩子失去后，杨梅一直对他不理不睬，卫天云多次打电话给她，她却从来不接。卫天云知道杨梅还在生他的气，只好作罢。

没有料到的是，今天杨梅却主动打来了电话。

卫天云赶紧接电话，里面传来杨梅急促的声音，老公，快回家，娄欢他……

卫天云头皮一紧，赶紧追问一句，什么娄欢，怎么回事？不料，电话那头儿却传来嘟嘟的忙音，电话挂断了。

杨梅出事了，这个念头在卫天云脑海里一闪。他没有片刻犹豫，拦了一辆出租车，朝家赶去……

打开门，客厅里没有开灯，里面黑漆漆的，什么也看不见。喊了两声杨梅，没有应答，卫天云一下警觉起来，习惯性地去腋下掏枪，却摸了个空。

突然，厨房的门打开了，灯光也猛地明亮起来。杨梅端着点了蜡烛的蛋糕，秦昊，还有刑警队一干弟兄鱼贯而出，冲着卫天云齐声喊道，生日快乐。

幸福来得太快，卫天云有点儿反应不过来，直到杨梅低声重复了一句，生日快乐，他才如梦方醒。

他瞅着杨梅，今天是我的生日？杨梅面含微笑，轻轻点点头。

卫天云假意一绷脸，你怎么也学会捉弄人了，电话里说什么娄欢，你知不知道，我担心死了。

秦昊接过话茬儿，这不怪嫂子，是我让她这么说的，第一是测试你对嫂子的关心度，这个不用讲了，测试过关。秦昊停了停，加重了语气，第二是，娄欢就是我们哥儿几个送给你的生日礼物，他被我们抓住了。

这是最近难得的好消息，也出乎卫天云的意料，怎么抓住的？

秦昊眉毛一挑，你还记得那个吴萍吗？是她报的警。

卫天云吃惊不小，真的？

千真万确。

娄欢没有偷渡出国？

因为有了儿子，他不想走了。

卫天云看了一眼秦昊，说，这次抓捕肯定是你的杰作吧？以你的性格，不抓住娄欢，这口气你也出不来。

秦昊一吐舌头，不愧是燕赵神探，果然料事如神，其实我也没做啥，只是把那天晚上你做的一切原原本本地告诉了吴萍，然后留下了我的电话，后来娄欢以为风头过了，偷偷地去看儿子，吴萍就报了警。

回忆起那段经历，秦昊的话滔滔不绝。

最精彩的一幕发生在送别上,当我们准备带走娄欢的时候,吴萍拦住了我们,她对娄欢说,别怨俺,俺是个山里人,好多事情都不懂,但俺懂得做人,懂得感恩。她看了看怀中的孩子,俺这么做,不是想立功,是为你赎罪,也是为咱们的儿子积点儿德。

最后,她告诉娄欢,无论今后生活如何,俺也会把这个孩子拉扯大,给你们娄家接续香火。

听完秦昊的叙述,客厅里出现了片刻的寂静。

娄欢的归案,解开了卫天云心中的疙瘩。对着满脸微笑的妻子,一股愧疚感油然而生,老婆,对不起。

杨梅温柔依旧,快过来吹蜡烛吧。

卫天云喜出望外,谢谢老婆大人。

杨梅莞尔一笑说,别贫嘴了,闭上眼睛许个愿。

卫天云有心把自己今天被免职的消息告诉杨梅,但看着一脸欢笑的杨梅,几次张嘴,却又咽了回去。

一直折腾到了很晚,众人才离去。

朦胧的灯光下,杨梅温柔地看着卫天云,能不能告诉我,你许的什么愿?

卫天云无声一笑,贴近杨梅的耳边,悄声说,当然是希望你早点儿怀上咱们的孩子啦。

凝视着卫天云,杨梅眼里有泪花闪烁,头一低,说,我们离婚吧。

卫天云好像没有听明白,盯着杨梅,追着问了一句,你说啥?

杨梅声音很轻,我们离婚吧。

为什么?

两行清泪从杨梅的面颊上簌簌滚落,自从失去了孩子,我发现无法面对你,只要想到你,心里就会疼痛,你出事的这段日子里,我天天不停地想你,越想心里就越痛,痛得牵肠挂肚,痛得彻夜无眠。

听着杨梅的诉说,卫天云眼里有了湿气,柔声地说,老婆,对不起,以前太专注于工作,忽略了你,是我的错。

杨梅摇摇头说,你没有错,你是个好人,更是我心中的偶像,你知道吗,我有时甚至嫉妒那些犯罪嫌疑人,你看他们的眼神比看我专注得多。

杨梅叹了一口气,你是个好警察,而我只是个小女人,不需要这些,只想要个经常陪伴在身边的丈夫。

卫天云话里带着急切,相信我,以后我会天天陪伴你,陪你去看梨花,陪你去逛夜景。

杨梅叹口气说,我还不了解你,也许现在能做到,但是,一接到案子,你就会重新变成那个燕赵神探,你不会改变,我也不希望你为了我改变。

难道没有机会挽救了?

看着卫天云,杨梅强压着心中的痛惜,说,对不起,结婚十几年,没有好好给你过一个生日,今天也是我当妻子最后的补偿吧。

看着杨梅坚定的神情,卫天云知道她决心已下,事情已经无可挽回了。

卫天云的手触摸到了口袋里面的撤职决定书,他知道,这或许是挽救他们婚姻最后的护身符了。他深深了解,以杨梅善良的性格,一旦知道他此时的处境,即使再委屈,她也会改变初衷,绝口不再提离婚之事。

那张纸快要掏出之际,看着杨梅憔悴的脸,卫天云却踌躇起来。

外面不知道从什么时候又下起了细雨,打开窗户,客厅里飘满了梨花的芳香,又到了一年一度梨花开放的季节了。

时间在沉默中一点点流逝,卫天云却始终没有拿出那张纸,只是在口袋里面把它紧紧地攥成了一个团。

(薛景川,河北省大城县公安局副局长,四级高级警长。中国作家协会会员,河北省公安作协副主席。出版有长篇小说《流萤》《战火中的年华》等)

阳光法槌

黄卓童

"嘭！"法庭上一声槌响，法官高声宣布："休庭！"

法官们站起来，陆续离开审判庭，公诉人离席，法警带着被告离开。我和曹律师留下来看书记员递过来的法庭庭审笔录，然后分别签上名。之后，我们就脱下律师袍，带上案卷，走到法院外面。

"鲍律师，你觉得今天开庭怎么样？"曹律师推推眼镜问我。

"当然，我们的辩护占了上风。"我不假思索地说。

"我也感觉到，公诉方的证据单薄，我们能打赢这场诉讼！"曹律师情绪激动。

"可是，法庭要求我们补充证据，是把双刃剑，也许对我们有利，也许对公诉方有利。"我表情严肃地看着曹律师。

"但我觉得，取得这项证据对我们有利。既然法官授权我们去收集，我们就尽快去办。"曹律师兴奋起来，"我们去辽宁吧，可以外出散散心。"

我没有说话，忽然感到心头沉重，我想可能会遇到很多不利的情况，于是我便说："明天我们到所里再商量。"

"好，明天商量。我又遇到一个好案子了，哈哈。"曹律师笑起来,他那年轻的脸上洋溢着欢乐。他转身走了,我们分手。

天黑了,春夜的细雨轻轻落下来,街上的车辆和行人来去匆匆。我叫了一辆出租车,坐上去,跟司机说了目的地,车子开动了。看着雨点落在车窗上,车窗外的霓虹灯和街景一片模糊。我陷入了沉思。

这件案子并不复杂。在城市里一个城中村发生了命案。警察在村中一个小巷的小房子里,发现一个男人死亡,他身上有致命的刀伤,是被人用刀杀死的。可是,两年过去了,警察没能破案。有一天,一个线人反映,在村中一家饭店里,有一个外省的年轻人喝了酒在大声说话,说自己曾在这个城中村杀了一个人,然后跑了,现在一点儿事也没有。警察听到线人举报,马上抓捕了这名嫌疑人。经过审讯,他供认自己杀了人,可是,时间和地点与警察掌握的案件事实不同。案件发生在1999年,可是嫌疑人供述事发在2001年;发现尸体的地点在一个小巷的房子里,嫌疑人供述的却是在大街上的一家酒馆;被害人是一名发廊老板,可被告说的是在街上遇到的袭击他的人。后来,刑警们获取了一项关键证据,一个目击证人说,杀死被害人的就是被告,他认出了这个凶手。我和曹律师质疑该证据说,案发已经七年,时间这么长,证人不可能认出被告,且当时是夜间12点钟,小巷的灯光昏暗,证人无论站在哪个位置,都不可能清楚地看清被告,再有,被告曾在一次车祸中脸部被毁容,而证人不可能在这种情况下能够辨认被告,因此,该证据不具有证明力。在庭审中,被告提出案发时他正在老家辽宁,没有作案条件,于是,法官要求辩护律师到被告老家调查。

曹律师坚信此案公诉方证据不足,对被告不能定罪,因为被告供述与公诉人举证的证据不吻合,不能认定被告杀人。而公诉机关举证的证人辨认被告的证据明显存在疑点,不能作为定案的依据。对于这一观点我当然持相同看法。特别是证人辨认被告的证据,法庭并没有传唤该证人出庭,该证人没有经过公诉人、辩护人、法官的当场发问,疑点不能排除,因而该辨认证据的事实不能成立。

  我对被告提出案发时不在本市,没有作案条件的辩解,却心怀疑虑。说实话,我在政法部门工作了 20 多年,而且是检察官出身,不可能不了解刑事案件的复杂性。被告的辩解如果得到证实,当然可以证明被告无罪,但是,要取证就很复杂了。因为,被告的家人一直旁听庭审,密切关注案件,到被告家乡调查,被告的村民、朋友肯定会出来做证,证明被告那段时间在家。因此,就是取证回来,也不能保证证言的真实性。现在有些人,犯了事为了脱罪,什么事都可能做出来。但是,曹律师却满怀希望。我隐约觉得,这件事蕴含着风险。

  这样想着的时候,出租车到了我住的小区,我回到家。妻子和儿子都外出了,家里冷清。我不由得想到我来到 A 市已经六年,我是在检察院退休以后,在老家待了两年,然后凭着参加全国律师资格考试得到的律师资格证,为了干一番新事业而来到 A 市当执业律师的。从检察官到律师,是诉讼位置的转换;从小城市到大城市,是生活的转换。经过这些年的摸爬滚打,我已经融入新的职业旋涡里,生活也渐渐形成了新的色彩风格。

  夜里,我思考着这个案件,下一步的辩护思路该怎样确定,是否去辽宁调查,这些事一定要与曹律师想法一致。曹律师 30 多岁,年轻气盛,西南政法大学毕业,法律专业基础牢固,出口就是法律词条，特别熟悉英美法系辩论式的审判文化。他认为，英美法系的审判模式，是控辩双方均处于平等地位，法官严守中立，审判的最后结果以控辩双方的辩论为基础，由一批法律门外汉组成的陪审团作出被告是否有罪的裁决，这种审判模式保证了诉讼的公平性。而我国的审判模式基本是审判式，辩方与公诉方、法官地位不对等，容易发生冤假错案。我对他的看法也发表了不同意见，我认为中国的国情不同，不能照搬国外的审判模式，其实国内的诉讼规则一直在改善中，其中吸取了国际上先进的审判理念和规则，比如我们的刑事诉讼法把"无罪推定"精神引入了法条，这就是一个巨大的进步。曹律师不以为然，我们往往在这些问题上发生争论。此外，对于具体案件，曹律师也有个人独特的看法，要说服他不容易。不过，他很惊讶我的出身，很尊重我，我们在同一家律师事务所，关系不错，这次共同代理这桩刑事案件，一老一少合作得很好。

　　第二天，我到律师事务所，所主任钟律师笑着跟我打招呼，问起昨天开庭的情况。我说完昨天的情况后，钟律师竖起拇指，赞扬我们的辩护水平。随后，曹律师来了，我们就一起商量下一步的计划。

　　还没等我开口，曹律师就说出了他的看法。他认为，法官授权辩方到被告家乡调查是一个很好的机会，也是争取该案胜诉决定性的一环，也许，法官想给公诉方一个台阶。因此，他主张尽快启程到辽宁。我说，我们出面调查，对我方不一定有利，主要是我们找证人均要通过被告的哥哥姜奉山，而姜奉山一直在旁听庭审，他为了帮助弟弟姜奉田脱罪，肯定要游说乡亲村民，请村民出面证明他弟弟当时已经回到村里，没有作案时间。这样，我们就上当了。

"但是，如果我们不去调查，公诉方就认为被告提出的没有作案时间的理由是虚假的，这反而对我方不利啊！"曹律师看着我说。

我一怔，觉得曹律师说的也有道理，我怎么没有想到这个问题？正在沉吟间，钟律师也过来发表意见，他认为曹律师说的有道理，法官授权调查是一次机会，要充分利用不能放弃。我听了，点点头，最后决定我们两人出发去辽宁。

一个星期后，我和曹律师飞到沈阳。下机后，姜奉山来接机。他笑吟吟地迎上前，接过我们的行李，带着我们上了一辆出租车。车开动了。姜奉山对我们很殷勤，他说，两位律师水平高，我从来没有见过这么精彩的辩护，简直一针见血，说得检察官哑口无言。又小声说，这一次，你们要救我弟弟的命，取得证据，让我弟弟早日被释放。我对他说，我们是律师，不是来救谁的命，我们的责任就是按照事实和法律，履行好律师的职责。姜奉山马上接口说，对对，鲍律师说的对，这才是人民的律师，刚正不阿。曹律师看一眼姜奉山，露出厌恶的表情。

出租车要去姜奉山的村子八里庄，车子沿着公路一直走，一个钟头后就到了一个小镇，穿过小镇，进入一个村庄，在八里庄村委会的门口停下来。姜奉山带着我们进入村委会，迎面走来一个大个子的中年人，姜奉山连忙介绍说这是村主任，也姓姜。我和曹律师上前和村主任握手，村主任面容和蔼，对我们表示欢迎。我们坐下来后，曹律师递上律师事务所的介绍信，村主任笑着看了看，然后请我们说话。

我把来意说了，村主任就说，奉山已经把情况跟我说了，我们村委研究过,一定要支持律师的取证工作,也有了大概的安排。准备找四个熟悉奉山家情况的人,三个邻居,一个是奉田家门口不远处的小商铺的女人,还有,我也算一个吧,你们可以找这几个人问话。

我打断村主任的话,说我们这次是法官授权来调查,找哪个人,必须由我们决定,希望村委会明白,我们按照法律办事,要了解的是关于案件的真实情况。请村民们明白,如果想帮奉田的忙,就必须按照事实说话,不能胡编乱造,欺骗律师,否则,不但帮不了奉田,而且说假话的人还要承担法律责任。村主任听了,连忙说是,他就让我们挑选做证的人。曹律师就看他们提供的名单,问了情况,然后挑选了三个人,加上村主任,就这四个人作为调查对象。

当晚,我们在小镇上的一间律师事务所的会议室开展问话调查,该律师事务所的一名律师旁听,作为见证人。我问话,曹律师做笔录。我首先告诉这些证人,我们是法院授权来调查的律师,你们必须如实地提供证言,如果故意做假证,是要承担法律责任的。四名证人都表示听清楚了。于是,村主任第一个接受问话。我问了一些简单问题后,就直接问,1999年7月15日,你有没有见到姜奉田在村子里?村主任回答,姜奉田长期和哥哥姜奉山在广东打工,家中只有最小的弟弟姜奉水,记得1999年2月,我看见姜奉田回到村子,然后大约一年后才离开村子。我问,1999年7月15日,你有没有见过姜奉田?村主任回答,姜奉田那时还在村子里,我当然在那天见过他。曹律师很快把这段关键的话记录下来。接下来,另外三个人,即两名邻居和一个小商铺的女店主,也向我说了跟村主任同样的话。到深夜,调查问话结束了。我和曹律师很高兴，两人回到小镇上的酒店休息。

第二天，我们叫姜奉山带着我们走进村子，看一下姜奉山家周围的情况，还有小商铺的位置，然后，我们返回小镇。在酒店房间，曹律师掩饰不住喜悦的神情，他说，有这几份笔录材料，如果几个证人都愿意到法庭做证的话，这个案子我们就赢定了。我苦笑一下，提醒他，你没有觉得，这四个人都是一个口吻说话，村主任怎么说，那三个人就怎么说，好像串通一气似的。曹律师收起了笑容，想了一下，点点头。不过，他还是抱着乐观的态度。

第二天，我们飞回 A 市，回到律所。曹律师很快就把笔录材料整理成补充证据，送到中级人民法院刑庭。

法院那边一直没有消息。两个月过去了，我和曹律师忙于其他案子，也没有讨论这件事。

有一天，我在所里正忙碌着。只见曹律师手里拿着一沓材料，走进我的办公室，我抬头，看见他脸色铁青，将手里的材料用力摔在我的办公桌上，大喊道，岂有此理！这个村主任真是混账东西！

我惊问何故，曹律师说了情况。原来，我们的补充证据到了法院，法院把补充证据送给检察院，随后检察院和公安机关研究，决定补充侦查，由公安机关派人到辽宁八里庄村，找到这四个证人调查问话。公安人员问话时，这四名证人全部改口，把被告返回家乡的时间全部说成是 1999 年 7 月底，也就是说，案件发生在 7 月 15 日，被告 7 月底返回家乡，就有了作案时间。那个村主任还在笔录材料中对律师倒打一耙，说当时律师问话时有诱导的话，他接受律师问话的笔录不是他个人的本意，因为问话结束后他没有看笔录材料就匆匆签了名……随后，公安机关把调查笔录送给检察院，检察院将这些证据交到法院作为公诉方的补充证据。曹律师接到法院的通知，就把这些证据的复印件取了回来。

情况很严重，钟律师也过来了，三人一起商量。我提出，公安对律师调查过的证人重新调查，在法律上并没有禁止性规定，因此，从程序上看，公安的证据在程序上也无可挑剔。这样的话，如果这四名证人到庭，也不会再改变他们最后说的话，我们的证据就成了废纸，甚至被村主任诬蔑制造假证。因此，既然证人反水，我们就干脆把我们的补充证据撤下来，再到庭上对公安的证据进行抗辩。钟律师听了点点头，他说，现在，律师取证是个敏感的事，搞不好就会出事，已经有一些律师因为伪造证据锒铛入狱，我们可要保护好自己，因此，我同意鲍律师的意见，把补充证据撤回来。曹律师此时心情激愤，气呼呼的，他头脑很乱，也不知说什么，听了钟律师的话，就点点头同意了。于是，我们就把补充证据撤下来。

冷静下来之后，我和曹律师讨论这件事。曹律师的心情平静下来，他感慨道："我们律师与当事人的关系真不是理论上说得那么简单。律师为当事人服务，维护当事人的权益，可是，当事人中什么人都有，可谓鱼龙混杂，对于那些心术不正的当事人，我们律师不小心就会上当。"

"是呀，你提的问题很重要。"我接口说，"当事人只是个法律概念，可是一到现实，问题就出现，当事人中情况复杂甚至黑社会都会有，我们律师怎么办？我觉得，律师维护当事人的利益只是指合法权益，那些危害社会和法律的委托，我们律师不可以接受。不然，我们也成了危害社会的帮凶。因此，我认为既要维护当事人的权益，也要注意维护律师的权利。"

"是的。"曹律师同意我的观点，"就这个案子来说，就考验我们律师的智慧，我们既要依法辩护，又要反对当事人造假的行为。"

"这是两方面的问题。"我说，"这个案子的辩护，我坚持做无罪辩护，但是，当事人造假，我们坚决反对。这件事，我还要找公安方面了解一下情况。"

几天来，我不断考虑这件事，为什么会这样？有什么内情？我忽然想起我认识的一个公安分局的刑侦队长，他叫周明宇。我在区检察院担任检察长的时候，办理过一件重大贪污案，嫌疑人来到本市隐匿，我亲自带检察干警到本市追捕案犯，当时省检察院出面，由刑侦队长周明宇协助，通过技侦手段，把嫌疑人抓获了，因此我上门感谢周明宇，并请他来我院指导。就这样我们熟悉了。来本市后，因为律师事务忙，把他忘记了。于是，我打通了周明宇的电话。第二天，我在公安分局与周明宇见面了。

"鲍检你好，想不到又遇上你。"周明宇满脸笑容，热情地和我握手。

"是呀，我现在转换了位置，过去我追捕罪犯，现在我为罪犯辩护。"我也笑着和他握手。

"这不奇怪，我市很多法官和检察官都转行当律师啦。"周明宇说，"但在尊重和服从法律这一条上却是不能变的。"

于是我们聊起来，就谈到我办的这个案件。周明宇笑着说，公安到辽宁调查这件事是他布置办理的。他在律师补充证据里看到了我的名字，一接电话，就知道什么事。他解释了这件事，说公安派人去辽宁调查时，就发现律师被村民们骗了。被告的哥哥为了救弟弟，不惜出重金贿赂村民做假证，公安人员一找他们谈话，他们就心虚了，只能照实说。我"哦"一声，原来是这样，我的担心终于变成现实，这个教训很深刻。不过，我们已经撤回了补充证据，事情还没有产生严重后果。

"这个案子，我作为分管副局长，也觉得干警们已经尽力，证据只能搞到这种程度，你们律师该怎么辩就怎么辩吧，我们也不希望这起案件能胜诉。"周明宇说着，我才知道他已经升职了，随后我祝贺他。他笑着说，别祝贺，到时候，说不定我也加入你的队伍。说完，我们相视而笑。

"不过，我们坚信，这个被告犯了罪，我们不在这个案子里起诉他，就在另一个案子里追查他，天网恢恢，疏而不漏啊！"周明宇说。

两个月之后，法院第二次也是最后一次开庭审理此案。公诉人提交补充证据，也就是公安人员对辽宁八里庄四名证人的调查笔录。被告说这四个人他都不认识，因为他长期外出，没有回家乡，村里的人很多都不认识他。征求辩护人意见时，曹律师发表质证意见，认为四名证人原来向律师陈述的说法与对公安人员的说法相反，究竟是前面说的是真还是后面说的是真，难以分辨，故其真实性不予确认，而且这些证人并未出庭做证，法庭不应认定。随后的法庭调查没有新的事实，最后，法庭进入控辩双方的辩论。公诉人认定本案事实清楚，证据充分确实，应认定被告犯有故意杀人罪。

我接着发表辩护词："审判长，审判员，我们律师事务所接受本案被告姜奉田的委托，指派鲍平、曹兴明两位律师担任本案被告的辩护人，通过法庭两次庭审，特发表如下辩护意见。我们认为，公诉机关指控被告犯有故意杀人罪的证据不充分、不确实，不能认定被告犯有故意杀人罪。"

随后我指出，此案除现场被害人照片外，没有凶器、血衣、指纹、现场证人等必要的证据，只是在七年之后，才找到一个目击证人。该证人辨认被告之后，认定被告就是杀人凶手，但是，该证据只是证人证言，证人并没有出庭做证。为什么证人能在当时灯光昏暗的小巷里看清被告的容貌？为什么七年后证人仍然能够辨认出凶手？这些都没有得到有说服力的解释。本案缺乏构成犯罪的基本证据。在这种情况下，公诉人提出的八里庄村民的证言，只是证明被告有作案时间，但是，既然前面没有基础证据，即使被告有作案时间，也不能以此单独证明被告实施犯罪，因为缺乏必备的证据链。此外，被告供述在城中村大街用刀砍伤一名袭击者这一事实，应由公安机关继续侦查，查明该事实，就可以确认本案证据的真伪。综上所述，本案被告犯罪证据不充分、不确实，请法庭按照刑事诉讼法的相关规定，判决被告人无罪。

曹律师随后做了补充，他从证据学的角度分析了公诉方证据的缺陷，推翻了公诉人提出的所有观点。

法庭辩论结束，法官请被告人做最后陈述，随后宣布本案择日宣判。

一个月过去了，法院通知开庭宣判。我和曹律师怀着兴奋的心情到庭，被告的家人也到法庭听宣判，他们神情都很紧张。

法官开始宣读长长的判决书，最后的判决是：根据刑事诉讼法规定，判决被告无罪，当庭释放。

随即，法官拿起法槌，"嘭"的一声击打审判台，喊一声："闭庭！"

顿时，法庭喧腾起来，被告和家人欢呼，被告很快就被法警解开手铐，跑到旁听席和家人拥抱。公诉人脸色阴沉地离开法庭，法官离席而去，我和曹律师双手紧紧握在一起。曹律师兴奋地向姜奉山兄弟挥手，举起胜利的手指。我微笑着脱下律师袍，和曹律师离开法庭。

我们走出中级人民法院大门，这时姜奉山兄弟俩在后面叫住我们，说请我们到市内最好的酒家吃饭，我摇摇头，和曹律师走向街边。

这时，忽然有一辆警车驶来，警车的门开了，几个警察快速走出来，走到我们身后，把姜奉田围起来。有个警察问姜奉田："你就是姜奉田吗？"

姜奉田蒙了，不知道是怎么回事，他只好回答："我是姜奉田。"

一副手铐"咔嚓"一声，铐住姜奉田的手腕。姜奉山高声喊道："你们干什么？法院已经宣判我弟弟无罪当庭释放了，你们搞错了吧？"

两个警察拉着姜奉田走向警车，一个警察对姜奉山说："我们没有搞错，他是另外一桩命案的凶手，你们再请律师吧。"

我和曹律师惊讶地看着眼前发生的事，曹律师张开口，说不出话，我心里明白了，我想起周明宇对我说过的那些话。

警察把姜奉田带上警车，警车马上就开动了。姜奉山大声喊叫着，追着警车，他们的家人在后面哭起来。

我和曹律师走了，再也不看后面发生的事。

三个月过去了，一天，我接到周明宇的电话，他说姜奉田杀人这桩案子，警方有了证据，已查明姜奉田接受黑社会的指使，在城中村大街砍死了一名黑社会指定要追杀的人。案件已经到了起诉阶段，估计判刑要判无期。

我听到这个消息,马上告诉曹律师,并说了周明宇说过的"天网恢恢,疏而不漏"的话。曹律师也高兴地点点头,对我说:"我们代理的案子判决是正确的,而这次逮捕起诉此人,也是伸张正义。"

我回答曹律师:"一个人在一个案子无罪,在另一个案子有罪,不管我们对他做什么,维护法律和正义始终是我们律师的本分。"

(黄卓童,笔名晨思文。肇庆市作家协会会员,广东省电影家协会会员。先后在政府机关、检察机关、人大机关工作,后来转为执业律师。在多家期刊发表诗歌、小说、评论等文学作品。作品5次荣获省、市级奖项。先后出版诗集《穿透梦魂的夜歌》、长篇小说《挺进三罗》《粤中纵队》、电影剧本《安源少年》《浮云遮眼》等)

运　气

魏世仪

夫天之运气，时当自然，虽雩祭请求，终无补益。
——摘自（东汉）王充《论衡·明雩》

在市委大院的停车区，沈烨轻盈地走下了机关的班车，很有章法地整理了自己的衣冠。怎么说呢，不很准确的比喻，他是一个十分细致而又讲究的人。从节律感很强的脚步可以看出，他的心里满是喜悦。他放慢了脚步，好似随便地扫视了他的身后，他暗自大吃一惊：又是他！

这是一辆接送政府机关工作人员上下班的班车，不对外开放。这个人的出现使沈烨感到奇怪。看上去，他是普普通通的一位乘客，四十来岁，中等个儿，普通装束，最大的特征就是脸上有一尊典型的蒜头鼻子，唯我独尊地坐在那里。沈烨发现他就在这几天，与自己同程上下班。他一直坐在最后排，见人深沉一笑。不知为什么，沈烨总觉得这个人有点儿不对劲，是深邃的目光？是深沉的一笑？还是那该死的蒜头鼻子？

沈烨来到一块宣传牌前面，宣传牌上，不知是谁别出心裁地开了一个"天窗"——开辟出一个还算精细的"告示栏"，借以与小广告区别开来。

这里聚着几个人在小声议论着什么。沈烨到来,好像老师走进了课堂。人们散开了。

沈烨的目光停留在一页纸上,上边有四个触动沈烨的字:任职公示。

被公示的人就是沈烨,拟任职务是区发展与改革委员会主任。对沈烨来说,这是他几十年来摸爬滚打为之奋斗的目标之一。公示期七天,已经过去了大半。他的心脏一阵狂跳,他下意识地摸出一个口罩戴上,转身离开人群,朝着办公大楼走去。

在晋升职务的仕途之路上,沈烨极度不顺,可谓晦气缠身,运气欠佳。他有三次晋升的机会,都阴差阳错地错了过去。他就像车站漏掉的一位旅客,眼巴巴地看着列车从身旁驶过,茫然不知所措。

第一次是二十几年前,沈烨因为抓文化宣传工作,成绩突出,组织部门建议沈烨出任市委常委、宣传部部长。谁知,天不作美,上级组织部门刚刚完成干部考察的有关工作,一个名叫 SARS 的病毒扰乱了我们正常的工作秩序,汇报工作的干部被困在半路,进退两难。正常工作不得不停了下来。

就这样,沈烨的晋升随着 SARS 的耀武扬威而偃旗息鼓,也莫名其妙地烟消云散了。

如果按照性质分类的话,上边这拨大概应该属于"天灾",下边叙说的事件就应该属于"人祸"的范畴了。

细算起来,沈烨在市长助理的位置上原地踏步走了九年零四个月,比抗战时间还长,无论怎么说也该换换地方了。光阴荏苒,眼看着就到换届的时间了。有关人事的传闻最多,大院里恰逢桂花盛开。看来沈烨就要时来运转了。其中关于沈烨的版本最多。有的说,沈烨要当副市长,这是板上钉钉的事,多年的媳妇熬成婆嘛;还有人说,沈烨是宣传部部长,前几年 SARS 耽搁了人家……就连保洁阿姨,见了沈烨都送出神秘的微笑。

可是谁也没有想到,晴天一个霹雳,市委书记被从换届的会场上带走,同时,机关的干部人事等一切活动全部冻结。沈烨就这样被政策"冻结"在助理的职务之中。

有道是谋事在人,成事在天。在漫长的"冻结"之中,历经学习文件、提高认识、划清界限、明辨是非,沈烨终于盼来"解冻"。谁也没有料到与"解冻"同时来到沈烨面前的一个更加重大的事件,彻底打乱了原定的工作计划。

为了适应改革的需要,这个县级市"上划"为滨海市的一个区。人财物一切都发生了变化。

沈烨的仕途之路突然之间陷入迷茫。黄了,十二分地黄了。他回到家里,自言自语,自己对自己说。

没有胃口吃晚饭,沈烨回家便躺在床上。不知为什么,蒜头鼻子总是在他的眼前晃动,无论如何也不肯走开。感觉告诉他,他的出现好像与自己有关。一个可怕的念头出现在眼前:他在跟踪自己!为啥?跟踪自己有啥意义吗?难道是绑架?当下晦气缠身,喝口凉水都塞牙,啥事碰不上?

胡思乱想,他拍拍脑袋,自嘲地笑了笑。电视剧的情节,想得太多了。他使劲晃晃脑袋,好像这样可以将蒜头鼻子甩到爪哇国去。

"书归正传吧。"他对自己说。他想到有人建议他找人"活动活动",已过知天命的年纪,又在仕途之路上摸爬滚打这么多年,他当然深谙这"活动"的奥妙和含义。对于"活动"这件只可意会不可言传的"法宝",他虽然十分蔑视这样的潜规则,但在蹩了马腿的尴尬时候,亲属朋友的子女上学、工作安排、职务晋升等几乎每位握有一定权力的领导者都会遇见的大事小事,他也不得不小试牛刀,竟然屡试不爽百发百中。坦率地说,每次违心地承办这样的大事小事,委托方事后感激涕零表示感谢时,沈烨都感到极度的不安和深深的自责。

他毕竟接受党多年的教育和培养。他为自己画了一条红线:社会的事情推不开的就办办,但仅限原则以内。自己的事情绝对按照政策办。他在心里暗暗下了决心,对于自己已经面临的职务晋升决不搞歪门邪道。但是,人算不如天算,一股脑儿涌来的晦气缠身,使他动摇了自己的信念,不得不开始相信"命运"了。于是,他决定到马山去找一位刘姓仙姑,被誉为地质博物馆的马山有一座仙姑庵,住持刘仙姑是大师级别,很有名气,请她算算自己这倒霉的命。

来到马山仙姑庵,只见庵门前有一副对联,上联是"见真人献真心实话实说",下联是"编故事说假话打道回府",横批是"良心有价"。

沈烨站在门前,注视着一炉香火,又看了对联,一时不知所措,进退两难。实话实说吧?一是暴露真相,有失身份,贻笑大方;二是流传社会,影响恶劣,葬送政治生命。说假话吧?有违良心不说,在大师级的仙姑面前,怕也瞒不过去。再者,眼下都是什么年代了,还讲这一套?东汉思想家王充说过:"夫天之运气,时当自然,虽雩祭请求,终无补益。"运气天天有,随自然规律而发生，大旱季节，雩祭（古代求雨的祭祀）都没有效果，对仕途之路，马山的仙姑能说出啥？

想到这里，他自嘲地笑了。只有一条路，打道回府。

回到家里，不知何故，马山仙姑庵之行，使沈烨的心情轻松了许多。

当天晚上他就获得好消息，明天将对他进行任职公示。

沈烨一夜无眠，一夜无话。

早也盼，晚也盼，终于盼到了任职公示这一天。公示期七天，不含法定节假日及公休日。说实话，沈烨几乎是掰着指头度过的。公示第五天，沈烨接到一通电话。以下摘自滨海市公安局刑侦大队的证据材料——

  沈 烨 喂，哪位？

  陌生人 （变频处理，下同）我是哪位并不重要（嬉笑），是这样……好像应该首先祝贺你，祝贺你升官发财……哦，是不是祝贺早了一步，就差那么一丢丢……如果我没有记错的话，你的小三们也该来祝贺一番（嬉笑）。

  沈 烨 （厉声）你是谁？你想干什么？

  陌生人 你包养小三，安插亲信，行贿受贿，贪赃枉法，又升官又发财，总得赏给我们几两银子吧？要知道，过了这个村，就没有这个店，你可要想好，这可是千载难逢的绝佳良机啊！

  沈 烨 你是谁？你想干什么？信口雌黄是要负法

律责任的!

陌生人　不要激动,有话慢慢说。我就是想与你交个朋友,别无他意,更无恶意(奸笑)。

沈　烨　胡闹!(果断挂断电话)

(电话铃声……)

沈　烨　(拿起手机)你再胡闹我就报警了!

陌生人　你报警,我举报,我们来个鱼死网破,看看谁是赢家吧。

(陌生人几声冷笑,似乎胸有成竹)

陌生人　这件事你掂量着办吧,公示时间就是我们的有效时间,还有一天零十一个小时。我的账号××××××××,至于数量,你酌定吧,这个职位值多少,你心里比我明白得多,你懂的。好了,祝你好运!

沈烨放下电话,蒜头鼻子第一个出现在他的面前,肯定是他!他心中武断地说,不然的话,他跟踪我干啥?也许……唉,他那"找朋友"般的蹩脚的跟踪令人大跌眼镜,哪像一位染指官场挑战法律的江湖大盗?

这一夜,对于沈烨来说,可谓夜不能寐。辗转反侧,无论如何也无法入眠,陌生人诡异的声音就像一股妖风围着他盘旋,不肯离去。

听语气,看来也没有说出什么真凭实据,捕风捉影吧,也就三五万顶多十万八万就可以搞定,民间不是说"花钱消灾"吗?钱算什么,不就是一串数字而已,比尔不是说过,钱花出去才是钱。钱花了,可以再挣。可是晋升的机会一旦错过,今生怕不会再有。

另一个声音在说，不，不，绝对不能照他的话办！这是敲诈勒索，这是犯罪！

工作以来，沈烨在各种诱惑面前走了过来。大学毕业，沈烨凭借一支笔敲开了政府机关的大门，开启了新的生活：政府秘书—政府秘书三室副主任—政府办副主任—政府办主任—政策研究室主任—区长助理……这就是一架云梯，在攀爬的过程中，一方面要克服工作上的各种困难，另一方面要战胜来自人性的各种欲望。走到今天，何等不易。

说到经济问题，这可是干部队伍的敏感话题。作为一个社会人，不能脱开人际关系。但对于沈烨来说，绝对是清白的。生活中无非就是"三把韭菜两把葱"的人情往来，属于正常的人际交往。不是违纪，更不是违法。

清白是清白，即使假的，他胡乱编造一个情节，顺手拈一个假名，组织上也不能不理睬。兴师动众查下来，俗话说铁锅烙饼讲火候，火候过了，即使翻过来，饼早煳了。这是诬陷，要相信组织会明察秋毫。身正不怕影子斜，我认真工作几十年，难道功亏一篑，葬送清白吗？

他决定报警。

翌日清晨，沈烨来到公安局报警室门前，有人打开了门。

"是你？"沈烨十分吃惊。

站在沈烨面前的是蒜头鼻子（为阅读方便，我们姑且这样不礼貌地称呼这位刑侦民警）。

蒜头鼻子又是那样深沉一笑，他对沈烨说："我是一名刑侦，不久前得到情报，犯罪分子要以公示干部为目标，进行敲诈勒索的犯罪活动。你是主要对象，这是一起新形势下的犯罪活动，他们采取'一网打了满河鱼'的战术，从干部公示中获得线索，物色对象，敲山震虎……你别说，还真有人上当，自投罗网。为了打击犯罪，保护干部，这几天我一直跟踪你。"

"我是鱼饵，哈哈哈……"沈烨顿悟，大笑起来。

"我是渔夫喽！"蒜头鼻子也笑了起来。

蒜头鼻子说："应该说，你的优势是洁身自好，你才有勇气及时报警，为我们提供录音——重要的犯罪证据。有人失败，真正的原因就是自身有污点，这些暂时没有暴露的污点，就像幽灵一样，使你晦气缠身，不得解脱。"

临别，蒜头鼻子紧紧握着沈烨的手："你是强者，好运气，紫气东来！祝贺你！"

……

不知什么原因，做完笔录，沈烨走出报警室，突然觉得唯我独尊的蒜头鼻子不怎么难看，甚至美着呢！

(魏世仪，山东青岛人。中国作家协会会员，山东省作家协会第六届、第七届委员，即墨文联原副主席。著有《天理人情》《昨天的秘密》《西部隐私》等9部长篇小说，《一千个太阳》《饕餮的金币》《棋盘石》等多篇中短篇小说)

青梅青青

奚同发

在梦到邬冬梅之前,警察蓝曾多次出现在我的梦中。

梦到邬冬梅不久,我穿上了警服,警号是我爸曾用过的。不知道他老人家在天国俯瞰我的此举,是同意呢,还是一副要发脾气的表情。反正那一身警察蓝,我穿着舒服,生活也踏实下来。

当警察是否是一种情结,说不清楚,自然与那个梦是没有关系的。或许是因为考完试,等着录取时,才又一次想到那个梦中的女人,才想到了当警察的爸爸。这一切,都是参加了警察招考引发的连锁反应。

我要说,我去考警,是向一个牺牲在公安战线上的老警察致敬,既准确,也高尚。事实上,当警察的想法是我折腾了三两年社会工作后,觉得必须走的路。用我妈的话说,这就是宿命。我爸如果还在世,肯定是不同意的。

甲

邬冬梅是上第二节课时被班主任叫出去的。那一走,再没回来。那一天,我看到我爸穿着警服站在学校门口,他身边是顶着警灯、喷着警察字样的小面包车。不过，当时警灯没有转着圈闪烁，也没有听到拉响警笛。

邬冬梅不见了。我爸也好几天没见，我回家问我妈，她说，你爸出差了。我就闭嘴了。在我家，一般都是这样，一旦问到我爸的事，大多是提到出差就可以截止。至于去哪儿，干啥事，都是不许问的，更不可能问啥时间回来。放在其他小朋友眼里，警察是抓坏人的这一个事。

打小起，我就明白，我爸的工作与众不同，自带保密性，不是啥都可以给家人说的。晚间我爸如果不回来，不过是给我妈说一声，要加班。至于为啥要加班，加到啥时候，我妈也不问，自然也不知道。我起初肯定问过我妈，谈到我爸工作时，说话前，她会静静地盯着我停顿几秒钟，然后轻声细语地说，不知道呀！

随着年龄的增长，我才明白妈妈的"不知道"里面包含着多少难言之隐。做一个警察的家属真的不是人们想象的那样光鲜。只要我爸一加班，我半夜醒来撒尿，总会看到我妈睁着的双眼……

我要当警察，是跟我妈开着玩笑说出口的。她不置可否，只是微微摇着头，紧抿双唇，然后说，你都大学毕业了，这个事，自己决定吧！

那时候，距我爸出警殉职仅过去半年。

我妈一直记得我爸那句话，这次出差回来，休息两天，咱一起去省城瞧瞧儿子。

我大学毕业后在省城找了工作，一直没敢让他们来，主要是因为打工没底气。只要他们一提，我准会推说自己什么都好。当时我是跟别人合租的房子，是那种互相不认识的人，而且租房时签过协议，不能带他人进来，当然不包括家人。只是住宿条件太差,简直是一窝居,爸妈如果参观了现场,一定会伤感的。不管咋说,我也是家里的独子生,当初锦衣玉食,现在工作了自力更生,却更生得如此不堪。

我爸一般听到我说都好,就会顺坡下驴,对我妈说,孩子说了挺好的,别去打扰他了。其实,他是宽慰我妈而已。一是他工作忙,确实不便抽身;二是他知道,我既然不想让他们去,就是时机不成熟。这次殉职前,他却意外地主动向我妈提到出差后要来看我,不知是否有某种预感或第六神经的预警。所以,面对我爸的遗体,我妈一直在追问,你说话为啥不算数,说好的轮休呢,说好的一起去看儿子呢?这么多年,你咋就没有说话算过数呢?

我报名参加招警考试,不是因为要继承我爸的遗志。准确地说,我爸去世前,一句话也没有留下来。我妈见到他时,我爸已躺在太平间。我赶回来给他送行时,我爸已躺在了殡仪馆。

我当警察,是在接到叶惠娟那个电话时决定的。那一刻,我正在管城街头吃着一块钱一个的鸡蛋灌饼,就是那种边煎边翻的麦面薄饼,半熟时把饼的中间挑开一个口子,打个鸡蛋流注进去,然后边煎边翻直到全熟。这种街头犄角的快餐,一般由夫妻二人共同经营,一人煎饼,一人夹菜,一个小推车就是全部家当,占地小,流动快,便于跟城管打游击。

大学都毕业两年多了,换了一个又一个工作,却一直固定不下来,要留在大城市的想法渐次有点儿动摇。何去何从?一头雾水。叶惠娟的电话恰逢其时打来。

她说,你到底现在做什么工作呀?问你,也说不清楚。一会儿是在跑着卖保险,一会儿又说是销售顾问。你不会还是流浪无着的浮萍吧?

她笑得很脆，很好听。

我说，除了不贩卖人口，我呀其他都想卖。什么是销售顾问销售经理？就是那种能把无论是什么东西都统统卖出去的人。要是炙手可热的东西，还用顾个什么问呀？经个什么理啊？

电话另一端咯咯笑了，声音还是脆生生的，像被热醋杀过的黄瓜。

叶惠娟说，你呀，我看还是适合当警察。你爸就是警察，一般情况下，龙生龙，凤生凤，老鼠生来会打洞……

不等我接话，她又说，我打你电话就是这个正事，我们市里招警，你要是工作还没着落的话，建议你先来试试这个，说不好就考上了。将来可以打仗父子兵，上阵亲兄弟。

叶惠娟是我的小学至中学的同学，跟邬冬梅也同过班，上学时，很腼腆，没想到大学几年整个变了个人似的。我回家经过她生活的城市，她请我吃饭，喝起啤酒来，那叫一个猛。我说，你这丫头，果然是在长春上了大学，跟着东北人变成东北女人了。

她一笑，嘴里嚼着脆黄瓜，嘎嘣嘎嘣，说，咋的，这样不行啊？来，走一个……

看她一口喝干了那么大一杯啤酒，我也不甘示弱。没想到的是，她竟接二连三，很快，我只有招架之力。

她给我说了招警的事，是希望我认真地考虑一下。她大概没想到我在电话里会闪电般决定了，说，行，我去，考上考不上还不一定。考上了可以不去，但不考断然是没有可能去了。或许你会让我改变命运。

她又是一笑说，对头。快点儿回来，咱俩再喝几杯。

我回道，你都毕业几年了，吉林那不过才生活了四年啊，怎么就不会说河南话了？咱们河南话多好听啊。你这是忘本啊！

呵呵，也是奇了怪了，我咋跟你一打电话就唠起东北话。她笑。

是啊。我在沈阳上大学呀，咱俩那时候相隔不远。可惜当学生穷啊，也没能到长春去瞧瞧你。关键也不知道你这么个大美女在长春呀，要知道就是扒火车、炸桥梁化身铁路飞虎队也要去瞅瞅你。当然，还可以借机去参观一下长春电影制片厂。那可是我爸妈一代的文化滋养源呀，曾拍过许多黑白战争片。他们后来常常在电视上不厌其烦地反复收看这些老电影。

瞧你那点儿出息，她不屑地说，长春好玩的地方多了去了，只是遗憾啊，我当时还去沈阳看故宫了，也不知道你在那儿上学呀，要知道肯定去你那儿混顿饭吃。弄不好，你还得给我买回程的火车票呢，这样可以省老鼻子钱了。

乙

正是那次我回来参加招警考试时，叶惠娟提到了邬冬梅。

她说，你还记得你"媳妇"不？

我一咧嘴，刚想说话。她又说，听同学说，邬冬梅在国外发展得很不错，而且还嫁了洋人呀！你不会早把人家清除记忆了吧？

邬冬梅的信息，我还真没有。自从她被我爸的警车护送着被别人接走后，不知道去了哪。我曾经试图问过我爸，后来还是依着家里的规矩，憋着没问。当然，同学们有关她的传说却不断更新不断丰富，甚至都传起奇来。只是，大家传得都有些乱，毕竟那时我们都是小孩子，后来成年时对她的传说记忆则慢慢变得模糊一片。

　　直到叶惠娟那次提起，当年的往事又浮现在眼前，而且那么真切，恍惚如昨。恰好那天，走在路上，街道的某个音响店里正在播放《昨日重现》。我禁不住也跟着唱，When I was young, I'd listen to the radio……其实，这首歌，我根本唱不全，就喜欢跟着重复唱那句"Every Sha-la-la-la"，而且一遍一遍地 Sha-la-la-la，也不见半点儿烦。想想歌曲中那个喜欢听收音机的少年，就是往昔的幸福时光，然而我的少年时光一去无返，突然还来了点儿莫名的神伤。

　　突然，一个电话进来，我立刻意识到，都这年龄了，没时间神伤了。生活开始一步步逼迫，工作，成家，两项都迫在眉睫。我妈一提，眼里便泛起泪光。

　　只是，我想到这两项，其顺序与古代的应该有所不同，现在必须调整前后顺序，你不立业，谁跟你成家？没工作，就没有收入，没有钱和工作连贷款买房的资格都不具备。人家女方说的也没错呀，娶了我总要下蛋吧，你没房，蛋往哪儿下呢？这是一个笑话的非笑话。

　　于是，我想到邬冬梅，是与以前不同的一种回想。因为这次涉及我的童年、少年，那种男女懵懂时代。同学们虽然习惯于称她是我媳妇，如果她与我真的一起上学到高中毕业，是否会在未来成为我媳妇？如果一起上了大学呢？我俩是否就是人们传说中的青梅竹马？或许成了兄弟关系呢，也不好说！

　　那一天，因为叶惠娟提到邬冬梅，因为路边音响店里传来的歌曲，我突然安静地坐在马路牙子上，专门回想邬冬梅与我的童年。

她可是我童年中最重要的人啊！因为，在她走后几天，我简直魂不守舍，天天望着那个她曾经的座位发呆，还想着这要空到啥时候人才能回来。忽然，课堂上老师提问，是后排同学用笔连续又戳又捅我的后背，并小声提醒，我才急忙起立而四顾茫然说，咋啦？引发哄堂大笑。

也奇怪了，从那以后好像我被提问的频率不断增加，而且洋相随之倍增。比如另一次，老师问我一个什么诗句来着，我回答的是前一天数学课要求背的公式。

结果可想而知，这样几次答非所问，在同学们的爆笑声中有人起哄，瞧这人，媳妇一走，人整个傻了两圈半。

当然，这个事，并没有延续很久，后来，另一个女生从倒数第二排被老师调整过来。她的名字叫吴静。别提了，本来我跟她还是好好的，却因为她做了我的同桌，占了邬冬梅的座位，我从此对她爱答不理，甚至有过欺负她的小动作，比如，我在桌子中间画了一条线，严格不让她的肘部过界，否则，我的肘尖会撞过去。她当时生气极了，可是，好像她也没啥好办法，只能狠狠地瞪着我。是的，你不会想到，我有时却故意过界，也不理会她的抗议。她只好把身子侧到桌子另一头，甚至一只胳膊置于桌面之外，仅留那个写字的右臂还在桌上……

忘记说了，那时，我们正上小学五年级。慢慢地，同学们传说，邬冬梅是她爹从人贩子手里买来的。

据一个高年级的同学有板有眼地讲，冬梅的亲生爸妈后来跟警察一起来了，她亲爸穿西装、尖头皮鞋，开的车真叫牛哄哄，比镜子都光，锃亮锃亮的，能照人的影子，她妈穿旗袍的影子映在车身上，时而拉长时而缩扁。她跟她亲妈长得那才叫像，眉毛鼻子嘴简直一笔勾描出来的。送她走时，老师还对她亲爸亲妈说，冬梅再也不用遭罪受苦了。她也很决绝，连回教室拿书包都没有。

我一撇嘴，胡说八道吧，那天的警察是我爸，我咋不知道邬冬梅亲爸亲妈来的事？

自打记事我便与冬梅住一个院。我家在楼上，她家能住在两栋楼间依一面墙而建的临时铁皮屋，听说是因为她爹给院里打扫卫生不要钱。平时总见他捡破烂儿收废品，或在附近工地搬砖扛水泥之类挣钱供冬梅上学。印象中的他，脸好像总洗不净，手也不白，却常在院里摆两盆水，给冬梅洗头。那头发乌黑乌黑的，又长又滑，洗了擦拭后，她便一边看小人书一边晾干，她爹用一把梳子慢慢地梳，再编两个麻花似的大辫子。院里那个场景，一直延续在成年后我的脑海中挥之不去。

年龄更小时，我俩"过家家"，她当我媳妇，掏个小土坑，弄些草梗、木条做饭给我吃，烤得黑乎乎的土豆，吃得我满嘴满脸满手黑灰，但很香。若遇到有人欺负她，我会挺起小身板保护她。记得有一次，她讲故事"刘糊涂断案"，把"断案"发音为"端儿"，引来小伙伴嘲笑。见她气哭了，我立刻冲向那笑声最大的男孩儿，结果被他一拳打得鼻血直流，回家还挨了爸妈一通狠训。但我从来没听过她爹大声说过她一次。

好像是我们上一年级的某一天，她曾给我讲过一个梦。说是梦中她另有一个家，是楼房，她床头有好多布娃娃，家里还有"大哥大"——我根本不知道是什么东西，从没听说过。她说好像是电话，梦里她家大人拿着一边走一边说话。

我整个傻了，回家告诉爸妈，他们很紧张道，还有这事？因为"大哥大"可不是我们那小县城谁都知道的。这邬冬梅平白梦里出现了一种大城市才有的东西,就像我的脑海中出现了从来没见过没听说过,但在别的地方又确实存在的某种东西,显然会惊到别人。我爸是警察,当然知道什么是"大哥大"。他很详细地询问邬冬梅是咋说那个梦的,然后还借着把家里用完的塑料油壶送给冬梅她爹时,去过她家的小铁皮屋。我在我家的窗口瞧着我爸从她家出来,好像也没啥事。

丙

邬冬梅是经人贩卖来的,这个事,千真万确。

当然,有关她是她后来这个称作爹的男人花钱买来的事,我也是慢慢地勾画出来的。有时这个说一句,有时那个说一句。比如有关她娘,我打小就没见过。后来是啥时间听说的,也记不准。印象中大家都这么说,她娘带着她在外东躲西藏,当时有病也不敢去医院治,后来死在外地。到了她上学的年龄,她爹才不得不带她回到老家的县城。她爹家里的有些亲戚还不断劝她爹别让冬梅上学了,白费钱,但她爹没同意。虽然生活艰难,她爹让她上学的念头却从来没有变过,而且一再说,不能耽搁了孩子。

我甚至或有或无地想起她曾与我有过一次对话。应该是那个梦之后不久,她问我,人的梦里的事可能是真的不?我不知怎么回答,就说,听大人说,做梦都是相反的。

她还问过我,她跟她爹长得像不像,她爹像不像她亲爹。

我认真地想了想说,当然像了,你打小跟你爹在这里,你爹对你那么好,肯定是亲爹。我爸才像后爹。再说,咱俩从小一起长大,青梅竹马呀!

她笑了，两个酒窝真好看。

不过，这可是小孩子的记忆，是否靠谱，不敢说。是不是在后来的成长中加入的想象，也很难说！但有一件事却记得十分深刻，她跟我闹别扭的事。

三年级的一节体育课上，她摔倒了，我忙去扶，竟然引来同学们一片哄笑。她脸很红。有同学喊，快看啊，有人心疼自个儿小媳妇呀！

接下来的哄笑声更大。她哭着跑回教室，从此不再理我。上学或放学路上，一年级时我们还手拉手唱歌，那次以后是你走路左，我走路右，甚至有一个雨天她滑进路边水沟，我也只是远远地望着，直到她自己爬出来。

我没办法照顾她了，至少是明里不能啥都照顾她了。其实，为了让我在学校照顾她，她爹背后给我吃过鸡蛋。有时同桌欺负她，课桌中间画条线，不许她丝毫越界，否则以肘相击，而他却常常随意伸臂，挤得她只占课桌的四分之一。他又高又壮，我肯定打不过，只好采用冬梅爹的办法，向我爸妈要煮鸡蛋，然后偷偷地塞给她同桌。后来，她成了我同桌，自然不存在这种欺负了。只是这种欺负女同桌的办法，我也用在她走了以后老师给我新换的同桌吴静身上。吴静一直忍着，也没有谁为了她而偷偷地给我送鸡蛋。

当然，仔细搜索，还可以想起另外一些事情。比如我们一起在河边打水漂时，我误把书本当作石块扔了出去，在别人的一片笑声中，她没有笑，而是急急地去捡了一根七扭八拐的木棍捞书本。再比如我表演口吞点燃的火柴，先"嘶啦"一声划着，然后在众目睽睽之下，勇敢地把带着蓝焰的火柴头塞进张大的嘴巴里，

"哇"的一声闭了嘴，火柴再出来时已化作一股白烟儿。她和同学们瞬间惊得嘴巴张得比我的还大。她当然不明白，我是意在吓唬那个欺负她的男生，以此举告诉他，我也很厉害，只是不想跟你斗。其实，那男生哪可能在乎这个啊。他明白，你再能吞火柴，也没我个头儿高，没我力气大，肯定打不过我。对吧？

邬冬梅走了，她爹也不知去向。

不像其他同学那样，转学一走，大家就慢慢地不聊这个同学了。邬冬梅却是那种随着时间的延长，同学们越聊越走样的人。说什么，她亲爹娘是多么厉害，有权有势，可有钱了。先是说车，而后说她家住的房子。总之，是大家那个年月在县城时，能想象到的厉害，都盖在她的身上和她的家了。

多年后同学聚会，一位同学喝多了酒，舌头都打结，手指微信朋友圈对我说，瞧你媳妇，嫁了洋人，生了个洋宝宝。

照片上的她，一头烫发，齿白唇红，在异国的街头依树仰望。原来，她在那个家里一路读到大学毕业，出国留学，然后移民……

同学会上谈到邬冬梅，我一般不参与，我确实不知道她的情况。同学们还以为我是藏着不说。那哪可能呀？虽然我跟她看起来像是青梅竹马，实际上根本不是那回事。童年无邪，虽然"过家家"你当爸我当妈，你当我媳妇我当你男人，哪里真的明白这里的含义，跟玩其他游戏没啥区别。

那次同学会上，还得到另一个有关邬冬梅的确切信息，瞬间把我打蒙。我上大学的沈阳市，也是邬冬梅上大学的城市。就那么一座城市，四年一千四百多天，我俩在茫茫人海中却无缘一会，关键是我俩各自的大学坐公交车也不过两站地。

这个同学一边在饭桌上刷着朋友圈，一边漫不经心地说，她也是工作后才听说邬冬梅在沈阳上的大学。他们当然也不会认为我真的会在意邬冬梅。上学期间那些朦胧的过去,谁不能说出一大筐来。

她后来再说什么,我似听非听。那一刻,我想起上大二时短暂的只有一天的恋爱……

与那个对我有好感的女孩儿约会当天,我俩正一起散步,突然,我瞥见一个熟悉的身影,急急去追,但拐过弯的街头已无那个人影。女孩儿微喘着小跑赶来,瞧那样也吓了一小下子,稍停片刻问我怎么回事。是啊,也不想想,两人一起正走着,其中一个人一句话没说,就自个儿跑起来了,另一个不奇怪才怪呢,别说是正在准备进行恋爱的两人。她做梦也不会想到我脱口而出的是,好像看到了我的青梅竹马。她一愣,转身而去。

我没追,一是还沉浸在刚才追另一个人而无果的不解情绪之中,另一个是觉得,她走了就拉倒,这个事不需要解释。这也是我在大学里唯一一次与一个可能恋爱的女生约会。直到毕业,再也没有单独约过女生,自然,也没有哪个女生再单独约过我。人生常常如此,一次错过,就是一生!

我现在的妻子是一名中学教师,叶惠娟介绍的,人挺好的。她对我的职业很有好感。

我俩恋爱时,一起走在梧桐夹道的树荫下,她还笑着问我,如果我和你妈同时掉河里,你先救谁呀?

我眼盯她,心说,这是来个世纪难题坑男人呀!当时灵光一现,回答说二人都救!

先救哪一个?她紧追不舍。

我装作沉思片刻道,先救你吧,我妈会游泳,水性可好了,她自小在河边长大的,比我水性都好。

她笑了,笑得咯咯的,有点儿叶惠娟那种脆生生的笑的样子,然后抿着嘴说,你真逗!

丁

招警考试,我的各方面条件都不错,加上叶惠娟帮忙,还算顺利。

忘了说了,叶惠娟的一个堂哥在市公安局宣传处工作,就是那种经常跟媒体打交道的部门,我知道他的名字后,常常会在市报和省报上看到那个名字,有时独自署名,或跟在报社记者后边时他的姓名前面又加上了"通讯员"三个字。当了警察我才知道,这些宣传也是必需的,哪个单位都有类似的部门,要将自己单位需要外边知道的好事情张扬出去,也是单位塑造外在形象的一种办法。

叶惠娟当初把我弄回那个有条金水河的地级小城,是有些她的目的的,多年以后她酒后失言,说是想跟我谈恋爱。呵呵,我当时竟然一点儿感觉都没有。而她在把我弄回去不久,遇到自己的大学校友,被人家一通火攻,几顿酒喝下来,江山易主。我说这些,不是说叶惠娟水性杨花,她毕竟是青春美少女,心里默默地爱着一个人时,突然天幕大开,转移目标也很正常。还好我俩没有序幕,更没内容,否则的话,就惨了。

不知是否因为她自己单方知道的情感转移,所以才觉得有必要帮我解决另一半,于是非张罗着给我介绍对象。还别说,她的眼光很牛,一战牵线成功。小李老师对警察可是心有好感的,一听说这职业,立马给我加了分。见了我本人,心里更是暗自喜欢。

婚后的一次闲聊,她说喜欢英雄呀,自小就喜欢,看小人书,看连环画,看电视,看电影,总之,一看到警察抓坏人就来劲。只是跟我生活在一起才知道,其实,我也不是啥英雄,警察跟教师的职业也没多大区别。都要管别人,都要与被管的人发生矛盾和冲突。我笑了,没做什么解释。

叶惠娟虽然与我同城,但我们来往并不多,甚至一年也见不了一次面。尤其是我婚后,除工作外,生活就是妻子和女儿青青。

我是在一个公安分局当基层民警,天天面对的都是些琐碎的事,不过是家长里短,像街道办事处似的。我们说是分局,实际上是派出所的级别。有一年机关改革,把市局的几个公安分局管辖的派出所的体制取消了,都改称分局。

我的工作,应该是啥都干,邻里吵架,我要出警;大妈摔了,我要出警;哪个老爹的儿子不给生活费了,我也管。工作的事,就不说了吧!当警察的,尤其是在派出所当警察的,就是一个大拿,没有你不能做的。说了你可能不信,我还被一个大爷叫去帮他上过自行车的脚踏链子。所以,小李老师常常因此而故意斜眼瞧我,坏笑道,你这大英雄天天被淹没在日常的汪洋大海里,像"不以千里称也"那种"死于槽枥之间"的千里马。

记忆中小李老师跟我之间最搞笑的,是婚前有一次我把她摔了个仰八叉。

那天我们在公园约会,先到的我遇到一个扒手。对的,他偷的正是我。你瞧瞧,这是往枪口上撞。不过,我当时心情好,也没有暴露自己的警察身份,扭着他的手腕教育了他一通便放行了。我的钱包,他也刚得手,都没来得及打开,又物归原主。这个事算作拉倒吧！

　　随后，小李老师来了。以往不大动手脚开玩笑的她，那天突生奇思，想悄悄从我身后捂我的眼睛试试我的反应。结果我误以为是小偷找了同伙来报复，一反手抓住蒙了我眼睛的那双手的两腕，一个背口袋把她从身后摔到前面。多亏她的尖叫声提醒了我，否则那一摔可不会轻。虽然我控制了一下力度和方向，她还是摔到了公园的草坪上。还好，有惊无险。

　　教训呀！小李老师再也不跟我玩这种游戏。在以后的生活中，为了提醒我，她常常隔着很远便呼喊我……与小李老师的事，不说了吧。这个毕竟不是非说的，我要说的是邬冬梅。

戊

　　邬冬梅的事，说复杂也复杂，说不复杂也简单。
　　我是在一次值勤的路上想到查一下有关她以前的情况的。
　　那天天气不好，我一大早四点多集结，市里要举办大型活动。当时，我突然有点儿走神，瞧见现场一个小女孩儿，梳的那个长辫子，还有那头型，都跟小时候的邬冬梅很像。如果从后面望去，完全以假乱真，尤其跟参加六一儿童节演出的她，简直一模一样。
　　那是我俩一起过的最后一个"六一"。当天一大早来到学校，老师特意给邬冬梅另扎了一下辫子，她穿了一件白色的连衣裙。我们男生统一白上衣、蓝裤子。
　　她们六名女生站在我们前面，是以舞姿来配合朗诵的。我们十二名男生分为两排，在高声部或分声部朗诵，少年强，中国强。女生舞蹈间歇，也有参与朗诵的台词。所以，我觉得她们水平真是高，要顾两头，仅一个朗诵，我还担心把词搞错。

当朗诵"少年雄于地球，则国雄于地球"时，我们这排男生要走下一个台阶，穿插进女生的行列，与她们握起手，然后共同举起手臂，齐声朗诵。我当时紧张地望着邬冬梅，因为自从当年的事件后，我俩再没握过手。那天与我搭档的女生路上摔了临时不能参加，老师安排我跟她配合。我们在演出前已没有时间排练，只是简单沟通了一下，所以，舞台上跟她再握手时，我乱了台词，好在，我根本没出声，否则，就是大家都在朗诵"少年雄于地球，则国雄于地球"，而我嘴里喊出的则是"红日初升，其道大光"。

还有一个动作是男女生配合的。我朗诵"纵有千古"，她要朗诵"横有八荒"，我再朗诵"前途似海"，她再朗诵"来日方长"。根据要求，朗诵这两个分句时，彼此要先对视一眼，再一起转向前方。可是，这个对视，她根本没有看我，虽然面对面，但她明显看向的是我的耳侧。正当我有些开小差时，"美哉我少年中国，与天不老"的声音响在耳旁，我的动作显然慢了一拍。此时此刻，大家是一边朗诵一边要归队，也就是说，我们男生要回到原来的第二排去，并尽快走上台阶。接下来就是大高潮，男女齐声朗诵"美哉我中国少年，与国无疆"了……

活动结束后，老师充分表扬了大家的团结一致。当然，老师的目光并没有投向我，我知道，她心里一定是被我那个慢了一拍的动作影响了全班动作的整齐性，从而导致我们的节目只拿了第二名而心存不甘。我们的其他部分几近完美。

那是我最后一次与邬冬梅的小手握在一起，光滑，柔软，似无骨一般，好像还热热的，是否有汗，记不得了。

有关邬冬梅的那次演出的背影，也是我之后想起她时的主要影像。也就是说,大家一提到邬冬梅,立刻反射于我大脑中她的样子,正是那个穿着白纱连衣裙,扎着漆黑的长辫子的背影。

其时,我们还没有太多男女概念。之所以大家称呼她为我的"小媳妇",纯属玩笑或恶作剧。等到了中学,邬冬梅已不在我们学校。她的情况,只是收入了我的童年记忆,自然谈不上男女之事。大学毕业后,中学同学再聚会,工作的事和家里的事,几句话就聊光光,而当年上学那点儿事,却被一次次重复,甚至不停地补充。是否在这种补充中不断地虚构,就不好说了。

于是,在那天我作为警察去执行值勤任务后,我决定查一下邬冬梅当年的事件和她家的情况。作为警察,这方面,也不算违规,我有理由去了解一个老警察,或者说是我爸当年在这个事件中的参与度。

但,我失望了。

己

有关各种程序,我不详细说了。邬冬梅还在襁褓中的婴儿照片,还有她后来与我们做同学时的照片,我都是在那些档案袋中看到的。本来鲜活的人生,却以这种文字与图片的平面方式出现在面前,让我一时间有些穿越时空的慌乱。

邬冬梅的生身父母到底是啥情况,不能太多透露。这涉及人家的隐私。可是,要说清一些事情,还是要提到他们,只能点到为止。

邬冬梅被人贩子偷走时,应该两岁多一点儿。那些出现在她脑海中的梦境,可能是她当年生活的一些零碎不堪的残存记忆。

虽然在后来的成长中,这种记忆不断被其他内容覆盖,但不可能彻底覆盖。一个小孩子,说不清楚这些记忆的真实与虚假,便可能说成某种梦境。

她丢失在一个下午,那天阳光很好。保姆带着她在院里晒太阳。平时主人是不允许保姆带孩子出小院的。可那天有一只小狗的出现吸引了邬冬梅的注意力,保姆起初带着她在院里隔着栏杆看那只雪白的小狗。不久,小狗消失在她们的视野,邬冬梅开始哭泣,且越哭越厉害,一把鼻涕一把泪,咳嗽连连直要呛着自己。另一个生活保姆闻声赶来,见此情此景,对着专门带孩子的保姆笑了一下。这个保姆想解释,又觉得这种解释说不清楚,便像对另一个保姆,又像对邬冬梅说,小丫不哭,小丫不哭,我们这就去找小狗狗。然后邬冬梅点着头急急指着栏杆外边,保姆只得带着她出了自家的小院。

她们如意地找到了那个牵着小狗的人。为了能让孩子跟小狗亲近,保姆自然要先讨好小狗主人,便上去搭讪。一来二去,两人竟是老乡,而且越说越近,由同一个省变成了同一个县,再变成了同一个乡,没有再变下去。这一个同乡已足够令在几百里之外打工的保姆心情愉快一大会儿了。

小丫跟小狗玩着,保姆跟狗主人聊着。后来,小狗主人说要吃药,一看杯子里没水了。保姆便说,我回家给你倒吧。小狗主人显得不好意思,还是表示了感激之情。

保姆起身要走,邬冬梅正跟小狗玩得起兴,不干了,又哭起来。

小狗主人说,要不这样,你把小狗一起牵着回去吧!

保姆说,那不好。我们主人是不让宠物进家的,平时都不让碰。这不，孩子最近生病了，又哭，怕加重病情，才不得已带她出来。

小狗主人说，这样吧，让孩子在这儿跟小狗玩，你接了水就来，我帮你看会儿。都是老乡，放心吧！

保姆接了水再来，小狗和主人都不见了，孩子和狗当时距家门口还不到十米远。

小区查找了所有可能外出的车辆，有两辆车令人怀疑。一辆面包车，说是给谁家送货的，可电话一直打不通。后来，有电话打到门卫室，说是他家让送货的，把货放在楼后的拐角处就行。另一辆车，是小轿车，里面坐的人说是5号楼的，临时有事，换了车。门卫没再阻拦。当然，两辆车的号码都记了下来。门卫敢肯定的是，没有见人把小丫抱着出院，更没有见到一个带着雪白雪白的小狗的女人跟邬冬梅一起外出。当时，他们小区仅门口有一个监控。邬冬梅的父亲很快查到两辆车的后续，均是假号。

邬冬梅丢失了……

人贩子后来被抓，但没找到邬冬梅。原因是，这个孩子在贩卖中途与下家交易时，又意外丢失……

起初冬梅一直在那女人怀里睡觉。不久，女人把冬梅放在座椅上从包里取出塑料杯——一点儿水都没有了，便眼望一二十米远的开水房，然后一边往水房走一边不断回头张望椅子上的孩子。即使排着队接了水回过头，女人也紧张地抬眼盯着，座椅上的孩子还在，才慢慢往回走，小心谨慎以防杯里的水溢出。中间仅有过几个人跟她迎面，短暂地阻断了她的视线。坐回原位，把杯子放到地板上晾着，等她再注意时，发现孩子不在了，包孩子的小被子另包着其他东西堆在座椅上……

玩完！谈好的，本来要在车站交易。这下，孩子没了，钱肯定也没了。她迅疾起身，背包离开。她知道再待下去，可能面临危险。

人贩子没想到，被黑吃黑了，对方一直暗中盯着他们，唯一的机会，便下了手。手段如出一辙，接一杯水的空当。

老邬夫妇见到冬梅时，孩子已经被倒手多次。老邬老婆不能生育，听说这女孩子价低，便买了她，并依目测推算出生时在冬天，就给孩子起名叫冬梅。他们匆匆回到家乡，不料，在县汽车站倒车时，老邬意外地看到电线杆上那张寻人启事，能识得一些字的他揭下一张，一家三口又赶忙重往外地⋯⋯

在外漂着的一天，冬梅妈在街头遇到一个警察，警察问她是哪儿的。因为心虚，回答时有些张口结舌。警察觉得有些奇怪，又问她孩子叫什么名字。她说叫冬梅，咋了？警察还想问，急得一身汗的她，借机抱着孩子闪身上了刚停下的公交车。回去跟老邬说了此事，担心被对方发现什么，两人又急急辞了工作，换了城市。女人天天提心吊胆，后来因心脏病突发而离世。她曾给老邬说过，快把孩子送回人家吧！

哪有那么容易。老邬心想，折腾了两年多，老婆还搭上了自己的性命，一定要坚持把孩子养下去。手压着衣袋里的那张寻人启事，脚一跺，想想还是回老家吧。于是，他们回到那个县城，他开始以卖废品为生。他们起先住过桥洞，也住过正在拆迁的残屋，走一步瞧一步。直到后来，有人见他带着孩子怪可怜，就把他安排进我们家那个小院的临时铁皮屋住，日常需要他打扫整个小院的卫生。即使这样，也不是无代价的。老邬在捡的废品中发现了一盒子信件，其中还有一个写着不小数目的人民币的存折。

生活中没有免费的午餐，这话一点儿也没有错。否则，老邬不可能出现在那个小院，也不可能进入我的生活。尤其邬冬梅，如果一直跟着她爹在外头捡废品，就是同班上学，我们也不可能熟悉或亲近，更不可能发生后来的一揽子事。

而这些事情的弯弯绕，我爸肯定是不会告诉我的。如果他知道的话，也是他工作的秘密。我爸不会想到，多年后我会当了警察，并且让他用过的警号重新启用。

有时候，生活不按常理出牌。因为人与社会，都不是一成不变的。邬冬梅的生活因为一只小狗而改变，那肯定不是一只寻常的小狗，而是人家早就设计好的诱饵。这些事，我之所以说得粗糙，是因为里面还有许多事情不方便说。如果你觉得这里面有哪里不对劲，或是漏洞百出，那就对了。如果我真的把所有内容和盘托出，就会涉及不该公开的隐私。所以，如此跳跃着讲，中间多存断裂，自然成为必然。

总之，我要说的是邬冬梅确实是被人贩子倒卖到老邬手里的。虽然老邬两口儿对邬冬梅亲如己出，但他们终是犯了罪，将被绳之以法。

庚

邬冬梅后来回到生身父母家里。虽然原来的家搬了两回，甚至她爸因工作调整而迁往另一个城市，但这个家一直住着她舅舅，家里的座机电话没变。

回到亲生父母的家里，距她离开他们已九年多。这九年，她生活在与此完全不同的另一个家庭，另一个世界！这九年，对一个人的成长和记忆来说，实在太重要了。

邬冬梅从一个生活优渥的家里，来到一个天天要为吃饭而忙碌的家庭；从一个有专门的保姆照看的家里，来到一个只有一个亲人的家庭。城市的天空有小鸟飞过，乡村的天空也有小鸟飞过，但天空下面却是那样不同。

与许多丢失的孩子再也无法"回家"不同，她神奇般地回来了，虽然一切看起来像转了一个圈。但在转这个圈的过程中，时间让世间所有都不再是原貌。父母恨不能把她所有失去的都重新补上，她却很难真正进入那个家。

弟弟，是她丢失后出生的。她的突然回归，导致这个男孩儿生出无限敌意。而她同样对他没有感情，心里明白两人有血缘，但相互之间最重要的情感培养期错过了。他把她当作外人，某些细节表现出来像对待贼一样，不许她动他的任何东西。她在心里也惧怕这个比她小三四岁的男孩子，像一个外人对待主人那样，很多时候想发泄却没有出口。她不习惯这个家的一间又一间房屋，常常让她迷失不知该去哪个屋。尤其是晚间，甚至憋得不敢出来上厕所。

邬冬梅在原生的家，常想起那个小县城的铁皮屋。虽然简陋，却睡得踏实、安然。

辛

虽然是警察，我也没找到老邬，即使我追查到老邬户籍所在的村里。

案件的卷宗说得很明白，老邬知道自己的病没救了，最终决定给那个号码的主人打去电话。正巧赶上邬冬梅的亲生母亲来弟弟家。一切皆是天意否？

老邬说，如果你不报警，我就把孩子送还给你。

冬梅亲妈简直不敢相信，急忙联系了丈夫，并问老邬要啥条件。否则，这种意外，其真实性有多大？

老邬的话，终于让她相信了。他已经没有能力再给邬冬梅一个像样的生活，他希望孩子能好，其他都不重要。

冬梅亲生父母没有信守承诺，做的第一件事就是与警方合作。

警察立刻来到学校，首先要保护孩子，担心老邬中途反悔再生其他变故。作为城关镇派出所的治安民警，我爸第一时间驱车赶往学校。随后，冬梅亲生父母的车也开到学校门口。起初他们要开进学校，校长坚持阻止道，学生们还在上课，这样可能引起学校混乱，将来传出去，对谁的影响都不好。

我爸目睹了这一切，一直到离开这个世界，也不曾跟我说过半句。我考上大学要走那一天，我们一家三口吃饭，我有意无意提起自己已逝的童年和少年时光，有那么几个人，比如同院里住的邬冬梅。老爸仍是闭口不谈，直到多年后我从了警，才知道其中的一些内情。但问一些其他人，大家都不记得了。这些警察前辈一笑说，他们记忆最深的都是哪些案子没破，某个案子一旦告破，很快就会忘记。因为他们一生，总有破不完的案子。各种大小案件，就是他们的日常生活。

我无论如何也没想到，是老邬自己把这个案子破了。他被拘留了，先后多次提审。有关其中人贩子的问题，他一口咬定是自己捡的孩子。而有关邬冬梅丢失的过程，我是通过另一个案件才找到一些线索。当然，这种接续，想还原当初的可能性，却是漏洞百出。也没搞明白，干脆不搞明白了。

邬冬梅的亲生父母终是未能阻挡住女儿跟老邬后来的联系。因为老邬后来创造了一个奇迹，身上的绝症竟然自行消失了。他活了下来，只是两只手一直在溃烂，长出新肉，肉皮还是红嫩嫩的，又开始溃烂。辖区一位老民警带着他进这家医院出那家医院，大夫用了各种药，均无效。老邬决定不治了，实在不愿意拖累这位好心的民警。反正烂到脓血横流时，他就挤，疼得自己龇牙咧嘴。继而重新开始长皮，皮生出来，很快又溃烂……但，这些终是没有影响到他不断地在小城里捡废品活下去。

不是。你们想错了！他贩卖孩子的犯罪行为成立，因为当时被查出患有绝症，保外就医。另外，因为主动联系邬冬梅的亲生父母，也算投案自首。冬梅的亲生父母起初对老邬恨之入骨，知道了他并非偷孩子的元凶，并且多年来给冬梅投入那么多爱，尤其是他也没几天活的，便主动放弃了对他的追究。

老邬能够继续活下去，是因为他信守了对冬梅亲生父母的一个承诺，不再见冬梅。其实，他根本不知道邬冬梅后来在哪个城市生活，怎么成长的。要不是那次偶然的相遇，他们又见面的可能性几乎没有……

老婆病逝了，送还了邬冬梅，独自生活的老邬，不忍老民警为他治病百般求人，开始了真正意义的"漂"。这个县城待几个月，那个城市过半年。他很愿意前往那些人生地不熟的地方，从这个意义上讲，他在帮助完成国家的"城镇化"建设，只是他自己不知道，也不是他一个人如此。

老邬的人生将永远铭记那一天。他"漂"到那座有条大河的城市不到半个月，经过那所实验中学门前，刚从一个垃圾箱里掏出几个饮料瓶子转过身来,一个喝完水的空塑料瓶子便递在他面前。老邬一边接了瓶子往蛇皮袋里塞,一边向那个给他瓶子而不是扔进垃圾箱或树丛里的女孩子道谢。他卑微的目光约略看到女孩子的脸,呀了一声。那是邬冬梅。

老邬连蛇皮袋子都不顾,跑出去很远,突然觉得很委屈。自己这一生真是委屈。他蹲在河边哭起来,是那种放声哀号。

他觉得这是上天的安排,所以要在这座城市长时间住下来,就是为了可以远远地看邬冬梅,哪怕一眼……

几年过去,邬冬梅上了大学,从这座西北城市,考到东北,老邬并不知道。很久没有看到她,但他心里明白,这座小城,这个学校,曾是女儿待过的地方。只要学校在,女儿总有一天会回来。多年来,他在学校附近捡废品,一直到学校搬往郊区,原址被改造成居民小区。

壬

需要补充说明的是,老邬这一生,还是很幸福的。

你可能会说,他捡了一辈子废品,还谈什么幸福。不,你如果这样说,是因为你还不懂幸福。幸福说到底,是一种感觉。不是你拥有了世界,就幸福。也不是说你一无所有,就不幸福。

是的,老邬等到邬冬梅大学毕业,等到邬冬梅找到了他。

冬梅站在老邬面前,老邬衣衫褴褛,羞愧至极。起初他低着头,一声不语,而后仍然是转身飞跑,一边跑一边哭。他显然不是年轻的邬冬梅的对手,后者三步并作两步便赶上了他,从他身后抱住了他……

两人抱在一起哭，邬冬梅把憋了多年的眼泪，都在大太阳底下释放了出来。而老邬哭的是，自己还能活着见到邬冬梅，见到已长大成人的邬冬梅。

当然，这不是传说，是跟邬冬梅一起的同学说的。这个同学，不是我们的同学，是邬冬梅的高中同学。她是个作家，是那种喜欢在网上写文章的作家，然后很具体地写到了这次相见。我当初并不知道这篇文章，也不知道这个同学是作家。至于后来怎么知道的，不用啰唆了。总之，我上网查到她的网名和她的文章，都是十多年后的事儿了。

在老邬的余生中，至少有五位民警曾在不同时段给予他帮助，我根据这些线索一一寻找，其中四位已不在世间，另一位早已退休的老民警则身患中风，说不清楚过往。

癸

叶惠娟问我，是否想联系邬冬梅。她有邬冬梅的微信，可以推给我。

我微微一笑，没有说要，也没有说不要。

她瞥我一眼笑着说，不要拉倒。

我忙说，要要要。不过，你别推给我，让我记一下她的号吧！改天我自己加她。

为什么？她问。

这，哈哈。我笑了两声。她没说话，把手机页面截屏转发给了我。

你过得咋样？我问。

还好！现在每天围着两个娃娃转，成了一个专职妈妈。她无奈地叹气。

我也不知道怎么接她的话。她的老公辞职做了生意，然后，她又生了二胎，担心保姆不安全，自己辞职带孩子。家里有的是钱，她也不愿意朝九晚五上班，据同学们传说，她可能跟领导之间有点儿问题。刚好生二胎，等生育基金一到手，就不再去单位了。

说实话，叶惠娟辞职，我怎么也想不到。毕竟在市里一家局级机关上班，何必呢？但各人有各人的想法，谁也不知道谁家的情况，就是所谓的"子非鱼，安知鱼之乐"而已。

我跟叶惠娟来往并不多，之前还单独聚过，说点儿东拉西扯的话。我真当了警察，加上婚后彼此家庭忙碌，有时外地同学来时才难得一聚。

邬冬梅不同。她曾介入过我的童年，甚至我爸也介入过她曾经的离开。

顺便补充一句，我爸在执行公务的途中，出了车祸，是那种刹车事故。至于是否有人为因素，一直没个说法。后来，报了个殉职，不是烈士。像我爸这样的民警，在和平年间，有很多。报烈士，可不是想报就能报的。每年牺牲很多警察，有的是突发疾病，有的是事故，有的是其他非工作原因，等等，他们中许多病况是源于职业积累的问题，却因为没有倒在工作岗位而只能另当别论。

邬冬梅的微信朋友圈设置了不许陌生人查看和加新朋友时需要验证的模式。查到她的号，我私下单方面悄悄看一下她的微信朋友圈的想法没有实现。犹豫很久，是否要加她的号。某日，我微信新朋友添加栏竟出现了她的网名。我毫不犹豫地点击通过。令我意外的是,虽然屏幕上出现了"你已添加了阳光有雨,现在可以开始聊天了",但我的问好,却一直没有回复。权作是她忙吧,改天应该有可能联系!

你不会想到我那么心急火燎地翻看她只能看三天的微信朋友圈是找什么吧,是听有人说,她竟然把老邬接到国外去治病了,治那双一直在溃烂的手……

甲

邬冬梅一直没有回复。

派出所公务亦繁多,无暇顾及其他,直到元旦,在单位食堂吃午饭时,面对餐盘,才猛然又想起来,便给邬冬梅发去一个问候的表情包。孰料,瞬间回复是"消息已发出,但被对方拒收了"。什么情况?

我没有再找同学要邬冬梅的电话号码……

但这促使我计划从某一天开始动手查阅一些档案之前,去涉及她的陈年往事。也就是上面说的那些情况,都是在我跟她又一次中断联系时才想找出来的。我不清楚为什么要查这些,查了又能做什么。但查完,我好像基本摸清了她以前的人生脉络,又不知道具体情况。这些文字只是她那些不堪岁月的一面,但我们人生的另一面,常常不是档案和文字所能表达和记录的。

我顿时有一种失落的感觉。

打电话给叶惠娟。她在电话中问我有什么事,我刚说了句没什么大事,就听到电话那边传来孩子哇哇的哭声。

别吵吵了！她冲孩子喊了一声，声音稍凶。

我赶紧说，没事没事，你先忙吧。我就是没事找事。哈哈。

她一听，勉强笑道，好的，那我先忙了……

这时候，我听到身边一个人的手机铃响，铃声是刘若英唱的《后来》，只唱了一句："后来，我总算学会了如何去爱，可惜你……"那人已快速接了电话，不像我，有时会故意让那歌曲延长几句。

此时我的电话恰也响起来，是妻打来的。她说，小青青不见了，女儿下午没上学。

我吓坏了，第一感觉是被拐走了……报警后在万能的微信朋友圈求助，不久有人发来图片，说可能在我家附近的一家快餐店。

我与妻飞速赶到，果真是。

怕吓着她，我慢慢接近，直到站在她对面，轻轻坐下。

瞧了我们一眼，她很平静，没说什么。

妻问，想吃什么，汉堡、鸡翅？

她有气无力地摇摇头，她妈给她梳的六条细长的辫子随着头的摇摆拨浪鼓似的，两只小手支着下巴，一脸小大人样低声轻语道，爸，我喜欢上大头了。

她妈急问，什么什么，什么大头？

她给妈妈一个白眼说，大头是我班文体委员。

啊？我跟妻都没敢笑，她的样子让我想起邬冬梅给我讲梦的那天，也曾这样小手托腮，一脸惆怅。对了，现在已经没了邬冬梅，她早回归了原来的姓名，叫游向丽。

当然，我还是我，叶惠娟还是叶惠娟，并不是谁都会改名字或姓氏。可是，不得不承认，我们这些人却又都不是原来的我们。

比如我，被人们称为警察，意味着见到任何社会麻烦，都必须责无旁贷去过问，无论上班还是下班，无论值岗还是假期。出警时，我们同事之间，像军人一样是战友，但我们常常称兄弟。在和平年间，只有我们谈起枪林弹雨、刀山火海是认真的，像真的面对战争，像当年的战争年间，其他社会职业可能对此多是玩笑。虽然商业也说商战，商场如战场，比如房地产，天天乱得如兵荒马乱一般，但他们肯定不会视同事或员工为战友为兄弟，不会每天在和风细雨下面临突发的生命危险。

警察也是人，是一种特别的人。警察蓝，在许多人成长的青涩年代，曾经起到过无法代替的各种作用，我是其中之一，而后又变成其中之一。正是因为我穿上了这身警察蓝，几年后的一天，我得以遇到了游向丽的爸爸，他不认识我，但我认识他！职业有时候常常让我们的生活变得机械，但也同样会给我们创造意外。

（奚同发，中国作家协会会员，河南省作家协会理事。出版《最后一颗子弹》《你敢说你没做》《雀儿问答》等10部长篇小说、小说集。作品被《小说选刊》《作家文摘》《中篇小说选刊》等数十家刊物转载，荣获全国年度微型小说评奖一等奖、河南省文学奖、首届河南省文学期刊奖等）

报案人

胡 广

写在前面的话

当警察的人,看起来风光。实际上,尴尬事多!

别的警种不说,单说刑事探案警察,以及负有侦查任务或协查任务的科所队警察。

他们大多数日子,都要与案件结缘。但是,这项工作,专业性超强。

侦查案件,犹似雾里观花,特别是大案要案、领导交办的案件,侦查中会有一种无形压力伴随着你。

许多时候,要付出巨大努力,夜以继日,风雨兼程,跑到天涯海角,才能将案件侦破,将犯罪嫌疑人抓获。

相反,吃尽苦头,青丝变白发,案子却没有破,或者案子破了,而犯罪嫌疑人却没抓到。这个时候,破案的警察就会觉得脸上无光,低头耷脑,十分没劲。

为争这口气,这些警察们,在接手案件之后,往往要拼尽血本,使出狠招,再难也要争取把案子拿下。

派出所长胡大卫,现在正在经历这方面的考验。他们处在城乡接合部,治安复杂。他自己辖区出了案子,他得第一个上。

(一)

胡大卫带着几名外勤民警,经过几天几夜的奋战拼搏,终于成功侦破了市政府领导点名督办的"别墅窃案",人证物证俱全,首次获得几位领导点赞。那几天,正好赶上省公安厅有关领导来下面检查工作,听了汇报之后,也顺便表扬了他,一时他成了鄂南警察队伍中的荣耀人物。这之前,胡大卫的成绩单上,从未有过这样的光荣记录。平时记录得最多的,都是领导们希望他如何努力的指示,这回获得领导们集体性点赞还是第一次呢!他虽然不像范进中举那样喜过头,一时精神失常成了疯子,但也激动得一夜难以入眠。亢奋的心情逼着他一骨碌爬起来,在辖区内的街道上,来回奔跑一阵之后,才算有了倦意。但是,突发的警情,却让他有些措手不及,也仿佛是在故意捉弄他似的。

凌晨 1 点 36 分,胡大卫刚一躺下去,放在床头边上的手机,不由分说地叫了起来,不但把他吓了一跳,还把他夫人小丫也吓了一跳。

小丫说:"你呀你呀,深更半夜怎么不关机呢?"

胡大卫说:"我当所长的人能关机吗?除非是你当局长!"

胡大卫叹口气又说:"前两天就是因为手机没电了我一时不知道,被局长剋了个半死。局里临时召开各所队负责人会议,找不着我的人。局里是有规定的,全局所有民警 24 小时都不准关机。否则,一旦出了突发事件,找不到人,是要受处分的,即使局长不处罚你，市领导也不会放过你。特别是误了救援救灾等重大特定任务的行动，说不准还要负刑事责任呢！"

此时，胡大卫接到的电话就是突发事件。

这电话是桂花岭大路村村支书的报警电话。

村支书在电话里称：村民皮得保夜里睡在床上，被人用斧头砍死了，情况十分严重，请求警方快速出警。

睡不成了。胡大卫一个激灵爬了起来，毫不犹豫，拔腿就跑。他心里明白，办这类重大刑事案件，多年的经验告诉他：出警越快越好，第一时间可能就是胜利的保证。越快越有利于现场保护，这是全世界各国警察都懂得的道理。现场保护好了，就能提取更多与现场有关的痕迹，获取更多第一手资料，有利于案件的快速侦破、抓捕。否则，一旦延误了最佳出警时间，现场受到人为或意外因素的破坏，就有可能贻误战机，甚至给案件带来意想不到的麻烦。

那年，黑山凶案，就是因为现场遭到了不明原因的破坏，无法提取有价值的物证及其他痕迹，让作案凶手轻易地从警察眼皮底下溜走了，给案件侦破带来了许多阻力。

前车之鉴啊！因此，胡大卫把警车挡位推到快挡位置。虽然山路崎岖难行，但对他来说小菜一碟。不是吹，他曾参加过省里组织的越野比赛，颈上挂过银质奖章。他风驰电掣般向桂花岭案发现场飞去。

桂花岭大路村，四周是山，门前有一大片垄田，谷物已经收割，田里空荡荡的，中间有条小河流过，显得空旷寂静。进村的路边，种有高粱、红薯和蔬菜一类的农作物。路边拐角处，几棵高大的桂花树悄然肃立，俨然是守护着村子的民兵。山边，野菊花遍地皆是，一片片金黄，盖满了田边地边。小村静美，井然有序，鸡鸭成群。

然而此时，山村的夜，雾气茫茫，一片灰白，丝毫没了平日的感觉。

现场情况果然如村支书所云：十分血腥。

上世纪60年代，鸣泉洞里发生过一起命案，被害人头部被凶器击打十分严重，血喷得很远很远，目睹过的人，无不恨凶手的残忍。现在这个案件现场呈现出来的情况，跟那个案子几乎一模一样，使人触目惊心。

死者皮得保平躺在床铺外侧约二分之一的位置上。

躯体还未完全冷却，尚有余温。皮得保两脚伸直，两手贴身垂直。头往右侧歪斜，向外。头部左侧赫然露出两道刀口，长度二寸有余，深至颅内，伴有塌陷。法医鉴定之后认为，导致这类创口的凶器，应该是具有一定重量的锐器物，比如斧头、砍刀之类，绝非一般刺刀、匕首等轻物体能及，也不属钝器物体铁锤、木锤所为。

根据被害人身上暴露出来的致命特征，办案人员一致认为，很像是仇家杀人，或报复杀人，或奸情杀人，不像一般图财害命的盗窃者作案。

凶手下手特别重，出手必致对方于死地，没有丝毫的犹豫或重复使用凶器的迹象。还有一种可能，那就是作案人担心自身安全，若是下手轻了，死者反抗，又敌不过对方，势必就会导致自己生命有虞，所以，丝毫没有给死者反抗的机会。

皮得保是死者的外号，实为调皮顽劣之意。他还未到不惑之年，体壮如牛，气力超人，脾气粗暴，争强好斗，常有打骂老婆的事及与村人为鸡毛蒜皮小事之争。他的这些身体机能及个性弱点的外露，让人很容易联想到：皮得保的不幸遭遇，与冤仇、怨恨紧密地联结在一起。古人说，福缘善庆，祸因恶积。

再看看外围及其他地方，就更能发现一些与案件相关的微妙之处。

凶手是从皮得保夫妻睡觉的外屋窗户翻越进去的。

皮得保一家三口，住着两间半老式旧房屋，一个八岁的小男孩儿睡在里间正房内，两口子睡在外间。剩下的半间屋是厨房。厨房与两间正房是分开建的。两间睡房就一个门进出，当天夜里，门是从里面闩着的，而且加上了插销，乡下人家睡前一般有这种习惯。但凶案发生之后，门仍然是闩着的，插销也完好无缺，没有打开或打开后伪装的痕迹。经过警察的反复试验，在外面的人如果不借助其他硬性手段，是打不开门的。唯有窗户，破损严重，五根直立的木栏杆，有两根没有了，大人小孩儿都能轻易地翻进翻出。两扇窗门，也无插销，凶手只要用根指头轻轻一推，就开了。

然而，让警方十分纳闷与质疑的是：死者的老婆吴春燕称她当晚就挨着丈夫睡在床铺内侧靠墙的一边，两颗头颅几乎挨在一起，即便有间隔，也大不过尺余。在这么近距离的两颗头颅中，凶手为什么就那么准确无误地选准了皮得保的脑袋呢？竟然丝毫都不担心弄错人把吴春燕给误杀了。

沿着这条思路再往深处推测一下，似乎可以得出一个假设推论：凶手对皮得保家的日常生活习惯及规律，十分熟悉。因此，作案行为既直截了当，又直奔主题，目标准确无误。

作案人并没有拿走皮得保家中任何东西。没有上锁的抽屉里放的几百元现金，仍在抽屉里放着。也没有留下血指纹，整个家中，看不出有什么异样，始终未勘查出有任何翻动的痕迹和有价值的遗留物。因为案情重大，办案人还对现场做了荧光检测，但一无所获。

（二）

秋天的傍晚，山林树木，村庄田野，被落霞抹上了一片金灿灿的余晖，显示出异常壮丽的勃勃生机。此时，胡大卫就在村边一棵大桂花树下，一边踱步，一边思忖着两天来的查案流程，看看有没有被忽略的地方或细节。

这时，一位长须老者，从桂花树的侧面飘然而至。他在胡大卫身上打量了一下之后，随口问道："这位同志是派出所来的吧？"

"是的。老先生认识我啊？"

"猜的！听说派出所有几位警官在这里破案呢！"

"看老先生差不多满六十花甲了吧？再看一身仙气，一准是半仙老者。"胡大卫平时进村办事，就听说过这山里面，有一位不寻常的老翁，人称半仙，谈吐之间，颇有见地。此人要么不言，言必有中。

"不敢当！不敢当！老夫今年七十有二。半仙只不过是乡下人的一种戏言而已，哪能当真呢！"

"果然是您呀！我听说之后，还想去拜访您老人家呢！既然遇上了，也算是一种缘分。我有个问题想请老仙翁指点一二，如何？您老人家不会见怪我的冒昧吧！"

"不见怪！不见怪！听说你是所长，如此看重老朽，我高兴都来不及呢。老朽愿闻其详。"老仙翁微微一笑，从容淡定，表现出来的做派，全是大师风范，然后他慢条斯理地说道，"你是说皮得保的案子吧？"

"是的，是的。我想听听您老人家对这起案件的看法，比如这周围十里八乡，有哪些值得我们重点摸查的嫌疑对象，或者其他与案子可能相关的情况。"

半仙老者微微一笑说："这可不好说呀！不过，依老夫之见，外人到这山角落里来作案，恐怕是不会这么轻车熟路的吧，估计还是'地鬼'作祟！常言道，远贼必有近由！"

所谓"地鬼"，老仙翁指的就是本地人中那些不法的"另类"；所谓"近由"，即是缘由之意。

"老阿叔能不能说得更加具体一点儿啊？"

"不行，不行，这是天机！天机不可泄露，话只能说到这里，看透不说透，说透就不灵。再说了，所谓半仙，指的就是一半呢。哈哈！哈哈！"

半仙姓徐，叫徐秋风。这名字给人的感觉有点儿诗意，若问有无说法，他就说，秋天是丰收的季节，秋风就是丰收之意。但他又不用"丰"，却用"风"。半仙说这是"借义"。胡大卫点了点头，表示赞许。他居住在另一个村子里，与这里相距不过一华里路。想不到他还是一个说话挺诙谐逗趣的老者。

徐半仙出现在胡大卫面前，时间并不长，也就三五分钟。他仿佛是在暗中留意胡大卫，特意给胡大卫传话来的。而且，他还特别谨慎小心。后面的几句话，他一边说，一边带着落日的余晖就告辞了，说走就走，干净利落。他形如枯槁，却神采奕奕，步履快如流星；他声音不大，却铮铮作响，十分有气势；他个子不高，却很精干，举手投足，风度翩翩。他那几缕长长的山羊胡，像雪花一样，潇洒地在晚风中飞旋，看上去，十分惬意乐观。他仿佛生怕被人看见生疑。

其实，胡大卫心里明白着呢：世上哪有什么神仙？就说这位徐半仙吧，他身上并不是真的有什么灵丹妙药或锦囊妙计，而是他年长一点儿，人间烟火、是非曲直见的多，看问题客观、老练一点儿，胜算的概率多一点儿而已，加之他为人还算光明磊落，喜管闲事，爱说公道话，所以，乡里人也看好他，尊敬他！

皮得保居住的村子只有 15 户人家，加上周边的两个小村庄，合起来不过 51 户人家。在村支书莫长根的配合下，按传统的做法，胡大卫和局里派下来的刑警张小东、廖一飞及所里民警罗布、马德林，对所有有行为能力的男女及半大小孩儿进行摸排，划出重点，逐一排查，最后确定四名重点嫌疑对象：猴子、獾子、猫头鹰和石头子。

由张小东、廖一飞重点负责调查猴子和猫头鹰。猴子是个有严重劣迹的人，曾经在外面拐卖过人口。但唯一知情的人只有皮得保。据说皮得保想从中吃黑，分一点儿利益，就以知情人的名义多次要挟猴子。

"拐卖人口是犯法的，我迟早要举报你，让警察把你抓去！"

"你如果胡说八道，我就不会让你有好下场。看是你狠，还是我狠！"

双方常常就这么赌狠。

猴子把钱看得很重，不但分文不给，而且看不惯皮得保动不动就威胁他的德行，但猴子又很难摆脱皮得保的纠缠与威胁。为了长期隐匿自己，扫平路障，消除心病，过平静的生活，猴子有可能对皮得保动恶念。而且，猴子体力差，一旦打斗起来，根本不是皮得保的对手。他如果想让皮得保死，就只能一举定乾坤，不能给皮得保任何反抗机会，否则就自身难保。从这些方面分析、推断，猴子有作案的可能。

可是，再做进一步调查，发现猴子根本没有作案时间。猴子的舅舅家在建新屋，他给舅舅帮忙去了，一连几天几夜都待在舅舅家没回。猴子贪酒，每晚都喝得醉醺醺的，像笨猪一样，一觉睡到大天明。

罗布和马德林，负责调查獾子和石头子。

几个月前，獾子家的耕牛跑到皮得保家的稻田里去了，吃掉200多棵稻秧。皮得保都快急疯了，一怒之下，拿起锄头，就往牛背上狠狠挖了一锄。皮得保的这一行为，是一种极端残酷的行为。虽说如今人类社会发展了，人们住进了高楼大厦、高级别墅，但农村种田的方式，还是农耕模式：以一家一户为一个生产单位。在这种情况下，牛仍然是许多庄稼人不能缺少的重要生产力和最有含金量的生产工具，谁不心疼啊？

皮得保就因为这个不能被人理解的恶行，从此与獾子结下怨恨。獾子当时就要拿刀砍掉皮得保的手，虽然被众人劝阻了，但獾子一直耿耿于怀。因此，獾子曾多次扬言，迟早要叫皮得保"挺尸"或"成为无脸僵尸"。獾子比皮得保年轻十余岁，也是体壮如牛、血气方刚的人，或许心血来潮之际，完全有可能叫皮得保"挺尸"。

所谓"挺尸"，就是要让皮得保死后的尸体，整整齐齐地摆放在某个地方，让别人欣赏的意思。

另外两个嫌疑对象——猫头鹰和石头子，与皮得保之间也有些陈年旧怨。

猫头鹰虽是农民，住在乡村的小楼里，但他不种田，是个卖牛肉的个体户。

因为缺人手，皮得保农闲时，有一段时间，与猫头鹰在一起做卖牛肉的生意。两人轮流开着像老式手扶拖拉机一样的小三轮机动车，到养牛场买牛，自己屠宰，自己卖，开着车一天到晚到处转悠，不管城里乡村、刮风下雨。牛肉最便宜的时候也要卖四五十元一斤，到春节期间价格还要飙升一半，买的人也更多，因此收入还算可观。不过，皮得保不负责出本钱，只拿一点儿人力工资。两人中午和傍晚，一般就在外面路边摊喝靠杯，也算合得来。

可是，后来闹翻了。

一天，猫头鹰说他包里的钱少了2000元，问皮得保拿没拿。钱是猫头鹰自己收，自己管，皮得保哪知道。皮得保脾气暴躁是出了名的，一听就火了，浑身冒烟，脸涨得像火山爆发，很想大发雷霆，论个水落石出，但他还是忍了，也没多说什么，因为他毕竟是在给对方打工。

几天之后，皮得保一个人在一处路边店喝酒，无意间遇到了老妖。老妖是向阳湖奶牛场的职工。老妖说他跟猫头鹰借了2000元，答应三天之后还的，但现在三天过去了还没钱还，让皮得保带个信儿给猫头鹰说一下，缓几天再还他。

老妖的话，无形中戳穿了猫头鹰的阴谋，由此两人大闹一场。

猫头鹰见事情败露，索性就说，借给老妖的钱是他家中的钱，与卖牛肉的钱毫不相干。猫头鹰之所以要无事生事，是想借口少给皮得保发点儿工钱，哪想到节外生枝，造成了这个局面！他恼羞成怒，逢人就说丢钱的事，终于激怒了皮得保。皮得保一气之下,狠劲地踹了猫头鹰裆下小便处几脚,猫头鹰的鸡鸡都被踹破皮了,痛得猫头鹰在地上打滚,看病看了半个多月才算好。猫头鹰咽不下这口气,始终在寻找机会,要与皮得保重新再战。

但这三人,有的没有作案时间,有的有不在现场的证明。

獾子在皮得保出事之前,因为得了阑尾炎到人民医院住院做手术去了。

猫头鹰一个人开车到处转悠,一不小心,翻倒在路边,把脚给扭伤了,生意做不成,躺在家中床上吃老本。不过,他说皮得保死得好,老天有眼,让他吐了一口恶气。

石头子也不在村子里,他到南方打工去了,一去就是半年。为了预防石头子中途悄悄折回作案的可能,警察们去南方找石头子调查过。

对此,石头子很不高兴,说警察耽误他时间。

罗布和马德林说:"我们只是想问你一些事情,问完了,要是没你的事,你就可以走了,要不了多长时间。"

工地老板也叫石头子好好配合警察:"不在乎这点儿工夫。"

石头子说:"像我这样的人,一分钟也是贵的!我什么都不知道,问也白问。"

马德林说:"皮得保被人杀死了你知道不?"

"我老婆在电话里告诉我了。怎么,你们跑这么老远来找我,怀疑我是凶手?"

"听说你曾经为押宝赌博的事情,与皮得保斗过狠,还多次叫嚷要干掉他,是不是?"

石头子说:"是又怎么样?气头上说的话,你们也当真啊!"

石头子两只胳膊上刺有文身,一只是龙,另一只是凤,这让两个警察有些意外，一个农村种田的年轻人还搞这名堂。

罗布说："你一个打工仔，还在身上绣这么多花啊？"

石头子说："这与杀人有关系吗？这是我的权利，我喜欢！"

马德林批评石头子说："你不要说话气吼吼的。案件重大，非你所想，你如果不想被怀疑，就好好配合我们警方调查，否则，你就不能排除杀人嫌疑，警方在破案之前，肯定还会找你进一步调查，必要时，还会采取硬性措施！"

马德林将利害关系讲明之后，石头子才软了下来，愿意配合，还说了一些无用的线索，说什么皮得保长期对神不恭，时常对着山神庙的菩萨撒尿，迟早会得报应，说不定就是菩萨对他的惩罚。

一派胡言。

经工地老板及员工证实，石头子一直没有回过家。

四人都没有作案时间，都分别得到了证实。

一晃两天过去了，案子仍然没有找到突破口。凶手的作案工具也未找到。

龙局长对案子的进展情况一直非常关注。他亲临现场，听取汇报，参加研究与分析，并作具体指示。他几乎天天都过问案件的进展。这对胡大卫他们来说，既是动力，又是压力。

（三）

夜色深浓，躁动不安。秋风一阵接着一阵，呼呼地从山外席卷而来，将山林树木旋动得像海浪一样怒涛翻滚，呼啸不息。时间又过去了一天，案情仍在原地踏步。

马德林认为，山村偏于一隅，比较闭塞，案件范围不可能大，应该很简单，唯一的难点就在于没有找到线索。

罗布说，线索肯定会有，任何案件都不可能做到天衣无缝，我相信，在世界上绝不可能有聪明的罪犯！破不了案的原因，是我们的侦查工作还做得不够到位。

胡大卫说，你们都说得对。既然侦查工作做得不够，那我们就继续做。

胡大卫开始重新思考整个案子。他时而若有所悟地点点头，时而又摇头，像是否决了什么似的。他的脑海中像放电影一样，闪过很多镜头与画面，然后说，万一找不到线索，那我们就自己制造线索！

胡大卫语出惊人，让几个年轻警察无不跃跃欲试，摩拳擦掌。

胡大卫把这话一说完，想了想，脑子里果然闪出一道银光，如流星般划过。他迅速抓住了这颗流星。这可能就是人们平常说的灵感吧！

他避开原有的思路，以及掌握到的全部案情、背景资料、各方面的大小细节，对凶案做出了一个大胆的"假设"，也就是他说的"制造线索"。想不到他很快就付诸行动了。

在一些前辈警察的侦查经历中，好多优秀的刑侦警察，常常会将自己置身于犯罪的某个场景之中，反复琢磨整个犯罪过程，通过假设，甚至模拟，揣摩犯罪人或当事人的心理，分析他们一步一步在做什么，以及怎么做。

胡大卫说："我来假设一下。"

"第一，皮得保当天夜里，不是睡在床铺外侧的位置上，而是睡在床铺内侧的位置上，也就是靠墙的一侧。因为我们到达现场时，皮得保躯体尚有余温，未完全冷却，按常理，皮得保死前，一定会出现因剧烈疼痛而导致躯体扭曲变形的状况发生，绝不可能是我们当时看到的'两脚伸展，两臂贴身垂直'的样子，对不对？

"第二，皮得保应该是遇害之后，被人将尸体移至床铺外侧的。"

平常日子，警察们调查案件，有时要按常规出牌，顺其自然，进行思考，但有时要进行反向推理。

胡大卫此时提出的这两点"假设"，虽然不能完全肯定是合理的，但直觉与多年的查案经验告诉他，成立的可能性很大。

几个警察听了之后，立即兴奋起来。

张小东说："如果所长的这两点假设是成立的，那吴春燕无疑就是凶手了。"

罗布说："至少是帮凶或知情人。"

廖一飞说："罗布说的对。若是如此，吴春燕肯定知情，应该是此案的突破口。"

马德林说："那吴春燕的作案动机与目的又是什么呢？"

"对！"胡大卫说，"这正是我要提出的第三点。至于动机或目的，那就留着吴春燕自己来揭秘吧！"

古人说，心有灵犀一点通。

后来发生的事情，连胡大卫自己都未能预测到。其他警察更是莫能例外。

这个"假设"的提出，一下子成了案件后来的轴心，让整个案子的"生物链"很快就活跃起来，将案件向前推进了一大步，显示出了他们几个警察挑战大案要案的强大能量与决心。这个"假设"的真实性，很快就在接下来的吴春燕的口供里，得到了很好的验证。

在这之前，胡大卫他们，曾多次找吴春燕询问过现场的相关情况，但她好像什么都不知道，一问三不知。

她发现皮得保被害的过程，其实很简单。

吴春燕的小孩儿，虽然七八岁了，但仍然同襁褓中的婴儿一样，有尿床习惯。

吴春燕夜里起床招呼小孩儿小便时，无意之中摸到床铺是湿的，沾手，拉开灯一看，才知道皮得保遇害，人已经死了，血浸在床上。

这次找她谈话，胡大卫没做任何说服性铺垫，而是直截了当地指出她隐瞒了事情真相。

吴春燕一听，脸唰地红了，心咕咚咕咚地跳，好像警察就是神仙，什么都弄明白了，看清楚了。她这才说出实情：她确实是将皮得保从床里边移到了床外边。她这样做的目的，并不是想掩盖什么，也不是欺骗警察。她一是为了便于收拾床铺，二是看着丈夫蜷曲痛苦的样子，心里难受，就想把他拉伸一下。

吴春燕果然移动了皮得保的尸体！

从表面看，吴春燕是那种老实本分的乡村女人，她说的话，听起来好像不无道理，但这其中是否还隐藏着其他什么阴谋或玄机呢？

大家都知道，每个人的潜意识里，都有自己坚守的秘密和隐私，吴春燕出于自我保护，可能也有不愿意向警方交代的秘密。

这种情况，在过去的办案中，他们常常遇到。

胡大卫一再追问，她始终说她没别的想法。她也一再表示自个儿不是谋害丈夫的凶手，也没必要杀死丈夫。丈夫虽然粗暴、鲁莽一点儿,表面上喜欢动手动脚,实际上,他是个火药脾气的人,过后就没事了。总之,她认为丈夫还是勤俭顾家的男人,也特别疼爱孩子。

"当天晚上,发现家中有什么异常情况没有?"胡大卫提醒吴春燕。

"和平常一样,我忙完家务事之后,就挨着孩子他爸睡在床铺的外边。没有察觉到当晚有什么异常,也未看到凶手是谁。"

"有没有听见什么响动?"

"没有。"

"整个过程一点儿都不知晓吗?"

"是的。一点儿都不知道。"

"你家的窗户破损得那么严重,为什么不修理一下?"

"习惯了。"停了一下,她自嘲地说,"反正也没什么值钱的东西让人家偷,我也不是说假话,你看我这个家,是不是像你们城里人说的小康水平呢?"

虽然没看见凶手,但吴春燕自始至终认为,害死她丈夫的人,她心中有数。

她这话让几个警察心里一惊,原来她知道凶手啊!难怪她那么从容淡定!自始至终,没见她哭一声。

"谁?"胡大卫的呼吸,差点儿凝固。

"猴子呗!"吴春燕说,"一定是猴子作的恶。因为皮得保老是威胁和纠缠猴子要钱。"

"前几次找你谈话,你为什么没有提及猴子?"

"不是不想提,是不敢得罪猴子,怕猴子将来害我的小孩儿。"

"所以,你也就没把心里的这些想法说给我们警察听?"

"是的。"她一时愧意绵绵,感觉对不起警察。

吴春燕的猜测,其实是错的。猴子早就被警方作为重点嫌疑对象,调查过,排除了。即使如此,警察还是进行了认真核查,仍然没有什么新的发现。

"难道是他?!"吴春燕像恍然大悟似的,突然又想到一个人。

一年前,吴春燕曾去南方打过工,因为那里房租很贵,吴春燕没钱租房。恰好同村的一位老兄也在那里打工,见此情景,这位老兄就不断地怂恿吴春燕不要租房,和他住一起算了。他比吴春燕大将近十岁,一直未婚,是个单身,大半辈子过去了,也没人给他介绍过女朋友。吴春燕人老实,又确实贫穷,实在拿不出钱来租房,也就只好将就着和他住在一起了。谁知时间一长,这老兄得寸进尺,就想将吴春燕占为己有。

这当然是个很重要的线索。

可是,几个警察忙忙碌碌一阵子,一无所获。这位老兄从南方回来以后,一直就近在县城做水泥搬运工。平时,吴春燕从他的眼神中,仿佛总能意识到什么。但是,在皮得保遇害的前两天,老板安排他随司机到山东进货去了,还未返回县城,嫌疑也被排除。

吴春燕又想到了一个人。看不出来,她还真是心中有数呢,怀疑的人一个接着一个。

这回她可能猜得差不多了!

(四)

正在警方对吴春燕加大查询力度的时候,村里发生了一件不应该发生的事情：莫支书家搭在山地里看瓜的瓜棚，夜里突然起火，烧个精光，差点儿把树林引燃了。这里四周都是山林树木和茂盛的野草，倘若燃烧起来，整个村庄都难逃厄运。幸亏众人扑救及时，方才躲过一劫。

现在是秋后季节，瓜果早已下山。莫支书家的瓜棚，实质上是个闲置的空棚，烧掉一个闲置的空棚，有何意义呢？

一开始，大家还以为是小孩儿们不懂事引起的，之后就排除了。

这件事的发生，多少有些蹊跷。胡大卫一时琢磨不透，估计是有人冲着警察来的！其目的，可能是想搅乱或转移警方的视线。这类转移视线的做法，在刑案侦查中经常遇到。

皮得保住屋的背后，也就是村子背后十来米远的地方，有一条约三十米长、三五米宽、两尺来深的不规则的污水沟。沟边四周生长着绿色的菖蒲草和野蒿子。胡大卫老是不忘用审视的目光，瞟上它一两眼，直觉告诉他，这沟里可能有他们几个警察寻找的东西！

这天夜里，趁村里人全都睡觉之后，胡大卫拿着金属探测仪，沿着沟边，在水面上进行探测，就像昔日日本兵探测我们游击队埋的地雷一样。结果，大家辛辛苦苦忙碌了很长时间，一无所获。

但胡大卫不死心，不愿意放弃自己的这个判断与猜测。

第二天夜里，他横下心来，再次趁村里人全都安静下来之后，一齐打着赤脚，穿着短裤，悄无声息地在沟里摸了好长时间。从这头摸到那头，又从那头摸到这头，虽然有些冷，仍然坚持不懈。功夫不负有心人，他们果然摸到了一把疑似凶手作案用的斧头。斧头并未生锈，还有少许血迹，泡在水里的时间明显不长。经过鉴定，与死者伤口、血型完全吻合。这让胡大卫和几名一线刑警兴奋不已。

可是，令人质疑的是，斧把上刻有莫支书独生儿子"狗宝"的字样。

整个村子，就莫支书家一个"狗宝"。"狗宝"今年11岁，还未成年，当然不可能是作案人。是否有其他人"借斧作案"呢？经过进一步摸查，也被排除了。莫支书家的斧头，既未被盗，也未外借，而且当天下午，还有村民看见莫支书拿着斧头在自家菜园边砍过树桩。

吴春燕再次提到的人就是莫支书。这让众人不敢想。

莫支书到底有没有可能是杀害皮得保的作案人呢？

警察们虽然不愿意这么去想，但胡大卫还是毫不犹豫地对莫支书展开了摸查。

人世间，有很多的案子，很难用正常人的思维去衡量，似乎显得有些怪异，比如来说是非者，就是是非人，而且自古就有。当然这是个例。2004年，我国某地发生过多起火灾，纵火犯曹某某报警后，还主动跑到现场去救火。2006年，有个地方仓库后山的小路上，发现一个被砍坏了一条腿的人。实际上是受害人自己所为，他自残后报警，试图诈骗保险金。所以说，有的案子，很难用正常人的思维去衡量。

既然要调查莫支书，那么就涉及莫支书的动机问题。

吴春燕说莫支书是个色狼，经常缠她。吴春燕说的话是否真实？

胡大卫首先从这个切入口入手，查莫支书与皮得保老婆之间的桃花新闻。

谁知这一查,莫支书的疑点果然飙升,值得质疑的地方很快露出水面。

从一个叫黑球的村民口中,胡大卫了解到莫支书与吴春燕还真有那么一回事。黑球上山砍柴时,曾两次悄然目击吴春燕在莫支书家的瓜棚里和莫支书幽会,滚在一起,嘻嘻哈哈。这里偏僻,他们以为没人知道。黑球悄悄地躲在草木深处,把莫支书的细节,看了个底朝天。若不是怕得罪莫支书,黑球就会故意大吼几声,吓死他们。

看来,这件事,再一次证实吴春燕并没有说假话。

当然,这并不能说明莫支书就是凶手,只能证实他作风腐败。

莫支书老婆长期身体不好,半年前就被中心医院及武汉医院确诊为不治之症。这段日子,她的病情愈加严重,估计再过一两个月就会离开人世。

针对这一情况,警方分析认为,莫支书如果真想把吴春燕弄到手,同吴春燕结为夫妻的话,就有可能在他老婆离开人世之前干掉皮得保,消除路障,为日后的事情做好铺垫。一旦时机成熟,他就可以同吴春燕名正言顺地结为夫妻,不易引起众人猜疑,警方也不会轻易查到他头上。

相反,如果莫支书在老婆去世之后,再动恶念干掉皮得保,隔段时间同吴春燕结婚的话,就很容易让人怀疑,人们会认为他有夺妻作案的阴谋。莫支书是个聪明人,他可能会认为,在他老婆死之前这段时间干掉皮得保是个机会,并利用了这个机会。

警察们沿着这条思路继续查下去,案情立马又有了新的进展。

次日,张小东、罗布在莫支书家养猪屋的门角稻草里,发现了一双41码、带红筋的黑色球鞋，鞋的右脚底前半部分，与胡大卫在皮得保家窗户下和污水沟边提取到的两枚右脚前半部脚印的长度、宽度、花纹密度等完全吻合。这个侦查结果，让胡大卫和兄弟们十分吃惊，有一种陨石撞击地球般的震撼和意外。他们根本不愿相信是莫支书所为，但又不得不面对现实。

至此，应该是揭开凶案真相的时候了。

（五）

但是，胡大卫还必须对"瓜棚"的质疑，做出一个更加合理的解释。

莫支书家闲置在山地里看瓜的瓜棚，为什么夜里会突然起火，烧个精光呢？难道真的只是为了搅乱或转移警方的视线吗？应该不完全是。

胡大卫找到莫支书，想坦诚地同莫支书谈一谈。

"莫支书，我想问你几个问题好吗？你可以回答我，也可以不回答，但一定要实事求是。"

"完全可以。有什么需要问的事情，你尽管问吧！"莫支书一边抽烟一边回答，看上去并不在意胡大卫问什么，也没有表露出丝毫慌乱的迹象，显得底气十足。

"莫支书，我猜想，你家瓜棚失火，应该与你自己有关。我猜点火烧瓜棚的人就是你自己。你认为瓜已经丰收了，瓜棚就没必要留着了，对吧？"胡大卫把一个极为严峻的问题，非常放松地说了出来。

"这，你这说的是什么话！"莫支书没想到胡大卫问的是关于自己家瓜棚的事情，一时有点儿口吃，不过他很快就恢复了正常，"我自己家的瓜棚即使不看瓜了，我也不会点火烧它，今年不用，来年还得用啊！"

"但我反复琢磨，点火烧瓜棚的人，真的应该是你莫支书自己！"

莫支书说："你当所长的人，说得这么肯定，好像是亲眼看见我在点火烧棚一样。"

"也不是。"

"那你为什么这么肯定呢？你有什么依据吗？"莫支书的态度渐渐不满起来。

"我是想让你自己先说出来！"

"你们当警察的人，就爱想当然，咋呼，甚至借题发挥，无中生有。不过，我还是劝你们不要胡乱猜疑为好，免得给我在群众中造成不好的影响，更重要的是，你们别扰乱了自己的工作思路！"

"嗬，莫支书的姿态真高哇！倒为我们操心起来了。是不是你烧的，会不会在群众中造成不好的影响，你莫支书心里明白着呢！"

"当然！"

"莫支书仍然要坚持这样说吗？如果你真要这样说的话，我也不会勉强你。但我要告诉你，死者也是会说话的，也会为他的遇难之死做证，我们找到一个倾听的方式就可以了。你信吗？"

胡大卫的话仍然说得很放松，表面上没有一点儿刺激人或逼供的意思，但又很锋利，让人感到不安，压力很大。

"是的！我肯定会这样说。"

"那么，我再问你。你是不是有个打火机？"

"有啊。"

"那你的打火机呢?"

"丢了。你们问这干什么?"

"丢在什么地方了?"

"不知道。"

"听说你还到处找过、打听过别人捡没捡到你的这个打火机,是不是?"

"是的,我打听过。因为那个打火机质量好,又是朋友送的,丢了挺可惜,我想把它找回来做个纪念!"

胡大卫从兜里拿出一个烧坏了的打火机说:"你看,这是我在勘查你家瓜棚现场时,在灰烬里找到的一个打火机,我一直保存着呢。请你确认一下吧,莫支书!"

胡大卫把打火机递给张小东:"让他确认!"

莫支书从张小东手上接过打火机,看了又看,不无惊讶地说:"是的,是的,正是我的,怎么在你手上呢?能不能还给我啊,所长?"

"这话留着以后再说吧!"

这个打火机,是莫支书的朋友,一个叫六哥的生意人,从哥伦比亚带回国内送给莫支书的,成了莫支书的心仪之物,别人是没有的。虽然烧坏了一部分,但那特有的品牌,仍然看得清楚。莫支书可能一时得意或疏忽,遗落在现场也未可知!

"就算是我点火烧的瓜棚,又怎么样呢?我烧的是我自己家的瓜棚,与你们警察有什么关系吗?"

莫支书没想到心爱的打火机会落在胡大卫手上,惊愕得有些喘不过气来,一时言语沙哑、无力,脸涨得通红,额头开始冒汗。

看到莫支书神色既惊愕又慌乱的样子，胡大卫知道自己差不多击中要害了。但莫支书还是硬着嘴皮回答胡大卫提出的提问。

"莫支书的话，应该由莫支书自己回答才是！"胡大卫说，"不过，莫支书是明智人，我真心不希望你的路越走越不光彩！"

莫支书的眼睛掠过一丝迷茫与慌乱，好像被胡大卫探穿了他内心深处的秘密，但又只是在电光石火间一闪即逝而已。他把头低下了，面部开始扭曲，沉默不语，狠命抽烟。许久之后，他才把头又抬起来偏向一边，长长地叹了口气说："唉，我也是一时糊涂，不该害了皮得保！"

"不是糊涂，是以为警察好骗，破不了案，是不是？"张小东、罗布苦笑了一下说。

胡大卫也笑了一下。

胡大卫说："其实，莫支书烧瓜棚的目的，是担心我们警方会在瓜棚里发现你与吴春燕遗留下的有关证据，比如女人的长发，或与人体相关的其他东西。莫支书懂得，不要小看这些细小的不起眼的东西，但这些东西对警方来说，都是有用的，是可以做DNA检测的。一旦落入警方手中，后悔就来不及了，对吧？莫支书也可能听说过，有些嫌疑人身份的确认，就源于一个烟蒂，或一片纸屑，或一根头发。所以，莫支书要抢先一步，把瓜棚烧掉，不留任何可供警方破案的蛛丝马迹，以防万一。除此之外，还可以将警方的注意力引开，造成某种假象。有一个最基本的常识性道理，莫支书也是懂得的：与死者老婆背后有来往的人，是最能引起老百姓猜疑和警方重点摸查的对象。俗话说，十场人命九场奸！莫支书没有跳出历史固有的俗套！"

胡大卫翻开笔记本看了一眼，继续说："你为了达到长期占有吴春燕的目的，以自己老婆的残生作为圈套，提前趁机扫除皮得保这一障碍，为日后铺平道路，择时结婚。你趁夜深人静吴春燕一家人熟睡之后，拿着自家一尺多长的短把斧头，翻窗入室，用微型手电照准皮得保头部，狠狠地举起手中的作案工具……你个子小，害怕皮得保反抗，所以，你下手特别重。作案后，你仍然从窗户逃出，怕被夜行人目击，就往村子背后溜走，并顺手将斧头丢入长满野草的污水沟中，湮没罪证。回家之后，你又将作案时穿的黑色球鞋，藏在养猪屋门角的稻草堆里。这些作案过程，都是你设计好了的。也就是说，你为自己的犯罪行为做了精心策划！你以为自己干得天衣无缝，人鬼不知，对吧？可是你太天真了！

"从一开始，你就犯了一个致命错误。报案时，你说的是什么，还记得吗？你说的是，皮得保夜里被人用斧头砍死了。这个'砍'字，如果你不是天真，那可能就是你一时口误。如果你不是凶手，你怎么知道死者是被人用斧头砍死的呢？这类似'此地无银三百两'的故事，对吧！

"更加荒唐的是，当吴春燕夜里跑去找你报案时，你的行动却已经超前——已经向我报案了。为了掩饰自己的荒唐，你当着吴春燕的面，拿出手机，假模假样地点了几个号码，做一番空对空的表演式的报案动作。这个号码，此时还在你的手机上储存着呢！

"其实，你报案，只不过是一种贼喊捉贼的本能在诱惑你，试图掩人耳目，掩盖你自己的丑恶行径！"

（六）

莫支书叫莫长根，大皮得保五岁，身材不高，鼻梁挺拔，白白净净，穿着比较讲究，像个教书人。他不是一个称职的支书，村民的口碑并不好。

在事实和证据链面前，莫长根痛哭流涕。他跪在皮得保的坟前，说了些对不起皮得保的话。他的哭声，听起来很苍凉，像一串乌鸦的呜咽，含混不清地飘忽在枯草颓败的荒野，或即将倒去的老屋！

当胡大卫用警车把莫长根带走的时候，看见徐半仙站在所有村民的前面，夸张地竖起大拇指，不断地对着警察们摇动，以示赞扬和致意。

在这告别的一瞬间，胡大卫也想起了徐半仙说的"还是'地鬼'作祟"那句话。这话给破案的警察带来了灵感与动力，使他们相信群众中蕴藏着破案的契机和巨大的智慧！

（胡广，湖北省作家协会会员。作品散见于《啄木鸟》《青海湖》《芳草》《今古传奇》《人民公安报》《法制日报》《半月谈》《求实》《政策》等报刊。出版短篇小说集《桂花庄》《警察与少年》，中篇小说集《辖区悬案》，散文集《警察笔记》《站在党旗下》。小说入选《2017年度公安文学精选》《中国小说学会小说征文选集》《中国短篇小说年鉴（2013年卷）》等。《绑匪事件》《向阳湖枪声》分别荣获《今古传奇》第五届、第六届全国优秀小说征文二等奖）

偷梁换柱

郭秀景

一张有些年头的一寸黑白照片，被韩子琪举在面前一动不动地盯着看。照片的背面清晰地写着"李冬来，2003年7月8日"。

韩子琪坐在椅子上，使劲看着这张照片，足足看了十多分钟，才把照片放到桌子上，随后左手托腮，右手无意识地摩挲着键盘，眼睛直直地盯着对面的墙壁，白白的墙壁，一尘不染，什么都没有。

韩子琪面前的办公桌上，打开着两个电脑屏幕，左边是开着无数界面的公安网，右边是正在不断跳出广告界面的互联网。屏幕的右手边放着一个扫描仪，左手边放着一本陈旧的卷宗。两个屏幕中间的底座上是一个相框，相框内是他漂亮妻子和两个可爱女儿的合影，她们正在笑眯眯地看着他。

几分钟后，韩子琪把那张照片放进了扫描仪，扫描仪的白炽灯来回运动了两下，照片的电子版就已跳跃到了电脑屏幕上。正在他盯着屏幕上的照片再次细看时，徒弟张小雨乐呵呵地推门而入。"师父，整啥呢？歇会儿，杀盘如何？我有一关过不去了，教教我……"话没说完，他已走到韩子琪的办公桌前，一屁股斜跨着坐到了桌角上，脸上堆满讨好的笑容，而屁股却坐到了卷宗的一角。

"起来，压到东西了，上班时间，不许胡闹。"韩子琪推着小雨的屁股，拽出了被压着的那本卷宗。

"师父，逃犯都被你抓完了！还瞎忙活啥！别这么积极了，好歹也给兄弟单位留俩，要不让人家咋活！"

"谁抓都一样，要有大局观念，就是不能让坏人跑了。"韩子琪正言道。

"谁抓都一样？你一人一年就抓三百多，哪来那么多逃犯？"

"哪来的！全国各地奔来的呗！咱这是首都，只要来的，咱就得照单全收。要是让逃犯跑了，那不显得咱首都警察没本事。瞧！我到北京溜达了一圈，你们照样抓不到我，一个在逃犯都斗不过，还当什么警察。咱干网警的，可不能给北京警察抹黑。"

"就你这境界！"张小雨说着话，伸出了大拇指，同时又摇了摇头，不知是要表达佩服，还是不屑一顾。

"别天天老是屁股底下长草，来，坐这儿，今儿我给你好好拔拔。"韩子琪一把揪过张小雨，把他摁在了椅子上。

十多名穿着深蓝西装的男子，站在临城市招商引资办公楼前。他们正在翘首等待着什么人，一辆宝马车由远及近缓缓驶来。有人喊道："来了，来了，田总来了。"

车停下，一位中年男子从车上下来。

"田总好！田总好！……"众人一拥而上，纷纷上前打招呼问好，随后前呼后拥着田总向楼内包房走去。进入包间内，田总在上宾位置就座后，人们这才围着餐桌依次入座，餐桌上摆放着茅台、干红等几种高档名酒，不一会儿，十多名清一色身着旗袍亭亭玉立的少女端着各种美味佳肴，旖旎进入。菜品上桌后，人们开始觥筹交错，三杯寒暄完毕，一位仪表堂堂的中年男子主动站起来向田总敬酒。

"来，田总，我敬你一杯，感谢田总光临小城，田总一来，我们小城蓬荜生辉！处处春光明媚啊！"男子言毕，一口饮尽杯中酒。

"田某不胜酒力，只能量力而行了！"相对于男子的恭维和豪饮，田总持杯微笑，只是微微抿了一小口，并没有深喝。对于田总的这个量力，大家并没有在意，仍是纷纷敬酒，表达着当地的诚意。

"田总，我也敬你一杯，象山国际项目，位于市中心核心位置，一旦落成，将是我们小城标志性建筑，大家对这个项目非常看好，市场活跃度很高，保证盆满钵满。"另一名男子一边介绍着他们的项目，一边又是一口豪饮。

田总还是浅酌了一小口，仍然持杯微笑，笑意很深邃。

"既然田总亲自来谈这个项目，那说明田总对这个项目也很看好，田总有意，我们诚心，我们合作起来，那就是诚心实意，我们地方政府将全力以赴保障项目进展，田总有什么需求，尽管提出来。"又一名男子，干脆来了个直入主题，很明显，大家都在想方设法拉田总投资。

韩子琪的办公室内，韩子琪和张小雨正忙得不亦乐乎。韩子琪翻看着屏幕上的一张张照片，张小雨拿着那本旧卷宗，翻开来看着里边的内容。那是一本命案卷宗，装订时间为 2003 年 8 月 15 日。命案嫌疑人"李冬来"，家属情况，父母双亡，有一个妹妹，名叫"李冬梅"。

"师父,你又准备玩穿越呢!可人像比对概率那么低,就这么一张十几年前的模糊小照片,有戏吗?这人早变样了。"对于师父的这个做法,张小雨有些怀疑。

"试试呗!闲着也是闲着,不试怎么能知道!"

"一张照片一个省就能比中几百人,怎么个试法?"

"还能怎么试,一个一个排除!只要功夫深,铁杵还能磨成针呢!这个比磨针容易。"

"行!行!师父,你这愚公移山精神紧跟科技,地道的推陈出新啊!说吧!我能帮着干点儿啥?"

"趴这儿看着,教你如何高效率比中。"韩子琪轻轻点击了几下鼠标,主屏正中,一排排整齐的照片,正在向他们打着招呼,主屏左下角有个2253的数字,它的意思是总共有2253张照片。

酒足饭饱的人们,此时正在临城的街道上参观着街景。田一川走在人群中间,仿佛众星捧月一般被大家簇拥着,旁边的礼仪小姐介绍着周围的景致:"田总,这就是象山国际所在地,看这景致,风光优美,悦目怡心,象山国际建成,此地将会成为黄金地段……"

正如礼仪小姐所说,小城不大,但景色的确非常优美,波光潋滟,树木葱茏,处处洋溢着盎然生机。

已是深夜,韩子琪的电脑屏幕还在工作着,一会儿是一排排的照片,一会儿是单个放大的照片,韩子琪正把那一排排照片逐个打开,复制,粘贴,筛查。当墙上的表针指到1:25的位置时,韩子琪的眼睛定格在了屏幕上的一张照片上，照片下方的名字是"田一川"。而这个田一川不是别人，正是临城政府准备招商引资的那位田总。

静悄悄的夜晚，静谧安详，在海清市内一栋黑暗的高楼上，一户人家屋内的灯还在亮着。这个亮灯的人家正是田一川的家，书房内，田一川一边翻看着资料，一边操作着电脑核对着。

桌上整齐地摆放着一系列文件，临城市概况、人文历史、交通旅游，象山国际企划书。

田妻开门走进书房，走到田一川背后，抱住了他的头，温柔体贴地说道："这都1点了，先睡吧！明天再处理。"

"好！"田一川站起身，拥着妻子走出了书房。

深夜，睡梦中，田一川做着噩梦，他的眉头时不时皱紧，脸上冒着汗水，随后大声地喊叫："放开我，放开我……"

田一川尖叫着，从噩梦中惊醒。田妻一把抱过他的头，轻轻地拍打着他的后背。

"又做噩梦了？别怕！没事的，没事了，都过去这么多年了，你就放宽心吧！"

田一川睁开眼睛，深情地看了看妻子。

"那事就像块大石头一样压在我的心头，压得我喘不过气来，年龄越大越后悔，年轻时不该那么冲动。"

"事情都发生了，现在说后悔也没用，你就把心放肚子里吧！你现在是名正言顺、事业有成的田一川，把以前的事都忘了吧！"田妻轻柔地安慰着。

"科技手段越来越发达，我怕哪一天东窗事发。"

"这么多年都平安过来了,我不许你再瞎想,你瞧瞧妞妞都五岁了,我们有一个快乐幸福的家,为了这个家,你也得好好的。你现在到处积德行善,老天爷会原谅你的。踏踏实实睡觉,不要胡思乱想了。"田妻一边安慰着田一川,一边抚摸着他的头。

"谢谢你,媳妇,你嫁给我这么多年,也没享过福,委屈你了。"

"能和你在一起就是我最大的幸福,自从嫁给你那一天,我就没有后悔过。我喜欢你这个人,要不也不会跟你来这人生地不熟的地方呀!睡吧!别瞎想了。"夫妻二人再次睡下。

"时光一逝永不回,往事只能回味,忆童年时竹马青梅……"

韩子琪哼着小曲在整理办公桌上的文件,其中有打印出来的田一川的 A4 纸照片、户籍信息等。张小雨走进办公室,一看到韩子琪这副表情,就知道估计是八九不离十了。

"师父,这高兴劲,有眉目了?"

"还不确定,你看这个像不像!"韩子琪拿起那张 A4 纸在张小雨的眼前晃了晃。

张小雨接过那张 A4 纸,仔细瞧了一下说:"嗯!是挺像的,你这是百里挑一,还是万里挑一?"

"能挑出来就行!我查看了一下信息库,这人的户籍是后来迁入的。我准备出趟差,查找一下户籍源头。"虽说一宿没怎么睡,但韩子琪此时却非常精神。

"警务交流群里找个当地微友,帮着查查问问不行吗?"看到师父这样,张小雨有些不好意思,自己下班找了个借口就跑了,于是赶紧奉献着自己的聪明才智。

"查了户籍信息，迁入手续齐全，各方数据显示没有差错，正常程序办理，可我还是想去当地看看。"对于张小雨的提议，韩子琪并没有认可。

"就因为他们的相似度很高？"

"不完全是，这人的迁出地离李冬来户籍地不远，所以我决定亲自走一趟，查查各个源头，必要时会会这个人。"

"带上我吧！我还没出过差，顺道看看祖国的大好河山。"作为新警，张小雨的确还没出过差，但和破案相比，他更感兴趣的是觉得出差能到处游玩。

"行，我们下午出发，你收拾一下东西！"

"这么快？向师母报批了吗？"张小雨向韩子琪做了个鬼脸。

"怎么，不想去了？"

"去！去！去！得令！我这就去收拾东西。"张小雨蹦蹦跳跳地跑出去了。

行驶的火车上，张小雨坐在靠窗的座位旁不时向外张望着，韩子琪则靠在椅背上闭目休息。火车开到一个山弯处，张小雨用胳膊肘捣了捣韩子琪的身体："师父！快看，多美的风景啊！"

韩子琪睁开眼，顺着张小雨的目光向外望去，蓝天、白云、草原、羊群，果真是一幅怡人的风景画。他微笑着点了点头，眼睛随着张小雨的手指一起盯着窗外，可没过几分钟，眼睛又闭上了。

火车上能看见的各种美景都收在了张小雨的手机和眼睛中。又到一处景点，张小雨扭头想叫师父，结果发现师父又睡着了，于是不再吱声，只是拿出手机，拍着外边的景致，最后又给韩子琪拍了张照片，然后把韩子琪的照片放在八张风景照中间，美图配文发了个"不懂风情的老男人，再美的景致也叫不醒你的眼睛"的微信朋友圈。

火车在一路奔驰中，把他们带到了目的地。在海清市的一个派出所，韩子琪出示介绍信和警官证后，讲明来意。很快，他们被带到了派出所的档案室，工作人员找来田一川家的底档，韩子琪翻着他们家的户籍档案卷宗，他一页一页看得很认真。

一名女警站在他的旁边，信心满满地介绍道："他的底档各项手续都齐全，是我亲自上的户口，我们经常核对档案，这些年都没发现有问题。"

"嗯！我主要是想看看迁入以前的信息。"韩子琪头也没抬，随口应答着女警的话题。

"姐姐，您好漂亮！咱俩合张影加个微信呗！以后我师父再想查啥，我就给您打电话。"还没有得到女警的同意，张小雨就靠在女警旁边，举起手机拍照，拍下了自己和漂亮女警姐姐的合影。韩子琪瞪了张小雨一眼，张小雨权当没看到。

韩子琪的目光盯了一会儿那本户籍簿上前后显示的两个死亡印章，以及田一川信息一页当时的地址，随后拿出手机拍下了那个地址。

一切忙碌完毕后，韩子琪买了几个肉夹馍，就近拦了一辆出租车，师徒二人上车后，他掏出一个肉夹馍大口咬下去，顺手把还有几个肉夹馍的塑料袋递给了张小雨。

对于这些肉夹馍，张小雨有一百个意见："师父，咱就吃这？好不容易跟你出趟差，还不请我吃顿大餐？你又不差钱，坐拥上亿资产，每月光房租就能砸死我。"

"吃啥大餐，节省时间……"话还没说完，手机铃声突然响起，韩子琪一看号码，赶紧接通电话。

"老公，干啥呢?"电话内韩妻充满笑意的声音悠悠传来。

"媳妇，你看我这一忙就忘告诉你了，单位加班呢！今晚回不去了。"韩子琪赶忙解释着。

"那行，我正从你单位门口路过，想你了，进去看看你。"

一听这话，韩子琪有点儿傻眼："那个……我们正在研究案子，你进来不方便。咱都老夫老妻了，还想我干啥！回家看孩子去吧！不用看我。"

"不敢让我进吧！"

"咋会呢！我们真在研究案子。"韩子琪义正词严道。

"编，还在编！"

"没编。"

"没编！你忘了张小雨是我微信好友了，他的朋友圈我都看见了！咱北京没有草原吧！"

"那个，那个，最近老出差，我不是怕你不批吗！"刚才还说话流畅的韩子琪，一下子结巴起来。

"我批不批有什么用，每次你不都是抬起屁股就走，也就是和我说一声，这次倒好，连说都不说了。"

"媳妇，这次的事的确急，怪我，怪我，回家后任打任罚，怎么都行。"韩子琪赶紧讨好。

"我倒是想打，够得着吗！"

"老婆，辛苦了，你先照顾着孩子，忙不过来时给咱爸打电话，忙完我就回去。"

"行吧！照顾好自己，别累着……"韩妻挂了电话。

"这咋就挂了。"听妻子如此关心体贴，韩子琪有点儿意犹未尽。

"当然挂了，要不还假挂。都不报批，换作是我……"张小雨在一旁有些幸灾乐祸。

"换作是你，怎么了？要不是你，还有这事！"韩子琪气鼓鼓的，真想举起巴掌抽张小雨一下。

"怪我喽！看在师母的分儿上，我就吃这肉夹馍，原谅你了。"张小雨主动拿起肉夹馍咬了一口。

"你原谅我，我还不原谅你呢！没事乱发啥朋友圈，这下被逮个正着。以后在孩子面前我还怎么树威信，她们会说爸爸撒谎。"

"我这不是想留个纪念，证明自己能把祖国的犄角旮旯踏遍嘛！年轻人的世界您不懂。"张小雨竭力为自己的行为开脱着。

"留纪念可以，少发朋友圈。"

"内存不够，朋友圈能节省空间。"

"那以后也别把我往里边塞。"

"万一我把您发成网红了呢？您不就出名了。"

"千万别，我自己有名，更不要当网红，越少人知道我越好。"对于年轻人有一点儿事就发朋友圈，韩子琪是真心不喜欢，这估计就是代沟吧。

"怕啥！怕有人知道您有十多套房产，主动投怀送抱，自己没定力？"

"我和你嫂子好着呢！容不得别人插足。以后少拿房子说事。"对于父母拆迁给的房产，韩子琪很不愿意提及。没想到这事，却被张小雨知道了。

"喷喷！低调，不露富。"

"你小子是不是又欠收拾了。"张小雨又扮了一个小兔子鬼脸，在韩子琪面前翻了几下白眼，把韩子琪逗笑了。

按照韩子琪拍下的那个地址，师徒二人经过一天奔波，来到了田一川原始户籍所在地的派出所。他们找到田一川一家的户籍底票档案。田父、田母的户籍底档上均已盖上了死亡章，底档上都有一张一寸照片。而田一川那一页底档上，虽已盖上了迁出章，却没有照片。

"这个底档怎么没有照片呢？"

"估计是没粘牢，掉了吧！这人迁出了，找不到了，也就没再补。"接待人员给出的解释合情合理，年代久远的档案出现这种情况也是常有的事。

韩子琪拿出田一川现在的照片和两位老人的照片进行了比对，虽没什么相似之处，但也看不出有什么异常。

在派出所没有找到有价值的信息，韩子琪带着张小雨来到了田一川家当年所在的村庄。在一处大院门口，他们碰到了一位老人。韩子琪拿出田一川的照片询问老者认不认识，老者仔细端详了一会儿，告诉他，不认识。韩子琪又询问老人，认识不认识一个叫田一川的人。一听这话，老人有些伤感，他说自己从小看着田一川长大，一川有好多年没回来了，也是，父母都不在了，就剩个破房子，可这也是个念想呀！也不知道这孩子在外混得好不好，老邻旧居的还挺想他。

都说人老了念旧，看来还真是这个理。

在老人的带领下,他们来到了田一川家的老房子前。房子门口有一棵高大的香椿树,树下有一个半截埋在土里的圆柱形大石头,院门早已坍塌,院内杂草丛生,半人多高。

长在城市的张小雨,对周边的房子很感兴趣,他前前后后拍照,不仅拍了田一川的家,连带门口的香椿树、石头以及周围的道路、邻家的房屋、老人的相貌也一起拍了进去。

终于见到了田一川的朋友,老人一下子打开了话匣子:"一川那孩子从小就懂事,家里就他一根独苗,按理说本该娇生惯养,可他不是,他很勤快。"

"大叔,他现在什么地方工作,您知道吗?"韩子琪一边倾听着老人的述说,一边抛出自己的问题。

"不知道,一川老实,没出过远门,和邻村的一个孩子一起出去的,那人是一川的同学,经常来一川家玩。"

"那个同学是哪个村的?知道叫什么名字吗?"

"后边村的,很近,也就三里地。"老者顺手指了指身后的方向,"叫啥名字不记得了,噢!他爸是个骟割,还活着呢,一打听就知道。他爸要那孩子继承活计,那孩子不干,说骟割干的是伤天害理的事。和他爸一赌气走了,听说在外混得还不错,他爸的活计也不干了,当然现在养猪羊的也没几个了。"

"爷爷!你这里又没山,他爸为啥叫'山哥'呀!"张小雨的新鲜不但关注在周边的环境上,还关注到了老人的话题上。

"不懂别瞎掺和。"怕老人误会,韩子琪赶紧制止张小雨的问话。

"唔!师父,你不是常教导我,不懂就问嘛!爷爷,这个是什么东西?"张小雨又指着门口的大石头继续询问着。

"叔！我这小徒弟没来过农村，见啥都新鲜，您老别见怪。"

"明白，明白，年轻人嘛！有好奇心好呀，能学东西。这个呀，叫碌轴，是用来压麦子的，现在有收割机了，用不着了。那些年麦子从地里割回来后，晒干了，就用这个在上边压，也就是滚来滚去，麦粒就出来了。"

"这都是老物件了，放这儿都有年头了。一川那时候老是坐在上边玩，他爹蹲在旁边吃饭，想想那样子就好像是昨天的事，可这一晃二十年过去了。啥都不是啥了，你们以后要是见到一川，给他带个好，让他抽空回来看看。"

"好。我们一定会转达的。"

师徒二人和老者告别后，向着老人所指的后村方向走去，他们要去寻找老人所说的那个与田一川外出打工的同学。二人加紧脚步，不到半个小时，就到了后边的村庄，向几位群众打听后，很快就找到了那个同学的父亲，说明来意后，同学的老父亲拿出一张纸，上边是一个电话号码，韩子琪记了下来。

在韩子琪和老父亲聊天时，张小雨又是一番拍照，把老父亲和老父亲的家一起拍了进去。

韩子琪拨通了那个电话，询问对方认不认识田一川，最近和田一川有没有过联系。对方告诉韩子琪，他们是初中同学，十多年前，自从在榆桐分手后，再也没有联系过。那时候，他们都在一家叫"茂名"的公司打工，后来这位同学去了广州，田一川仍旧留在当地。

听完对方的讲述，韩子琪又补充了一句，问他认识不认识李冬来，听说也是田一川的同学。"不认识，这个人不知道。"对方回答得很干脆,没有丝毫犹豫,看来是真的不认识。

走访了这么多地方,说没有收获,也不是,说有收获,可也没有找到关键的直接线索。不得已,他们又坐上了去往榆桐的火车。火车上,张小雨又是看到新鲜的地方就拍照,韩子琪拨打着妻子的电话,可电话没人接,韩子琪继续拨,还是没人接。

"得,师母生气了,不接您电话了,我说您也是,明明知道出差就是没准儿的事,还敢不请示不汇报,这下好了。"见此情况,张小雨还不忘在旁边插上一刀。

电话此时正好打了回来,韩子琪不无得意:"瞧,这不电话来了。"

韩子琪立马接通电话,亲切地叫道:"老婆。"

"我是你女儿,不是你老婆,你心里就只有你老婆。"电话里传来女儿可爱的童声。

"宝贝,你们还好吗?"

"不好!"

听了这话韩子琪有些紧张,急忙问道:"怎么了?"

"妹妹前两天发烧了,今天才好。爸爸,你去哪了?怎么还不回家?"

"爸爸在去榆桐的火车上呢!"

"你去那里干什么?"

"抓坏蛋呀!"

"你不是北京的警察吗?怎么还去外地抓坏蛋呢?"

"在北京干了坏事的坏蛋跑到榆桐来了,爸爸要把他抓回去。"

"爸爸,有那么多坏蛋吗?我怎么没看见呀!"

"你没见着呀，是因为有好多像爸爸一样的叔叔阿姨守护着你们呢！你在学校门口不都见过了吗！你们上学安全了，也不能让外地的小朋友们不安全吧！所以爸爸就来外地抓坏蛋了。"

"噢！我想你了。"

"宝贝，爸爸也想你，想你和妹妹，还有妈妈。你是大孩子了，要照顾好妹妹和妈妈。"

"嗯！姥爷让我告诉你，你有两个选择，要么立马回家，要么回来就辞职。选择哪一个，我也不知道，你还是自己决定吧！"

"宝贝，你妈妈怎么说？"

"妈妈说，他既不抽烟又不喝酒，就喜欢抓坏蛋，他愿意干就让他干吧！"女儿说完，挂断电话走了。

"要我是你，早就辞职了，你说你干个啥劲，还真上瘾了。"

"嗯！上瘾了，有些东西不是用钱能买来的，你不懂。"

"我当然不懂，因为我没钱。"

二人各自陷入沉默，不再说话。

来到茂名国际有限公司门口，韩子琪和张小雨走进了公司的大门。

经理见有人来找田一川，有些吃惊："你们怎么突然想起找他来了？我们公司可都是按正常手续处理的，违法的事我们从来不干。"

"你误会了，我们是找田一川这个人，不是找你们公司的事……"韩子琪赶忙说明来意。

"原来是这样啊！你们算是问对人了，这事要是问别人还真不知道。田一川曾是我手下的工人，小伙子挺勤快，可惜就是命不好，在一次施工中，塌方被砸死了。"经理讲述着事情的经过。

"死啦！咋会这样！完了，完了。"一听这结果，张小雨感觉很是可惜。

"后事你们是怎么处理的？"韩子琪却很平静，似乎早就预料到了这个结果。

"田一川的事是我亲自处理的，我那时正是他的小组长。按照政府规定，进行了补偿，补偿款都发放给家属了。"

"补偿款是怎么发的？"韩子琪继续问道。

"他的一个亲戚帮忙领的，说一川父母受不了打击，生病住院了，来不了。"

"那亲戚什么样子，男的女的，多大岁数？"

"女的。"

"女的？"对于这个结果，师徒二人很是惊讶。

"是啊！挺年轻的，长得也不难看，说是田一川的表姐，各项手续都齐全。这个出什么问题了吗？"

"没有，当时的档案之类的还有吗？"

"以前留着呢！后来有次大雨，那些东西全都淋湿了，后来发霉腐烂就扔了。"

从公司出来后，韩子琪和张小雨漫无目的地走在街上，张小雨踢着路边的小石子，一言不发地往前走。韩子琪凝眉低头边走边思考着问题。夕阳下，二人的身影和背影正好重合在了一条长长的直线上。

偌大的办公室内，田一川正坐在豪华的办公桌后，脸冲着窗外闭目养神。曾经的过往不断浮现在脑海中，年轻时的他拎着两瓶茅台酒走进了村主任家，在和老村主任一番大醉后，他痛哭流涕地说道："姑姑家没有后了，我要给他们延续香火。"

老村主任被他的一番孝心所感动，为他开具了丢失户口本的证明。离开时，他给老村主任的酒桌上留下了一沓钱，感谢村主任对姑姑一家的照顾。老村主任推托了两下，最终还是把钱收下了。

后来到派出所办理户籍，户籍员查看证明，拿出田一川一家的户籍底档，他趁户籍员不注意时，把底票中田一川的照片撕下来揣进了兜里，而后顺利地拿到了迁移手续。整个过程天衣无缝，老村主任也过世好多年了，不会出问题的。

想完这些，田一川再次信心十足地从椅子上站了起来。

日头已从正南向西偏移了45度。韩子琪和张小雨坐在街道边的台阶上。"基本确定，但还需要点儿外围取证。没问题，我们能吃得消。张小雨表现特别好！很能吃苦。孩子们由她妈照顾着呢！没事，不用去看了！过两天取完证我们就回去了。"韩子琪打着电话，向单位政委汇报着行程和经过。

听完韩子琪的汇报，张小雨满脸的官司："这都进死胡同了，咱要不回去呗！"

"怎么就进死胡同了，起码我们知道了田一川不是真的田一川。"韩子琪说话的语气有些着急。

"那又怎么样，不还是证明不了田一川就是李冬来吗？"张小雨也不甘示弱。

"再让我好好想想，肯定有办法证明，只是还没想出圆满的策略！"韩子琪开始了冥思苦想。

此时田一川公司的会议室内，田一川正和临城政府的领导们准备签署投资合同，桌上子摆着合同书、印章等。

"田总果然大手笔，一出手就是五个亿。"

"田总行事果敢，为人低调，实在佩服。"

众人又是一番恭维。

田一川微笑不语，拿起笔签下了自己的名字，众人拍手鼓掌叫好。

日头转到了正西方，韩子琪和张小雨仍旧坐在街道边的台阶上。

"要不直接把田一川抓起来，反正能证明他不是真的田一川，单这一项，就属违法。"张小雨提议道。

"这点还不够，重点是我们要怎么证明他就是李冬来。"

"这个……这个……那还不好说？"

"那你说说，怎么个好说法？"

"李冬来不是有个妹妹吗？我们证明她妹妹和他是兄妹关系不就可以了吗？"

"行呀！有进步。"听张小雨这样一说，韩子琪觉得还真是这么回事。

"必须呀！也不看看是谁的徒弟！您老人家这两天只想着回家后怎么接受嫂子惩罚，思维出现障碍也属正常，所以我就替您多想想呗！"得到师父的肯定，张小雨有些小激动。

"可这个怎么证明？"韩子琪提出了新问题。

"拿着田一川的照片直接去找她妹妹辨认。"张小雨继续提议道。

"这个不好,有可能打草惊蛇。"

"那怎么办?"

韩子琪一拍脑门:"有了,悄悄办!"

韩子琪低头摆弄手机,联系着当地微友群中的"锦州小王":"@锦州小王 请协助提取前进街53号院2号楼403室李冬梅的DNA,身份证号:137123××××11200321。"

对方很快回复:"收到!尽快办理。"

联系完毕,韩子琪拍了拍张小雨的头:"走,师父请你吃大餐去。"

就在师徒二人大快朵颐时,韩子琪的家中,刘政委和两名女警抱着证书、蛋糕、鲜花、芭比娃娃进了屋。

"弟妹呀!我们来家里看看,小韩出差不在家,有什么需要帮忙的地方,你尽管说话。"刘政委向韩妻表达着来意。

"他经常不在家,我们都习惯了,有需要你们的地方,我肯定会找你们的。"韩妻有些不好意思。

"小韩在工作上是位好同志,这好同志吧,只顾着工作了,就没有时间陪伴家人了,可他心里时刻想着你们呢!今天是二丫头的生日,这个蛋糕就是他托我带给你们的。"政委把蛋糕送到了孩子面前。

"嫂子,韩哥把你和孩子们的照片摆在办公桌上,没事就看一眼,看完后心里那个美啊!单位的男同胞们可羡慕了,他们都羡慕韩哥家有位贤惠的好嫂子,有两个漂亮的可爱宝贝。"抱着鲜花的女警把花送到了嫂子手中。

另一名女警卖了个关子道:"嫂子,今天我们不只是来给小妹妹送生日礼物,我们还给嫂子带了件大礼,这可是我们从全局三千警嫂里挑出来的。"

政委把一本红红的证书递到了韩子琪的妻子面前,韩妻接过证书打开看,证书上是几个大大的汉字:"最美好警嫂"。

"弟妹,感谢你这么多年来对我们公安工作的支持和理解,在此我们也恳请弟妹一如既往地支持我们的公安工作。"政委说毕,和两名女警并排站好,一起向最美警嫂行了一个标准的敬礼。

韩妻眼中含满了泪花。

饱餐完毕,韩子琪和张小雨躺在宾馆的房间内大睡一夜。第二天一大早,韩子琪的手机提示有信息,韩子琪立马翻身,打开手机。信息是"锦州小王"发来的:"李冬梅样本采集完毕,已入库。"看到这条信息,韩子琪立马叫张小雨快起床。听到师父的呼唤,张小雨翻了个身,并没有行动。

"起床,去会田一川。"一听这话,张小雨一个骨碌爬了起来。

"有结果啦!"

"嗯!"

"怎么个会法?"

"我已联系当地公安,协助我俩假扮地产商人,去和他洽谈业务。"

"你懂房地产?"张小雨质疑着师父的做法。

"不懂,看情况发展。"

"这个能行?你保证他能和咱见面?"张小雨还是怀疑。

"必须见。他再牛,也不能漫过地方政府,我们可是政府介绍来的。"

"啊！这也行！"

"必须行。"韩子琪坚定着语气。

很快，当地工作人员安排好了见面，在一家饭店包间内，一张餐桌旁，韩子琪坐在田一川的身边，张小雨坐在下手边，桌子上还有几位人员。

韩子琪主动说明此行的目的："久闻田总大名，我们来贵地，是想和田总合作一下，算是分杯羹吧！"

"不知仁兄主要做哪方面？"

"我们经济实力一般，只想就地取材，再来个借鸡生蛋。恳请田总借只鸡一用。"

"在下愚钝，请明示！"不知田一川是真的不知，还是故意表现谦虚。

韩子琪直奔主题："我们想做民宿方面的房地产，就是把农村现有的一些闲置房屋收购或租赁过来，装修一下，以使用权形式转租或卖给城市人。我们实地考察了一些地方，环境非常优美，小雨，把你拍过的民房照片给田总看看。"

"好嘞！"张小雨走到田一川的右边，打开手机，把手机拿到田一川面前，一张张点开田一川家门口的碌轴、香椿、道路以及房屋照片翻看着。

韩子琪观察着田一川的表情，顺手将田一川面前烟灰缸里的烟头拿走了两个。

田一川的表情瞬间惊讶后，又回归了平淡。

"你们聊着，我去趟洗手间。"韩子琪不失时机地走出了包间，随后把那两个烟头交给了等在门口的两名当地刑警。

众人又是一番推杯换盏，韩子琪仍旧和田一川海聊着。

"田总事业蒸蒸日上，韩某实在佩服，田总是本地人？"

"不是。外地迁来的。"

"噢！何地？"没等田一川回答，韩子琪的手机响起，电话显示本地，他赶忙站起身，"抱歉，我接个电话。"

韩子琪走出包间，电话内传来："该人和李冬梅DNA相似度25%，不能完全确定是兄妹关系。还需要我们做什么？"

"请求警力支援，准备收网，通知其妹前来认亲。"虽说这个环节还有点儿不足，但显然韩子琪已认定此田一川就是李冬来。

"警力已到，同桌既有。"

通话完毕，韩子琪掏出警官证，大步走回包间，大声叫道："李冬来！"

"唉！"田一川下意识地应了一声，随即反应过来，"这么多年，你们还是找来了。也好，以后我终于可以睡个踏实觉了。"田一川一副释然的表情。

"你也不必隐姓埋名了，亲人们也可以团聚了，你妹妹正在赶来的路上。"

一副玫瑰金的手铐，铐到了田一川的手上，田一川被当地支援民警带走了。

看到这个结果，张小雨高兴地问："师父！DNA证明他们是兄妹关系了？"

"没有。"

"没有！那你就敢抓？"师父的回答，着实让张小雨吃了一惊。

"在你给李冬来看田一川家的照片时,我一直观察他的表情,那时我就确定了他就是李冬来。"

"师父,你会相面?"

"工作经验。"

"师父,我还是想问一下,什么是'山哥'?"张小雨那股打破砂锅问到底的精神又来了。

"这个呀!就是给动物做计划生育的人。"

"哈哈哈!动物也计划生育啊!"听完师父的回答,张小雨忍不住大笑起来。

"哈哈哈!哈哈哈!"看到徒弟笑得如此开心,韩子琪也忍不住跟着爽朗地笑了起来。

嫌疑人李冬来和真田一川是高中同学,二人非常要好,真田一川在工地出了事故后,田一川的父母打电话委托李冬来前往处理后续事宜。李冬来在得知好朋友不幸去世后,伤心悲痛饮酒过度,酒后因言语不和与同事发生矛盾,用水果刀将同事捅死。

李冬来在逃跑期间,让自己的女友就是现在的妻子到茂名公司处理了田一川一事,领走了田一川的赔偿款。李冬来和女友结婚后,把田一川的父母接到家中,为他们养老送了终。李冬来用田一川的赔偿金作为资金,以妻子的名字注册了家公司,开启了经商之路,后来越做越大,最终坐拥百亿资产。

对于所犯罪行,李冬来早就告诉了妻子,因此连带着妻子也犯了包庇罪,但因家中有生病的老人和年幼的孩子,妻子被取保候审。

李冬来被收监。法网恢恢，疏而不漏，等待他的将是公正的法律宣判。

（郭秀景，女，河北南皮人，北京市公安局丰台分局民警。全国公安文联会员，老舍文学院学员，中国社会主义文艺学会法治文艺专业委员会特约作家。作品散见于《中国妇女报》《人民公安报》《中国文艺家》等报刊及网站。出版有纪实文学集《南城警事》）

水 平

丁钟文

　　苏乙从部队转业后被分在沙河派出所。

　　所长陈东高兴极了,因为苏乙是社会学专业的研究生,在部队又是副营职干部,社会学是研究社会的学问,现在所里最缺的就是调解社会矛盾纠纷的人才,来个调解高手,以后什么样的矛盾纠纷不能解决?

　　说来也巧,苏乙在派出所上班的第三天清晨,陈东接到南山石矿报警,说南山村村民扬言要砸石矿,原因是石矿晚间有噪声,村民要求给予南山村所有人家噪声补贴,而石矿拒付这笔费用。

　　其实,陈东清楚,外地人魏春升来南山开矿后,与南山村村民纠纷不断,有的还很棘手,每次都是老民警萧伟楠出马搞定。这天萧伟楠协助刑侦大队去邻县抓逃犯,不在所里,陈东于是指派苏乙与协警老王处理此事。

　　下午,苏乙与老王回来了,陈东问:"摆平了?"

　　苏乙说:"哪有这么快!我调查过了,要解决这起纠纷,首先得解决沙河一镇两乡十大矛盾!"

　　"十大矛盾?"陈东不解。

苏乙解释道:"比如'发展与生态的矛盾''土地归属不清引起的矛盾''外来务工人员与本地人之间的矛盾''原住民与外来人员价值观之间的矛盾'……"

"好了,好了,先说这起噪声纠纷!"陈东不耐烦了。

"是呀,今天这起纠纷正是这十大矛盾的表象,解决纠纷必须治本!"苏乙就像一位老中医把完脉后在对病人的病情进行分析。

此时,萧伟楠回来了,陈东转身说:"老萧,南山村村民要砸南山石矿,你辛苦一下,去把这事给摆平!"

萧伟楠,48 岁,威严的警服穿在身上,却掩盖不了慈眉善目的模样。辖区很多村民都称呼他小萧,因为 20 多年前,他就在这里工作了。如今,小萧已成了老萧,但村民还是喜欢称呼他小萧。

一次,陈东偶尔发现,村民喊小萧的音调变异了:"怎么都叫笑笑?"

"笑笑就笑笑,这对调解纠纷有好处,'一笑泯恩仇',更何况有两个笑呢!"萧伟楠以更灿烂的笑容接受了这个称呼。

萧伟楠是晚上 7 点开始行动的。

南山村有 36 户人家,分散居住在南山的坡地上。从山脚到山腰,萧伟楠去每家进行了走访。走访内容就是听噪声。

他最后确定有 5 户离南山石矿最近的人家听得到噪声,其余的 31 户人家均不受影响。

萧伟楠问不受影响的人家:"为什么要去砸石矿?"回答基本一致:"全村都去砸,自家不去不好。"

第二天一早,萧伟楠出现在南山石矿,他找到魏春升说:"南山村有 5 户人家晚上深受石矿噪声之苦,你应该给予补偿!"

魏春升爽快地答应了,并从心里佩服萧伟楠工作深入,每次都是他替自己解围。

陈东是从协警老王嘴里知道萧伟楠夜访南山村的,因为老王的外甥女就嫁在南山村。

陈东将这事告诉苏乙。他特别提道:"调解矛盾纠纷的实质,就是摆平,也就是解决问题!能够摆平就是水平!派出所需要这样的水平!"

陈东话锋一转:"当然,你能在如此短的时间,将沙河一镇两乡的矛盾摸得八九不离十,这也是高手所为,但在派出所更多的是需要解决实际问题。标本兼治最好,可我们所处的是最基层的位置,只能像外科医生一样,治标!迅速解决问题!"

陈东做了个快刀斩乱麻的手势,就像外科医生在手术台前。

苏乙在知道萧伟楠夜访南山村及听闻陈东的"外科医生理论"后,不由得暗暗佩服:派出所里还真是藏龙卧虎!

其实,苏乙和陈东、萧伟楠是英雄相惜。苏乙想,在派出所确实必须入乡随俗,要向萧伟楠学习,理论应该结合实际,否则就是空头理论。

苏乙在部队曾干过侦察兵,当年部队选苏乙当侦察兵是因为他机灵、敏捷。

如今在陈东的启发和派出所氛围的影响下,苏乙似乎找回了当侦察兵时的感觉:摆平就是解决问题。侦察兵如果没摸清敌情,无异于不解决问题,那会导致全军覆没呀!这让他刻骨铭心。

转眼半年过去,苏乙"摆平"的水平,果真让陈东刮目相看。

沙河虽是小镇,故事却多。尤其是一条省道穿镇而过,更平添了南来北往不少"素材"。

有"故事"就有"矛盾冲突"。

苏乙逐渐对"故事"有了浓厚的兴趣。

镇东头临街原供销社门面房内，住有一姓关的老人。这位78岁的老人，人称关公，其妻前几年病逝，两个儿子一个在北京，一个在美国。关公独居后，深感无聊冷清，于是养了黑白两条狗，相伴余生。

不料，中秋节下午，小黑与小白在追逐嬉戏时，被一辆飞驰的过路货车撞击，小黑当场没了气，小白虽然动作敏捷，但后腿也受了轻伤。

肇事者是山东一辆运蔬菜的货车司机，见闯了祸，立马停车。

关公在肇事现场，看到小黑的惨况，潸然泪下。司机知道这就是狗的主人了，连说："对不起，对不起，您老要怎么赔，您说。"

岂料，关公只是用手背抹泪，无语。关公越是这样，司机越是感到压力大。

良久，关公总算伸出了食指。

"100元?"司机问，关公摇头，"1000元?"司机又问，关公还是摇头，"莫非一万元?"司机急了。

"一个——花圈!"关公说得慢，但很坚定。

人给狗送花圈，司机有点儿为难。但为求早脱身，只能买个花圈安慰下老人。司机想这也算是权宜之计。

沙河镇的花圈不算贵，司机50元钱就搞定了，但他没想到这个花圈却在沙河镇引起轩然大波。

关公让司机将花圈摆在小黑罹难处附近一建筑工地的围墙上。

"小黑我自己处理。"他抱着它回家了。

关公有个从小一起长大的赤裸兄弟叶德,尽管其不姓张,但因为他的大名、他的脾性,还有他与关公的关系,"张飞"的"雅号"自然就落在了他头上。

小黑的死,他的悲痛不亚于关公。因为小黑是他家"赛虎"所生。

花圈摆在那里,边上又有悲痛的"张飞",好事者越聚越多。繁忙的省道被挤得水泄不通,来往车辆排起了长龙。

"有人设'马路灵堂',沙河镇一段省道被堵数公里!"

陈东接到值班副所长的告急电话时,刚从车上下来,因为市里有一场中秋晚会,市区安保警力不足,他率领萧伟楠等五位民警前去支援。

陈东知道,此刻值班副所长正在派出所唱"空城计"。一名民警去后山村处警了,而值班副所长自己正在处理一起群体性打架案件,还收不了手!苏乙与协警老王已经赶去堵车现场。所里再也派不出警力了。

陈东打苏乙手机,苏乙没接。他清楚,处理这类堵路事件,即使举全所之力也耗时费力。如果此时自己赶回去,不仅路上要花费两个小时,还会影响全局的中秋晚会安保工作。

在向晚会安保副总指挥、市公安局潘副局长汇报后,陈东得到明确指示:立即带警力回去,这事一定要处置好!

陈东与民警的面包车离开市区约20分钟,手机响了。

"通了,省道通了!苏乙摆平的!"值班副所长兴奋地说。

"怎么摆平的?"

"回来再说。"陈东听到手机里有杂乱的声音,知道对方讲话不方便。于是，汽车立马掉头，又向市区驶去。

"苏乙呢？"次日上午，陈东回到派出所，就问副所长。他太想知道昨天苏乙是怎么处置的。

"苏乙一早就去镇上看关公了，昨天路堵就是他家的狗被撞死引起的！"

见副所长还在处理那起群体性打架案件，陈东叫住了正要外出的老王。

"老王，昨天你俩是怎么处置的？"

"苏乙没说？"老王问。

"我还没见他人影呢！"

"其实，很简单。苏乙略施小计，路就通了。"

"什么小计！老王你别卖关子！"陈东急了。

"所长我可不敢，真的是小计，苏乙说，兵法上有的，叫什么来着，噢对——声东击西！"

原来，苏乙的"声东击西"是这样的：

他与老王赶到堵车现场时，车流已不见首尾，而原因就是围观"马路灵堂"的人群，阻碍了车辆通行。

要让车流动，先得疏散人群，而眼下仅苏乙和老王两人，显然势单力孤！

"疏散人群的关键是除掉或者转移众人的兴趣关注点，否则我俩喊破嗓子都没用！"苏乙说完问老王，"现在这个点在哪？花圈还是'张飞'？"

"花圈。"

"对！人给狗送花圈，天下奇闻！"说话间，苏乙已观察好地形，想好了主意。

他指着 100 米开外的支路拐角对老王说:"转弯 50 米左右那家礼品店有鞭炮卖,你多买点儿,找块空地一齐放,一定要有声势!"他掏出一把钱递给老王。

见多识广的老王立即明白了苏乙的用意,领命而去。

建筑工地有扇平时关着的门,因为嘈杂声,这扇门开了,有人正踮脚探头隔着人群看搁在围墙上的花圈。

苏乙认出那人是工地安全员小杜。他将小杜拉离人群,小杜吓了一跳。

苏乙也不说话,径直将小杜拉进了工地。不待满腹狐疑的小杜发问,苏乙就如此这般交代了一番。小杜连连点头。

鞭炮声忽然响起,暴风骤雨般震撼人心!

声响似乎在东边支路上,看热闹的人猜想有更热闹的事。于是,人群开始移动,不一会儿,竟变成一股人潮快速向东流去,瞬间就只剩下"张飞"孤单一人。

其实"张飞"更喜热闹,只闻其声,不知其事,心里不好受。

终于,"张飞"一路小跑也随大流而去。

见中心已经转移,苏乙朝站在工地门边的小杜一挥手,小杜就进门了。很快,搁在围墙上的花圈被小杜从里面拿走了。

此时,现场一片马达轰鸣声。被堵的车发动了。

不久,去东边支路看热闹的人又回来了,但花圈不见了,"张飞"不见了,他们也就没了兴致,又走了。

"张飞"回来发现花圈不见了,喃喃自语:"现在的人啊,花圈都要偷,真是想不到,想不到……"

如同一个失去道具、失去观众、失去戏台的落魄演员,"张飞"百无聊赖地回家了。

听罢苏乙"声东击西"的故事,陈东哈哈大笑:"这小子还真有水平!"

(丁钟文,浙江省公安厅民警,三级警监。从事公安新闻宣传工作,主任编辑。中国社会主义文艺学会法治文艺专业委员会特约作家。在《人民日报》《中国新闻出版报》《传媒》《现代世界警察》《北方文学》《故事会》《新闻实践》等报刊发表多篇小说、散文、杂文、论文。曾数次荣获中国报纸副刊好作品一二等奖。主编《民警·民众——警民和谐案例与研究》《古代办案谋略》等书刊)

附录

2022年"新时代中国法治文学精选"丛书入选作品名单

长篇小说

《血案寻踪》　　　　　　　　　　作者：易买生

《刑警一中队》　　　　　　　　　作者：李　阳

《刑警的诺言》　　　　　　　　　作者：赵　迅

《越过陷阱》　　　　　　　　　　作者：裘永进

《虚拟诱惑》　　　　　　　　　　作者：李双其

《刑侦女警》　　　　　　　　　　作者：郭秀景

中篇小说

《诡异现场》　　　　　　　　　　作者：洪顺利

《小镇警察》　　　　　　　　　　作者：颜永江

《软肋》 作者：刘 兢
《唤醒者》 作者：穆继文
《搭档》 作者：贺建华

短篇小说

《又见梨花开》 作者：薛景川
《阳光法槌》 作者：黄卓童
《运气》 作者：魏世仪
《青梅青青》 作者：奚同发
《报案人》 作者：胡 广
《偷梁换柱》 作者：郭秀景
《水平》 作者：丁钟文

报告文学

《千万里我追寻着你》 作者：程 华
《责任在肩》 作者：邢根民
《户籍室女警手记》 作者：胡 杰
《塞北雄鹰》 作者：韩金凯
《预审"工匠"》 作者：张 明
《阿坝警察》 作者：罗瑜权
《难忘的那个夏夜》 作者：宋瑞让